Narratori

SADEQA JOHNSON

La casa di Eva

Traduzione di
Marina Visentin

SOLFERINO

SOLFERINO

www.solferinolibri.it

Titolo originale:
The House of Eve

ISBN 978-88-282-1277-5
Prima edizione: settembre 2023

La casa di Eva

A mia madre,
e a sua madre

Alla memoria di
Paula Marise Johnson

PARTE PRIMA

Each story has a monster in it who made them tough instead of brave, so they open their legs rather than their hearts where that folded child is tucked.

In ogni storia c'è un mostro che le ha rese dure anziché coraggiose, perciò aprono le gambe invece del cuore dove si nasconde quel bambino rannicchiato.

Toni Morrison

1

Mamme e draghi

Philadelphia, ottobre 1948

Ruby

Mia nonna Nene diceva sempre che presto era puntuale, puntuale era in ritardo e in ritardo era inaccettabile. Fatty era di nuovo in inaccettabile ritardo, pur sapendo bene che dovevo andare in un posto importante. Non mi dispiaceva passare la notte da nonna Nene una volta alla settimana, in modo che Fatty potesse andare a fare le pulizie negli uffici. Mi bastava che tornasse a casa in tempo per farmi prendere l'autobus, che mi avrebbe portato alle lezioni integrative del sabato. Invece, per la terza settimana consecutiva, Fatty si trascinò a passi pesanti in casa di Nene con quindici minuti di ritardo, esclamando con voce acuta: «Ruby, cara, mi dispiace. Ora ti spiego cos'è successo».

Mia cugina aveva sempre una scusa pronta per ogni occasione, ma quella mattina io non avevo tempo da perdere ad ascoltare i suoi coloriti racconti. Avevo solo un'ora per arrivare a South Philly, quindi piegai le labbra in un modo che speravo trasmettesse tutto il mio fastidio per la sua mancanza di considerazione.

«Ce li hai i soldi per il bus?» Le agitai una mano davanti alla faccia, ma Fatty mi passò davanti e proseguì nello stretto corridoio, oltre le foto di famiglia appese in cornici storte e mal assortite, fino al cucinino a forma di L. La seguii a passo deciso, mentre si strappava via la parrucca a caschetto e la gettava sul tavolo.

«Tua madre ha detto che te li avrebbe lasciati lei.»

Un piccolo scarafaggio sgusciò via da sotto il tostapane e Fatty lo spiaccicò con il palmo della mano.

«Vuoi che mi faccia a piedi tutta la strada del ritorno? Dammi venti centesimi e fine.»

«Lo farei se potessi» disse lei, strofinandosi le mani sotto il rubinetto del lavello. «Ma sono al verde come un prato a primavera fino a venerdì prossimo.»

Una vampata di calore mi invase. «La nonna non ha soldi in giro? E se mia madre se n'è dimenticata?»

«Bimba, ci ho parlato ieri sera con Inez, aveva detto di sì. Ora smettila di scocciarmi, okay? Se ti dai una mossa, ce la fai.» Fatty andò alla ghiacciaia e si aprì una lattina di Schlitz. Ne mandò giù un lungo sorso, poi espirò in modo tale da far pensare che doveva averla desiderata per tutta la strada fino a casa, quella birra. Dopo un'altra sorsata avida, si slacciò fino alla cintola i bottoni dell'uniforme blu. I rotoli di ciccia intorno alla vita sospirarono di sollievo.

«Nene ha preso la sua medicina?»

Afferrai lo zaino, annuendo, al colmo della frustrazione. «Ha dormito una ventina di minuti. La prossima dose di collirio è alle undici.»

Con la porta d'ingresso aperta, sentivo la puzza di fritto dall'appartamento della nuova vicina al primo piano. Aveva due gemellini, che piangevano in coro per tutta la notte. «La prossima volta te lo scordi.»

Fatty ruttò, poi mi gridò dietro: «Ho detto che mi dispiace. Benedetta ragazza, che cavolo vuoi da me? Il sangue?».

Per tutta risposta sbattei la porta, poi mi sentii in colpa, sperando di non aver disturbato Nene.

La fetta di pane tostato e imburrato che avevo preparato per il viaggio era ormai fredda e secca. Mi infilai il pane in bocca mentre correvo giù per le due rampe di scale e mi precipitavo fuori sulla 28ª strada. L'umidità era come sospesa nell'aria, dopo la pioggia della notte prima, e camminavo cercando di evitare le foglie fradicie ammucchiate nelle buche.

Ultimamente, mi avevano segnata in ritardo per tre settimane di fila e la signora Thomas aveva detto che se fossi arrivata tardi a un'altra lezione integrativa lo avrebbe segnalato. Mi chiedevo se Fatty non stesse giocando di proposito con il mio futuro. Tutti, anche Fatty, sapevano quanto fosse prestigioso essere selezionati per partecipare al programma *We Rise* dell'Associazione Armstrong. In quanto una dei dodici studenti neri scelti in tutta la città di Philadelphia, ero in lizza per ottenere una borsa di studio quadriennale che copriva tutti i costi per la Cheyney University, il più antico college storicamente nero del Paese. Per ottenerla, dovevo mostrarmi impeccabile sotto ogni punto di vista, e la puntualità era un requisito fondamentale. Senza quella borsa di studio, me lo potevo scordare di studiare optometria all'università. Nessuno nella mia famiglia ci era mai arrivato all'università, e nessuno aveva i mezzi per farla frequentare a me. Non potevo permettermi di giocarmi il futuro solo perché Fatty non era capace di essere puntuale, specie da quando aveva mollato le superiori senza diplomarsi.

Sulla Columbia Avenue passai davanti al Tempio di Dio, dove donne vestite di bianco dalla testa ai piedi accoglievano i membri della congregazione davanti all'ingresso principale. Era l'unica chiesa del quartiere, dove ci si riuniva il sabato mattina, e io distolsi lo sguardo, per evitare che una delle donne pensasse che ero in vena di essere salvata dal loro Signore e cercasse di convincermi a fermarmi lì.

Affrettai il passo e svoltai all'angolo della 33ª strada. Al centro dell'isolato vidi quattro uomini stravaccati su sedie pieghevoli, davanti al negozio da barbiere di Process Willie. Due di loro avevano incastrato tra le gambe una tavola da backgammon, e tutti stringevano in mano dei bicchieri di carta, da cui stavano probabilmente sorseggiando il liquore ambrato che non mancava di scaldarli anche al mattino presto. I vestiti stropicciati e le espressioni intontite suggerivano che dovevano essere andati avanti tutta la notte, e sapevo che questo voleva dire guai.

Mi abbottonai il maglione oversize fatto ai ferri, sperando di riuscire a rendermi invisibile ai loro occhi. Ma non fui abbastanza veloce. Non appena scesi dal marciapiede, sentii la prima voce.

«Ragazza, sei bella da far piangere un uomo.»

Quello accanto a lui mi rivolse un sorriso abbastanza ampio da farmi vedere che gli mancava un dente. «Oh Signore, ha la forma di una bottiglia di Coca-Cola. Mi ha fatto venire voglia di bere.»

«Scommetto che è dolce come una caramella.»

Quello più vicino a me cercò di prendermi la mano, ma io lo scansai.

«Perché corri così? Tutto quello che ti serve lo trovi qui da papino.»

Gli lanciai l'occhiata più cattiva possibile, mentre gli sfilavo davanti. Gli uomini continuavano a fischiare e sentivo i loro occhi fissi sul mio didietro. In momenti come quello avrei voluto un pulsante che mi facesse sparire. Non per morire o altro. Solo per non esistere. Come minimo, mi sarebbe piaciuto bucare con uno spillo le mie tette enormi per farle scoppiare come gavettoni, in modo da diventare piatta come una frittella e noiosa da guardare come una tazza da tè. Forse allora mia madre mi avrebbe visto per quella che ero, e avrebbe smesso di insultarmi.

Vivevamo in un appartamento in affitto all'angolo tra la 33ª e Oxford. In due anni, era il terzo posto che avevamo chiamato «casa». Di fronte a noi c'era un parco enorme, in cui non osavamo avventurarci. La cosa più vicina al verde lussureggiante era il portico di casa, dove mi sedevo su una sedia pieghevole arrugginita e guardavo uomini dalle facce rubizze che giocavano a golf, le loro mogli bionde parcheggiate sulle coperte, con i bambini e le merendine confezionate, e gli ultimi successi di Tony Bennett e Percy Faith sparati ad alto volume.

Salendo di corsa i gradini del fabbricato di mattoni rossi dove abitavamo, cercai le chiavi che portavo appese al collo. Nessuno dei campanelli funzionava mai e dovetti infilare più volte la chiave nella serratura, prima di riuscire a girarla. Quando pioveva, la porta si bloccava e per aprirla dovevo spingere il legno pesante con la spalla. Mentre salivo due alla volta gli scalini scricchiolanti, sentivo la camicetta appiccicata alla schiena. Ogni volta che mi innervosivo, il viso e la schiena mi si inondavano di un fastidioso sudore. L'autobus sarebbe arrivato tra venti minuti, il che mi dava il tempo di cambiarmi, indossando un'altra camicetta che non avesse bisogno di una stiratura, e di rubare un po' del profumo di Inez.

La porta d'ingresso del nostro appartamento si apriva sulla cucina color giallo canarino, e sentii l'odore di una sigaretta accesa. Mi tamponai la fronte con la manica del maglione e feci finta di niente.

Inez mi lasciava sempre i soldi nello stesso nascondiglio: avvolti in un tovagliolo di carta e infilati tra due coltelli da bistecca, in un cassetto della cucina. Aprii il cassetto e tirai un sospiro di sollievo quando vidi il tovagliolo. Lo afferrai con le dita, ma sembrava leggero. Scossi il tovagliolo, poi spostai gli altri coltelli, sperando che il denaro fosse solo scivolato fuori. Ma non trovai un accidente.

Una nuova ondata di sudore mi inumidì l'attaccatura dei capelli mentre cercavo di pensare a cosa potevo fare. Non c'erano spiccioli in giro per l'appartamento; avevo usato le monete di riserva la settimana prima, quando Inez non mi aveva lasciato i soldi. Non avevo idea di quanto tempo ci avrei messo a piedi da North Philly a South Philly, ma il solo pensiero di attraversare la città a piedi mi faceva venire mal di testa.

Con le dita malferme stringevo l'imbottitura sdrucita della sedia della cucina, cercando di elaborare un piano, quando Leap, il più recente fidanzato di mia madre, entrò in cucina, una sigaretta tra i denti macchiati di nicotina.

«Cosa ci fai qui?» mi sfuggì dalle labbra.

Lui chinò la testa verso di me. «Cos'è, sei diventata la mia donna adesso?»

«Di solito sei dal barbiere, il sabato mattina.»

Leap si avvicinò al lavabo e aprì il rubinetto. Lasciò scorrere l'acqua per qualche secondo, poi prese un bicchiere dallo scolapiatti e lo riempì. Mentre sorseggiava, i suoi occhi vagavano su di me. Le occhiate di Leap mi mettevano sempre in imbarazzo. Di solito lo evitavo il più possibile, ma in quel momento non distolsi lo sguardo.

Portava una sciarpa di raso azzurro intorno ai capelli ben curati, annodata in fronte. Aveva la pelle liscia, color legno di ciliegio. Con la catena a corda al collo e la maglietta fuori dai pantaloni a coulisse era convinto di somigliare a Nat King Cole, ma non era altrettanto bello.

La cucina sembrava angusta e soffocante, con noi due lì in piedi. Leap si chinò sul tavolo e spense la sigaretta nel posacenere di vetro, in mezzo a un po' di bollette sparse. Sentivo il ticchettio dell'orologio a muro e lo scorrere dell'acqua nel gabinetto in fondo al corridoio. Leap aveva di nuovo dimenticato di sistemare la maniglia del water, dopo aver tirato lo sciacquone.

«Cosa ci fai qui a rovistare in giro?»

«Mia madre mi ha detto che mi lasciava venti centesimi per il autobus fino a Lombard Street. Li hai visti?»

«No» rispose con voce strascicata.

«Puoi prestarmeli tu, finché non torna?»

Un sorrisetto gli apparve sul volto. «E in cambio che cosa mi dai?»

Il mio autobus sarebbe arrivato nel giro di dieci minuti e sentivo scorrere ogni prezioso secondo sull'orologio della cucina.

«Cosa vuoi?» Mi mordicchiai un'unghia, sputando frammenti di smalto rosa.

Leap spense la sigaretta. «Un bacio.»

«Eh?» Lo stomaco mi si chiuse al punto da farmi dimenticare di respirare.

«Solo un bacetto. Non c'è niente di male, e ti darò un quarto di dollaro.» Mi scoccò un sorriso. Un dente d'oro gli brillò in bocca, in alto a destra.

Erano dieci centesimi a tratta, più cinque centesimi extra per un *pretzel* e un succo di frutta durante l'intervallo. Inez non mi dava mai niente in più per il cibo. Di solito rimanevo seduta in classe, affamata. Lo zaino mi pesava; non mi ero resa conto di tenerlo ancora in mano.

Lo stress di tutta la situazione stava avendo la meglio su di me. Volevo disperatamente andare a lezione, decisa a guadagnarmi la borsa di studio, in modo da non dover più dipendere dai viscidi fidanzati di Inez per avere un tetto sopra la testa.

«Solo un bacetto?» La mia voce si incrinò, odiavo il fatto di trovarmi in quella situazione, e ancora di più odiavo Inez per avermici messa.

«Sì.»

«Sulla guancia?»

Pescò dalla tasca la monetina e la lanciò in aria con il pollice e l'indice, la afferrò e la sbatté sul tavolo. «Sulle labbra.»

Rabbrividii.

Leap intrecciò le mani dietro la schiena, strizzando gli occhi come faceva con Inez, quando voleva da lei un po' di dolcezza – come usava dire lui. La vergogna mi invase. Soffocando il senso di disgusto, mi costrinsi a muovere i piedi e a girare intorno al tavolo cromato della cucina per avvicinarmi a lui.

L'unica cosa che mi separava dall'arrivare in tempo a lezione era un bacio. Un misero, piccolo bacio. Ce la potevo fare. Quando chiusi gli occhi e mi chinai verso di lui, sentii la puzza del whisky della sera prima e delle sigarette della mattina. Trattenni un conato di vomito.

Leap premette le labbra pesanti contro le mie, mentre le mie ginocchia andavano a sbattere una contro l'altra. Un attimo, e sentii la sua lingua viscida che mi penetrava a forza tra le labbra. Quando cercai di tirarmi indietro, Leap chiuse una mano sul mio seno sinistro e con l'altra mi afferrò il sedere, tirandomi contro di lui. Mi dimenai, ma lui mi stringeva più forte, spingendo il suo arnese contro la mia coscia. Lo sentivo attraverso la gonna.

«Basta» piagnucolai, premendogli i gomiti contro la vita, cercando di liberarmi. Ma la sua presa era salda.

Proprio in quel momento la porta d'ingresso si spalancò. Leap indietreggiò e mi spinse via, ma non fu abbastanza rapido. Inez ci fulminò con uno sguardo da pazza, gli occhi che passavano dall'uno all'altra.

«Ma che diavolo?» gridò, lasciando cadere la busta marrone della spesa. Sentii qualcosa rompersi quando urtò il pavimento di linoleum.

Leap si allontanò da me con le mani alzate, come se fosse entrata la polizia. «È venuta lei da me. Diceva che aveva bisogno del biglietto dell'autobus. Mi è saltata addosso prima che potessi fermarla.»

«Bugiardo» sibilai. «Sei stato tu.»

«Sparisci, cazzo.» Mia madre alzò il braccio in aria come se stesse sparando un colpo di avvertimento. Morbidi riccioli le sfuggivano dalla coda di cavallo. Avevamo la stessa carnagione color noce, ma la sua era rosso mela in quel momento.

Mi voltai verso Leap, aspettando di vedere come avrebbe reagito, felice che mia madre stesse finalmente prendendo le mie parti. Ma poi mi resi conto che era me che stava guardando. Era a me che stava parlando. Era a me che dava la colpa. I suoi occhi mi trapassarono come un coltello da macellaio.

«Fuori di qui, troietta!»

Afferrai il quarto di dollaro e, quando arrivai alla porta d'ingresso, lei mi diede una manata sulla nuca. «Lascia perdere il mio uomo. Baciarlo? Sei solo una mocciosa, stai al tuo posto, va'.»

Sbatté la porta dietro di me così forte che l'impatto fece tremare i cardini. Inciampai per i ripidi gradini, aggrappandomi alla balaustra per non cadere. Una volta fuori cercai di scacciare dalla mente l'intera scena, ma continuavo a sentire le dita di Leap che mi artigliavano, continuavo a sentire la furia di Inez che mi bruciava il petto, mentre correvo per i tre isolati fino alla fermata dell'autobus.

A circa mezzo isolato di distanza vidi l'autobus accostare al marciapiede e accelerai il passo, le ginocchia che pompavano sotto la gonna mentre la borsa mi sbatteva contro il fianco. Chiamai, agitando le mani per attirare l'attenzione dell'autista. A pochi metri di distanza, la porta si chiuse ripiegandosi su sé stessa, ma io ero abbastanza vicina da riuscire a picchiare il pugno sul rivestimento metallico.

«Per favore, aspetti!» gridai.

Ma il conducente si allontanò dal marciapiede come se non mi avesse neanche sentita. Come se non contassi nulla. Come se non esistessi. Scagliai lo zaino a terra, poi mi chinai e sputai fuori il sapore intollerabile di Leap.

2

La linea

Washington D.C., ottobre 1948

Eleanor

Eleanor attraversò di corsa il campus della Howard University, stringendo la lettera nella mano destra. Il francobollo di ritorno recava l'emblema delle Alpha Beta Chi, quindi sapeva che era quello che stava aspettando: una risposta alla sua richiesta di entrare nella confraternita.

Per tutto l'anno precedente aveva guardato le ragazze che giravano per il campus dandosi un sacco di arie. Erano affascinanti, con le immancabili sciarpe color lavanda abbinate, i maglioni aderenti, i tacchi alti e i riccioli lucidi. Si dedicavano a compiti di alto valore sociale, come raccogliere libri per i bambini delle zone rurali del Sud, disegnare cartelli per sostenere Mary Church Terrell nella sua instancabile lotta per porre fine alla segregazione negli alloggi pubblici e raccogliere cibo per i poveri. Ma, soprattutto, erano le pollastre più ganze del pollaio. Quando giravano le loro graziose testoline, si chiamavano, pestavano i piedi e applaudivano, tutti prestavano attenzione. Anche se nel campus c'erano altre confraternite, era chiaro che le ragazze in argento e lavanda erano la punta di diamante ed Eleanor, ormai al secondo anno e finalmente idonea, era ansiosa di entrare a farne parte.

Attraversò il prato, facendo attenzione a non calpestare gli studenti che studiavano o si rilassavano sull'erba tra una lezione e l'altra, e si lanciò su per i gradini che portavano allo studentato, quello che alcune chiamavano il «dormitorio», pestando accidentalmente il piede di un ragazzo, grande come una zattera.

«Oh, mi dispiace tanto» gridò voltandosi appena, mentre infilava di corsa il corridoio del primo piano che portava alla sua stanza, in fondo a sinistra.

L'ansia le faceva battere forte il cuore e cercò di calmarsi, poggiando la lettera sul petto. *Doveva* essere il suo invito. Quello che le avrebbe cambiato la vita. Le avrebbe dato lustro, strappandola all'insignificanza. Sarebbe diventata qualcuno, avrebbe smesso di essere una delle tante. Avrebbe fatto parte di un gruppo vivace, invece di starsene da sola come un cane.

Non aveva idea di dove trovare i quattrini per le spese di iniziazione; il costo dei libri e del vitto e alloggio per gli ultimi tre semestri aveva prosciugato le finanze dei suoi genitori. Ma erano dettagli privi di importanza. Avrebbe trovato una soluzione. Le dita di Eleanor tremavano mentre scivolavano sotto il lembo della busta imbottita, staccando piano la colla del sigillo. Un foglio di carta da lettera coordinata le scivolò in mano.

1° ottobre 1948

Gentilissima Miss Quarles,

La ringraziamo molto per la Sua domanda e per la richiesta di ammissione alla confraternita Alpha Beta Chi. Apprezziamo la sua dedizione e il suo entusiasmo nei confronti di noi che ne facciamo parte e della nostra missione. Sebbene lei abbia grandi qualità, abbiamo ricevuto un elevato numero di candidature e per quest'anno non possiamo ammetterla. La invitiamo a continuare a essere attiva nella comunità, a studiare con impegno e a ritentare l'anno prossimo.

In sincera sorellanza,
Greta Hepburn
Presidente di Alpha Beta Chi, Incorporated

La vista di Eleanor si annebbiò. Sbatté le palpebre più volte prima di rileggere la lettera, questa volta più lentamente. Riesaminò ogni singola parola, sperando che dicesse l'opposto di quello che le aveva comunicato la prima volta. Alla terza rilettura, aveva gli occhi caldi di lacrime. Non aveva letto male, era stata rifiutata.

Eleanor stava ancora stropicciando la lettera tra le mani quando la sua compagna di stanza, Nadine Sherwood, irruppe dalla porta.

«Perché hai un'aria come se ti fosse morto qualcuno?»

Eleanor gettò la lettera accartocciata nella mano guantata di Nadine. Dopo averla lisciata e letta rapidamente, Nadine lasciò cadere il foglio nel cestino accanto alla cassettiera.

«Ti potevo risparmiare il disturbo, se avessi saputo che volevi tentare con le ABC. Perché non me l'hai detto?» Si tolse la giacca del tailleur di lana, mentre si liberava dei tacchi a spillo.

«Volevo farti una sorpresa.»

«Tesoro, tutti sanno che scelgono solo ragazze con i capelli dritti e lisci come spaghetti e la pelle più chiara del caffellatte. Ma da dove vieni?» Nadine si sedette sul letto gemello, tamburellando con le dita sul suo portasigarette d'oro. «A volte ti comporti come se l'Ohio fosse un altro pianeta.»

Eleanor aveva già sentito quelle voci sulle ABC, ma le aveva archiviate come tali. Uno, perché era semplicemente sciocco giudicare il valore di una ragazza dal colore della pelle, e due perché conosceva almeno due ragazze che erano state ammesse e non corrispondevano a quella descrizione. «Millicent è una ABC, ed è un tantino più scura di me.»

«Il padre di Millicent è un giudice. Lei viene da una famiglia altoborghese.» Nadine si accese una Chesterfield. «Sua madre fa parte della confraternita, ed entrambi i suoi genitori hanno frequentato la Howard. Si chiama retaggio.»

Eleanor non se n'era resa conto. Questo modo di vivere era del tutto nuovo per lei. Voltò le spalle a Nadine e andò a scrutarsi nello specchio a muro a destra della porta. Aveva gli occhi ancora pieni di lacrime. La sua pelle era di un caldo color bronzo, il naso era largo, gli zigomi alti, i capelli folti. Era così che sua madre Lorraine li definiva sempre, quando li passava con il pettine caldo per lisciarli la domenica, prima di andare in chiesa. Le avevano sempre detto che era bella, ma Eleanor non aveva mai considerato il colore della sua pelle un vantaggio o un difetto. Era così e basta.

A dire il vero, non lo sapeva nemmeno che i neri si distinguessero in base al colore della pelle; fino a quando, un anno prima, non aveva messo piede nel campus di un'università interamente destinata ai neri. La casa di Eleanor, in Ohio, era incastrata tra quelle degli italiani e quelle dei tedeschi; una famiglia polacca viveva proprio nel loro isolato. Nella sua città i neri erano troppo impegnati ad andare d'accordo con tutti, per mettersi gli uni contro gli altri.

«E adesso che cosa faccio?»

«Dimenticati di quelle donnacce impettite e vieni a ballare con me, stasera.»

Eleanor sbuffò. Quella era la risposta di Nadine a tutto. Andare a una festa. C'era da chiedersi dove trovasse il tempo per studiare.

«Devo lavorare.»

«Lavori sempre. L'università dovrebbe essere il periodo più bello della vita e tu non ti lasci mai andare. Secondo me, non sei andata a una festa come si deve neanche una volta in tutto l'anno.»

«Devo mantenere i voti alti, Nadine. I miei genitori non si sono fatti il mazzo per farmi arrivare qui a perdere tempo ballando il Lindy Hop.»

Eleanor avrebbe voluto aggiungere "Io non sono nata con la camicia come te", ma Nadine non se lo meritava. Era sempre stata gentile con lei e non le aveva mai fatto pesare le differenze di ceto.

Nadine si alzò e aprì di scatto l'armadio che condividevano, anche se in realtà quasi tutto quello che c'era dentro apparteneva a lei. Dopo aver fatto passare alcuni abiti sartoriali, gonne svasate e camicette di seta, Nadine gettò un abito a collo alto sul letto di Eleanor.

«Non riesco più a entrarci. Mi pare che sia proprio della tua taglia.»

Eleanor strinse le labbra per trattenere un sorriso. Era una bellezza. Con la cintura in vita, un perfetto colore rosato, la stoffa satinata e morbida al tatto.

«Smettila di tentarmi.» Si voltò dall'altra parte.

«Ballare ti toglierà di dosso la malinconia» la punzecchiò Nadine, attraversando la piccola stanza per tornare verso il suo letto. «E, giusto perché tu lo sappia, nessuno balla più il Lindy Hop.»

Eleanor scosse la testa, e cercò sotto il letto il suo unico paio decente di scarpe con la zeppa. Per un anno le aveva portate di una mezza misura in meno, ma si erano finalmente allargate fino a diventare un po' comode. Il suo turno iniziava tra trenta minuti e, dato che la biblioteca si trovava dall'altra parte del campus, doveva darsi una mossa.

Spenta la sigaretta, Nadine la fissò con occhi altezzosi. «Guai a te se provi a dirmi di no.»

Eleanor si sorprese a scrutare i lineamenti eleganti di Nadine. Se quello che le aveva detto delle ABC era vero, Nadine avrebbe potuto facilmente soddisfare i requisiti relativi a capelli e carnagione, anche se non sembrava minimamente interessata alle confraternite. Nadine aveva passato tutta la vita a Washington D.C. e non aveva dovuto impegnarsi come Eleanor per inserirsi. Il suo cognome le apriva tutte le porte, senza che lei dovesse muovere un dito.

«È meglio che vada.»

«Stasera, Ohio» ribadì, usando il nomignolo che aveva affibbiato a Eleanor. «Aspetterò che torni e poi ti darò il tormento finché non ti sarai messa quel vestito.»

«Non ho nemmeno chiesto il permesso per uscire questa sera.»

«Ci penso io alla guardiana» ribatté Nadine.

Eleanor annuì esasperata e si chiuse la porta alle spalle. Come poteva concentrarsi sull'andare a una festa, quando la sua fiducia in sé stessa era tanto minata? Eleanor non riusciva a ricordare l'ultima volta che aveva desiderato qualcosa tanto quanto desiderava diventare una ABC. Aveva lavorato sodo alla sua domanda di ammissione, dedicando più di una settimana a perfezionarla. La sua media era ben al di sopra di quella richiesta e aveva fatto diverse volte volontariato alla scuola elementare di Harrison, come servizio alla comunità. Se non bastasse, era la prima volta che si metteva in gioco, dopo i guai in cui si era cacciata all'ultimo anno di liceo. Ma la cosa le si era ritorta contro, anche se sulla carta sembrava una candidata modello.

Allo specchio no, non lo sei.

Accelerò il passo, cercando di smorzare i dubbi sull'autostima, che da quando era arrivata all'università erano diventati come un sussurro costante all'orecchio. In uno stato di confusa agitazione, attraversò Founder's Square passando sul sigillo in pietra calcarea dell'università. Dicevano che se ci camminavi sopra dovevi fermarti a leggerlo, altrimenti avresti avuto un semestre di iella. Eleanor si bloccò. Non aveva bisogno di altra sfortuna.

La biblioteca del campus era poco più avanti. Eleanor varcò le porte e salì i gradini di marmo fino al secondo piano. La sua superiore, Dorothy Porter, sedeva dall'altra parte della parete di vetro, nella sala delle collezioni, a studiare qualcosa con una lente d'ingrandimento. I folti riccioli le lasciavano la fronte libera, e indossava un vestito a pois che le arrivava sotto le ginocchia.

«È arrivato qualcosa di nuovo?» chiese Eleanor, lasciando cadere la borsa.

La sala delle collezioni era sempre mantenuta al fresco e all'asciutto, per offrire un ambiente idoneo all'assemblaggio di manoscritti rari, opuscoli e libri di cui si occupava la signora Porter, nel suo ruolo di archivista.

«È una lettera scritta da James Forten, di Philadelphia, indirizzata a William Lloyd Garrison, datata 31 dicembre 1830» disse la signora Porter con voce sommessa, come se parlando ad alta voce rischiasse di distruggere il delicato documento che aveva in mano.

Eleanor diede un'occhiata da sopra la spalla della signora Porter, sapendo bene, dopo un anno che lavorava con lei, che non doveva toccare il foglio di carta così com'era senza prima essersi lavata le mani.

«Forten era un ricco velaio nero. È un pezzo straordinario da aggiungere al nostro puzzle di manoscritti.» Gli occhi della signora Porter brillavano. «Avrò bisogno di te per catalogarlo.»

«Uomo libero. Biografie. Philadelphia. Giusto?» Eleanor la fissò, in attesa.

«Sì, e poi per decennio e sesso.»

La signora Porter inserì con cura la lettera in una pellicola di poliestere trasparente e la passò a Eleanor. «Il mese prossimo andremo a far visita a un donatore di Boston, in privato, per esaminare la sua raccolta di biografie e ritratti. Gradirei un tuo suggerimento su quali pezzi sarebbe il caso di esporre.»

Sorpresa, Eleanor girò di scatto la testa verso la signora Porter. Era la prima volta che succedeva, e fu come spalmare un po' di balsamo sulla ferita rappresentata dalla lettera di rifiuto della confraternita. La signora Porter era molto protettiva nei confronti della «sua collezione», messa insieme nell'arco di vent'anni, e il suo zelo per il lavoro era sorprendente.

Eleanor era arrivata a Howard come specializzanda in inglese, con l'idea di diventare insegnante, ma tutto era cambiato poche settimane dopo l'inizio del primo semestre, quando aveva incontrato per la prima volta la signora Porter.

Eleanor stava studiando in biblioteca quando una voce alle sue spalle le aveva chiesto: «Ti dispiacerebbe aiutarmi, cara?». Una donna, la signora Porter, era lì in piedi davanti a lei. Indossava un tailleur a quadri e aveva in mano due ingombranti borse della spesa. Eleanor aveva preso quella più pesante e l'aveva seguita nella Moorland Room.

«Fai attenzione.» La signora Porter la rimproverò, quando Eleanor lasciò cadere la borsa sul tavolo. «Non sai mai quali tesori puoi scovare nelle cantine.»

Il contenuto della borsa era maleodorante, ma questo non impedì alla signora Porter di passare in rassegna un pezzo dopo l'altro con la cura e l'attenzione di una mamma chioccia. C'erano lettere, un diario, fotografie, libri polverosi, ninnoli arrugginiti e ritagli di giornale. Eleanor chiese alla signora Porter il perché di quell'assortimento, dato che aveva una propensione per le cose antiche.

«Il mio obiettivo è costruire una collezione che rifletta tutta la nostra storia. Una storia dei neri americani, che sia onnicomprensiva.» La signora Porter appariva raggiante.

Il suo entusiasmo era contagioso. Già dopo quei pochi momenti insieme, la signora Porter chiese: «Hai per caso letto *Incident in the Life of a Slave Girl*?».

«Il libro di Harriet Jacobs? È uno dei miei preferiti.» Eleanor sorrise. Si era autoproclamata appassionata di storia da quando la sua insegnante di terza media le aveva fatto scoprire gli scritti di Claude McKay, di Alice Dunbar-Nelson e di suo marito, Paul Laurence Dunbar.

La signora Porter aveva chiesto a Eleanor di indossare un paio di guanti bianchi, e poi le aveva messo tra le mani un vecchio ritaglio di giornale. Eleanor era rimasta a bocca aperta, mentre fissava alternativamente il pezzo di carta che teneva tra le dita e il volto della signora Porter.

La signora Porter confermò. «Un'inserzione originale con l'offerta di una taglia per la cattura di Jacobs. Uscì sul giornale "American Beacon" il 4 luglio 1835, a Norfolk, in Virginia.»

Eleanor sentì i brividi sulle braccia mentre leggeva con attenzione l'annuncio, che offriva una ricompensa di cento dollari per la cattura e la consegna di Harriet Jacobs. Lacrime inaspettate le riempirono gli occhi quando ricordò che l'autrice si era nascosta nella soffitta della casa della nonna per sette lunghi anni, prima di fuggire finalmente a nord, verso la libertà. Lo sguardo di Eleanor incrociò quello della signora Porter, e tra loro si stabilì un'intesa. Da quel momento in poi, Eleanor fu conquistata. Prima della fine del primo semestre cambiò specializzazione, passando a Storia, con l'obiettivo di diventare archivista della biblioteca, proprio come la signora Porter.

La curatela di una collezione era il primo passo, così rispose entusiasta: «Qualche idea l'avrei».

«Fantastico. Ho lasciato al banco dei prestiti una pila di schede da catalogare. Se hai bisogno, mi trovi nel mio ufficio a caccia di donazioni in denaro.»

La signora Porter prese un'altra serie di borse piene di libri e si diresse al terzo piano. Quando Eleanor arrivò al banco del prestito, trovò l'elenco dei clienti con libri scaduti a cui bisognava telefonare. Tra le telefonate e gli incarichi della signora Porter, il lavoro da svolgere era più che sufficiente a tenerle occupata la mente.

La biblioteca era il luogo più tranquillo del campus, soprattutto per una come Eleanor, che era arrivata a preferire la compagnia dei libri a quella delle persone. Anche se in fondo sapeva di desiderare entrambe le cose, ed era per questo che voleva entrare nella confraternita delle ABC. Le tornò in mente il rifiuto appena subito, e il pensiero le strappò una smorfia imbronciata. Forse avrebbe dovuto prendere in considerazione l'idea di andare alla festa con Nadine. Era da molto tempo che non si vestiva bene, e le era sempre piaciuto ballare. Ma no, aveva diversi capitoli da leggere per il corso di filosofia. Il tempo trascorso a lavorare alla sua domanda di ammissione alla confraternita l'aveva fatta rimanere terribilmente indietro con gli studi. Ed era stato tutto inutile. Eleanor accantonò quel pensiero e si dedicò al lavoro da bibliotecaria.

Dopo un'ora passata a indicizzare volumi, fu distratta da un ripetuto fruscio di carta. Sul tavolo di fronte a lei notò una pila crescente di opuscoli appallottolati. Sentì caldo alle guance e dovette appoggiare i gomiti sulla scrivania per non perdere l'equilibrio. Mr Schiena era tornato.

La Schiena apparteneva a un ragazzo. Sedeva sempre sulla stessa sedia imbottita, allo stesso tavolo di legno. Aveva spalle larghe e capelli scuri, che si arricciavano alla base del lungo collo. Eleanor sognava spesso a occhi aperti come sarebbe stato dare uno strattone a quei riccioli lucenti. Nel corso dei molti mesi in cui lo aveva ammirato dalla sua postazione, non ricordava di averlo mai visto di fronte. Avvistare Mr Schiena al suo posto abituale le rendeva sempre la giornata un po' più luminosa.

Circa un'ora dopo, mentre Eleanor stava stilando una lista di articoli di cancelleria da ordinare, sentì i passi di qualcuno che si avvicinava al banco del prestito. Alzò lo sguardo e si trovò di fronte un tipo dalle spalle larghe coi capelli ricci. Era lui. Era Mr Schiena.

«Mi scusi se la disturbo, signora. Posso temperare la matita?» La lingua di Eleanor perse la capacità di parlare. A tratti aveva colto il suo profilo laterale, ma questo non l'aveva preparata a vederlo da vicino, all'interno del suo spazio personale. Oh Signore, visto di fronte Mr Schiena era perfetto.

«Posso?» Gli occhi neri, leggermente a mandorla, avevano un'espressione perplessa. Aveva la pelle liscia, le labbra morbide.

«Ne sarò lieta.» Eleanor si ricompose. Gli prese la matita dalle mani, la infilò nel temperino e fece girare la maniglia di metallo. Di colpo preoccupata per il proprio aspetto, cercò di specchiarsi nel riflesso del temperino. Aveva gli occhi gonfi? I capelli erano a posto? Si voltò verso di lui, con la matita in mano.

«William» disse lui.

«Come, scusi?»

«È il mio nome. Mi chiamo William. William Pride.»

«Oh, certo. Io sono Eleanor Quarles.»

«Da quanto è alla Howard?»

«Sono al secondo anno. E lei?»

«Terzo anno di specializzazione in Medicina. Anch'io mi sono laureato a Howard.»

Eleanor mantenne un'espressione neutra, anche se le sue viscere facevano le piroette. Mr Schiena stava per diventare medico. Un medico nero.

«Se ha bisogno di temperare di nuovo la matita, mi troverà qui per il resto della giornata.» La voce le si incrinò, ma cercò di dissimulare il nervosismo con una calorosa risata.

«Me ne ricorderò.» Le fece l'occhiolino e tornò verso il suo tavolo. Eleanor ricominciò il suo lavoro di archiviazione, cercando di concentrarsi sulle scartoffie che aveva davanti, invece di fissare la bella schiena di William Pride.

3
La cosa più dolce

Ruby

Arrivai alla Thomas Durham Public School con quarantacinque minuti di ritardo, ancora con addosso la sensazione dell'orribile lingua e dell'odore nauseabondo di Leap. Quando cercai di entrare, scoprii che l'insegnante, la signora Thomas, aveva chiuso a chiave la porta dell'aula, così mi sedetti sulla dura panca del corridoio cercando di origliare per non perdermi la lezione sulla scrittura di un saggio universitario. Il vetro smerigliato non mi permetteva di vedere la lavagna, e non sentivo le risposte degli altri studenti, ma la signora Thomas aveva una voce poderosa, e annotai tutto quello che riuscii ad afferrare.

Avevo la camicetta scolorita sotto le ascelle dalle chiazze di sudore, e lo stomaco in subbuglio nonostante continuassi a massaggiarmelo. Aspettai per due lunghe ore, in preda a un profondo disgusto nei miei confronti. Avevo accettato di farmi sbavare addosso dal fidanzato di mia madre, e che cosa ne avevo ricavato? Ero ancora fuori dall'aula, mentre tutti gli altri erano dentro. Finalmente la porta si aprì e i miei compagni uscirono. Alcuni mi scoccarono occhiate furtive, come se sapessero cosa avevo fatto con Leap, e mi agitavo sulla sedia, colma di vergogna, evitando di guardarli in faccia.

Due anni prima, in terza media, eravamo stati selezionati per *We Rise*. Il programma prevedeva di essere seguiti da un tutor e lezioni integrative obbligatorie al sabato, oltre a test severi per tutto il periodo del liceo, per prepararci all'università. Eravamo i migliori e i più brillanti, ed eravamo in dodici in lizza per due sole borse di studio. I dieci che non si aggiudicavano l'opportunità migliore avrebbero ricevuto un modesto contributo per frequentare un istituto professionale e per un certo periodo un sostegno per l'inserimento nel mondo del lavoro. Non potevo permettermi di essere tra i dieci che non si erano qualificati e di rimanere bloccata a vivere alla giornata con Inez, elemosinando soldi da Fatty e subendo le attenzioni di Leap. Era quella la mia unica via d'uscita. Non potevo *non* ottenere la borsa di studio.

Gli ultimi studenti si allontanarono come se io non ci fossi. Ma mentre le loro scarpe risuonavano nel corridoio, ero sicura di quello che stavano pensando: "Perché è sempre in ritardo? Non devo preoccuparmi che prenda la borsa di studio al posto mio. Meno male. Stupida. Non rappresenta la benché minima minaccia".

«Signorina Pearsall» mi chiamò l'insegnante, con la voce ferma. Mi aveva visto attraverso il vetro della porta.

Mi misi a tracolla la borsa ed entrai in classe, mentre la signora Thomas si dava da fare per cancellare la lavagna. Teneva le tende alzate per le varie gardenie, le felci e la sansevieria che aveva sistemato sui davanzali. Un clacson suonò fuori dalla finestra e due cani si misero ad abbaiare, uno dopo l'altro. La stanza profumava di tè al miele e candele alla vaniglia, che erano sempre accese.

La signora Thomas chiuse la porta alle mie spalle e si sedette alla lunga scrivania in legno. I capelli castano scuro erano tirati indietro a scoprire il viso ed erano raccolti sulla nuca. Portava un filo di perle con un fermaglio d'oro, e gli eleganti orecchini coordinati le pendevano dai lobi delle orecchie. Era la donna nera più rispettabile che avessi mai conosciuto, e deluderla mi faceva male come una carie a un dente.

Mi fece segno di sedermi. «Signorina Pearsall, si rende conto che ci sono molti studenti neri in tutta la costa orientale che darebbero qualsiasi cosa per essere al suo posto?»

«Sì, signora.»

«Allora cosa c'è che non va? L'avevo avvertita la settimana scorsa.»

«Lo so, ma...»

«Non ci sono ma.» La sua voce mi trafiggeva, mentre si chinava sulla scrivania. «Non ci sono seconde possibilità, per noi. Se vuole sfuggire alla sua attuale situazione, deve impegnarsi come se ne andasse della sua vita.»

Il ginocchio destro cominciò a tremarmi, e mi morsi il labbro inferiore.

«Il potenziale senza la concentrazione e una totale dedizione non dà alcun frutto.»

«Sì, signora.»

Si appoggiò allo schienale della sedia, spostando alcuni fogli che aveva davanti. «Invece della visita studio all'Hahnemann Hospital della prossima settimana, resterà qui a recuperare le lezioni che ha perso.»

«No, per favore. Posso recuperarlo a casa, quello che non ho fatto.»

«Mi dispiace, Ruby. Non posso permetterti di partecipare. Agli studenti che sono qui ogni settimana puntuali sembrerebbe che io ti stia facendo un favore. Ora vai a casa e decidi se frequentare l'università è davvero ciò che vuoi.»

«Lo è, signora. Più di ogni altra cosa.»

«Allora presentati e sgobba come se la tua vita dipendesse da questo. Ora puoi andare.» La sua sedia strisciò contro il pavimento mentre si alzava e mi indicava la porta.

Uscii, sentendomi come se mi avessero conficcato una pietra nel petto. La visita studio era programmata da settimane. La mia classe avrebbe seguito il personale medico durante i suoi giri in corsia. Era l'occasione per entrare in contatto con dei veri medici, e io avevo sprecato questa opportunità.

Quando la porta della scuola sbatté alle mie spalle, sentii le dita ruvide di Leap che mi stringevano il seno e il ricordo mi fece accelerare il passo lungo Lombard Street. Come se stessi cercando di sfuggire a un fantasma. Per quante volte avessi deglutito dopo il bacio, sentivo ancora il suo sapore. Quando arrivai al semaforo all'angolo con Broad Street, tossii e poi sputai sul marciapiede, senza curarmi del fatto che non era degno di una signora e che qualcuno avrebbe potuto vedermi. Tutta quella cosa repellente non era servita a nulla.

Mi incamminai verso nord su Broad Street, finché non mi schiarii le idee. Non mi sembrava saggio tornare da Inez e dalla sua rabbia; inoltre, con ogni probabilità, Leap era ancora lì. Non volevo trovarmi davanti nessuno dei due, e di certo non volevo sentire i sussulti del letto e i gemiti che le pareti sottili non attutivano, quando Inez dopo un litigio gli offriva un po' di «dolcezza». Così, saltai sul tram e poi passai sull'autobus che mi portava sulla 29ª strada. Andando verso Diamond Street, la brezza mi frusciò tra i capelli e mi schiacciai la frangia contro la fronte.

L'appartamento di zia Marie era quasi all'angolo, a pochi metri da un negozio di vernici. Davanti al portone, mi guardai alle spalle come mi aveva insegnato a fare lei, prima di sfilare dal collo il portachiavi ornato di perline. Il suo appartamento era tre lunghe rampe più in alto e bussai due volte per annunciarmi, prima di infilare la chiave nella serratura.

La vecchia stufa accesa al centro della stanza emanava un sentore umido, solo parzialmente mascherato dal pot-pourri alla cannella che sobbolliva sul fornello. Zia Marie mi guardò sgranando gli occhi, e mi fece cenno di entrare. Era seduta sul divano floscio, avvolta nella sua vestaglia a fiori, il telefono infilato tra l'orecchio e la spalla. In mano aveva una penna e un blocchetto di ricevute.

«644, 828 e 757. E ascoltami, Joe, questa settimana niente scherzi eh? Non costringermi a prenderti a calci nel sedere.»

Zia Marie riappese il ricevitore e sorrise, mostrando lo spazio tra i due denti anteriori. Era la sorella maggiore di Inez, anche se non si somigliavano affatto.

«Tua madre ha portato la tua roba.»

«Che cosa ha detto?» Mi mordicchiai un'unghia mentre fissavo tre borse della spesa appoggiate alla parete, traboccanti di maglioni e pantaloncini. Riconobbi indumenti che non mettevo da anni. Sembrava che Inez avesse fatto incetta di tutto ciò che possedevo, indipendentemente dalla taglia o dalla stagione.

«Che l'hai fatta fuori dal vaso.»

Zia Marie si passò una mano sui capelli corti e grigi e mi chiese cosa fosse successo. Mi allentai le scarpe e le raccontai che avevo bisogno di un biglietto dell'autobus per andare a scuola, e cosa mi aveva chiesto Leap in cambio.

«Un bacio?» Sibilò tra i denti. «Un uomo grande e grosso come lui! E nient'altro?»

Feci un rapido cenno con la testa, evitando di aggiungere che mi aveva spinto il suo coso addosso. Zia Marie era famosa perché risolveva i problemi con la calibro .22 che teneva sotto il divano, e io non volevo che si preoccupasse per me.

«Inutile pezzo di merda. Intanto che Inez viene qui a raccontare che finalmente ha trovato un brav'uomo con cui sistemarsi. Non c'è niente di buono, in un uomo che mette gli occhi su una ragazza che manco ha compiuto quindici anni.» Si tirò in piedi e allargò le braccia turgide.

Zia Marie era alta e robusta come un albero e io mi lasciai andare contro il suo ampio petto.

«Stai qui tutto il tempo che ti serve, capito?»

«Grazie.» Il sollievo mi fece sprofondare ancora di più nel suo abbraccio.

«Andrà tutto bene.» Mi sollevò il mento. «Hai mangiato?»

«Non molto. Solo qualche boccone di pane tostato per colazione.»

Zia Marie si diresse verso la camera da letto, sul retro dell'appartamento. «C'è del tonno in frigo. Mangiane quanto vuoi.»

Dal soggiorno, dovevo fare solo due passi per arrivare nello spazio che fungeva da cucina, che in realtà apparteneva a un'unica grande stanza. Presi un piatto dalla mensola e spalmai il composto di tonno con uova sode a cubetti e cipolle a dadini su due fette di pane bianco. Diedi un bel morso e poi portai il resto in camera. Zia Marie mise la puntina sul giradischi e udii la voce morbida di Dinah Washington. Seduta alla toeletta, mi parlava guardandosi allo specchio, mentre io me ne stavo sul bordo del letto.

«Devo esibirmi da Kiki's, stasera. Ho promesso che sarei arrivata presto e avrei aiutato a preparare. Te la cavi qui da sola?»

«Penso proprio di sì.»

«I tuoi colori sono ancora nell'angolo sotto il bovindo. Ma non rovinarmi il pavimento.»

La camera da letto color melanzana di zia Marie mi ha sempre fatto sentire come dietro le quinte di un teatro. Possedeva parrucche e baffi, trucco e ciglia, piume e boa, cappelli a cilindro, cravatte e code. Mangiai il sandwich mentre lei si applicava il fard sulle guance color ambra e il rossetto vermiglio sulla bocca larga. Scosse la testa quando le dissi che Fatty era arrivata in ritardo, e per questo non sarei potuta andare in visita all'ospedale la settimana dopo.

«Devo andare là a parlarne con qualcuno?»

«No, ci penso io.» Mi si contrasse la mascella.

Sapevo che aveva buone intenzioni, ma la signora Thomas non avrebbe apprezzato che mandassi da lei mia zia. Inoltre, zia Marie non era il tipo di persona con cui la signora Thomas potesse intendersi. Probabilmente sarebbe svenuta, alla vista di quel donnone con la pistola che raccoglieva scommesse per il lotto clandestino. Le persone come zia Marie e la signora Thomas non andavano d'accordo. La sua presenza in battaglia al mio fianco mi avrebbe solo alienato del tutto le simpatie della signora Thomas, e io ero già in bilico. Non mi restava che accettare la punizione e andare avanti.

Canticchiando sulla scia di Dinah Washington, zia Marie si infilò una camicia bianca da uomo appesa all'anta dell'armadio, poi mi passò un paio di gemelli d'oro perché glieli allacciassi. Dopo aver indossato pantaloni da uomo e una giacca sportiva a scacchi, completò il look con gli orecchini pendenti a clip.

«Come sto?»

«Sembri uno di quei milionari di Wall Street.»

La zia ridacchiò. «Se vuoi diventare una piccola milionaria anche tu, l'unico modo è non alzare la tua testolina da quei libri. Tu studia, che a mettere in riga Fatty ci penso io. Fai come ti dicono, e prenditi quella borsa di studio.»

Mi levai uno sbaffo di maionese dall'angolo della bocca.

«Oh, Shimmy passerà qui a dare un'occhiata sotto il lavandino.»

«Chi è Shimmy?»

La seguii in fondo al corridoio, in una scia di acqua di colonia speziata che si stava spruzzando sul collo e sui polsi.

«Il figlio del padrone di casa, che è troppo tirchio per chiamare un vero idraulico. Manda sempre quel ragazzo a fare i lavori nel palazzo. E mai una volta che combini qualcosa.»

Quando zia Marie uscì, chiusi con il chiavistello e rimasi in compagnia di Dinah Washington. Inez non mi permetteva di tenere il materiale per dipingere a casa nostra. Diceva che vedere la mia roba dappertutto le faceva saltare i nervi, ma tutto quello che mi riguardava metteva Inez in agitazione. Tutto il mio necessaire da artista lo tenevo da zia Marie, dentro un cestino di metallo. Infilai il grembiule beige con gli schizzi di vernice secca sul davanti facendolo passare dalla testa, poi mi scostai la frangia dalla fronte fissandola con qualche molletta, per vedere bene quello che facevo.

Il sole si era spostato sull'altro lato della strada, rendendo la stanza buia. Tirai il filo rugginoso della lampada da terra in ottone, poi stesi sotto i piedi il lenzuolo logoro che usavo come telo protettivo. Il cavalletto non era altro che qualche pezzo di legno, che zia Marie aveva trovato e inchiodato per me. I colori costavano tanto, quindi avevo solo i tre primari: giallo, blu e rosso, ma ero maestra nel mescolare la giusta combinazione per creare quasi tutti i colori che volevo.

Mentre fissavo la tela bianca cercando di capire da dove cominciare, sentii allentarsi la tensione sulle spalle. Era sempre così. Dipingere significava respirare con calma. Quando prendevo in mano il pennello, tutti i problemi si dissolvevano come per magia. Avevo iniziato a dipingere circa due anni prima, dopo che l'insegnante di *We Rise* ci aveva portato in gita al Philadelphia College of the Arts per una lezione sulla pittura a olio. La nostra insegnante era Louise Clement, una giovane studentessa d'arte. Non avevo mai incontrato un'artista nera prima di allora, e mi affascinava il modo in cui le si illuminava il viso quando parlava del suo lavoro. Mentre Louise spiegava la teoria dei colori e come usare il pennello, gli occhi della maggior parte dei miei compagni di classe erano velati di noia: io invece ascoltavo tutta concentrata. Dopo tre ore di laboratorio, avevo realizzato la mia prima opera d'arte. Era un dipinto a pastello con alti rami di salice che si protendevano verso la luce della luna. Louise aveva fissato il mio dipinto così a lungo che avevo cominciato a sudare, preoccupata di aver sbagliato tutto.

Poi mi sfiorò la spalla e disse: «L'arte è l'amica a cui si può sempre tornare. Sarà sempre lì, quando vorrai rendere più intensa la sensazione di essere viva. Non smettere».

Mentre la classe si preparava ad andarsene, Louise mi regalò una borsa di tela contenente alcuni tubetti di colore, quattro pennelli e tre piccole tele.

La maggior parte delle volte il mio approccio all'arte consisteva nel lasciare che i pennelli andassero per conto loro, liberando ciò che avevo nel cuore, così intinsi il pennello piatto nel nero e lo strisciai sulla tela bianca, creando un groviglio di oscurità nel cielo. Non mi ci volle molto per perdermi in una distesa di grigi, con tocchi di azzurro qua e là, fino a scomparire in quello che chiamavo il Mondo di Ruby Red, dove avevo il controllo completo di tutto.

Dinah Washington stava cantando *I Wanna Be Loved* quando un forte colpo alla porta mi riportò alla realtà.

«Chi è?» La voce mi uscì roca.

«Mrs Marie, sono Shimmy.»

Mi asciugai le mani sul grembiule e andai ad aprire la porta. Sotto la luce fluorescente del corridoio c'era un ragazzo bianco dai riccioli castani. I nostri occhi si incrociarono, l'aria intorno era appiccicosa e calda.

«Chi sei?» Gli diventarono le guance rosse e gli occhi verde smeraldo indugiarono su di me qualche istante di troppo.

«Sono Ruby. Marie è mia zia.»

«Shimmy Shapiro, piacere.»

Mi feci da parte per farlo entrare.

Sapeva di cedro con un sentore di patate che doveva aver mangiato a cena. Mi sentivo sciatta con il mio grembiule macchiato, e la frangia costretta dalle mollette invece che libera sulla fronte.

Il suo sguardo si soffermò sulla tela e sui colori, poi spostò l'attenzione verso la cucina. «È questo il lavandino?»

Annuii, e lui si arrotolò le maniche della camicia fino ai gomiti e si alzò la pettorina della salopette. Dopo aver appoggiato la borsa degli attrezzi sul tavolo, si sdraiò a terra. Scostò la tendina di fortuna che celava le tubature e tirò fuori un secchio. Si sentiva l'odore della candeggina e vidi una bottiglia di aceto e una piccola fiaschetta che probabilmente conteneva liquore di mais.

Con la testa sotto il lavandino, mi chiamò. «Puoi passarmi quella torcia?»

Abbassai lo sguardo sul tubo appeso alla parte superiore della borsa e lo sganciai. Le nostre dita si sfiorarono, mentre gli passavo la torcia.

«Sei un'artista?»

Feci una risatina nervosa. «Non proprio.»

Si mise a rovistare, poi tirò fuori la testa e si mise a sedere.

«Lo hai riparato?»

«No, non ho gli strumenti giusti.» Si tolse i guanti e si asciugò il sudore sulla fronte. «Posso avere un po' d'acqua?»

Tutte le tazze che vedevo erano scheggiate o sbiadite, e non volevo vergognarmi di fronte a quel ragazzo bianco. Presi la mia tazza di latta con l'ammaccatura vicino al manico.

Si appoggiò al lavandino e sorseggiò l'acqua, lanciando occhiate verso l'angolo occupato dal mio studio casalingo. «A me sembri un'artista. Cosa stai dipingendo?»

Abbassai lo sguardo sui piedi nudi. Lo smalto rosa si era scheggiato sull'alluce e lo coprii con l'altro piede.

«Niente di che. Sto solo passando il tempo.»

«Posso vedere?»

Di solito non mostravo a nessuno i miei lavori, a parte zia Marie, ma c'era qualcosa di particolare nel modo in cui me lo aveva chiesto. Aveva una dolcezza che cancellava un po' dell'amaro di quell'orribile giornata. Timidamente, girai il cavalletto verso di lui. Lui si avvicinò. Poi si mise una mano sul mento e lo studiò, quasi come se fosse in un museo.

«È bello ma è malinconico. Cos'è che ti ha intristita?» Mi fissava con quegli intensi occhi verdi. Aveva un'espressione concentrata e pensai che fosse davvero interessato a quello che avevo da dire.

«Chi dice che sono triste?»

«Il contrasto dei colori, qui e qui.»

«Sei un critico d'arte o qualcosa del genere?» Girai il cavalletto verso di me.

«No, ma ho seguito qualche corso al museo d'arte. E so che mi piace.»

Non ero abituata ai complimenti. Il suo apprezzamento per il mio lavoro mi fece sentire sciocca per aver girato il cavalletto, così mi spostai permettendogli di vedere. Lui osservò di nuovo il quadro.

Al centro della tela c'era una grande testa con occhi enormi e iniettati di sangue. Avevo esagerato i capelli, rendendoli selvaggi e così voluminosi da offuscare e oscurare il sole. Nell'angolo a destra c'era una quercia con un buco in mezzo, da cui sbucava un uccellino azzurro in cerca di luce. Shimmy si avvicinò, seguendo la forma dell'uccellino con la punta delle dita. Dopo diversi secondi, pronunciò la parola «bello».

Mi strinsi le braccia al petto, sentendomi d'improvviso esposta.

«L'uccello dice tutto.»

L'uccellino era l'unico elemento sulla tela a essere luminoso e a colori.

«Grazie» borbottai alla fine, senza rendermi conto di aver trattenuto il fiato finché non mi uscì quella parola dalla bocca.

«Posso?» Mi prese il pennello.

Annuii, e intinse il pennello nella chiazza di giallo per tracciare una striscia tra i capelli della grande testa. Un contrasto perfetto con l'azzurro dell'uccello.

«Se non ti piace, puoi coprirlo con il nero.»

«No, è bello.» Il mio cuore batteva come se avessi appena fatto le scale due gradini alla volta. Shimmy era così vicino che ci stavamo quasi toccando. Il modo in cui fissava il quadro mi faceva sentire come se mi stesse sbirciando nell'anima.

Finì l'acqua e depose la tazza nel lavandino. Voltandosi verso la porta disse: «È meglio che vada. Di' a tua zia che mia madre manderà qualcuno. Ci si vede in giro, Ruby?».

«Quando?» La domanda mi uscì troppo in fretta perché il mio cervello potesse fermarla, ma avrei voluto afferrarla e ricacciarla dentro. Non c'era motivo di rivedere quel ragazzo bianco. Anche se gli piaceva la mia arte.

«Lavoro al negozio di dolciumi di Greenwald.» Mi rivolse un sorriso fanciullesco. «Ti va di venire domani a bere un frullato al malto?»

«Vediamo.»

Shimmy esitò, già nel corridoio. «Se vieni, offro io.»

«Posso pagarmelo da sola.»

«Certo, non intendevo...»

«Grazie per aver dato un'occhiata al lavandino» dissi in fretta, prima di chiudere la porta.

Dinah Washington smise di cantare, e io sostituii il suo album con Billie Holiday. *Lover Man* riempì la stanza, e io ero ancora lì davanti al lavandino, l'unica stoviglia che c'era dentro era la tazza usata da Shimmy. La presi e, senza pensarci, ci appoggiai sopra le labbra.

4
Mecca nera

Eleanor

Eleanor si passò il rossetto color corallo sulle labbra, poi si tamponò i polsi e il collo con una eau de toilette al profumo di lillà. Fermò i capelli in due grandi boccoli a corona sulla testa e lasciò ricadere sul dietro le ciocche arricciate. Si allontanò dallo specchio della loro stanza: non riusciva a credere a ciò che vedeva. L'abito che Nadine le aveva prestato le aderiva alle curve come una seconda pelle. La profonda scollatura metteva in risalto le sue spalle eleganti, e la stoffa satinata di un colore rosato sembrava illuminarle il viso, dandole un bel colorito sano. Da molto tempo, Eleanor non si sentiva bella e si fissava stupita.

«Cosa ti avevo detto, Ohio? Non ti senti già meglio?» Nadine si avvicinò e abbottonò il piccolo fermaglio dietro il collo di Eleanor.

«Sarà meglio andare prima che cambi idea» disse Eleanor stuzzicata, lanciando un'occhiata alla loro stanza. «Perché devi mettere sempre tutto in disordine, ragazza? Sai che le cose fuori posto mi danno sui nervi.»

Nadine aveva rovistato tra diversi abiti, calze di nylon, tacchi, guanti, ed erano tutti sparsi sul letto, alcuni anche sul pavimento.

«Fatico a prendere decisioni.» Nadine afferrò la borsetta.

«Forse dovrei stare qui a riordinare. Il tuo disordine è una scusa perfetta per non uscire.»

«Per favore, non dopo tutta la fatica che ho fatto.» Nadine piazzò un dito sulla schiena di Eleanor e la spinse allegramente fuori dalla porta.

Il corridoio era saturo dell'aroma di profumi fruttati, borotalco e lozioni per capelli, perché c'erano molte ragazze in giro. Alcune, in trench, calze di seta e rossetto scarlatto, sgambettavano lungo il corridoio verso l'uscita. Altre erano sedute nel salone accanto al fuoco scoppiettante, in attesa che qualche ragazzo passasse a prenderle. Poi c'erano quelle che sembravano sparite, rintanate nelle loro stanze con gli spuntini portati via di nascosto dalla mensa, la radio a basso volume e un libro aperto. Eleanor avrebbe fatto parte di queste ultime, se non fosse stato per Nadine e la sua implacabile insistenza.

Quando le due amiche firmarono alla reception, la guardiana dello studentato, una donna tarchiata con i capelli grigi, spinse indietro gli occhiali e parlò a denti stretti: «Ricordatevi di comportarvi sempre da signore perbene. Il vostro futuro marito potrebbe essere ovunque, e non vorrei che vi rovinaste la reputazione con un comportamento sconveniente».

«Sì, signora» risposero all'unisono, scarabocchiando i loro nomi sul registro notturno.

Il Coedikette, il manuale delle regole che le studentesse erano tenute a seguire, era molto chiaro: non più di due permessi per uscire dal campus al mese e su richiesta scritta, da inoltrare con almeno una settimana di anticipo. Quando Eleanor chiese a Nadine come avesse fatto a procurarle il permesso così in fretta, Nadine rispose con un sorriso malizioso: «Se te lo svelassi, poi dovrei ucciderti».

Le ragazze si incamminarono verso l'uscita tenendosi a braccetto. Nadine insistette per pagare un taxi, perché i suoi genitori si sarebbero adirati se avessero scoperto che andava in giro in autobus dopo il tramonto. I sedili in pelle screpolata del taxi puzzavano di noce di cocco. Quando l'autista svoltò su U Street, Eleanor vide dal finestrino la gente elegante con cappelli e cappotti a passeggio lungo la strada illuminata. Passarono davanti al Murray Casino, al Ford, al Dabney Movie Theater e poi si fermarono davanti al Club Bali sulla 14ª strada.

«Buona serata, signore.» L'autista si fermò sulla strada e tenne aperta la portiera dell'auto.

L'insegna rossa e gialla che lampeggiava sopra il locale, insieme alla canzone *Caravan* di Duke Ellington che proveniva dall'interno, diede a Eleanor una sorprendente scossa di eccitazione alla base della spina dorsale. Finora aveva trascorso ben poco tempo fuori dal campus.

Eleanor seguì Nadine giù per le strette scale, che conducevano in una sala da ballo illuminata fiocamente da alcune applique in stile gotico. Intorno alla pista da ballo c'erano diversi tavoli quadrati disposti a U. La band suonava *It Don't Mean a Thing* e le coppie scuotevano i fianchi, schioccavano le dita e battevano i piedi a ritmo. Gruppi di ragazze sedute tra loro lanciavano occhiate in giro, sperando che qualche ragazzo le invitasse a ballare.

I tavoli erano quasi tutti pieni, ma Nadine individuò un compagno di liceo a un tavolo piuttosto centrale.

«Si va in scena» disse, sorridendo a Eleanor, e attraversò senza fretta la sala.

«Come butta, Clarence?» Nadine appoggiò le lunghe dita sui fianchi, mettendo in risalto la scollatura.

«Nadine Sher-rr-wood» balbettò il ragazzo muscoloso, fissando Nadine come se fosse la risposta alle sue preghiere.

«Hai intenzione di stare qui a fissarmi o ci inviti a sedere?» disse lei, facendo le fusa.

«Scu-scusa. Prego.» Si alzò di scatto e indicò a entrambe di prendere posto al suo tavolo. Eleanor si strinse accanto a Nadine, mentre lei faceva rapidamente le presentazioni.

«Come... come stai?»

«Una meraviglia.» Nadine si chinò in modo che lui potesse accenderle la sigaretta. Cominciarono a scambiarsi un ininterrotto flusso di parole, mentre Eleanor cercava di sventolarsi un po'.

«Fa caldo qui dentro» disse Eleanor, senza rivolgersi a nessuno in particolare. D'improvviso si sentì come se stesse morendo di sete, e riusciva a malapena a muoversi di un centimetro senza urtare l'amico di Clarence, il cui alito puzzava di formaggio rancido. Non aveva detto molto, ma non le staccava gli occhi dalle labbra. Era stata una pessima idea. Avrebbe dovuto seguire l'istinto e rimanere nella sua stanza. Eleanor si guardò intorno in cerca della cameriera, e fu in quel momento che lo vide.

Mr Schiena, quello della biblioteca. William, che si girò verso di lei prima che Eleanor potesse distogliere lo sguardo. Le sorrise e lei rispose con un piccolo cenno. William ricambiò il saluto e poi si fece largo tra la folla. Eleanor abbassò la testa, sperando che non venisse verso il loro tavolo, ma in realtà non desiderando altro. Cercò di concentrare l'attenzione sulla conversazione che stava intrattenendo Nadine, e di tenere occupate le mani aprendo e chiudendo il fermaglio del portasigarette dell'amica.

«Ti è venuta finalmente voglia di fumare?» disse Nadine in tono ironico, e Clarence, balbettando, prese la battuta come spunto per avvicinarsi, allontanando i ragazzi che le ronzavano intorno.

Poi Eleanor si rese conto di un'ombra che incombeva dall'alto su di lei, e una vampata di calore le salì al viso.

«Eleanor?»

Aveva sostituito il maglione con una giacca di tweed e una camicia con il colletto a punta di lancia. L'azzurro gli donava molto.

Sollevando il viso verso l'alto, lei sorrise. «William, giusto?»

«Quante probabilità ci sono di incontrarsi due volte in un giorno?»

«Piuttosto scarse, immagino.»

Il suonatore di trombone emise un lungo suono stridente, mentre il leader della band intonava un acuto finale.

«Ti va di ballare?» William le tese la mano.

Lei arrossì e le dita le tremarono mentre gli porgeva il braccio. «Mi piacerebbe molto.»

Mentre Eleanor si alzava dalla sedia, una entusiasta Nadine le pizzicò la coscia sotto il tavolo. William non le lasciò la mano e il suo palmo era caldo contro il suo, mentre si muovevano in quello sciame di persone. Le sue dita erano levigate come se non avessero conosciuto un solo giorno di lavoro manuale, non rigide e ruvide come quelle di suo padre, come la maggior parte dei ragazzi che Eleanor conosceva, in effetti. Il quartetto era molto rumoroso, ma Eleanor era contenta che la musica soffocasse il battito accelerato del suo cuore.

Nel momento in cui mise piede sulla pista da ballo, la band rallentò il ritmo. Le coppie si avvicinarono fino a sfiorarsi. William fece un passo verso di lei e le cinse la vita con un braccio, come se fosse una cosa che aveva già fatto un numero infinito di volte. Aveva un profumo divino, qualche essenza di legni pregiati, o forse di bergamotto. Qualunque cosa fosse, era un profumo molto maschile.

«Non mi aspettavo di vederti qui stasera. Ti ho vista sempre e solo in biblioteca.» La voce di William le arrivava seducente all'orecchio.

Lei sussultò. L'aveva già notata? «Mi ha trascinato fuori la mia compagna di stanza.»

«Fammi indovinare, preferiresti essere a casa a studiare, vero?»

«Come lo sai?»

«Lavori in biblioteca.»

«E questo cosa vorrebbe dire?»

«Scommetto che passi più tempo con i libri che con le persone» scherzò lui, mostrando i denti perfettamente allineati.

«A volte sono la compagnia migliore.»

«Beh, signorina Eleanor, sono lieto che tu sia uscita. Tutti hanno bisogno di una pausa.» Le fece fare una piroetta e poi si chinò su di lei. «Fa bene all'anima.»

«Cosa ti rende tanto saggio?» Lei sollevò la testa in modo che la luce catturasse i suoi occhi.

«L'esperienza.»

Ballarono con disinvoltura, girando e volteggiando rapidi per tre canzoni consecutive, che sembrarono una sola. Quando la band fece una pausa, le sopracciglia di Eleanor erano umide ed era sicura che i suoi riccioli si fossero sciolti. Mentre applaudivano il gruppo di musicisti, una sequela di grida attirò l'attenzione di tutti verso la porta d'ingresso.

«Cosa dite? Chi? Cosa dite? Chi?»

Giovani donne in abiti chemisier color lavanda, stretti in vita da cinture d'argento, si facevano strada tra la folla marciando in fila indiana. Il pubblico del locale si apriva al loro passaggio, mentre le ragazze si dirigevano verso la pista da ballo, muovendo braccia e gambe con mosse sincronizzate. Il batterista, che stava per lasciare il palcoscenico, diede ancora qualche colpetto con le bacchette, *tap, tap, tap*. Le ragazze ripresero il suo ritmo battendo le mani, e poi gridarono all'unisono: «Ecco cosa dite, dite Alpha Beta Chi!».

Le ABC lanciarono le mani in aria tra gli applausi. Alcune mandarono baci tutto intorno, poi si staccarono dalla formazione per andare a salutare amici e ammiratori in giro per la sala. Eleanor strinse i denti. Era riuscita a non pensare al no della confraternita nei suoi confronti, mentre ballava con William. Ora le tornava tutto in mente.

William le toccò il gomito. «Posso portarti qualcosa da bere?»

Mentre William ordinava da bere, Eleanor lanciò un'occhiata alla fila delle novizie delle ABC, che indossavano abiti bianchi anziché il consueto color lavanda e portavano nastri d'argento tra i capelli. Erano in piedi contro il muro, le mani giunte davanti al petto, i volti immobili in attesa di istruzioni. Le novizie in fila dovevano farsi vedere ma non farsi sentire, mentre assicuravano la loro fedeltà alle Alpha Beta Chi. Le novizie avrebbero guadagnato le cinture d'argento e il diritto di indossare gli abiti color lavanda solo dopo sei settimane. Eleanor avrebbe dovuto essere una di loro. Non poté fare a meno di provare una fitta di invidia quando scrutò i loro volti, dovendo riconoscere che Nadine aveva ragione: tutte le ragazze erano chiare e luminose.

William tornò con un Orange Crush per Eleanor. «Salute.» Lui alzò il suo bicchiere di birra ed Eleanor bevve un sorso del suo cocktail, felice di poter distogliere l'attenzione.

Un momento che venne subito interrotto da una voce stridula che gridava il nome di William.

Entrambi si voltarono e videro Greta Hepburn, presidente delle ABC e reginetta del ballo per due anni di fila, che avanzava verso di loro. Per poco non cadde tra le braccia di William, mentre lo baciava sulla guancia.

Lui sembrò sorpreso dalla manifestazione di affetto. «Lieto di vederti, Greta» disse, con un passo indietro che la costrinse a sciogliersi dall'abbraccio.

Greta si scostò i morbidi capelli ondulati dalle spalle e si rivolse a Eleanor. «Suppongo tu abbia ricevuto la lettera.» Sembrava un moto di simpatia, ma l'emozione non arrivava neanche a sfiorarle gli occhi color miele.

Eleanor annuì, desiderando disperatamente che Greta tenesse la bocca chiusa davanti a William.

«Avrai più fortuna l'anno prossimo. Non perderti d'animo» disse, poi si girò verso William. «Ho così sete. Saresti tanto gentile da portarmi un po' di punch?»

«Certo» disse William. «Eleanor, vuoi qualcos'altro?»

«No, grazie.»

William si allontanò, mentre Greta le andò così vicino da avvolgerla nel suo costoso profumo da boutique di lusso.

«Come fai a conoscere William?»

«Ci siamo appena conosciuti.»

«Io e lui ci conosciamo da sempre. In pratica, facevamo il bagnetto insieme da bambini» disse Greta ridendo. «Le nostre famiglie sono molto unite.»

Eleanor non sapeva cosa dire, quindi annuì e sorseggiò il suo drink. William tornò verso di loro sorridendo. Lo sguardo affettuoso era per lei o per Greta? Difficile dirlo, visto quanto erano vicine, ma doveva essere per Greta. Greta era uno spettacolo, Eleanor doveva ammetterlo. Lo dicevano tutti al campus. L'aveva sempre vista perfetta, senza neanche un capello fuori posto. Greta emanava puzza di soldi, si vestiva con gli abiti più appariscenti e si comportava da primadonna della Howard. La sua pelle era così chiara che l'unica cosa che la identificava come nera era il fatto che frequentava la Howard come il resto dei neri.

«Ecco a te, Greta.» William le porse il bicchiere e Greta, nel prenderlo, urtò col gomito il bicchiere di Eleanor, facendole versare il coloratissimo Orange Crush sul davanti del suo abito in prestito.

«Mi dispiace tanto» esclamò la presidente delle ABC, ma non fece il minimo gesto per rimediare. Intervenne William, che porse a Eleanor un fazzoletto ricamato.

«Tutto bene?»

«Benissimo.»

"Umiliazione a parte" si disse. La band ricominciò a suonare.

«William, balliamo.» Greta lo afferrò per un braccio. William guardò Eleanor.

«Faccio un salto nel bagno delle signore per darmi una ripulita. Voi due divertitevi» disse Eleanor, allontanandosi prima che qualcuno potesse risponderle.

Quando si guardò nello specchio lungo, vide la macchia umida che spiccava sull'abito di Nadine. Ora avrebbe dovuto portarlo in lavanderia. Greta l'aveva urtata di proposito, Eleanor ne era certa. Non le era bastato negarle l'ingresso nelle ABC?

Eleanor tamponò la scollatura con un fazzoletto di carta umido – almeno, non le aveva versato addosso tè o Coca-Cola. Tuttavia, la serata era rovinata e sapeva che la cosa migliore da fare era tornare nel suo alloggio al campus. Se andava via subito, aveva ancora il tempo per studiare qualche capitolo di filosofia, prima di mettersi a letto.

Uscendo, Eleanor lanciò un'occhiata alla pista da ballo, dove Greta volteggiava, le braccia strette al collo di William. Erano una coppia bellissima, sembravano usciti da una rivista.

"In pratica, facevamo il bagnetto insieme da bambini."

Era giusto così. Impensabile che William Pride, un futuro medico, potesse interessarsi a una ragazza come Eleanor. Sulla pista da ballo l'aveva quasi definita un noioso topo da biblioteca. Eleanor si congratulò con sé stessa per non essersi lasciata incantare dalla facilità con cui le mani di lui le cingevano la vita, e dal tono carezzevole della sua voce all'orecchio. William era stato gentile a farsi avanti, ma non significava nulla.

Diede un ultimo sguardo alla pista da ballo. Da una parte Nadine che volteggiava, dall'altra Greta protesa in avanti a dire qualcosa che aveva fatto ridacchiare William. Eleanor si diresse alla porta. Solo quando si trovò fuori e sentì l'aria fresca della notte sfiorarle le dita, si rese conto che stava ancora stringendo il fazzoletto di William.

5
Comportarsi male

Ruby

La luce del sole inondava l'appartamento, rendendomi difficile dormire. Mi rotolai sul divano letto, e vidi zia Marie seduta al tavolo con un pezzo di manzo congelato sulla faccia.

«Che cosa è successo?» La coperta di lana mi scivolò dai fianchi.

«Poco prima della chiusura, ho dovuto prendere a pugni un idiota che non reggeva l'alcol e stava parlando troppo.»

«Stai bene?»

«Sembra peggio di quello che è. Sono solo arrabbiata con me stessa per non aver schivato il colpo.» Sospiro nella fessura tra i denti. «Non so chi l'abbia fatto entrare, ma ho capito che cercava guai da come è rimasto seduto tutta la sera a lanciare insulti verso il palco. La direzione dovrà fare di meglio, per scremare chi entra nel locale. Kiki's è un rifugio sicuro per noi.»

Con «noi» non intendeva solo noi neri, ma persone come lei. Persone che indossavano quello che gli pareva e baciavano chi gli pareva. Lasciò scivolare giù il pezzo di carne, e vidi l'alone marmorizzato nero e blu intorno all'occhio sinistro.

«Cosa vuoi che faccia?»

«Vai a prendere un po' di cose sulla 31ª strada.»

Appoggiai i piedi nudi sul freddo pavimento di legno, e cominciai subito a tremare. La stufa si era spenta, ma si sentiva ancora l'odore delle braci. Il freddo mi fece starnutire più volte, fino a farmi lacrimare gli occhi.

«Prendi un cucchiaio di olio di fegato di merluzzo, sta nell'armadietto sopra il lavandino» mi ordinò zia Marie.

«Sto bene» risposi, non avendo nessuna voglia di mandar giù

quell'orrenda broda che sapeva di pesce. Mi faceva puzzare l'alito e mi dava mal di stomaco.

«Tesoro, non te lo sto chiedendo. Non voglio che ti ammali qui da me, quando sono io che mi occupo di te.»

Nel corso degli anni avevo passato abbastanza tempo con zia Marie da sapere che era inutile stare a discutere con lei, così presi un cucchiaio e la bottiglia e mandai giù una dose di quel disgustoso olio di pesce. Lo stomaco mi si rivoltò e il retrogusto mi rimase sulla lingua anche dopo aver bevuto un bel po' di acqua.

«Brava la mia nipotina.» Zia Marie riposizionò la carne sopra l'occhio. «Cerca di vestirti a strati.»

Annuii, mentre mi sforzavo di reprimere un altro starnuto, nel timore che mi facesse prendere qualche altra medicina. Rovistai tra le borse di carta che contenevano le mie cose, mentre la voce di Inez, «troietta», riecheggiava da ogni borsa. Avevo visto giusto: tutti i capi di abbigliamento che possedevo erano stipati lì dentro.

Sette anni. Per tutto quel tempo Inez mi aveva fatto da madre. Da quando sono nata fino alla terza elementare, Inez era solo la figlia di Nene. La bella signora che profumava di caprifoglio e portava i tacchi a spillo, che veniva nei fine settimana a bere birra con mia cugina Fatty. Poi il glaucoma di Nene si era aggravato ed era caduta fratturandosi l'anca. Due giorni dopo era stata emessa la diagnosi: era cieca.

Mi ci volle una settimana prima di capire che qualcosa non andava, da come il labbro inferiore di Nene tremava mentre mi stringeva al petto. «Se potessi tenerti, tesoro, sai che lo farei. Ma Nene sta invecchiando ed è Inez l'unica mamma che hai. Abbi pazienza con lei.»

Fu così che scoprii che Inez era la mia vera mamma, mentre mi trasferivo a qualche isolato di distanza nell'appartamento in cui viveva con il fidanzato del momento.

Era evidente che Inez non mi aveva mai voluta con sé. Nene e la nostra routine mi mancavano da morire. E tutto ciò che facevo nella mia nuova casa faceva arrabbiare Inez. Se versavo troppo sciroppo d'acero sui pancake, mi prendevo uno schiaffo. Se le facevo una domanda mentre il suo uomo era lì, mi sgridava. Se poi per disgrazia uno dei suoi pretendenti staccava gli occhi da lei per guardare me, il risultato era un incontro ravvicinato tra il mio sedere e la spessa cintura di cuoio appesa dietro la porta della camera da letto. La maggior parte delle volte, dopo i suoi momenti di follia, mi mollava a casa di zia Marie finché non si era calmata i «nervi».

Ma Inez non mi aveva mai buttato fuori con tutto quello che possedevo. Non prima della faccenda di Leap. Mi faceva male la gola, mentre ruttavo l'orrido sapore dell'olio di fegato di merluzzo.

«Compra un po' di farina di granturco da mettere in pentola per la colazione.» La voce di zia Marie mi riportò alla realtà.

Annuii. I pantaloni neri non avevano bisogno di essere stirati, così li infilai con una camicetta a quadri, un cardigan ampio e le scarpe basse. Quando ero andata a stare da Inez, lei scherzava sul fatto che avrebbe potuto friggerci un uovo sulla mia fronte, che era larga come una padella. Rideva di me, e da quel momento non ero più uscita di casa senza la frangia fin quasi sugli occhi. Me la schiacciavo contro la fronte, e il resto dei capelli lo raccoglievo in uno chignon.

Quando fui pronta per uscire zia Marie si era già cambiata, e aveva indossato la vestaglia a fiori. In piedi davanti allo specchio del corridoio, si stava spalmando un velo di dentifricio sull'occhio nero.

«Vai da Sandler's, è la gastronomia migliore, ma non farti servire dalla cafona col neo, cerca sempre di rifilarci la carne più dura. Aspetta che si liberi la signora con la parrucca bionda, anche se sta già servendo un altro cliente.»

Zia Marie mi passò una borsa della spesa fatta all'uncinetto, la lista scritta a mano e tre dollari, piegati in un fazzoletto che mi fece appuntare all'interno della camicetta, vicino al cuore. Avrebbero dovuto immobilizzarmi a forza, per riuscire ad arrivarci.

«Conta sempre il resto, capito?»

Aprii tutte e tre le serrature della porta d'ingresso. Fuori, l'aria di ottobre era gradevole sul viso e mi sorprese scoprire che faceva più caldo che in casa. Dall'altra parte della strada c'era una stazione di servizio, e mentre passavo, un uomo barbuto si sporse dal finestrino della sua auto e mi squadrò.

«Amore, sei troppo gnocca per girare da sola per queste strade. Ti do un passaggio io, vieni.» Era abbastanza vecchio da essere mio padre, e aveva un dente incapsulato in oro come Leap.

Attraversai la strada in direzione opposta, irritata dal suono del suo richiamo, e mi voltai indietro per assicurarmi che non mi stesse seguendo. Soddisfatta, camminai per due isolati fino alla 31ª, dove per quattro isolati su entrambi i lati della strada c'erano solo negozi e attività in mano agli ebrei. Si poteva comprare di tutto, dal pane fresco alla frutta e verdura, dai dolci ai gioielli. Il sabato, l'intera strada era chiusa. Le persone che vivevano nel quartiere facevano compere nei negozi soprattutto la domenica, prima o dopo essere stati in chiesa. Zia Marie non credeva nella chiesa, e nemmeno a Inez importava molto. Ci andavamo solo quando moriva qualcuno o qualcun altro si sposava.

Da un negozio all'altro, comprai tutto quello che c'era sulla lista. Mi erano rimasti solo cinque centesimi di resto. Da che avevo messo piede sulla 31ª strada, non avevo mai smesso di cercare con gli occhi Greenwald's, e di dibattere tra me e me se fosse il caso di fermarmi oppure no. Il negozio di dolciumi era al centro dell'isolato, con due pali bianchi e rossi che giravano su entrambi i lati della porta e mi facevano pensare ai bastoncini di menta piperita. Non ci ero mai entrata. Alcuni dei negozi bianchi della 31ª mi sembravano off-limits, e Greenwald's era uno di questi. Prima che Nene diventasse cieca il gelato lo faceva lei in casa, oppure compravamo tre dolciumi per un penny al negozio all'angolo.

Un campanello suonò per annunciare il mio ingresso nel negozio. Il rumore mi spaventò. Mi sentii d'improvviso stupida per il solo fatto di essere lì e mi voltai per uscire, ma il suono del mio nome mi bloccò lì sul pavimento a scacchi bianchi e neri.

«Ruby?»

Era proprio Shimmy. Dietro il bancone laminato, con un grembiule a strisce e un cappellino di carta, mi fece cenno di venire avanti.

«Sei venuta a trovarmi» disse con voce esitante.

«Zia Marie mi ha mandato a fare provviste.» Sollevai la borsa della spesa come prova, poi diedi un'occhiata al negozio.

All'interno era più piccolo di quanto sembrasse dalla strada, e profumava di glassa per dolci. Sugli scaffali alle pareti erano allineati bene in ordine vasi di vetro contenenti caramelle, gelatine zuccherate, gomme da masticare, bastoncini di liquirizia, lecca-lecca, mou e altri dolciumi ancora immersi in vortici di marshmallow, burro di arachidi, caramello e cioccolato. Mi sembrava di essere dentro un sogno ricoperto di zucchero, e avrei voluto toccare e assaggiare tutto.

Shimmy prese lo strofinaccio bianco e pulì il bancone, che già brillava. «Cosa posso darti?»

Indicai il gelato artigianale in una vetrina trasparente.

«Che gusti avete?» Era una domanda stupida, perché ogni gusto era chiaramente etichettato.

«Cioccolato, burro di noci, vaniglia, vaniglia alla ciliegia e fragola. Il mio preferito è vaniglia alla ciliegia.»

Indicai la vaniglia alla ciliegia e lui tuffò la paletta di metallo in quella crema meravigliosa.

«Prendo solo una pallina.» Alzai una mano, ma lui mi ignorò e ne aggiunse una seconda alla coppetta.

Eravamo soli nel negozio. C'erano tre sgabelli d'argento contro il bancone, ma non mi mossi per sedermi. Sotto la vetrina troneggiava un juke-box, tutto metallo lucido, tubi di platica e lucine colorate. Da bambina avevo passato pochissimo tempo con i bianchi, specie quelli della mia età. C'erano state le sorelle con cui avevo giocato il sabato mentre Inez faceva le pulizie a casa loro, ma niente di più. Zia Marie si sarebbe arrabbiata parecchio, se avesse scoperto questa follia. Stavo pensando di portarmi via il gelato, ma Shimmy interruppe il corso dei miei pensieri.

«Come ti sembra?» E sorrise, con una certa aria di attesa.

Mi portai il cucchiaio alle labbra e lasciai che la sensazione di freddo si sciogliesse sulla lingua. «È buono.»

«Solo buono?» Andò alla vetrina frigo e ne prese un po' anche per sé.

«Lo devi pagare?»

«No, è uno dei vantaggi di lavorare qui.» Intinse il cucchiaino nel gelato e lo leccò con gusto. Un po' gli rimase appiccicato all'angolo delle labbra.

«Ti serve un fazzoletto» gli dissi, indicandogli la bocca.

Lui sorrise. «Ti puoi anche sedere.»

«Sto bene così.»

«Ruby, rilassati, questa è come se fosse casa mia.» Indicò lo sgabello.

«Sei sicuro?» Mi guardai di nuovo intorno, così poco abituata a occupare gli spazi dei bianchi.

«Il signor Greenwald è una brava persona.»

Esitai e poi mi issai sullo sgabello. Shimmy si sporse sul bancone, e le nostre coppette d'argento si sfiorarono.

«Salute» disse, infilandosi in bocca una bella porzione. Sul suo labbro superiore si disegnò un leggero baffo.

Il campanello suonò di nuovo. Mi voltai e vidi entrare nel negozio una signora dalla carnagione chiara, con un cappello di feltro rosso. I suoi occhi scuri mi trovarono seduta al bancone e il suo naso sottile si arricciò, come se stesse annusando del latte che a sorpresa si era inacidito.

Shimmy si raddrizzò dietro il bancone. «Buon pomeriggio, signora Levy. Cosa posso fare per lei?»

Per un lungo momento calò il silenzio. Incerta se alzarmi o semplicemente andarmene, rimasi con la faccia china sulla coppa di gelato. Non volendo attirare l'attenzione su di me, non alzai nemmeno il cucchiaio.

«Vorrei una mezza dozzina di tartarughe al cioccolato e una manciata di liquirizia.» La voce della donna era guardinga e decisa.

«Arrivano subito» rispose Shimmy. E andò a prendere i dolcetti.

«Come sta tua madre, Shimmy?» Sentivo che la donna mi lanciava occhiate dardeggianti. Perle di sudore mi scendevano lungo il collo.

«Sta bene.» Incartò i cioccolatini in carta oleata e poi li avvolse di nuovo in un foglio di carta bianca, che sigillò con un'etichetta rossa di Greenwald's.

Con la merce sotto il braccio, la donna mi passò davanti e si fermò sulla porta, fissando senza ritegno il mio seno florido. Sollevai le spalle e abbassai ancora di più la testa sulla mia coppetta.

«Stai attento alle compagnie che frequenti, Shimmy. Sono un pericolo, per i bravi ragazzi ebrei come te» sbottò, chiudendosi la porta alle spalle con un tonfo.

Shimmy mise i soldi nella cassa.

«Mi dispiace» si scusò, ma io mi ero già alzata in piedi. L'avversione della donna nei miei confronti mi aveva tolto l'appetito. E poi cosa ci facevo lì, oltre a rendermi ridicola? Spinsi la coppetta mangiata a metà sul bancone.

«Non andartene.» Shimmy allungò la mano e mi afferrò il braccio. Il suo tocco era caldo e sudato allo stesso tempo.

«Questo non è il mio mondo.» E mi divincolai.

«Senti, la signora Levy è solo arrabbiata perché suo marito la tradisce con la donna della gastronomia.»

Feci una pausa. «Ci sono appena stata. Quale delle due?»

«Alma, quella con quel grosso neo sul mento.»

«Sembra sempre così arrabbiata. Non mi faccio mai servire da lei.»

«È perché lei vuole che lui divorzi, ma lui si rifiuta perché hanno due figli.»

«Che vergogna!»

«Ne parla tutto il quartiere, e il figlio più grande si comporta male a scuola.»

Oscillai da un piede all'altro, provando un po' di pietà per quella donna scorbutica.

«Dài, mettiamo qualcosa al juke-box. La domenica è fiacca, se mi lasci qui da solo mi toccherà mangiarmi tutto quel barile di gelato.» I suoi occhi verdi mi supplicavano. Non avevo mai guardato dentro occhi così limpidi, così accesi di speranza.

Sospirai e feci per sedermi. Lui batté le mani, poi si avvicinò al juke-box nell'angolo.

«Lavori qui tutti i giorni?»

«Solo la domenica, il mercoledì e il giovedì dopo la scuola.»

«Che bello poter mangiare gratis tutti i dolci che vuoi.»

«Sicuramente è un vantaggio. Ma devo stare attento che tutto quello zucchero non mi rovini la linea.» Alzò il braccio e fece i muscoli. Ma era magro come un chiodo, e a vederlo lì col braccio flesso mi misi a ridere.

«Che c'è, non sei d'accordo?» Sollevò l'altro braccio e fece lo stesso movimento, e io ridacchiai ancora più forte. «Che canzone devo mettere, per non far svanire il tuo sorriso?»

Mi sentii arrossire. «Hai qualcosa di Nat King Cole?»

Infilò una moneta nella fessura, schiacciò il pulsante e dal juke-box uscì *A Blossom Fell*.

«È una delle mie preferite. Come fai a saperlo?»

«Ho tirato a indovinare» disse, scoccandomi un sorriso.

Quel brano che conoscevo così bene mi mise a mio agio, e finimmo il gelato. Parlammo dei testi delle nostre canzoni preferite, di ciò che odiavamo della scuola, fino ad arrivare ai programmi radio che più amavamo. Il *Fred Allen Show*, che andava in onda ogni settimana, era il nostro prediletto, e Shimmy mi fece morire dal ridere con le sue imitazioni, mentre snocciolava una barzelletta dopo l'altra. Non c'era un gran traffico di gente, in negozio. Entrò un tizio con cinque bambini piccoli, ma era così impegnato a cercare di accontentare ognuno con il suo dolcetto preferito che prestò ben poca attenzione a me. Il tempo sembrava sospeso, ormai Shimmy stava esaurendo le canzoni che conoscevo e aveva cominciato a suonarne alcune delle sue preferite. Quando gli dissi che era meglio se me ne andavo, mi chiese di restare ancora un po'.

Zia Marie mi stava sicuramente già cercando a quell'ora, ma gli chiesi un'ultima canzone. «E cerca di finire in bellezza.»

«Ho lasciato il meglio per ultimo.» Schiacciò di nuovo il pulsante e dal juke-box uscì *Rock and Roll* di Wild Bill Moore.

Riconobbi la canzone solo perché il fine settimana prima Fatty aveva portato a casa il 78 giri, e lo aveva suonato ininterrottamente mentre cercava di insegnarmi a ballare il jitterbug. Schioccai le dita seguendo il ritmo e dimenandomi sullo sgabello.

«Cosa sai di questa canzone?» chiesi, visto che era una canzone da neri. «Stai cercando di impressionarmi?»

«Ci sono riuscito?» Inclinò la testa di lato, sornione.

«Solo un po'.» Muovevo le spalle e canticchiavo, seguendo il testo del brano.

Puoi avere il mio denaro, puoi avere il mio tesoro,
ma lasciami il rock and roll.

Shimmy si chinò in avanti, tamburellando sul bancone con le lunghe dita. Era così vicino che i nostri gomiti si toccarono. Il suo odore mi inebriò.

«C'è qualcosa in quel sax tromba e in quel ritmo di fondo così deciso che mi fa sentire in cima al mondo.» Girò il viso verso di me. Sotto il labbro inferiore gli era rimasto un sottile sbaffo di gelato.

«Sono d'accordo.» Senza pensarci, mi leccai la punta del dito e cancellai lo sbaffo. I nostri occhi si incrociarono.

In quel momento la porta del negozio si aprì ed entrò un uomo brizzolato con la pancia, che indossava lo stesso cappellino di Shimmy.

«Non ti avevo detto di non suonare quei dischi immorali qui dentro?» gli disse, in tono di rimprovero. Poi mi vide e gli occhi gli si oscurarono come nuvole cariche di pioggia. «Non è permesso sedersi» ruggì.

Inciampai nel mio stesso piede mentre cercavo di alzarmi.

«Signor Greenwald» borbottò Shimmy, facendo un passo indietro.

«Shimmy, dovresti saperlo bene.»

Il signor Greenwald era un orsone, grande e grosso. Mi sovrastava e sembrava digrignare i denti. Prima che potesse dire altro, gli passai davanti di corsa e mi precipitai fuori dal negozio. Sapevo di cosa erano capaci uomini come lui. Leggevo i giornali e guardavo i notiziari. Ero già arrivata a metà dell'isolato quando mi resi conto dell'errore: avevo dimenticato i sacchetti di zia Marie. Se fossi tornata a casa senza la spesa, mi avrebbe staccato la testa. Non avevo altra scelta che tornare indietro.

Un brivido di disagio mi percorse la schiena e mi fermai davanti alla porta del negozio. Mentre cercavo di trovare il coraggio di entrare, sentii il signor Greenwald urlare.

«Li puoi servire ma in fretta, non possono starsene qua in giro e di certo non si possono sedere al mio bancone. Lo sai bene, ragazzo. Il mio vecchio si starà rigirando nella tomba.» Inspirò l'aria tra i denti. «Ho ricevuto diverse telefonate di lamentele.»

«Lei è una mia amica, lei» balbettò Shimmy.

«Non puoi essere amico di una come lei. Pensavo che avessi più buon senso, ragazzo. Non fare la fine di tuo padre.»

Il signor Greenwald si bloccò quando sentì suonare il campanello della porta e si voltò verso di me con un sorriso. «Benvenuto da...» Si fermò quando capì che ero io e il suo volto si corrugò. «Ancora tu?»

«Ho dimenticato la spesa, signore.» Mi infilai nel negozio evitando lo sguardo di Shimmy, afferrai la borsa di zia Marie e sgusciai fuori dalla porta. Sentii il signor Greenwald chiudere la porta dietro di me, sbattendo il cartello CHIUSO sulla vetrina.

Stavano uscendo dalla chiesa e le famiglie con le facce nere si aggiravano nei loro vestiti della domenica, tornando a casa per il pranzo prima della funzione pomeridiana. Io arrancavo sulla 31ª con la spesa per zia Marie, cercando di scacciare dalla mente i commenti del signor Greenwald e l'immagine della sua faccia ringhiante. Ero una cliente come le altre, e lui non aveva il diritto di trattarmi come una gomma da masticare sporca attaccata alla suola delle scarpe. Non è che non sapessi che i bianchi ci odiavano. Era un dato di fatto. Tutti quelli che conoscevo vivevano in appartamenti angusti e pieni di spifferi e pagavano l'affitto a bianchi che facevano ben poco per rendere il posto vivibile. Gli adulti che conoscevo facevano lavori umili per i bianchi che li pagavano troppo poco per troppo lavoro. Fatty puliva gli uffici, mia madre lavorava a giornata per le famiglie che non potevano permettersi una domestica a tempo pieno e Nene faceva il bucato e cucinava per sbarcare il lunario.

Nelle loro vite vedevo il mio futuro e ho capito fin da piccola che fare le pulizie per i bianchi non era la strada giusta per me. Sarei diventata un'optometrista per poter scoprire la cura per il glaucoma di Nene e restituirle la vista. Sarei stata la prima della nostra famiglia a frequentare l'università e, quando sarei tornata a casa con le mie varie lauree, questo avrebbe dimostrato che la famiglia di mio padre si era sbagliata su di me. E che anche Inez si era sbagliata su di me.

Zia Marie mi raccontò che quando Inez aveva confessato di essere incinta alla tenera età di quindici anni, Nene si era messa a piangere e poi aveva dato uno schiaffo a Inez, dicendole: «Sono contenta che tuo padre sia già andato a stare con il Signore, altrimenti ce lo avresti accompagnato tu stessa fino alle porte del Paradiso».

Dopo essersi calmata, e aver preso coscienza della realtà, Nene si rese conto che c'era solo una cosa da fare: insistere affinché il ragazzo facesse il suo dovere. Junior Banks era un giovane di bell'aspetto e i suoi genitori erano proprietari dell'impresa di pompe funebri Bankses. Abitavano all'angolo tra la 16ª e York, in una casa a schiera con un ampio portico.

«Almeno non ti sei disonorata con un nero qualunque» aveva detto Nene – la zia Marie mi aveva raccontato tutta la storia l'estate scorsa, durante una partita a carte scandita da qualche bicchiere di troppo di alcolici fatti in casa.

Quando la madre di mio padre, la signora Banks, aprì la porta, non invitò nemmeno Nene e Inez a prendere il tè. Rimase lì, con la porta interna ben chiusa, come se non volesse che vedessero tutte le cose raffinate che aveva dentro casa. Come se temesse che cercassero di rubarle qualcosa.

Secondo zia Marie, dopo che Nene si era schiarita la gola e aveva dato la notizia, la signora Banks aveva guardato Inez, con il suo cappotto logoro e il cappello a tesa larga che la facevano sembrare più una mezzadra che una ragazza rispettabile, e le rise in faccia.

«Non è possibile che Junior abbia perso la testa per te. Vai a cercare qualche altro idiota che si prenda il tuo bastardo.» Pare che la signora Banks stesse ancora ridendo quando aveva chiuso la porta.

Inez si rintanò nel loro appartamento mentre Nene cercava di capire quale sarebbe stata la loro prossima mossa. Zia Marie mi disse che fu lei a tornare qualche giorno dopo a bussare alla porta dei Banks, con l'intenzione di far ragionare chi avesse risposto. Fu il signor Banks ad affacciarsi alla porta, per informarla che Junior viveva a Baltimora ormai e non poteva essere il padre.

Consegnò a zia Marie una piccola busta, «per i vostri problemi». E chiuse la porta.

All'interno c'erano soldi a sufficienza per coprire due mesi di affitto, e la faccenda finiva lì. Sei mesi dopo la mia nascita, si sparse la voce che Junior Banks aveva fatto una proposta di matrimonio a una donna rispettabile.

Sapevo dove abitavano i Banks e di tanto in tanto passavo davanti alla loro casa, solo per guardare il portico ben curato con le piante in vaso appese. Quando mi sarei laureata e sarei diventata medico, immaginavo che si sarebbero inginocchiati a implorare il mio perdono per avermi abbandonato. Avrebbero visto che ero abbastanza brava. Abbastanza intelligente. Degna del cognome Banks, che non avevano permesso a Inez di scrivere sul mio certificato di nascita.

Ero determinata a dimostrare quanto valevo, a ridare la vista a Nene e, a differenza di Inez, non dover mai dipendere da un uomo per avere un tetto sopra la testa. Ecco perché sgobbavo così tanto nel programma *We Rise* e dovevo riuscire a ottenere la borsa di studio completa. Non potevo fallire e la nuova amicizia con Shimmy era una distrazione che non potevo permettermi. Dovevo togliermi dalla testa lui e quei magnetici occhi verdi. Non avevo bisogno del signor Greenwald o di quella donna scorbutica per ricordarmi che io e Shimmy non eravamo destinati a mescolarci. Era una cosa che sapevo fin dalla nascita.

Nei giorni successivi rimasi concentrata sui miei compiti scolastici, scacciando dalla mente Shimmy che aggiungeva pennellate di giallo al mio quadro e suonava Wild Bill al juke-box. Poi, il venerdì successivo, ero seduta sui gradini della casa di zia Marie quando alzai lo sguardo e vidi Shimmy che usciva dal negozio di vernici all'angolo, un occhio nascosto dai capelli e l'altro fisso su di me.

Senza pensarci, alzai la mano verso la frangia, per assicurarmi che il vento non l'avesse fatta andare fuori posto. In grembo avevo una copia in brossura della *Dodicesima notte*, un compito per il mio corso avanzato di inglese a scuola. Con la coda dell'occhio vidi Shimmy avvicinarsi. Camminava accanto a un uomo anziano che trascinava il ginocchio destro.

«Papà, ti aspetto qui fuori.»

«Non ci metterò molto» disse l'uomo, dirigendosi verso la porta d'ingresso dell'edificio. Aveva il viso lucido e si attaccò alla balaustra in modo goffo. Percepii un sentore di alcol che gli trasudava dalla pelle. L'avevo già visto, ma non sapevo che fosse il padre di Shimmy. Era il padrone di casa della zia Marie, e veniva a riscuotere i soldi dell'affitto. Aveva la reputazione di essere un ubriacone e passava il tempo nell'appartamento del signor Leroy all'ultimo piano, a bere, a volte fino a perdere i sensi. Anche immerso nella sua nebbia alcolica, restava un pignolo riguardo ai soldi. Non si fidava che i suoi inquilini pagassero alla fine del mese, così raccoglieva i soldi ogni settimana.

Shimmy si fermò a pochi metri dalla ringhiera di ferro.

«Ciao.»

Non alzai lo sguardo dal libro, anche se non riuscivo più a dare alcun senso alle parole sulla pagina.

«Cosa stai leggendo?»

Sollevai la copertina, sperando che se ne andasse.

«L'ho letto l'anno scorso. Non male per essere Shakespeare.»

Allora non riuscii a trattenermi. «Qual è il tuo preferito?»

«Forse *Romeo e Giulietta*.»

«Perché?»

«Ho un debole per le storie d'amore proibite.» Si scostò i capelli dagli occhi e sorrise.

Nonostante tutta la mia determinazione, sul viso mi si aprì un sorriso. «Non ti avrei mai classificato come un inguaribile romantico.»

«Ti dispiace se mi siedo?»

Diedi un'occhiata alla strada per vedere se c'era qualcuno che stava guardando. Due ragazzi giocavano a tirare calci a un barattolo e un cane nero annusava i bidoni della spazzatura in cerca di cibo. La finestra della signora Edna, al secondo piano, era aperta, e il fatto che non la vedessi non significava che non fosse in agguato. In quell'isolato c'era sempre qualcuno che spiava.

«Non è una buona idea.»

Si accovacciò due gradini sotto di me e mi scrutò sotto le ciglia. Erano lunghe e folte, ed era un peccato sprecarle per un ragazzo che aveva già tante belle caratteristiche.

«Non voglio che tu ti metta in altri guai.» Alzai il viso verso il cielo.

«Mi dispiace per il signor Greenwald. Non pensavo che si sarebbe comportato così.»

«Non avrei dovuto aspettarmi niente di più.»

Un rossore gli salì lungo il collo e gli sbocciò sulle guance. «Certo che avresti dovuto. Lascia che mi faccia perdonare.»

Strinsi le labbra, cercando almeno un accenno del burrocacao che avevo applicato prima, ma si era ormai seccato.

«Lascia perdere, per favore.»

Shimmy si mise una mano in tasca e tirò fuori un tubetto di tempera alla lavanda. «Ora puoi aggiungere qualche fiore all'albero del tuo quadro.»

Nessun ragazzo mi aveva mai portato un regalo. In compenso, si erano spesso approfittati di me. A scuola, mi sfioravano il sedere nei corridoi, mi guardavano sotto la gonna sulle scale, erano sempre lì con le mani protese a tentare di toccarmi, quando eravamo in cortile e gli adulti non guardavano. E poi c'era Leap, e gli uomini per strada. Shimmy invece era così diverso.

«Grazie. Mi fa davvero piacere.»

«Vieni a sentire un po' di musica con me, domani sera, al Dell.» La sua voce era roca.

«Sei pazzo? Sei sordo o stupido?» Scoppiai a ridere, mentre mi giravo in mano il tubetto di tempera. Era quella di qualità, che si asciugava in fretta.

«Dico sul serio.»

«Come facciamo a farla franca? Non posso nemmeno entrare nel tuo negozio di caramelle senza farmi buttare fuori come i sacchi della spazzatura alla sera.»

Unì le mani. «Ti farò vedere. Ci vediamo qui alle otto.»

I suoi occhi mi fissarono così a lungo che dovetti distogliere lo sguardo. Avrei dovuto dire "assolutamente no", ma prima di riuscire a fermarmi, sussurrai: «E se qualcuno ci vede?».

«Avrò la macchina di mio padre.» Salì un gradino, avvicinandosi ancora un po'. Quella fragranza di cedro mi impediva di ragionare.

«Shimmy, non mi devi niente. Il gelato era buono, ma...»

«Dài Ruby, non farti supplicare.»

Sospirai. Per quanto volessi negarlo, mi piaceva la compagnia di Shimmy. Era intelligente, divertente e con lui mi trovavo bene. E ci piaceva la stessa musica. Non ero mai stata al Dell. Che male c'era, se due amici andavano ad ascoltare un po' di musica insieme?

Guardai di nuovo verso la finestra della signora Edna per vedere se mi stava spiando, ma era ancora vuota. Se zia Marie lo avesse scoperto, mi avrebbe ammazzata.

Buttai fuori il fiato. «Okay, ma non possiamo farci vedere da tutti. Mettiti nel vicolo laterale.»

«Mi troverai lì.»

6
(Sentirsi) bene

Eleanor

La mattina dopo, Eleanor infilò una copia di *Our Nig: Sketches from the Life of a Free Black*, di Harriet E. Wilson, nello scomparto anteriore della sua borsa a busta. La signora Porter le aveva prestato una prima edizione, pubblicata nel 1859, raccomandandole di prendersi cura del libro come se fosse un neonato. Nadine era ancora a letto con la mascherina di raso sugli occhi. Eleanor cercò di non inciampare nei suoi vestiti sparsi in disordine sul pavimento e si chiuse la porta alle spalle il più silenziosamente possibile. Quando passò davanti alla reception, la matricola che controllava la porta la chiamò.

«Quarles. È arrivato questo per te.» Tese la mano.

Eleanor aprì il foglio continuando a camminare. Era una lettera dell'ufficio economato che le intimava di passare quel giorno stesso, prima che l'ufficio chiudesse a mezzogiorno. La deviazione l'avrebbe fatta arrivare tardi per il suo turno in biblioteca, ma non aveva scelta.

L'ufficio dell'economato si trovava al primo piano dell'edificio amministrativo, sul lato nord del campus. Quando Eleanor arrivò, un uomo con i baffi neri e le spalle squadrate le ribadì quello che già sapeva: il saldo della retta era scaduto.

«Sarebbe in grado di effettuare un pagamento oggi?» disse l'uomo, tamburellando con la penna stilografica.

«No, signore. C'è qualche altra possibilità?»

«Devo informare i suoi genitori?»

«No, la prego, non lo faccia.» Eleanor non voleva che i suoi genitori fossero costretti a lavorare ancora di più per riuscire a sostenerla. Calcolò in fretta quanto c'era sul suo conto in banca e quanto aveva nascosto sotto il materasso in camera. Non arrivava nemmeno a un quarto della somma che le serviva.

«Posso lavorare per pagare?»

L'uomo spinse gli occhiali bifocali sul naso sottile e guardò meglio il suo fascicolo. «Vedo che lei ha già un lavoro in biblioteca. Non possiamo concedere agli studenti più di venticinque ore di permesso di lavoro. Lei è già al massimo.»

«E allora cosa posso fare?»

L'uomo si appoggiò allo schienale della sedia e guardò Eleanor. Sospirò prima di sfogliare un raccoglitore fino a trovare un biglietto da visita.

«Sarebbe disposta ad accettare un lavoro fuori dal campus?»

«Sì, qualsiasi cosa. Farò tutto quello che serve.» Si aggrappò al bancone.

«Conosce Ware's?»

Ware's era il primo grande magazzino di proprietà e a gestione nera della città. Nadine faceva acquisti lì. Eleanor l'aveva accompagnata una volta a cercare un vestito da indossare al ballo della scuola. Era di gran lunga il negozio più elegante e di classe a Washington, ed Eleanor era rimasta molto impressionata dalle rastrelliere colme di abiti di alta classe e dalla più bella selezione di accessori su cui avesse mai posato gli occhi.

«Sì, certo.»

L'uomo le porse un biglietto da visita. «Chieda di Gloria e dica che la mando io. Sta cercando una nuova commessa. Una volta ottenuto il lavoro, torni a trovarci, così potremo proporle un piano di pagamento per saldare il semestre. Prima di potersi iscrivere ai corsi invernali dev'essere pagato per intero, senza eccezioni.»

«Grazie, signore.»

«Vada e tenga alto il nome della Howard.»

Eleanor non aveva idea di come riuscire a fare un secondo lavoro, intanto che continuava ad archiviare la collezione con la signora Porter, e a mantenere i voti alti, ma doveva trovare un modo. Da bambina, Eleanor era stata cullata dal suono dei cucchiai di legno che sbattevano contro le ciotole di metallo e dall'odore del burro, dello zucchero e della vaniglia che sobbollivano in casa mentre sua madre cucinava di notte. Poi, dopo aver dormito poco o nulla, la mamma andava in macchina su e giù per la Route 10 a vendere torte salate e paste sfoglie per mettere da parte i soldi per l'università di sua figlia. Il minimo che Eleanor potesse fare ora era darsi da fare e trovare una soluzione.

La deviazione la fece arrivare con dieci minuti di ritardo rispetto al suo turno e si scusò con l'impiegata che doveva sostituire. Dopo aver infilato la borsa sotto il banco del prestito, decise di iniziare a sistemare i libri sugli scaffali. Il sabato era sempre tranquillo e, dato che era il giorno libero della signora Porter, avrebbe avuto il tempo di scrivere il suo saggio in cui sosteneva che il romanzo *Our Nig* fosse una risposta a *La capanna dello zio Tom* di Harriet Beecher Stowe. La preparazione della domanda di ammissione all'Alpha Beta Chi l'aveva fatta rimanere indietro, ma se fosse riuscita a buttare giù qualche riflessione mentre era al lavoro, avrebbe recuperato un po' del tempo perduto.

Eleanor dispose i libri sul carrello per materia e poi per sezione. La sensazione dei libri di testo in mano e l'odore dolce e muschiato che proveniva dalle pagine, mentre faceva scivolare il carrello sulla moquette, la facevano sentire bene. Una delle cose che le piacevano del lavoro in biblioteca era che ogni cosa aveva un posto preciso. Eleanor si era sempre sentita più a suo agio quando le cose erano classificate, ordinate e organizzate.

Lo squillo del telefono al banco di consultazione interruppe l'incanto e lei si affrettò a rispondere. Stava cercando di aiutare la persona al telefono quando alzò lo sguardo e vide William Pride – e la sua magnifica schiena – al solito tavolo, seduto sulla solita sedia.

Lui doveva aver percepito la sua presenza, perché girò appena la testa e, quando la vide, lasciò cadere la matita, spinse indietro la sedia e si alzò.

Eleanor teneva il telefono tra l'orecchio e la spalla, e intanto lo guardava venire avanti, con il suo dolcevita morbido, i pantaloni perfettamente stirati e le scarpe lucide con la mascherina a coda di rondine.

Con un cenno lo rassicurò: sarebbe stata subito da lui. Poi annotò la richiesta di libri della cliente.

«Sì, signora, controllo sugli scaffali e la richiamo subito. Arrivederci.» Riattaccò e si rivolse a William. «Posso aiutarti?»

«Tutto bene?» Lui appoggiò i gomiti sul bancone.

«In che senso?»

«Te ne sei andata di corsa, ieri sera. Non ho fatto in tempo a ringraziarti per il ballo.»

«Ho dovuto. Avevo il vestito inzuppato del drink di Greta» disse Eleanor, rimpiangendo subito di aver fatto il suo nome. Sperava di non sembrare amareggiata o gelosa.

Gli occhi scuri di William si addolcirono. «Ti ho cercata.»

Eleanor si ricordò. «Non ti ho restituito il fazzoletto, pensavo di lavarlo a mano.»

Lui la interruppe con un gesto. «Me lo darai venerdì. Ho due biglietti per il Lincoln Theatre. Vuoi venire con me?»

«Io?» Sbatté gli occhi.

«Non dirmi che devi studiare.» Lui inclinò verso di lei il mento liscio ed Eleanor immaginò di sfiorarne la punta con le labbra.

«Penso di essere libera» disse lei, sorridendo.

William spinse un foglio di carta verso di lei, chiedendole di scrivere il nome del suo alloggio. «Verrò a prenderti alle sette.»

Qualche giorno dopo Nadine si stava togliendo un bigodino dai capelli. Seduta sul bordo del letto con addosso una sottoveste di raso, guardò Eleanor con aria stupefatta. «William Pride ti ha chiesto di uscire?»

«Perché sei così stupita?»

«Quando è successo?»

«Sabato. E sono riuscita a ottenere un permesso per uscire da sola.» In piedi in mezzo alla stanza, Eleanor stava fissando i vestiti appesi nella sua parte di armadio.

«Ero alla Dunbar High con suo fratello minore, Theodore – Teddy. Era nella mia classe di biologia ed era proprio bello da guardare» disse Nadine ridacchiando. «Mi sorprende che tu abbia detto di sì: non dici mai di sì a niente che non sia un turno extra in biblioteca.»

«Ah, ah, ah. È solo un piccolo appuntamento.»

«Se ti porta al Lincoln è un appuntamento importante, Ohio. Non sono biglietti facili da trovare.» Nadine spense la sigaretta e si avvicinò a Eleanor, ferma davanti all'armadio. «Che cosa ti metterai? Lo sai, vero, che William Pride sta studiando per diventare medico?»

Eleanor tirò fuori il suo vestito verde pino con il colletto alla

Peter Pan. Era il più bello che aveva, cucito dalle mani della migliore amica di sua madre. Non l'aveva indossato molto, per conservarlo per le occasioni speciali. L'ultima volta che l'aveva indossato era stato per il colloquio per l'ingresso nelle ABC, e al ricordo del loro no strinse le labbra. Nadine interruppe il corso dei suoi pensieri togliendole il vestito di mano, per riporlo nell'armadio.

«Anche se è un bel vestito, Ohio, stiamo parlando di William Pride e del Lincoln.»

«Quindi?»

«Una ragazza che esce in città con un bel futuro dottore ha bisogno di qualcosa di un po' più sofisticato.» Nadine rovistò in giro fino a trovare un abito elegante di un sontuoso color porpora con le maniche ad aletta e il corpetto aderente. Era ancora più bello dell'ultimo che Eleanor aveva preso in prestito.

Eleanor diventò tutta rossa. «Non ho bisogno che tu mi vesta. Hai visto cosa è successo all'ultimo abito che mi hai prestato.» Pensò al vestito rovinato in fondo all'armadio. Con la retta scaduta da saldare, non aveva idea di quando avrebbe avuto qualche soldo per portarlo in tintoria. Ma Nadine fece finta di non aver sentito.

«Sai che la moda è il mio forte. Inoltre, William Pride è un pesce grosso. Dobbiamo giocarci tutte le possibili carte se vogliamo prenderlo all'amo.»

«Chi ha parlato di prendere all'amo qualcuno? Si sta solo comportando in modo gentile, per farsi perdonare il fatto che la sua cara amica Greta Hepburn mi ha rovesciato addosso un drink. *In pratica facevamo il bagnetto insieme da bambini*» disse Eleanor, imitando la voce stridula di Greta, e Nadine scoppiò a ridere.

«Dubito che stia pensando a lei, Ohio. Come ti ho detto, i biglietti per il Lincoln non si trovano sugli alberi. Se sono così amici, perché non ha invitato lei?» Con entrambe le mani, porse a Eleanor l'abito scintillante.

Eleanor sapeva che sarebbe stata stupida a non accettarlo. Sospirando, si infilò nell'abito. Poi lasciò che Nadine le applicasse del fard rosa sulle guance. Quando si guardò allo specchio, sentì un'eccitazione difficile da negare.

«Ecco. Sei splendida come Lena Horne in *Stormy Weather*.» Nadine era raggiante.

Nel dormitorio femminile non era consentito l'ingresso a persone di sesso opposto, così quando William venne a prendere Eleanor una ragazza del terzo anno che stava in fondo al corridoio bussò per avvisarla.

«Fatti dare un'ultima occhiata.» In piedi davanti a Nadine, che le sistemava la sottoveste sotto l'abito, assicurandosi che tutto fosse in ordine, Eleanor le chiese: «Cosa fai stasera?».

«Aspetto un gentiluomo che mi viene a prendere più tardi, per andare a ballare al Cave» rispose Nadine scuotendo le spalle.

«E come fai con l'orario?»

«Non preoccuparti per me. Divertiti, Ohio. Tornerò domattina.» E scoccò a Eleanor uno dei suoi sorrisi maliziosi.

Anche dopo aver condiviso la stanza per un anno intero, Eleanor non riusciva a capire come Nadine riuscisse a farla franca infrangendo tutte le regole, senza pagarne mai le conseguenze. Quando Eleanor girò l'angolo del salotto, notò due ragazze sedute sul divano che fingevano di leggere, ma con gli occhi non perdevano di vista William.

Lui era accanto al caminetto e indossava un completo blu su misura. In testa aveva un Fedora a tesa stretta, leggermente inclinato in avanti, che gli dava un'aria misteriosa. Quando si fece avanti per salutarla, Eleanor sentì lo stesso profumo misterioso dell'altra volta. Decise che era più bergamotto che legno.

«Sei bellissima.» Le prese la mano guantata e la baciò, trasmettendole un formicolio lungo il polso. «Andiamo?»

Eleanor allacciò il braccio intorno al suo robusto bicipite, contenta di aver ascoltato i consigli di Nadine sull'abbigliamento. Fuori il sole era tramontato, portandosi via il calore della giornata autunnale, ma mentre Eleanor camminava accanto a William sentiva la pelle umida di sudore. Allentò il primo bottone del cappotto. Mentre attraversavano il cortile, diversi uomini salutarono William e lui strinse più di una mano.

«Sembra che tu conosca parecchia gente» commentò lei.

«Ho abitato per un po' in quel dormitorio laggiù» rispose lui, indicando l'edificio, poi cercò in tasca la chiave dell'auto.

Eleanor non si intendeva molto di automobili, ma quella di William, parcheggiata sotto un acero rosso, era molto più bella della Chevy malridotta che guidava suo padre. All'interno, l'auto era ancora calda per il viaggio e, mentre Eleanor si sistemava, si rese conto che poteva allungare i piedi in avanti senza che affondassero nei buchi arrugginiti della lamiera come nella vecchia Chevy. Nell'auto di William, persino i tappetini erano morbidi. Strinse le mani per evitare che tremassero. Essere così vicina a Mr Schiena, sola a un appuntamento con lui, la rendeva più nervosa di una scimmia in una gabbia di tigri.

«Allora, da dove hai detto che vieni?» William mise la marcia e si immise nel traffico. Il motore girava silenzioso e sembrava che le ruote sfiorassero appena la strada.

«Ohio. Non lontano da Cleveland» era il modo migliore per spiegare dov'era Elyria, che la maggior parte delle persone non aveva mai sentito nominare. «Tu?» chiese Eleanor, non volendo rivelare che sapeva già che lui era di Washington.

«Sono nato e cresciuto proprio qui, nella capitale della nazione.»

Eleanor osservò la città che le sfilava davanti al finestrino. Le piaceva molto l'energia e la vitalità di Washington, rispetto all'atmosfera da scialba cittadina industriale di Elyria. «Deve essere stato bello crescere in una città così vivace, con ogni cosa a portata di mano.»

«Difficile dirlo, visto che è l'unica cosa che conosco. Tu vieni invece da una piccola città.»

«Minuscola a dir la verità.»

«Beh, è dalle piccole comunità che escono le persone migliori, di solito.» William le fece l'occhiolino. Tutte le sue attenzioni la riempivano di gioia.

Fece il giro dell'isolato un paio di volte, finché trovò un parcheggio sulla 12ª strada, all'angolo con la T. Il teatro era un edificio in mattoni, con la scritta LINCOLN sfavillante di luci. Il cartellone bianco riportava i titoli di alcuni spettacoli in programma. Foto di artisti del passato, tra cui Pearl Bailey, Ella Fitzgerald, Cab Calloway e Duke Ellington, erano affisse in enormi cornici lungo la parete tutt'intorno all'ingresso. Mentre erano in fila, Eleanor osservò la folla di uomini ben curati e donne eleganti che chiacchieravano eccitati in attesa del loro turno per entrare. William estrasse due biglietti dalla tasca interna della giacca e li consegnò alla maschera. Attraversarono una seconda serie di porte e i tacchi delle scarpe affondarono nella spessa moquette bordeaux. La maschera si fermò davanti alla terza fila.

«Come ti sembra?» William si girò verso di lei.

Eleanor alzò lo sguardo verso l'ampio palco. Poteva quasi toccarlo. Non aveva mai visto uno spettacolo così da vicino. In effetti, non era mai stata a nessuno spettacolo del genere, a parte le rappresentazioni nel seminterrato della sua chiesa in Ohio.

«È perfetto» disse sorridendo. Lo era davvero.

Vennero servite le bibite, poi le pesanti tende di velluto furono sollevate e un uomo vestito di nero, con il cappello a cilindro, salì sul palco e cominciò a intrattenere gli spettatori con una serie di imitazioni di star del cinema e uomini politici. Dopo aver riscaldato il pubblico, concluse il suo numero comico presentando l'evento della serata.

«Direttamente da Newark, New Jersey. La chiamano Sassy, The Divine One, una delle più grandi voci del momento, ecco a voi Sarah Vaughan.»

La folla scoppiò in un applauso. Eleanor non riusciva a credere ai suoi occhi quando Sarah Vaughan apparve sul palco in un abito dorato e aderente, ornato di perline che rilucevano sotto le luci. Poi Sarah avvicinò la bocca al microfono e dichiarò con voce sottile: «Devo scusarmi in anticipo. Stamattina mi è venuto il raffreddore. Vedremo come me la cavo». Scrollò le spalle e sorrise. Poi, dalla bocca le sgorgò una voce così voluttuosa da avvolgere Eleanor in un vortice di sensazioni, mentre si lasciava trasportare da quell'altalena di note. Vaughan cantò tutte le canzoni che Eleanor aveva sentito alla radio, e poi altre ancora. Solo dopo l'inchino finale e dopo averla vista scomparire dietro il sipario, Eleanor si rese conto di aver trattenuto il respiro.

«È stato magnifico.» Si voltò verso William, portandosi la mano al petto. «Non ho mai visto niente di meglio. Grazie.»

Gli occhi di lui brillavano. «È stato un piacere. Sembri una grande fan, proprio come me.»

William prese la mano di Eleanor per aiutarla ad alzarsi dalla poltrona e lei sentì il calore del suo tocco. Il pubblico si stava riversando fuori dal teatro seguendo i cartelli che indicavano l'uscita. Alcuni spettatori giravano a destra verso l'ingresso principale, ma William guidò Eleanor a sinistra e poi giù per un'altra serie di scale che portavano a una sala da ballo. Sul palco c'era una band di cinque elementi che suonava un brano familiare.

«Ti va di ballare, cara?»

Eleanor annuì, apprezzando il modo in cui «cara» suonava sulle sue labbra. Camminarono verso il centro della sala, fermandosi sotto una sfera d'argento scintillante. Quando lui si protese verso di lei, i loro corpi si incontrarono con una familiarità che la deliziò e la sorprese al tempo stesso. William si muoveva come un uomo a suo agio nella propria pelle ed Eleanor ondeggiava i fianchi per assecondare il suo ritmo. Poi la musica rallentò fino a un morbido gemito e William si avvicinò ancora di più. Con la mano destra di Eleanor nella sua, William la strinse al petto. Eleanor sentì il cuore di lui battere contro il turgore dei suoi seni, rilassò la fronte contro la sua guancia, non si era mai sentita così completa.

Rimasero così. La mano di lei intrecciata a quella di lui, i fianchi che sospiravano l'uno contro l'altro, finché il mondo non si fermò. Eleanor non sentiva nemmeno la musica, solo il suono del respiro affannoso di William contro il suo orecchio. Quando finalmente aprì gli occhi, guardò oltre la sua spalla e vide l'orologio. L'incantesimo del silenzio si era rotto.

«Devo andare. È tardi, è come il coprifuoco in guerra.»

William si precipitò lungo U Street e attraversarono il cortile di corsa.

«Torno subito.» Eleanor gli rivolse uno smagliante sorriso, sperando che lui fosse disposto ad aspettarla.

Nell'atrio, la guardiana dello studentato alzò lo sguardo dal cruciverba. «Giusto in tempo.» Picchiettò con un dito sull'orologio.

«Può concedermi qualche minuto per ringraziare il mio accompagnatore?»

«Non si trattenga troppo a lungo e non si faccia vedere troppo disperata.» La voce era severa.

Fuori, William era appoggiato alla ringhiera di metallo con il cappello in mano. Era di una bellezza mozzafiato con quell'abito e quel cappotto, Eleanor quasi non riusciva a guardarlo per intero.

«La guardiana dello studentato è un po' un cerbero. Quella donna è davvero troppo arcigna.» Lo raggiunse in fondo alle scale. «Scommetto che non la pagano abbastanza.»

William rise alla battuta. «Beh, sono contento di aver riportato in tempo la principessa al castello.»

«Se la guardiana fosse dolce come una vera regina...» Eleanor sbatté gli occhi e poi le tornò in mente. «Vorrai riavere il tuo fazzoletto. Posso fare una corsa a...»

«Me lo darai la prossima volta.» Gli occhi di William incrociarono i suoi e il sangue le salì alle guance. Lui voleva che ci fosse una prossima volta.

«Va bene per te?»

«Solo se prometti di tenere d'occhio l'orologio. Altrimenti verrò espulsa dal regno, e non possiamo permetterlo.» Lei ridacchiò, adorando il modo in cui il viso di William si addolcì in un sorriso.

«Domani, allora?»

Eleanor si morse il labbro inferiore, perché avrebbe voluto dire di sì, ma avrebbe dovuto iniziare il nuovo lavoro ai grandi magazzini.

«Faccio un intero turno da Ware's» spiegò.

«Quindi, posso venirti a prendere dopo il lavoro?»

«Davvero?»

«Dopo essere stata in piedi tutto il giorno, non posso lasciarti lì ad aspettare l'autobus, cara» disse lui sorridendo, e lei notò una fossetta sulla sua guancia sinistra.

«Bene.» Eleanor alzò lo sguardo su di lui. «Allora, a presto.»

William avvicinò il viso a quello di lei, baciandola sulla guancia. Le sue labbra le sfiorarono appena la pelle. Cosa non avrebbe dato per avere il coraggio di afferrargli il mento e baciarlo a sua volta.

«Buonanotte.»

Eleanor sentì gli occhi dell'uomo sulla curva del suo didietro mentre saliva le scale. Dopo mesi passati a fissare la schiena di William in biblioteca, le faceva venire le vertigini che ora fosse lui a osservare il suo fondoschiena. Quando raggiunse la sua stanza, aprì il primo cassetto per cercare il fazzoletto di William. Emanava ancora un lieve sentore di bergamotto. Lo distese sul cuscino.

7
Acque immobili

Ruby

Zia Marie non c'era, così avevo la casa tutta per me mentre mi preparavo per uscire quella sera con Shimmy. Avevamo passato tutto il sabato pomeriggio a pulire l'appartamento e mi sentivo le dita rigide, mentre cercavo di pettinarmi. Mi aveva fatto strofinare con acqua e aceto la parete sporca di grasso dietro la stufa, finché la vernice scheggiata non si era scrostata ancora di più. Poi avevo passato lo straccio sul pavimento di linoleum screpolato. C'erano così tante fessure che i pavimenti non venivano mai davvero puliti, ma facevo quello che potevo. Zia Marie aveva passato la spugna anche in quello che chiamavamo bagno, poi avevamo raccolto insieme i resti di carbone sul fondo della stufa ed eravamo andate a buttarli in cortile, dentro un vecchio pneumatico in mezzo agli altri mucchi di detriti del quartiere.

Prima che uscisse per andare al lavoro, cenammo insieme dividendo una bella porzione di gombo, mais e pomodori, ma in tutte le ore trascorse insieme non le chiesi il permesso di uscire. In parte perché zia Marie mi avrebbe detto di no, ma soprattutto perché stavo per vedermi con Shimmy, un ragazzo ebreo bianco che per me era off-limits sempre, in qualunque giorno della settimana. Non è che avessimo intenzione di fare coppia o altro, eravamo solo amici, e pensai che non valesse la pena di far arruffare le piume a zia Marie. Con il senno di poi forse avrei dovuto dirle qualcosa, perché sentivo il senso di colpa come un nodo in petto, mentre scivolavo in un lungo e comodo pullover di lana, che abbinai ai calzettoni e a un paio di oxford stringate bicolori.

Avevo ereditato un discreto guardaroba dai datori di lavoro

bianchi di Inez ed ero brava a cucire, quindi i vestiti me li adattavo da sola. Come tocco finale, misi un paio di orecchini di perle di zia Marie e un sottile strato del suo rossetto rosa.

Zia Marie usava solo l'acqua di colonia e niente di ciò che avevo trovato sul suo comodino emanava effluvi anche solo lontanamente femminili, quindi dovevo farmi bastare il mix di sapone Ivory e lozione Jergens. Questo era uno dei tanti modi in cui zia Marie e mia madre differivano. Inez aveva lozioni profumate, talco e acqua di colonia per ogni giorno della settimana. Si metteva il profumo persino quando andava a fare le pulizie. Diceva che la faceva sentire una persona completa, e non solo una serva di colore.

Erano quasi le otto quando scesi al piano di sotto, ed era già notte. Giocherellai con la frangia, sprimacciandola e lisciandola, mentre mi guardavo intorno. Pagine di giornale, carte di caramelle e lattine di bibite rotolavano le une contro le altre, frusciando sul cemento spazzato dal vento. Da uno degli appartamenti del primo piano arrivava la cronaca di una partita di baseball, e l'odore della carne di maiale cotta a fuoco lento mi diede il voltastomaco. Sapevo che era colpa dei miei nervi.

Non avevo mai fatto una cosa tanto folle. Uscire di nascosto. Mi stavo comportando in modo avventato e sciocco, andando Dio solo sa dove con quel ragazzo. Non ne sarebbe venuto fuori nulla di buono e stavo solo perdendo tempo prezioso, mentre avrei dovuto studiare trigonometria per orientarmi meglio tra tangenti, secanti e cosecanti. Ma poi vidi arrivare dei fari, quelli di una Ford Crestline azzurra. L'auto rallentò fino quasi a fermarsi e poi svoltò nel vicolo laterale. Era Shimmy.

C'era ancora tempo per risalire le scale e dimenticare tutto quanto. Invece contai fino a dieci, feci un bel respiro e aprii la porta d'ingresso.

Mentre scendevo di corsa i gradini e giravo intorno all'angolo dell'edificio, mi guardai intorno, pregando che nessuno dei conoscenti di zia Marie mi vedesse uscire di casa da sola a quell'ora della notte.

Lo stretto vicolo non era altro che una fessura tra due edifici e puzzava di piscio di gatto, grasso di pesce e birra. Dovetti evitare una bottiglia rotta, mentre Shimmy si allungava ad aprirmi la portiera del passeggero.

«Mi metto sul sedile posteriore.»

«Perché?»

«Perché se vogliamo uscire insieme, dobbiamo essere furbi.» Spinsi in avanti il sedile anteriore e mi infilai dietro. Shimmy chiuse la portiera dietro di me e poi guidò lentamente l'auto fuori dal vicolo.

Mi accovacciai sul sedile in modo da non farmi vedere dal finestrino. Se qualcuno avesse visto Shimmy alla guida, avrebbe pensato che stesse viaggiando da solo.

«Sono contento che tu sia venuta. Non ero sicuro che ti saresti fatta vedere.» La voce gli si incrinò mentre mi parlava voltando appena la testa. Se solo avesse saputo quante volte avevo pensato di rinunciare.

«Come faremo a entrare al Dell?»

«Vedrai.»

Non sapevo se fidarmi di lui o pretendere di saperne di più. Il modo più comodo per stare seduta senza farmi vedere era con le gambe distese a sinistra e la testa e il busto a destra. I sedili erano morbidi e sapevano di fumo, come la pelle nuova con giusto un pizzico di odore di pino. Non potei fare a meno di passare le dita sul velluto dei cuscini, rendendomi subito conto che quella era l'auto più bella su cui avessi mai viaggiato.

«Com'è andata la giornata?» mi chiese.

L'ansia per essere uscita di nascosto mi fece uscire le parole di bocca come da una sorgente impetuosa. Raccontai a Shimmy tutto del programma *We Rise* e di come, quella mattina, mi avevano fatto perdere la gita all'ospedale insieme ai miei compagni.

«Invece di imparare da veri medici, sono rimasta seduta in un'aula vuota a fare un lavoro che avrei potuto fare tranquillamente a occhi chiusi. Ho sprecato i sudati soldi del biglietto del bus» mi lamentai.

Shimmy fermò l'auto e spense il motore. Sentivo della musica ad alto volume provenire da qualche parte davanti a noi e alzai la testa verso il finestrino per vedere dov'eravamo. Una strada secondaria vicino a un parco.

Shimmy si girò verso di me in modo che potessi guardarlo in faccia. «Vuoi diventare un medico?»

«Una optometrista.»

«Perché?»

«Mia nonna è diventata cieca qualche anno fa e voglio imparare a curarla. O, almeno, curare le persone come lei – probabilmente è troppo tardi perché lei recuperi la vista, ma io non rinuncio alla speranza.»

«Non ho mai sentito parlare di un medico di colore prima d'ora.»

«Prima di tutto, sono nera, non di colore» sbottai, tirandomi su a sedere. «La signora Thomas dice che "di colore" è una brutta parola usata dai segregazionisti che cercano di opprimere la nostra razza.»

«Mi dispiace, non volevo...»

«E non hai mai sentito parlare del dottor Charles Drew?»

Shimmy aveva un'aria così sbalordita che non potei fare a meno di stringere i denti. Io avevo dovuto imparare la sua storia, ma lui non sapeva nulla della mia.

«È un chirurgo nero e il fondatore della banca del sangue.» E sollevai il mento.

«Sei più intelligente delle ragazze che conosco. La maggior parte di loro è interessata più che altro ad accaparrarsi un marito. Perdonami» disse, con un empito di tenerezza che mi rabbonì.

«Vieni a sederti davanti.» Mi tese l'avambraccio per aiutarmi.

Esitai e poi mi arrampicai sul sedile, stando attenta a impedire che la gonna si sollevasse sopra le ginocchia. Quando mi infilai sul sedile del passeggero, sentii il profumo del suo dopobarba speziato. Il sedile anteriore era abbastanza largo da poter ospitare volendo una terza persona, e ci sedemmo a una distanza rispettabile l'uno dall'altro. Fuori dal finestrino, vidi una fila di alberi ad alto fusto che ci circondava su tre lati.

«Siamo vicini al Robin Hood Dell?»

«Sì, sul lato opposto di Fairmount Park.»

«Come hai fatto a trovare questo posto?»

«Quando ero piccolo, mio nonno portava me e i miei cugini qui ad ascoltare la musica. Non poteva permettersi di comprare i biglietti per tutti noi, quindi questo posto era la soluzione migliore. Mia nonna preparava gli hot dog e noi scendevamo dalla macchina e ballavamo sotto quel lampione» disse, indicandolo, «facendo finta di essere sul palco.»

Shimmy abbassò i finestrini a metà. La musica arrivava forte e piuttosto nitida.

«Concerto gratuito. Da quando lui è morto, non ci sono più venuto qui.»

«Quando è stato?»

«Circa due anni fa.» Sbuffò, come se cercasse di dissimulare la tristezza che gli era entrata nella voce. «Mi fa venire in mente bei ricordi.»

Le sue parole mi fecero capire quanto mi mancasse la vicinanza che avevo condiviso crescendo con Nene, dormendo ogni notte rannicchiata nel suo letto. Rimanemmo seduti in silenzio, ascoltando il botta e risposta degli strumenti.

«Che bella macchina» dissi.

«È di mio padre. A mamma non piace che lui vada in giro il sabato sera, così mi lascia prendere la macchina o gli nasconde le chiavi.»

«Perché nascondergli le chiavi?»

«Perché è sempre ubriaco.» Shimmy si mordicchiò il labbro. «E tuo padre invece?»

Affondai le dita nelle cosce. «Vive a Baltimora. Non si è mai preoccupato di sposare mia madre. Lei mi ha avuto da sola e io le ho rovinato la vita.»

«Non dire così.»

«È vero.» Incrociai le braccia sul petto.

«Non ti ci vedo a rovinare qualcosa.» Girò la faccia verso di me, e i suoi occhi erano così dolci che sentii un'ondata di calore salirmi verso le guance.

«Rimani con tua zia?»

«Per ora. Finché mia madre non si calma.» Non potevo neanche pensare di raccontare a Shimmy del bacio e di Leap, così gli dissi che avevamo litigato per i soldi. Non era del tutto falso. In silenzio, continuammo a goderci il concerto. Intorno all'auto i lampioni brillavano e le ombre degli alberi erano ampie e luminose. Non c'erano altre macchine in vista. Sapevo cosa facevano le ragazze con i ragazzi in macchina, nei posti appartati. Per un attimo mi tornò in mente Inez: «Troietta!».

Shimmy si sporse verso di me e aprì il vano portaoggetti.

«Ti ho portato una cosa.» Mi diede una scatoletta bianca. Ruppi l'etichetta del Greenwald's passandoci un dito sotto. Dentro, c'erano due medaglioni di cioccolato.

«L'altro giorno ho notato che sei un po' golosa.»

«Grazie.» Gliene porsi uno, e le nostre dita si sfiorarono. Provai come una sensazione di elettricità, che mi diede un brivido.

«Senti freddo?»

«No, sto bene.»

Si tolse il cappotto di velluto a coste e me lo posò sulle spalle. Il calore del suo corpo era come impresso nella stoffa e mi sentii subito al sicuro.

«Cosa hai fatto oggi?» Mi portai il dolce alla bocca e, quando diedi un morso, lasciai un anello di rossetto rosa sul nero del cioccolato.

«Stamattina sono andato al tempio con la mia famiglia. Ma a mia madre il sermone del rabbino di oggi non è piaciuto, così ha continuato a imprecare in yiddish mentre tornavamo a casa.»

Spalancai gli occhi. «Oooh, dimmi una parolaccia in yiddish!»

«Tipo?» Stava masticando il dolce.

«Una cosa qualunque.»

«Ho un vuoto di memoria.» Shimmy ridacchiò.

«Cosa dice tua madre?»

Per un momento sembrò pensieroso. «*Du farkirtst mir yorn!*»

«Cosa significa?»

«Sarai la mia morte» sussurrò. L'aria in mezzo a noi sembrava dolce e appiccicosa. Mi fissò così a lungo che dovetti distogliere lo sguardo.

Sarebbe stata sicuramente la mia di morte se zia Marie l'avesse scoperto. «E se devi insultare qualcuno?»

«Gli dai del *dummkopf*, che significa stupido.» Scoppiammo entrambi a ridere e poi finimmo i nostri dolci.

«Cos'altro hai fatto oggi?» Strinsi la carta nel palmo della mano.

«Sono andato a casa, ho mangiato e mi sono riposato tutto il pomeriggio.»

«Riposato? Fortunato te! Appena tornata a casa da scuola, zia Marie mi ha messo a fare i mestieri del sabato.»

«Beh, il sabato noi ci prendiamo una pausa da tutto ciò che è lavoro, ma la mamma mi fa sbrigare le faccende la domenica, prima di andare al lavoro da Greenwald.»

«Ma scommetto che non devi lavare le pareti» scherzai, con le mani ancora un po' doloranti.

«No, ma stai sicura che devo pulire la mia stanza e tagliare il prato.»

Lui aveva una stanza tutta sua e un prato da tagliare. Io dormivo sullo scomodo divano letto di zia Marie, in attesa che mia madre mi lasciasse tornare a casa, dove viveva con il suo ultimo fidanzato.

«Sono contenta che tu sia venuta, Ruby. Mi piace parlare con te. Sei diversa.»

«Non hai mai avuto un'amica nera prima d'ora?» sbottai, prima di riuscire a fermarmi.

Gli occhi di Shimmy vagarono verso l'alto, come se stesse cercando le parole giuste. «Non è questo. È che sei così sicura di te. Mi fai sentire a mio agio, come se potessi essere davvero me stesso.»

Quelle parole mi arrivarono dritte al cuore.

«Inoltre, conosci la musica quasi meglio di me.»

Mi voltai verso di lui. «Quando hai suonato *Rock and Roll* al negozio di dolciumi, ho quasi perso la testa. Come hai fatto a mettere dentro quel disco nel juke-box?»

«C'era già, probabilmente per caso. Non mi stupirei di scoprire che il signor Greenwald lo ha tirato via. Dice che quella musica è immorale e nociva.» Imitò la voce dell'anziano e scoppiammo a ridere entrambi.

«Non vuole che la suoni, ma lo faccio lo stesso, quando lui non c'è.»

«Fai spesso cose che non dovresti fare?» Vidi la sua mascella contrarsi mentre scuoteva la testa.

«Ho un fratello e una sorella più piccoli, quindi mamma si aspetta che sia io l'uomo di casa quando papà non c'è.»

«Io sono figlia unica.»

«Ti sentirai sola.»

Scrollai le spalle. «Ci sono abituata. Inoltre, sono cresciuta con una cugina più grande, Fatty. Mi trascinava sempre nei suoi casini.»

«Quindi hai un lato selvaggio.»

«Non intendevo quello.» Ridacchiammo entrambi.

La musica si alzava e si abbassava, e noi parlavamo così fitto che alla fine, quando finì, non ce ne accorgemmo subito.

Shimmy ci fece caso per primo. «Deve essere l'intervallo.»

Rimanemmo in silenzio per un minuto, ma era un silenzio gradevole. Alla fine chiesi a Shimmy cosa volesse fare da grande.

«Il contabile, come il fratello di mio padre. Mi ha insegnato, mi ha fatto vedere come si fa. Ma tu sarai più ricca di me, quando sarai medico» mi prese in giro.

«Prima devo ottenere quella borsa di studio. Tutto parte da lì.»

«Ce la farai. Non riesco a immaginare nessuno nel tuo programma che sia brillante anche solo la metà di te.»

«Sei dolce.» Alzammo gli occhi nello stesso istante. I nostri sguardi si incrociarono di nuovo e fu una sensazione così intima, come un bacio. Le sue dita sfiorarono le mie sul sedile, poi lasciò la sua mano lì, con i nostri mignoli che si toccavano.

Dopo un'eternità, Shimmy lanciò un'occhiata all'orologio sul cruscotto, rompendo l'incanto.

«Dannazione. È meglio se torniamo. Mamma griderà "*feh!*" se torno a casa dopo le dieci» disse, agitando il pugno.

«Scommetto che vuol dire che è arrabbiata.»

Shimmy annuì.

«Io mi rimetto sul sedile posteriore, giusto per sicurezza.»

«Ti preoccupi troppo.»

«*Feh!*» sorrisi. «Tu non ti preoccupi abbastanza.» Mi allungai verso la maniglia.

«Brava, l'accento è perfetto. La prossima volta agita il pugno» disse. «Resta lì.» Shimmy scese dall'auto, fece il giro e mi aprì la portiera. Uscii nell'aria della notte. Tutto il mio corpo si sentiva vivo in un modo che non avevo mai provato prima.

«Grazie di essere venuta.» Mi venne più vicino. Una brezza passò tra noi, fresca e frizzante. Shimmy mi prese la mano, la portò delicatamente alle labbra e la baciò. Sentii una scossa elettrica che partiva dal ventre e mi attraversava tutta, arrivando fino alla punta delle orecchie.

«Sono stata bene.» La voce mi uscì rauca. Ci stavamo ancora tenendo per mano. Mi tenevo per mano con un ragazzo. Con Shimmy.

«Anch'io» sussurrò, poi sollevò il sedile e mi aiutò a risalire in macchina.

Tornammo al quartiere in silenzio. Il ricordo dell'impronta umida della sua bocca ancora sulla mia pelle.

Shimmy mi aveva appena riaccompagnata nel vicolo e io già stavo riassaporando ogni momento del tempo trascorso insieme. Aprii la porta, e rimasi a bocca aperta: seduta sul divano, con indosso il suo *muumuu* hawaiano a fiori, zia Marie stava esaminando il suo quadernetto con i numeri della lotteria. Era evidente che non era andata al lavoro da Kiki's.

«Dove sei stata?» chiese, con un tono tutt'altro che cordiale.

Aveva un bicchiere di liquore ambrato accanto a sé, e una matita infilata dietro l'orecchio. Dalla radio arrivava la cronaca di una partita di baseball. I Memphis Red Sox lanciavano contro i Detroit Stars.

Rimasi lì ammutolita, mentre lei abbassava il volume. «E perché mi entri in casa tutta furtiva e sorridente? Cosa sei, un gatto del Cheshire?»

«Ecco, ero...»

«Con qualche ragazzotto, così a occhio. Solo perché stai qui da me, non vuol mica dire che puoi andare e venire come ti pare e piace. Chi era?»

«Zia, perché non sei da Kiki's?»

«Ragazza, sono io qui che pago l'affitto. Non cambiare discorso.»

Mi guardai le dita dei piedi e mormorai. «Sono andata all'emporio.»

«Un giorno forse mi diventerai una campionessa, a raccontare frottole. Ma quel giorno è ancora lontano. Ti rifaccio la domanda: chi era?»

Mi guardò con aria severa.

Deglutii a fatica. «Era... Shimmy. Ero con lui.»

«Shimmy chi? Aspetta... vuoi dirmi che eri con Shimmy, il figlio del padrone di casa?» La sua voce tuonò. «Ragazza, ma hai battuto la testa?»

«Siamo solo amici.»

Bevve un sorso dal suo bicchiere, con gli occhi che mi passavano da parte a parte. «Mettiamola così: ti sei ficcata in una partita che il tuo culo non è in grado di vincere. Smettila subito, con queste stronzate.»

«Sì, zia.»

«E non esci più da questa casa senza il mio permesso, capito? Queste strade sono pericolose per un bocciolo in fiore come te.»

«Sì, signora.»

«Non sono una signora, piccola» disse la zia, mentre squillava il telefono. «Ma voglio che capisci che dico sul serio.»

Andai verso il fondo della stanza ed entrai nel minuscolo bagno. Non avevo bisogno di usarlo. Avevo solo bisogno di un po' di spazio per cullarmi nella sensazione delle labbra di Shimmy che sfioravano la mia mano e ricordare quella sensazione di calore, chiedendomi quando avrei potuto sentirmi di nuovo così bene.

8
L'invito

Eleanor

Fedele alla promessa fatta, William si fece trovare fuori dai grandi magazzini Ware's alla fine del primo giorno di lavoro di Eleanor. Con un mazzo di gigli bianchi e rosa e un invito a cena. Quella sera, la baciò per la prima volta su una panchina del parco, sotto il chiarore della luna crescente, e da quel giorno le cose cominciarono ad andare a gonfie vele. Quando Eleanor finiva il turno alla biblioteca universitaria, studiava accanto a lui, seduta allo stesso tavolo dove gli aveva guardato la schiena per tanti mesi. Tra le lezioni e il doppio lavoro, William le mostrava la sua Washington, con frequenti visite nel quartiere di U Street. Vedevano film al Republic Theatre, mangiavano in tutti i migliori ristoranti e ballavano come se i loro corpi fossero fatti l'uno per l'altro. Passarono così due mesi, in un'atmosfera tranquilla e meravigliosa.

Poi arrivarono le vacanze di Natale ed Eleanor non poteva permettersi i diciassette dollari del biglietto di andata e ritorno del pullman per Elyria, così Nadine la invitò a trascorrere il periodo natalizio con la sua famiglia a Petworth, un quartiere di Washington a nord-ovest di Howard. Quando Eleanor tornò allo studentato, William la stava ancora una volta aspettando, questa volta con un libro di poesie di Phillis Wheatley rilegato in pelle. Era il regalo più bello che avesse mai ricevuto.

Trascorsero il resto della giornata nell'appartamento di lui e, tra baci sulle guance e mani delicate che le scivolavano su e giù per la schiena, William la invitò a un brunch a casa dei suoi genitori. L'aveva sussurrato in modo così casuale che Eleanor non era sicura di aver sentito bene.

«Vuoi che conosca i tuoi genitori?» chiese lei allontanandosi un poco, per poter vedere meglio l'espressione sul viso di lui.

«Che c'è di male?» rispose lui con un sorriso dolce.

«E se non dovessi piacergli?»

«Sciocchezze.» E fece scorrere un dito lungo il bordo del colletto. «Se piaci a me piacerai anche a loro.»

E così, una settimana dopo, eccoli in macchina diretti verso la residenza Pride per il brunch, con Eleanor che si chiedeva per l'ennesima volta se si fosse vestita abbastanza bene da riuscire a fare una buona impressione. Una delle cose belle del suo secondo lavoro ai grandi magazzini era il fatto di essere riuscita a procurarsi con lo sconto qualche abito e un paio di scarpe in pelle di vitello. Grazie all'occhio attento di Nadine per la moda, aveva acquistato un cappotto in lana di seconda mano che le scendeva appena sotto il ginocchio. Le labbra erano dipinte di rosa confetto e i capelli erano cotonati in alto con i riccioli sciolti sul collo. Eleanor sperava di avere un aspetto sofisticato, come le ragazze di città che vedeva in U Street.

William guidò verso nord su Georgia Avenue e poi a ovest su Upshur Street, verso quella che lui chiamava la Gold Coast. Eleanor non era mai stata così a nord e notò che, man mano che procedevano, le case diventavano più grandi, i vialetti più lunghi e gli ampi prati anteriori più curati. William rallentò quando arrivò su Blagden Avenue, per imboccare il vialetto circolare di quello che sembrava un grande castello inglese.

«Benvenuta» disse, spegnendo il motore. Eleanor sbatté le palpebre più volte, incapace di credere ai suoi occhi. Era un posto enorme, e quel viale fuori misura era pieno di macchine che sembravano nuovissime.

«È qui che sei cresciuto?» Deglutì a fatica, fissando la casa con stupore.

«Sì. La mia famiglia è stata una delle prime a rompere la barriera del colore nel quartiere. Ora, però, molte case appartengono a famiglie nere.»

Vista da vicino, la casa era ancora più imponente. Una torretta svettava dall'angolo in alto a destra del tetto ed Eleanor si immaginava il giovane William e suo fratello che giocavano a conquistare la fortezza. Il cortile anteriore era abbastanza ampio che ci si poteva giocare a chiapparello.

Le scale di ardesia si snodavano in entrambe le direzioni e, quando raggiunsero l'atrio, un uomo anziano che indossava un gilet grigio e i guanti bianchi li accolse con un sorriso cordiale. «Signorino William. È un piacere vederla.»

Dopo una rapida presentazione, William chiese notizie del figlio dell'uomo.

«Lancia a baseball come se fosse il prossimo Satchel Paige.»

«Felice di sentirlo.» William batté una mano sulla spalla dell'uomo e poi gli porse il cappotto di Eleanor.

«Sei bellissima» sussurrò, osservando il suo abito bordeaux con le spalle imbottite e il corpetto a vita alta. Eleanor gli strinse una mano sperando che le farfalle nello stomaco si calmassero. Era da molto che non le capitava di sentirsi così nervosa. Anche se sapeva che la famiglia di William era molto più benestante della sua, non aveva idea che lui fosse ricco quanto un bianco.

All'interno, i pavimenti in legno di pino scintillavano come vetro sotto i piedi e il soffitto le svettava sopra la testa, con un lampadario di cristallo che catturava la luce del pomeriggio. Entrarono in salotto, dove sulla parete sopra il camino era appeso un dipinto che Eleanor riconobbe come un pezzo della collezione di Jacob Lawrence sulla migrazione. Lo aveva riconosciuto solo perché la signora Porter le aveva mostrato un recente articolo sul lavoro di Lawrence in una rivista patinata e aveva cominciato a darsi da fare per assicurarsi qualcosa dell'artista per la «sua collezione». Eleanor scosse la testa, chiedendosi se fosse un originale.

William interruppe il corso dei suoi pensieri porgendole un bicchiere a calice. «Ti va il succo d'arancia o vuoi qualcosa di più forte?»

«Succo d'arancia va benissimo, grazie.» Prese il calice chiedendosi se qualcosa di più forte non l'avrebbe calmata un po'.

Mentre suo padre non aveva mai avuto bisogno di scuse per bere, sua madre non consumava alcol la domenica, perché era il giorno del Signore, ed Eleanor non aveva mai bevuto molto. E non poteva certo rischiare di apparire fuori luogo al cospetto di quella gente elegante. Mentre sorseggiava il suo succo, colse la presenza di quattro donne bianche che ridacchiavano affondate in poltrone di velluto trapuntato, con in mano dei calici di champagne. William fece le presentazioni e le donne si mostrarono piuttosto cordiali, ma la loro presenza colse Eleanor di sorpresa. Forse perché aveva trascorso tanto tempo a Howard, dove non aveva mai visto altro che neri, non le era proprio venuto in mente che al brunch avrebbe potuto esserci una compagnia mista.

William accompagnò Eleanor alla scoperta della casa. Ogni stanza in cui entrarono aveva bellissime modanature a corona e pannelli intagliati. C'erano pesanti specchi alle pareti e vasi con macchie di fiori esotici al culmine della fioritura, gialli, lilla e verde menta. Mentre Eleanor osservava tutti i dettagli eleganti, dai tavolini col ripiano in vetro ai tappeti persiani, non poté fare a meno di sentirsi come qualcuno che è entrato in un luogo a cui non appartiene.

William non sembrava avere di queste remore. Era sempre più vivace, il petto un po' più gonfio a ogni scambio di convenevoli. La presentò a diverse altre persone bianche, mentre lei continuava a guardarsi intorno alla ricerca di qualcuno che le somigliasse. Come mai la famiglia di William non aveva amici neri? Era strano, in una città dall'atmosfera così tesa per via delle leggi Jim Crow. E poi dov'erano i suoi genitori?

Dalla stanza accanto arrivavano risate e rumorose schermaglie tra gli ospiti, e in sottofondo la musica d'archi proveniente dal fonografo. Due anziani signori, entrambi bianchi, che stringevano in mano bicchieri quasi vuoti, erano nel bel mezzo di un'accesa discussione.

«I neri di campagna devono sempre trascinarci in basso con queste stronzate sulla storia degli schiavi» disse un uomo.

«Penso che sia importante ricordare da dove veniamo.»

«Penso che sia importante dimenticarlo e andare avanti.»

Eleanor rimase stupefatta. Bianchi che parlano così dei neri? In casa loro? Senza riuscire a trattenersi, alzò su William uno sguardo perplesso.

«Devi scusarli» disse lui, indicando gli uomini, i cui volti avevano cominciato a imporporarsi per la discussione. «Sono due dei più vecchi amici di mio padre. Erano compagni di stanza a Howard. Discutono delle stesse cose a ogni brunch.»

«Howard?» le uscì dalle labbra, mentre la sua testa oscillava nella loro direzione, come fosse su un perno girevole. Quegli uomini erano neri? Eleanor sgranò gli occhi, ma non vide nei loro lineamenti alcuna traccia di qualcosa che li contraddistinguesse come tali. Forse si era sbagliata anche sulle donne sedute in salotto. Prima che potesse chiederlo a William, questi scattò con le braccia in avanti.

«Papà.» William abbracciò un uomo che aveva la sua stessa carnagione rossiccia ed era quasi identico a lui, tranne che per il piccolo rilievo della pancia e le striature grigie nei capelli e nei baffi.

«Eleanor, questo è mio padre, il dottor William Pride Senior.»

«Piacere di conoscerla.»

«L'onore è tutto mio.» Suo padre le prese calorosamente la mano. Eleanor si sentì subito più a suo agio.

«William, non mi hai mai detto di essere Junior.»

«Pensavo di avertelo detto.»

«Me ne sarei ricordata.» Gli diede un colpetto scherzoso sul braccio, mentre una donna robusta e dalla pelle chiara, con un abito bianco invernale ricamato di strass, si muoveva verso di loro. Le sue sopracciglia si inarcarono mentre il suo sguardo passava da Eleanor a William.

«Mamma.»

«William, non ti vedo da... quanto tempo è passato? Non saprei nemmeno dirlo.»

«Solo una settimana, mamma.» Si avvicinò per darle un bacio sulla guancia. Lei gli tolse della polvere immaginaria dal bavero, ma i suoi occhi rimasero puntati su Eleanor.

«È sembrato molto di più. Ti comporti come se LeDroit Park fosse dall'altra parte del pianeta.»

«Ho studiato.»

«Studiare *cosa* viene da chiedersi.» E squadrò Eleanor.

«È un piacere fare la sua conoscenza, signora Pride. La sua casa è incantevole.»

Eleanor sorrise e porse la mano mentre si presentava, ma sua madre tenne strette le labbra dipinte di rosso.

«Quarles?» Soppesò Eleanor con attenzione. «Dei McLean Quarles?»

«Mi scusi?» Eleanor guardò William.

«Mamma, Eleanor viene dall'Ohio.»

«Oh.» Rose Pride la squadrò di nuovo dall'alto in basso, poi spostò la sua attenzione su una donna scura in uniforme, che le stava sussurrando discretamente qualcosa all'orecchio. Rose annuì con aria seccata.

«Da quale parte dell'Ohio proviene?» chiese, chinando la testa come per sentire meglio.

«Una piccola città a sud-ovest di Cleveland.»

L'espressione di Rose sembrava quella di qualcuno che ha assaggiato qualcosa di amaro.

Proprio in quel momento, la donna in uniforme entrò facendo tintinnare una campanella d'argento. «Il brunch è servito.»

Tutti seguirono i padroni di casa nella sala da pranzo adiacente. La tavola era imbandita in modo elaborato, con vassoi dorati e tovaglie color avorio. Candele accese e petali di magnolia erano sparsi al centro, su una passatoia di seta. Il coperto di ogni ospite era composto da stoviglie di pregiata porcellana cinese dipinta a mano. Il tavolo poteva ospitare comodamente sedici persone. William la fece accomodare su una sedia dallo schienale alto e si sedette accanto a lei. Eleanor vide le due donne che aveva scambiato per bianche sedersi accanto agli uomini dal volto arrossato. Guardandole più da vicino, notò il naso appena un po' largo di una delle donne e le labbra carnose dell'altra.

Fu allora che Eleanor si rese conto di essere in una stanza piena di neri dalla pelle chiara. Quando si guardò le mani, capì che era la persona più scura seduta a quel tavolo. Solo le due donne in uniforme e l'uomo che aveva aperto la porta d'ingresso erano più neri di lei. Ascoltò gli ospiti mentre chiacchieravano tra loro e, sebbene la loro pronuncia non fosse del tutto da bianchi, non era nemmeno del tutto simile a quella della sua gente. Mentre li osservava, lentamente le sfumature dei loro tratti neri presero vita nella profondità delle espressioni, nella forma delle labbra, nella larghezza del naso e nella profondità delle risate. Inizialmente, aveva avuto un'impressione sbagliata.

Il signor Pride pronunciò la preghiera di ringraziamento.

Proprio mentre tutti chinavano il capo, arrivò dal corridoio un rumore di tacchi alti. Quando Eleanor alzò lo sguardo, vide entrare nella stanza nientemeno che Greta Hepburn, in compagnia di un signore anziano. Greta si precipitò subito verso Rose Pride, per baciarla su entrambe le guance.

«Mia madre si scusa. Stamattina si è svegliata con un tremendo mal di testa. Ti telefonerà per organizzare un pranzo in settimana.»

Eleanor mantenne un'espressione imperturbabile, anche se le ascelle cominciarono a sudarle. Greta, che indossava un bel vestito blu zaffiro con un ampio fiocco in vita, si mise ad ancheggiare intorno al tavolo salutando tutti. Il suo vestito aveva l'aria di essere più costoso dell'intero guardaroba di Eleanor. Quando finalmente Greta prese posto, si trovò proprio di fronte a Eleanor e William. Inclinò la testa in un rapido saluto, e poi il padre di William benedisse il cibo. Mentre veniva servito il primo piatto di insalata primaverile e zuppa di pomodoro, Greta guardò Eleanor con aria curiosa.

«Eleanor, giusto? Non mi aspettavo di vederti qui.»

«Anche per me è un piacere rivederti» rispose Eleanor, non dubitando del fatto che Greta ricordasse benissimo il suo nome.

Greta distolse l'attenzione da lei. «William Pride, mi devi una partita a tennis. Sono anni che non ti vedo all'Heritage Club» disse, sovrastando il rumore dei cucchiai e delle forchette.

«È passato un po' di tempo.»

«Allora rimediamo al più presto. Domani?» propose con un sorriso sfacciato.

William passò un braccio intorno alla sedia di Eleanor. «Sono un po' impegnato in questo periodo, ma troveremo un'occasione. È una promessa.»

Greta guardò prima William e poi Eleanor e disse: «Ci conto».

Il pasto si concluse con una macedonia di frutta con il gelato alla menta, poi la gente si allontanò dal tavolo. Nonostante il freddo di gennaio, alcuni uomini si spostarono nel patio posteriore per fumare un sigaro intorno al caminetto, mentre le donne fumavano sigarette in salotto. Eleanor non si sentiva a suo agio da nessuna parte e si ritrovò nella toilette al piano di sotto, cercando di dare un senso a tutto quanto. Quando uscì, Greta la stava aspettando davanti alla porta.

«Che cosa c'è tra te e William?» chiese a denti stretti.

Eleanor si ricordò del drink versato addosso. «Non penso che la cosa ti riguardi.»

«Sono solo curiosa: le nostre famiglie si conoscono da molto tempo.» Lei la guardò, poi aprì il portacipria e iniziò a ritoccarsi il trucco.

«Sì, me lo avevi detto.»

Greta spostò lo sguardo su Eleanor. «Un consiglio, tra ragazze. Sarebbe saggio da parte tua stare alla larga da lui. Non perderci del tempo.»

Eleanor non riusciva a credere a tanta arroganza, ma prima che potesse aprire bocca Greta continuò. «Ricordo la tua domanda di ammissione alle ABC che descriveva in dettaglio il tuo lavoro in biblioteca. E poi ti ho visto dalla vetrina, mentre piegavi i maglioni da Ware's. Non capisco proprio come tu possa avere tempo per uno spasimante, con tutti i *lavori* che hai.» Sputò fuori la parola «lavori» come se fosse oscena.

«Cosa stai cercando di dirmi?» disse Eleanor, cercando di contenere la furia che la pervadeva.

Greta chiuse il portacipria e lo rimise nella pochette. «Sto solo cercando di risparmiarti qualche dispiacere. È fuori dalla tua portata, cara.»

«Tu non mi conosci.»

«Stammi a sentire» l'altra fece un passo avanti, «vuoi riuscire a entrare nella Alpha Beta Chi, il prossimo semestre? Se è così, sarà meglio che tu segua il mio consiglio.»

Eleanor si avvicinò a sua volta di un passo, in modo che fossero occhi negli occhi. «Somiglia a una minaccia.»

«Ci sono un sacco di uomini nel campus con cui puoi uscire. William appartiene a noi» disse impaziente, ed Eleanor ebbe l'impressione di scorgere un barlume di disperazione nei suoi occhi color miele.

«Beh, credo che spetti a lui decidere.» Eleanor girò sui tacchi e andò a cercare William.

Durante il viaggio di ritorno al campus, Eleanor rimase in silenzio, mentre riviveva a getto continuo la conversazione con Greta. Chi pensava di essere? E cosa intendeva con «appartiene a noi»? Gente dalla pelle chiara? O neri con più soldi di quanti riuscissero a contarne?

«Vado a studiare un po' in biblioteca. Vieni con me, cara?» William le accarezzò il ginocchio prima di manovrare la leva del cambio.

Lei disse di no, fingendo un improvviso mal di testa.

Nadine si stava dipingendo le unghie quando Eleanor irruppe nella stanza.

«Com'è andata?»

E raccontò tutto a Nadine. Dalla casa simile a un castello alla servitù, al fatto che aveva scambiato tutti per bianchi per poi scoprire che erano tutti neri dalla pelle chiara, dalle domande della madre di William fino alla minaccia di Greta.

«È la vecchia guardia di Washington. La famiglia di William è il cuore dell'élite e Rose Pride è il fulcro di tutto. Siede in tutti i consigli di amministrazione, ed è la madrina di tutti gli eventi importanti.»

Eleanor rimase in silenzio. Sapeva che la famiglia di William era importante, ma non aveva capito quanto fossero lontani da lei.

«Non lasciarti condizionare da loro. Se tu piaci a William, Ohio, è l'unica cosa che conta.» Nadine prese in mano il pennellino e si mise al lavoro sulle dita dei piedi.

Eleanor indossò una felpa logora e si tolse le forcine dai capelli, non sentendosi così sicura. Aprì il libro di testo e cercò di studiare per la lezione delle otto, ma il mal di testa che aveva finto con William diventò di colpo molto reale.

9
Rapito

Ruby

La prima metà della seconda superiore stava per finire e a metà gennaio mia madre non era ancora venuta a prendermi. La vidi a casa di Nene per la nostra cena annuale di Natale, ma non mi parlò molto. Si limitò a sorseggiare il liquore di mais per le occasioni speciali che zia Marie teneva sotto il lavandino, mentre lei e Leap giocavano a carte con Fatty e l'ultimo fidanzato di Fatty. Inez non si era nemmeno disturbata a portarmi un regalo. Anche se sapevo che non dovevo aspettarmi molto, avevo usato la paghetta che mi aveva dato zia Marie per comprarle tre braccialetti di plastica fatti a triangolo. Col senno di poi, avrei dovuto regalare i braccialetti a me stessa, perché Inez non se li era nemmeno provati.

Pensavo che a quel punto la sua rabbia si fosse placata. Di solito, Inez si presentava da zia Marie qualche giorno dopo avermi mollata lì, con un'offerta di pace: una nuova spazzola per capelli, degli orecchini a clip o un maglione passato da uno dei suoi datori di lavoro. Poi lei e zia Marie si dividevano qualche lattina di Schlitz e mi mandavano da Processed Willie's a prendere i panini con il pesce fritto e la salsa tartara. Dopo qualche mano di gin rummy, mi diceva: «Su, prendi le tue cose». Io avrei abbracciato zia Marie e avrei messo via la mia chiave per la prossima volta che sarei stata esiliata.

Ma questa volta non accadde. I giorni erano diventati mesi e io e la zia Marie ci eravamo abituate alla nostra routine settimanale. Aveva riorganizzato il suo programma da Kiki's in modo da poter stare con Nene il venerdì sera e io potevo arrivare in tempo alle lezioni integrative del sabato. Da allora non mi era più stato imputato nessun ritardo, e come aveva commentato la signora Thomas nel nostro ultimo incontro, mi stavo impegnando come se avessi il pepe al culo.

Come requisito del programma *We Rise*, alla fine di ogni trimestre dovevamo superare un esame per valutare se riuscivamo a tenere il passo nello studio. Gli esami del secondo trimestre si sarebbero svolti tra meno di una settimana. Ce n'era uno di comprensione dell'inglese e un altro sulle equazioni matematiche. Avevo orecchio per le lingue, ma la matematica era il mio tallone d'Achille. Spesso, quando i numeri dei miei compiti di matematica si confondevano sulla pagina, come avvolti nella nebbia, mi ritrovavo a desiderare di essere meno brava in arte e in inglese e più brava in scienze e matematica, visto che oltretutto volevo diventare optometrista.

A prescindere dai miei punti di forza, dovevo ottenere un punteggio pari o superiore a B+ agli esami se volevo rimanere nel programma, così per tutto il pomeriggio rimasi seduta al tavolo della cucina di zia Marie a risolvere problemi di trigonometria, ascoltando il ticchettio costante della pioggia contro il vetro della finestra. I fumi della stufa mi facevano starnutire in continuazione e il naso mi era diventato rosso, a furia di soffiarlo.

Un leggero bussare alla porta d'ingresso mi riscosse dai miei pensieri, ma non mi mossi. Zia Marie gestiva le scommesse da Kiki's e aveva alcuni clienti del quartiere che passavano da casa, per darle i soldi da puntare. Se non era in casa, avvolgevano le monete da cinque e da dieci centesimi nella carta velina e le infilavano sotto la porta. Rimasi in silenzio ad aspettare che se ne andassero, ma non venne infilato nulla sotto la porta. E il tamburellio contro la porta continuava insistente.

«Chi è?» dissi a voce bassa.

«Ruby?»

Il suono del mio nome mi fece balzare dalla sedia. Girai tutte e tre le serrature, tolsi il catenaccio e aprii la porta. Shimmy era in piedi nel corridoio, i capelli castani bagnati fradici, incollati alla fronte. Esitai e poi lo feci entrare, prendendo un asciugamano dal cassetto della cucina e porgendoglielo.

«Cosa ci fai qui?»

«Sono settimane che ti cerco. Non ti trovavo da nessuna parte. Pensavo che fossi tornata da tua madre.»

Mi avvicinai al bovindo e lo chiusi prima che la pioggia bagnasse le mie tele. Lo avevo fatto di proposito, di non farmi vedere in giro. Avevo evitato qualsiasi luogo in cui avrei potuto incontrare Shimmy. Avevo smesso di fare shopping sulla 31ª strada nei giorni in cui lavorava, non mi ero attardata sui gradini di casa e avevo fatto di proposito la strada più lunga per andare e tornare da scuola proprio nel caso in cui fosse venuto a cercarmi. Zia Marie aveva ragione: non mi avrebbe portato nulla di buono innamorarmi di un ragazzo bianco, per di più ebreo. Dovevo concentrarmi sugli studi per poter andare all'università e sapevo che Shimmy non rientrava nei miei piani per il futuro.

Ma adesso che se ne stava lì davanti a me, fissandomi con quegli occhi, e tremava tutto bagnato, la mia volontà si indebolì.

«Togliti il cappotto bagnato» gli dissi, e poi gli passai l'asciugamano sui capelli. I nostri occhi si incrociarono e, anche se ci provai, non riuscii a distogliere lo sguardo. Erano così verdi.

«Scusa se sono piombato qui. Avevo solo bisogno di sapere che stavi bene.»

«Non c'è problema. Zia Marie è uscita per andare al lavoro.»

Guardò i fogli sparsi sul tavolo di formica della cucina. «Cosa stai facendo?»

«Sto studiando per gli esami di *We Rise*, il programma di cui ti ho parlato. Con l'inglese me la cavo, è la matematica che mi fa impazzire.»

Si sedette. «Fammi vedere.»

Presi i fogli per gli esercizi e una matita, li portai sul divano e glieli diedi. Shimmy li esaminò con attenzione.

«Sono sullo stesso problema da mezz'ora. Non ne posso più. È così difficile.» Mi lasciai cadere sul divano accanto a lui.

«In realtà non è così difficile. Come te la cavi a calcolare seno, coseno e tangente?»

«Così così.»

«Okay, allora un modo semplice per ricordarli è memorizzare una formuletta: SE, CO e TA. A me viene meglio, quando ho un dispositivo mnemonico.»

«Che sarebbe?»

«Sai, quando alle singole lettere attacchi delle parole intere, o ti inventi una filastrocca per aiutarti a ricordare l'ordine delle cose.»

«Oh, giusto. Non l'avrei mai descritto così, ma capisco cosa intendi.» Sorrisi, sfiorandogli il ginocchio con il mio. E lo lasciai lì, mentre Shimmy proseguiva.

«Io, per ricordarmi la trigonometria, penso a un "SEntiero COstiero lonTAno". Chiaro?»

Ci pensai un attimo: «SEno, COseno e TAngente».

«Esatto, memorizzalo!» Mi tolse la matita di mano. «Posso scrivere qui sopra?»

«Certo.»

Shimmy risolse uno dopo l'altro i tre problemi, spiegandomi man mano la relazione tra gli angoli, e la nebbia che avvolgeva il mio cervello cominciò a diradarsi.

«Credo di aver capito.»

«Ci vuole solo un po' di pratica. La matematica si basa sulla memoria, e la memoria è un muscolo.» Mi depose il foglio con gli esercizi in grembo, e la sua mano mi sfiorò. Il calore dei suoi polpastrelli rese la stanza sfocata.

«Capisco perché vuoi diventare un contabile. Sei bravo in queste cose» dissi dolcemente.

«I numeri hanno una logica.» Poi il suo volto si avvicinò al mio, e il tempo si fermò. Il mio cervello smise di ragionare mentre il suo naso sfiorava il mio e le sue labbra premevano sulle mie. Fu l'attimo più dolce della mia vita, ma poi vidi apparire Leap. Le mani di Leap che mi spingevano la faccia contro la sua, Leap, Leap, Leap… e mi staccai bruscamente da Shimmy.

«Scusami.» Socchiuse gli occhi, perplesso.

«No, scusami tu. È solo che...» La mia voce si affievolì.

«Sei così bella.»

Nessun ragazzo mi aveva mai detto che ero bella, prima di allora.

«Non riesco a pensare ad altro che a te» mormorò lui, e quelle parole spazzarono via ogni mio residuo di resistenza. Sbattei le palpebre scacciando con forza l'immagine di Leap, dimenticando che era stato il mio primo bacio, e respirai il respiro di Shimmy: ora era solo stare con lui che contava.

Mi prese la mano destra. «Non sparire mai più così. Mi hai fatto impazzire.»

«Mai più.»

Poi mi prese il mento e io mi strinsi a lui. La sua lingua sapeva di gomma Wrigley's Doublemint. Tenni gli occhi aperti, per vedere che era Shimmy e non Leap a premere le sue labbra contro le mie.

"Stavo baciando un ragazzo. Un ragazzo a cui piacevo."

All'esterno si udì uno schianto, seguito da un *boom* e poi le luci si spensero. Ci staccammo, Shimmy balzò in piedi.

«È solo saltata la corrente. Succede spesso, durante i temporali.» Mi alzai, cercai un fiammifero nel cassetto della cucina di zia Marie e accesi la candela che teneva sopra il lavello. Shimmy mi si avvicinò e mi fece girare, stringendomi contro il suo petto. Ci fissammo in quel bagliore soffuso e incerto. Mentre si chinava a baciarmi di nuovo, un tonfo di passi pesanti risuonò sulle scale.

«Maledizione! Probabile che sia papà. Era di sopra a bere con il signor Leroy. Mamma mi ucciderà, se arriviamo di nuovo in ritardo.» Shimmy si diresse verso la porta. «Posso venire a prenderti domani sera?»

«Non so se potrò uscire.»

«D'accordo. Sarò nel vicolo alle otto. Aspetterò un quarto d'ora.» Mi baciò sulla guancia e, mentre ero ancora sulla porta, lo sentii gridare: «Papà, va tutto bene?».

Quando guardai giù per le scale, suo padre era accasciato sul pianerottolo a gambe larghe. Nel corridoio aleggiava un puzzo di whisky, o forse di gin. Shimmy scosse la testa, rosso in faccia per l'emozione. Lo guardai abbassarsi, prendere il padre sotto le ascelle e tirarlo su.

«Dài, papà, la mamma ci aspetta. Ti sei fatto male?»

«Nooo – tuuutto kay» biascicò lui, accarezzando il viso di Shimmy. «Bravo figliolo.»

Shimmy passò un braccio intorno alla vita del padre e lo guidò con cautela verso l'ultima rampa di scale. Chiusi la porta e mi avvicinai alla finestra, per asciugare la condensa sul vetro con la manica della camicetta. L'acquazzone aveva rallentato, fino a ridursi a una pioggerellina fine.

In strada Shimmy aprì la portiera del passeggero al padre, gli mise una mano protettiva sulla testa e lo aiutò delicatamente a salire in macchina. Un movimento tenero, come quando si mette a letto un bambino. Sembrava che Shimmy fosse abituato a farlo con una certa frequenza. Era proprio un bravo ragazzo. Un bravo ragazzo a cui piacevo, anche se eravamo così diversi. Shimmy si fermò davanti alla portiera del guidatore della macchina di suo padre e alzò lo sguardo. Accennò un saluto, e io premetti la mano contro la finestra, verso di lui.

In quel momento, capii che non desideravo altro che dare una possibilità a ciò che stava nascendo tra noi. Anche se tutto era contro di noi, e a dispetto dell'avvertimento di zia Marie.

10
Cattivo gusto

Eleanor

Eleanor e una commessa dalla vita sottile di nome Arlene stavano gestendo il reparto femminile del grande magazzino Ware's quando il campanello sopra la porta a vetri suonò. Entrò Rose Pride, avvolta in un mantello verde brillante con grandi maniche a campana. Era accompagnata da una donna della stessa età, altrettanto ben vestita, e la vista della signora Pride in piedi a pochi metri di distanza fece sobbalzare lo stomaco di Eleanor. Non l'aveva più vista dopo il loro imbarazzante primo incontro al brunch di qualche settimana prima, ma aveva pensato parecchio a lei.

«Te ne occupi tu» sussurrò ad Arlene, che si aggiustò il badge con il nome e andò prontamente a salutarle.

«Benvenute da Ware's, mi chiamo Arlene» disse lei, quasi cantando.

Mentre le donne passavano in rassegna i nuovi arrivi all'ingresso del negozio, Eleanor si nascose dietro un espositore di cappotti, fuori dalla vista delle due signore, ma in un punto da cui riusciva ancora a vederle. Sentiva distintamente quello che si stavano dicendo.

«In tutta sincerità, con tutto quello che facciamo per i nostri figli, ti aspetteresti che ti dessero retta ogni tanto.» Rose Pride prese in mano un cappellino di raso.

«Spesso mi sento come un disco rotto» commentò l'amica.

«Ci crederesti che il mese scorso William ha portato al brunch una stracciona di ragazzotta del Midwest? Le ho chiesto cosa facevano i suoi genitori, e mi ha risposto che suo padre lavorava in una fabbrica e sua madre faceva torte.»

Un brivido scese lungo la schiena di Eleanor e rimase come paralizzata. Stavano parlando di lei. Dal suo nascondiglio, Eleanor vide l'occhiata che l'amica rivolse a Rose. La vide anche scuotere la testa disgustata. «Come se gli fosse venuto in mente di invitare il giardiniere.»

«Non ha alcuna istruzione. E probabilmente mangia ancora frattaglie di maiale, che orrore» ribadì Rose con un ghigno.

«Greta mi ha accennato a questa storia» sospirò l'amica. «Credo che sia stato il brunch che mi sono persa.»

«Deenie, onestamente, ai nostri tempi facevamo quello che dicevano i nostri genitori. Soprattutto quando si trattava di scegliere chi sposare.»

«È vero. Ma a questi giovani d'oggi non si può dire niente. Pensano che il mondo sia iniziato quando sono nati loro. Tutte le tradizioni sono roba antiquata, secondo loro.»

«Cosa dice Greta di William? Sa qualcosa di questa Eleanor del Midwest?»

«Mah, mi sembra convinta che non sia niente di che. Per William dev'essere solo un passatempo.»

Deenie – la madre di Greta Hepburn, immaginò Eleanor – si spostò dall'espositore delle gonne a quello delle camicette.

«Per quanto mi sforzi, non riesco proprio a capire perché William e Greta non escono insieme. A parte costruirgli una casa, abbiamo fatto di tutto.»

Deenie si strinse nelle spalle. «Credo che questa sia una domanda da fare a William, cara. Greta è pronta e ben disposta. In primavera sarà laureata, e i pretendenti si stanno già facendo avanti. Nessuno che sia perfetto come William, ovviamente.»

Eleanor era furiosa.

Rose passò ad Arlene alcune camicette, perché le portasse nel camerino.

«Non possiamo certo far aspettare la dolce Greta. Cercherò di far ragionare quel testone di mio figlio.»

Rose e Deenie seguirono Arlene nel salone, per provare i capi che avevano scelto. Eleanor rimase nascosta finché le due madri non furono a distanza di sicurezza.

Quando sentì il rumore delle porte che si chiudevano alle loro spalle, Eleanor andò a cercare il suo capo nel reparto scarpe da uomo. Il profumo del lucido da scarpe e del cuoio le riempì le narici.

«Le dispiace se faccio ora la pausa per il pranzo?» chiese.

«È un po' presto» rispose lui, battendo un dito sull'orologio.

«Mi sento un po' intontita. Ho saltato la colazione» lo supplicò lei.

L'altro annuì, e lei si rifugiò in sala break, dove riuscì a mandare giù solo qualche bastoncino di carota. Rose Pride l'aveva definita stracciona, e aveva insultato i suoi genitori. Non si era mai sentita così umiliata in vita sua, e il fatto che gli insulti venivano dalle labbra di una donna nera dell'età di sua madre rendeva la ferita persino più dolorosa. Non era giusto. Da come ne parlavano, William sembrava un principe che si stava divertendo con una povera servetta.

Certo, suo padre aveva voluto frattaglie di maiale per il pranzo di Capodanno, insieme ai fagioli dall'occhio e al cavolo nero, ma non era questo il punto. E perché erano così preoccupati per Greta? Era una bellezza da capogiro e poteva conquistare qualsiasi uomo alla Howard solo schioccando le dita. Più Eleanor rimaneva seduta lì, più si infuriava.

Prima della fine della pausa era riuscita a ricomporsi, appiccicandosi un sorriso sulla faccia. Dalla vetrina dell'ingresso vide le due donne incamminarsi lungo la 14ª strada, reggendo diverse borse. Aveva appena cominciato a nevicare ed Eleanor si augurò di essersi ricordata di portare le galosce. Aveva le scarpe buone e non poteva permettersi di rovinarle.

Il resto del turno sembrò trascinarsi all'infinito. Quando finalmente arrivò l'ora di timbrare il cartellino, Eleanor prese la borsetta e si affrettò a uscire nel gelo invernale. L'aria fresca e frizzante non riuscì a placare l'agitazione che sentiva alla base della spina dorsale.

«Eleanor» la chiamò William, sporgendosi con la testa dal finestrino dell'auto.

Non si aspettava che lui venisse a prenderla, e non voleva essere una fonte di imbarazzo per lui. Visto che sua madre non li voleva insieme, le avrebbe facilitato le cose. Prese a scarpinare lungo il marciapiede, senza rispondere alla chiamata di William.

Ma era appena arrivata all'angolo che lui aveva già accostato l'auto al ciglio della strada, era sceso e l'aveva raggiunta. La prese per il gomito. «Elly, cosa c'è che non va?»

Il diminutivo affettuoso e la preoccupazione nei suoi occhi la fecero sentire sciocca, e tutta la determinazione ad allontanarsi da lui si dissolse in un attimo.

«Niente.» Abbassò il mento.

«C'è di sicuro qualcosa che non va. Lascia che ti accompagni a casa.» La prese sottobraccio e la condusse alla macchina.

Senza chiederle il permesso, William la portò nel suo appartamento. Da quando si erano conosciuti avevano trascorso lì tutti i pomeriggi tra i turni di lavoro di Eleanor e l'orario di chiusura dello studentato, durante i fine settimana. William aveva un coinquilino, ma lei lo aveva incontrato solo una volta. Aprì la porta dell'appartamento e le prese il cappotto.

«Perché non ti siedi, tesoro? Ti preparo un po' di tè.»

William aveva una quantità di copie di «Ebony» e «Life» sul tavolino, e lei si mise a sfogliare una rivista senza neanche vedere le pagine. Pochi minuti dopo, William tornò con un vassoio di bambù e una tazza di tè alla menta con panna e zucchero. Era sempre così pieno di classe.

«Allora, sei pronta a dirmi perché mi stavi ignorando poco fa?» William si avvicinò fino a sfiorarle le gambe, le prese delicatamente un piede e se lo appoggiò in grembo. Mentre lei soffiava sulla tazza, lui iniziò a massaggiarle la pianta del piede attraverso la calza di nylon, insistendo sui punti di pressione. Lei soffocò un gemito.

«Tesoro?» La stava fissando. «Cosa c'è?» Aveva le sopracciglia corrugate per la preoccupazione, e uno sguardo tanto amorevole che Eleanor pensò di lasciar perdere ogni discorso. Ma aveva bisogno di sapere. Si guardò intorno nello spazioso appartamento, osservando tutti quei mobili eleganti che avrebbero potuto comparire nella rivista che teneva in mano.

«È tua madre che ha arredato per te questo posto?»

«Come hai fatto a indovinare?»

«Vedo la somiglianza nel gusto con la casa in cui sei cresciuto. Così diversa dalla mia.» Pronunciò le ultime quattro parole a bassa voce.

«Sai, se a mia madre lasci un dito...» Indicò i quadri appesi alla parete.

Eleanor abbassò lo sguardo sulla tazza in cerca di coraggio. «Ascolta, ho apprezzato questi ultimi mesi con te più di quanto sappia esprimere a parole. Ma la gente come te non vuole vederci insieme.»

«Gente come me?»

Eleanor annuì. «Gente con ampi mezzi, persone che vivono alla grande, come direbbe mia madre. Io vengo da un'altra storia.» Strinse più forte la tazza. «Sono cresciuta in una *shotgun house*. Sai almeno cos'è?»

Lui fece segno di no.

«Se apri la porta d'ingresso quella sul retro e spari una fucilata, la pallottola esce dritta dal retro senza incontrare niente. Sono casette modeste, da operai. Mio padre lavora da una vita alla Ridge Tool Company, la più grande fabbrica della zona. Quando è passato di livello, ha voluto che mia madre smettesse di lavorare alla mensa scolastica. Ma lei non è rimasta a lungo senza fare niente.»

Le dita di William smisero di muoversi.

«Si è messa in testa che dovevo andare all'università, così ha trasformato la sua passione per la pasticceria in un'attività commerciale. Stava sveglia tutta la notte a impastare e mescolare, e poi fuori tutto il giorno a fare le consegne. Ed è così che sono arrivata qui, alla Howard. Non ho un cognome che possa aprirmi le porte. Le torte di mia madre e il lavoro in fabbrica di mio padre sono ciò che mi ha permesso di arrivare qui. Insieme a un sacco di studio e di ingegno da parte mia.»

«Sono felice che tu mi abbia raccontato parte della tua vita. Significa molto per me.»

«Te lo sto dicendo perché penso che una come Greta sarebbe più adatta a te.»

Lui sbuffò. «Greta? E questa da dove viene fuori?»

«Mi ha messo alle strette a casa dei tuoi genitori il mese scorso, dicendomi di lasciarti in pace. Perché io non sono alla tua altezza.»

William corrugò la fronte. «I genitori di Greta e i miei ci hanno spinto a metterci insieme fin dalla seconda elementare.»

«Quindi?»

«Niente. Non c'è alcuna chimica tra di noi.» Riappoggiò a terra il piede sinistro di Eleanor e le sollevò il destro. «Per me è come una cugina.»

«Cugini che si baciano?»

«Perché mi stai dicendo tutto questo?»

Eleanor non pensava fosse il caso di confessare a William di aver ascoltato la conversazione delle due madri al negozio.

«È solo che se sei destinato a stare con qualcun altro, sai, qualcuna delle ragazze con cui sei cresciuto...» La voce le si affievolì. Non riusciva a concludere dicendo "quelle ricche, con la carnagione chiara e tante conoscenze importanti".

William rimase un attimo in silenzio. «Tesoro, non so che farmene di tutte queste stronzate sulla classe e sul colore. Non mi importa da dove vieni. Voglio solo passare il mio tempo con te.»

Eleanor si morse il labbro per contenere l'ondata di sollievo che provò nel sentire quelle parole. Ma non sapeva ancora bene se riusciva a crederci.

«Elly, guardami.»

Dopo un attimo, lei sollevò la testa e i loro sguardi si incrociarono.

«La mia famiglia ha un certo modo di comportarsi, ma io non sono mai stato uno che si lascia dire che cosa deve fare. Ti amo e voglio che stiamo insieme.» Le dita di lui si spostarono dal tallone del piede per avvolgerle la caviglia. Era la prima volta che pronunciava quelle parole e lei rabbrividì di piacere.

«A meno che tu non voglia qualcosa di diverso.»

«No, io provo le stesse sensazioni per te. Solo che vorrei evitare di farmi spezzare il cuore.» La sua voce era roca.

«Mai.» Le massaggiò il polpaccio, salì fino al ginocchio e poi le baciò il collo, la guancia, il mento. E trovò la sua bocca, con una fame che lei sentì pulsare fino alla punta dei piedi.

Era questo il momento in cui avrebbe dovuto respingerlo, ma dopo aver sopportato Rose Pride e Greta che cercavano di separarli, non desiderava altro che legarsi a lui. La rabbia che Eleanor aveva sentito prima nel petto si trasformò in un desiderio nel ventre.

Le mani di William si spostarono, accarezzando la pelle morbida all'incrocio delle sue cosce, e lei ansimò.

Senza fiato, lui si staccò. «Perdonami. Sei così irresistibile. Ho perso il controllo.»

Non erano mai andati oltre, ma Eleanor era stanca di trattenersi. Soprattutto dopo oggi. Premette le labbra contro quelle di William, riappoggiando la sua mano tra le cosce. La pressione delle sue dita forti la fece fremere e, dopo un'altra serie di baci affannosi, si ritrovò senza respiro. Il suo bisogno di possederlo era così forte, così immenso, che si sentiva come lava fusa in un vulcano pronto a eruttare.

«Forse la tua camera da letto sarebbe più adatta» sussurrò.

Un lampo di sorpresa passò nei suoi occhi color inchiostro, subito sostituito dal desiderio. «Sei sicura?»

Lei gli afferrò la mano, bloccò la voce da brava ragazza che le riecheggiava nella testa e rispose solo: «Sì».

Prendendola in braccio, William portò Eleanor lungo il corridoio, oltre il bagno e nella sua camera da letto, dove la adagiò sul letto a due piazze. Eleanor non era mai stata nella sua stanza e sentiva ovunque il suo profumo di bergamotto.

«Ho bisogno di vederti, tesoro» ansimò.

La luce del lampione fuori dalla finestra conferiva alla stanza un chiarore sfocato. Eleanor si mise a sedere e sbottonò piano la camicetta di cotone. La fece scivolare dalle spalle. William si mise di fronte al letto e la guardò mentre si allungava ad aprire la cerniera posteriore della gonna, per poi sfilarla dalle ginocchia e gettarla a terra. Si sentiva a disagio nella sottoveste con la guarnizione di pizzo fino alle ginocchia.

«Sei splendida.» Lui si slacciò i pantaloni e li lasciò cadere a terra. Poi la raggiunse sul letto e le fece scivolare le spalline lungo le braccia. I seni di lei gli caddero liberi nei palmi delle mani e seppellì il viso nella scollatura profumata di talco di Eleanor. Si avvinghiarono e si rotolarono. Quando Eleanor ebbe la sensazione che ogni poro del suo corpo fosse aperto e desideroso di accoglierlo, William cercò nel comodino e armeggiò con una scatoletta con la scritta MIMOSA. Dentro c'era un preservativo.

Una volta coperto il corpo di lei con il suo, cominciò a muoversi piano. La sua tenerezza fece sentire Eleanor come un fiore prezioso che lui non voleva schiacciare.

«L'hai mai fatto prima?»

Eleanor chiuse gli occhi, gli afferrò il viso e lo baciò.

«Ti proteggerò per sempre» dichiarò William, affondando ancora di più dentro di lei. «Sei la mia ragazza.»

Dopo alcune spinte e tiri, i loro corpi divennero un tutt'uno. Lui si fermava ogni tanto per assicurarsi che lei stesse bene. E lei stava bene. In quel momento, il desiderio di lui ebbe la meglio su tutto e quando sussultò contro di lei lo strinse più forte.

Mentre il sudore tra loro si raffreddava, William le passò le dita tra i capelli ingarbugliati. Era tutta bagnata.

«L'ho immaginato ogni notte negli ultimi mesi.»

«E cosa mi dici?» Eleanor pensava che l'intimità l'avrebbe resa timida, ma non fu così. Appoggiò la testa sul palmo della mano e si girò verso di lui.

«È stato ancora più bello.»

Gli baciò le labbra, ora secche e screpolate. D'improvviso si rese conto di quanto tempo fosse passato. Avrebbe voluto restare per sempre, ma gli disse che doveva andarsene in tempo per l'ora di chiusura.

«È il fine settimana, non puoi inventarti qualcosa e restare per la notte?»

«E rovinarmi la reputazione? Venire a letto con te è già abbastanza.» Gli diede un buffetto sul naso. Eleanor spinse indietro le lenzuola, ma lui la strinse alla vita per cullarla sul petto nudo.

«E se ti inventassi che sei rimasta da un'amica che abita dall'altra parte della città?»

«Avrei troppa paura» disse lei, ma poi pensò a tutte le volte che lo aveva fatto Nadine, senza che le capitasse mai nulla.

Eleanor prese l'accappatoio di William appeso al retro della porta e sgattaiolò lungo il corridoio fino al telefono.

Nadine le strillò nell'orecchio: «Mi occuperò io di tutto».

Quando ritornò a letto, William si tolse la vestaglia e spinse i fianchi contro i suoi in un modo che le sembrava già familiare. Lei si aprì di nuovo, sentendosi risarcita.

11
Febbre di primavera

Ruby

Al liceo avevo preso tutte A e avevo superato con successo sia l'esame invernale che quello primaverile di *We Rise*. Mi ero classificata seconda dietro Jonathan Draper, un ragazzo saccente di South Philly, che sarebbe stato carino se si fosse liberato dagli occhiali a forma di bottiglia di Coca-Cola e dai brufoli che gli punteggiavano la fronte. La cerimonia di premiazione di *We Rise* era prevista dopo tre settimane, il primo sabato di maggio, in onore dei dieci rimasti del mio gruppo di dodici – quelli che sarebbero andati avanti nel programma. Ora dovevo solo dimostrarmi migliore di altri otto studenti, per ricevere la borsa di studio, ed ero così vicina da sentire il peso della lettera di accettazione già nella mano.

Alla cerimonia avrebbero partecipato i membri del consiglio dell'Associazione Armstrong, che sponsorizzava *We Rise*, e il rettore della Cheyney University, e io dovevo presentarmi bene. Erano settimane che imploravo zia Marie per avere il mio primo paio di calze di nylon da indossare alla cerimonia. Fino a quel momento avevo indossato sempre e solo i calzettoni e mentre cenavamo – fegato e cipolle con riso, piselli e pane caldo – la implorai ancora una volta.

«Sei ancora troppo giovane.» Il sugo le colava dall'angolo della bocca.

«Ti prego, zia Marie. Siamo nel 1949, non nel '39. Tutte le ragazze delle classi superiori portano le calze.»

«Le calze fanno venire in mente certe cose. Non voglio che tu vada in giro a farti pubblicità, facendo credere a quegli uomini che sei pronta per essere presa.»

Rigirai la forchetta nel piatto, chiedendomi perché dovevo sempre essere io a preoccuparmi di ciò che potevano pensare gli uomini. Era tutta la vita che me lo sentivo dire. Anche quando vivevo con Nene, una bambina di otto anni col seno piatto, mi veniva continuamente ricordato di essere pudica. Non dovevo uscire dal bagno senza l'accappatoio quando uno zio, un cugino o un amico di famiglia era in casa a fumare sigarette e bere birra. Quando Nene ancora ci vedeva, si chinava a guardarmi negli occhi e mi diceva: "Se qualcuno ti dovesse mai mettere le mani addosso in quel modo, dimmelo. Ti crederò sempre".

Tuttavia, non avevo detto a Nene che Leap mi aveva toccato, perché mi vergognavo di avergli permesso di arrivare a tanto. Conoscendo Inez, non glielo aveva detto nemmeno lei, visto che aveva creduto più alla parola di Leap che alla mia. Se a mia madre fosse importato abbastanza del mio futuro da assicurarsi che avessi ogni settimana i soldi per il biglietto dell'autobus, tutto questo non sarebbe successo. Ma con due studenti fuori dal programma ero ancora in una buona posizione, e dovevo indossare le calze di nylon per dimostrare ai responsabili che ero una studentessa seria e che li avrei rappresentati bene.

I no di zia Marie di solito erano no e basta. Ma io continuai a insistere, promettendole qualunque cosa al mondo se solo avesse detto di sì. Prima di andare a letto, lasciai sul suo comodino delle foto di calze di nylon che avevo ritagliato dalla rivista «Jet».

Il giorno dopo era sabato, e zia Marie mi svegliò con un bicchiere di succo di pomodoro. «Vai a metterti qualcosa di carino, così ti porto in centro.»

Finalmente aveva acconsentito, e io balzai in piedi e la baciai sulla guancia.

«Lo faccio per te, dolcezza. Dio solo sa quanto odio avere a che fare con la gente pretenziosa che sta in centro.»

Mi vestii con cura, indossando la mia gonna a pieghe più bella e una camicetta color acqua marina che legai in vita. Mi chiesi se Shimmy ci avrebbe fatto caso, quando avrei indossato le mie nuove e liscissime calze di nylon. Il tempo trascorso insieme era diventato il momento clou delle mie settimane e, quando non ci aggiravamo furtivamente nei parcheggi bui ascoltando musica e mangiando cioccolato, pensavo solo a stargli vicino, al contatto con i peli corti e ispidi sul suo mento, al suo fiato caldo sul lobo dell'orecchio e alle sue agili mani che mi esploravano sotto la camicetta.

Non smettevamo mai di parlare, e non mi stancavo di ascoltare le storie della sua famiglia. In confronto a me, anche se suo padre beveva, Shimmy viveva una vita da favola, con entrambi i genitori sotto lo stesso tetto e due fratelli minori che sembravano adorarlo. Seduti in macchina, mi intratteneva raccontandomi di quando andava a trovare i suoi zii a Brooklyn, e mi faceva ridere a crepapelle imitando il loro accento, allungando le sillabe con un tono sempre più acuto, per poi calarlo alla fine sempre più giù.

Mi meravigliavo quando mi descriveva i grattacieli, o l'attraversamento dell'Holland Tunnel, e poi Chinatown, il ponte di Williamsburg con le sue torri d'acciaio che arrivava fino a Brooklyn, dove gli immigrati irlandesi, italiani ed ebrei vivevano a pochi isolati gli uni dagli altri, in una specie di mosaico culturale. Il viaggio più lungo che avessi mai fatto era stato fino ad Atlantic City.

«Sei pronta?» Zia Marie entrò in soggiorno, interrompendo il corso dei miei pensieri.

La guardai, ed ebbi un sussulto. «Sembri...»

«Una donna? È il mio travestimento per quei bianchi altezzosi.» Si mise in posa e io non riuscii a smettere di fissare a bocca aperta la gonna svasata e la camicetta rosa cipria con le ruches. Chiuse il tubetto del rossetto e lo lasciò cadere in una borsetta color tabacco.

«Non ti ci abituare, è solo una recita. Andiamo, prima che i piedi comincino a farmi vedere le stelle.» Indicò le scarpe col tacco.

Ero così eccitata per la nostra gita ai grandi magazzini che chiacchieravo senza sosta, anche se dall'espressione tirata della sua faccia capivo che zia Marie non stava ascoltando una sola parola di quello che dicevo.

«Cosa c'è che non va?» le chiesi, mentre l'autobus girava intorno al municipio, cedendo il passo a una sfilza di boutique eleganti e grandi magazzini di lusso. Gimbels a sinistra e Wanamaker's a destra, con Woolworth a occupare l'intero angolo.

«Niente» disse lei, allungando la mano per tirare il segnale dello stop e scendere alla fermata dell'autobus. In strada, una folla di persone si muoveva in un andirivieni continuo. La maggior parte degli uomini portava abiti da ufficio scuri e cappelli *pork pie*. Le donne avevano i capelli lucenti, biondi o castani, e indossavano giacche con le spalle imbottite nei toni del verde, del blu, del marrone e del rosso. Gonne plissettate che ondeggiavano intorno alle ginocchia, eleganti borsette smerlate abbinate ai guanti colorati. Seguii zia Marie per due isolati, pensando che saremmo entrati da Wanamaker's, ma lei continuò a camminare finché non arrivammo a un Five-and-dime, un negozio molto più a buon mercato.

«Non dovevamo andare in un grande magazzino?»

«Forse per il tuo compleanno» disse.

Mi cascarono le braccia.

«Ci sono le stesse cose e costano meno. E poi quelle commesse arroganti non sanno come trattarci. Oggi non ho tempo di farmi arrestare per aver tirato un pugno a una donna bianca.»

In quel momento capii che stava facendo per me ben più di mia madre. Per zia Marie il viaggio per arrivare in centro voleva dire uscire dal suo spazio protetto. Il vestito che indossava rappresentava proprio quello, e tutto questo lo aveva fatto per me, un sabato mattina in cui avrebbe potuto riposare, in previsione della lunga notte da Kiki's. Quando il semaforo cambiò e scendemmo dal marciapiede, allacciai il mio braccio al suo e lo strinsi.

«Five-and-dime è perfetto» dissi, sorridendo. «Grazie.»

Mi accarezzò la mano. «Dopo averti preso le calze, possiamo farci un giretto da Gimbels, così puoi dare un'occhiata a tutte le belle cose in esposizione.»

Questo mi rincuorò. Avrei almeno potuto vedere il motivo di tanto entusiasmo. Il Five-and-dime era all'angolo dell'isolato successivo, entrammo e salimmo con la scala mobile fino al secondo piano. I reggiseni, le mutandine, le guaine e i corsetti erano nascosti nell'angolo in fondo, insieme all'espositore delle calze di nylon. Una donna dalla carnagione marrone chiaro stava dietro il bancone e mi indicò tutte le scelte possibili. Mi girava la testa. Era un procedimento molto più complesso di quanto avessi immaginato. Per indossare il paio giusto, dovevo calcolare le mie proporzioni e lo spessore in denari, decidere il colore e se volevo o no le cuciture, il tallone o la punta rinforzati, o il piede nudo per i sandali; e se dovevano essere a maglia o a rete. Zia Marie si era allontanata, lasciandomi sola con le mie scelte.

«Cosa mi consiglia, signora?»

Mi guardò dall'alto in basso, poi si infilò un paio di guanti e aprì la valigetta che conteneva le calze. Ogni paio era separato da un sottile foglio di carta velina. Alla fine, decidemmo per un reggicalze in taffetà di nylon arricciato e un paio di calze a maglia con tallone e punta rinforzati. Zia Marie tornò mentre la commessa li riponeva in un sacchetto di carta bianca con una scritta dorata.

«Datele un secondo paio, nel caso in cui ci scappi una smagliatura in uno dei due.»

Fuori, abbracciai zia Marie in segno di gratitudine.

Non essendo una persona che ama molto le dimostrazioni di affetto, soprattutto in pubblico, la zia mi diede un colpetto sul braccio e subito si scostò. «Puoi ripagarmi aiutandomi a pulire da Kiki's qualche lunedì mattina, durante le vacanze estive. È un modo per guadagnare un po' di soldi in più e far quadrare i conti.»

«Qualsiasi cosa» dissi sorridendo, stringendo la borsa. Non riuscivo a contenere l'eccitazione. Non avevo bisogno di Gimbels: era come se Natale e il mio compleanno fossero arrivati insieme. Stavo chiacchierando, chiedendomi quale gonna sarebbe stata bene con le mie nuove calze, quando scesi dal marciapiede e urtai la spalla di qualcuno. Alzai lo sguardo e vidi una donna bianca e magra che mi fissava con una smorfia, al suo fianco una ragazzina con un cappotto di lana grigio.

«Guarda dove vai, *negra*» sibilò, mentre afferrava saldamente la figlia per il polso.

Inciampai all'indietro, sentendomi come se mi avesse dato un pugno nello stomaco. Nessuno in vita mia mi aveva mai apostrofato così, e per una frazione di secondo mi sentii del tutto stordita.

«Non volevo...» mormorai alla fine.

La donna si raddrizzò il cappellino a tamburello. «Mi dovrò fare la doccia!»

«Non è una cattiva idea. Si sente da qui la tua puzza» disse zia Marie con tono deciso. La donna ci squadrò entrambe e gridò: «Restate nel vostro quartiere».

«Paghiamo le tasse esattamente come voi. La prossima volta guarda dove vai» replicò zia Marie, prima di prendermi per mano e trascinarmi nella direzione opposta. La seguii per tutta la strada verso il municipio ed entrai da Gimbels, ma la testa mi si era riempita di piombo.

L'interno del negozio odorava di profumi dolci e cosmetici cremosi. Ovunque guardassi i miei occhi si imbattevano in scintillanti espositori appesi. La bellissima scala mobile di vetro che si snodava su tre piani era come un invito al paradiso. Ma per me non c'era magia in quel momento. Invece di muovermi nel salone con gli occhi spalancati, sentivo pesare su di me gli sguardi di ogni persona bianca che incrociavamo. Era soffocante. L'uscita con la doppia porta si trovava più avanti sulla destra, e io la spinsi ritrovandomi fuori sul marciapiede.

Un clacson rabbioso tuonò contro un passante che attraversava la strada, il semaforo passò dal rosso al verde, mentre la voce della donna mi risuonava nelle orecchie. "Negra."

La faccia cattiva del signor Greenwald protesa verso di me. "Non puoi essere amico di una come lei."

La signora Thomas che mi ammoniva. "Ci sono molti studenti neri in tutta la costa orientale che darebbero qualsiasi cosa per essere al suo posto."

E poi me lo dissi per l'ennesima volta. Mi ripetei la verità che conoscevo bene fin dal momento in cui Shimmy aveva bussato alla porta di zia Marie: quella cosa tra noi non aveva un futuro. Il mondo non ci avrebbe concesso la luce per crescere. Io e Shimmy ci saremmo sempre aggirati di nascosto in parcheggi bui, infrattati in vicoli che puzzavano di piscio, con me sempre accucciata sul sedile posteriore. La nostra relazione era condannata fin dall'inizio. Prima di farmi male, dovevo lasciar perdere lui e il mondo di fantasia che ci eravamo creati.

La borsa bianca con le mie tanto agognate calze mi scivolò di mano e finì sulla strada, su una striscia di terra. Zia Marie si chinò e la recuperò, ripulendola dalla polvere. Ma io non tesi la mano per riprenderla.

«Non devi permettere a nessuno di rubarti la gioia, tesoro, o vivrai una vita miserabile. Io lo so bene. Ma tu gliela farai vedere a quella donna ignorante, continuando i tuoi studi. Non perdere di vista il tuo obiettivo, e dimenticati di lei.»

Annuii come se avessi capito, ma il dolore si era frantumato in schegge taglienti che mi graffiavano l'interno della gola. Sapere che il razzismo esiste e subire la sua ira erano due cose diverse. Meccanicamente, seguii la zia fino alla fermata dell'autobus che ci avrebbe riportato nella nostra gabbia a North Philadelphia. Avevano deciso per noi che il nostro posto era quello. Stipati come maiali in una stalla così stretta che era impossibile sognare o anche solo respirare. Ogni giorno dovevamo lottare per il cibo, per il biglietto dell'autobus. E questo viaggio in centro mi aveva dimostrato che dovevamo lottare anche per ciò che avrebbe dovuto essere gratis: la nostra dignità.

12
Luce fuori

Eleanor

Inventare scuse per passare la notte con William nei fine settimana era diventato naturale per Eleanor, così come lo è per le donne frequentare i grandi magazzini. Quando non potevano incontrarsi di persona, Eleanor monopolizzava uno dei tre telefoni al primo piano del suo alloggio, scacciando le ragazze che cercavano di avvicinarsi alla cabina centrale. C'era un limite di quarantacinque minuti per ogni chiamata e William telefonava ogni sera alle nove in punto. A Eleanor piaceva che fosse un uomo di parola. Robusto e affidabile, proprio come suo padre.

Ogni sera iniziava chiedendole della sua giornata. E sembrava non stancarsi mai degli intricati dettagli del suo lavoro d'archivio con la signora Porter, o delle sue lamentele riguardo all'abitudine di Nadine di uscire lasciando sempre la loro piccola stanza come se fosse stata colpita da un tifone.

«Sua madre deve assumere una cameriera o comunque qualcuno che venga a occuparsene. Le voglio un bene dell'anima, ma quella ragazza è un disastro» scherzava Eleanor.

Per quanto chiacchierassero, lei però evitava sempre di parlare di soldi; non parlò mai di quando era stata convocata all'ufficio economato perché il pagamento della sua retta era in ritardo, non si lamentò quando le ridussero l'orario di lavoro ai grandi magazzini perché avevano assunto nuove ragazze che dovevano essere addestrate durante il suo turno.

L'ultima cosa che voleva era che William pensasse che lei fosse interessata ai suoi soldi. I suoi genitori l'avevano educata a essere indipendente e a cavarsela da sola.

Alcune sere William parlava dei suoi studi di Medicina. Era iscritto a Medicina Generale e doveva imparare a padroneggiare un po' di tutto. Al momento stava studiando le malattie infettive – come individuarle in un paziente, i sintomi e come curarle.

Le raccontava anche di suo fratello minore, Theodore, che viveva a New York e frequentava la Columbia Law.

«Teddy diceva sempre che il sangue lo impressionava» scherzava William. «Sinceramente, forse anche per me è lo stesso.»

«Allora perché vuoi fare il medico?» chiese lei incredula, ma William non esitò.

«È tradizione nella famiglia Pride. Mio padre è un medico, suo padre era un chirurgo e anche mio figlio lo diventerà.»

Sentì come un pungente formicolio lungo le braccia. La famiglia di William era davvero diversa da tutte quelle che aveva conosciuto fino ad allora e, nonostante i mesi trascorsi insieme, continuava a sentirsi in soggezione.

Cinque minuti prima che dovessero riattaccare, William di solito diceva: «Okay, ora raccontami la mia storia della buonanotte, tesoro».

Era un'abitudine iniziata quando lui le aveva regalato, per Natale, il libro di Phillis Wheatley. Ogni sera lei leggeva una o due poesie della raccolta, prima che fossero costretti a salutarsi.

«Dovresti fare l'attrice, come Fredi Washington» le diceva a volte dopo che lei aveva finito.

«Sciocchezze» rispondeva lei arrossendo.

«No, davvero. Potrei andare avanti tutta la notte ad ascoltare la tua voce.»

«Credo che tu sia proprio innamorato, William Pride.» Lei teneva il telefono così stretto da riuscire a sentire il rumore di fondo della strada fuori dal suo appartamento.

«Certo che sì.» La sua voce le vibrava nell'orecchio, scendeva e si depositava nello spazio tra i suoi seni, e lei non poteva più farne a meno.

Per le vacanze di primavera, Eleanor disse alla responsabile dello studentato che sarebbe tornata a casa, in Ohio, ma William la portò invece a Highland Beach. Sorta su un appezzamento di terreno a sud di Annapolis, lungo la baia di Chesapeake, Highland Beach era stata voluta dal figlio di Frederick Douglass come città balneare per l'élite nera di Baltimora e Washington D.C. Trovò affascinante la storia del luogo e portò con sé le conchiglie che lei e William avevano raccolto durante le loro lunghe passeggiate a piedi nudi sulla spiaggia. Il tempo trascorso da soli, senza guardiane né orari, al campus come al lavoro, li aiutò a rilassarsi insieme. Parlarono per ore e ore, e quando tornarono Eleanor non riusciva nemmeno più a ricordare come fosse la sua vita prima di incontrare William.

Tra le lezioni, il tempo trascorso con William e i due lavori, Eleanor aveva perso la cognizione del suo ciclo mensile. Da quando viveva in camera con Nadine, avevano sempre seguito gli stessi ritmi, ma erano giorni che non vedeva Nadine infilare la sua cintura Kotex nell'ultimo cassetto, con quell'espressione sul viso che diceva: «Grazie al cielo è finita».

Eleanor guardò il calendario appeso sul suo lato della parete, quello che le aveva mandato suo padre con i quattro picchi azzurri appoggiati su un tronco e la Ridge Tool Company in basso. Cercò di ricordare l'ultima volta che aveva avuto le mestruazioni. Ora che aveva una relazione intima con William, sarebbe stato prudente tenere il conto di quanto spesso stavano insieme, ma negli ultimi tre mesi erano stati attenti. Quasi sempre. C'era stato un incidente l'ultima sera a Highland Beach, quando avevano finito i preservativi, ma William si era tirato fuori e lei era andata in bagno subito dopo a lavarsi bene le parti intime.

Mentre Eleanor cercava di calcolare il giorno del suo ultimo ciclo, Nadine entrò e chiuse la porta con un piede.

«Ohio, non crederesti mai alla battaglia per il cibo che ho appena affrontato in mensa. Era iniziata come una protesta pacifica per i pasti troppo costosi, ma poi si è trasformata in un pasticcio scandaloso.» I capelli morbidi le ricadevano sul viso. «Me n'è finito un po' anche in testa?» Si avvicinò, scuotendo i capelli in faccia a Eleanor.

«No» rispose lei seccamente.

«Non hai neanche guardato.» Nadine si voltò verso di lei. «Cosa c'è?»

Per Eleanor fu difficile tirare fuori le parole di bocca. Parlarne con Nadine lo avrebbe reso reale. Deglutì il nodo che le si era gonfiato in gola. «Quando hai avuto l'ultimo ciclo?»

Gli occhi di Nadine si allargarono. Era così vicina che Eleanor poté vedere le piccole chiazze del mascara che si stava sfaldando sotto le ciglia. «È finito circa una settimana fa. Perché, sei in ritardo?»

Eleanor annuì e il peso della possibilità le crollò sul petto. «Di solito abbiamo una differenza di un giorno o giù di lì.»

Nadine si sedette accanto a Eleanor e aprì il portasigarette d'oro. Dopo un lungo tiro di sigaretta, disse: «Non è il caso di farsi prendere dal panico. Potrebbe essere un falso allarme. Sei stata molto agitata ultimamente, vero?».

«Certo. Certo.» La mente di Eleanor aveva già iniziato a correre e ad avvolgersi intorno a un finale disastroso. Niente mestruazioni, cacciata dallo studentato, buttata fuori da scuola, viaggio di ritorno in Ohio in pullman – senza uno straccio di laurea –, genitori troppo delusi anche solo per guardarla in faccia, un bambino illegittimo, merce avariata. E William. Cosa avrebbe detto a William?

«Senti, qualunque cosa tu voglia fare, non andare all'infermeria della scuola. Significa far conoscere i fatti tuoi a tutto il campus. Conosco un medico bianco dall'altra parte della città che vede pazienti neri.» Nadine posò la sigaretta nel posacenere e iniziò a frugare nella borsa alla ricerca di una penna.

«Ecco, il nome mi sembra che sia questo. Cercalo sull'elenco telefonico.» Le passò il foglio di carta. «Vai a chiamarlo subito, prima che sia troppo tardi.»

Per pura fortuna, Eleanor ottenne un appuntamento per il giorno successivo. Dovette saltare due lezioni per farcela e poi andare in autobus fino alla zona nord-est della città. I pneumatici sembravano colpire ogni buca, facendola sobbalzare sul sedile fino a farla sentire male. Mal d'auto, pensò. Ma sentiva anche che qualcosa si stava impossessando del suo corpo.

Tutto avvenne senza grandi clamori. Eleanor fu istruita a fornire un campione di urina e a scrivere il suo nome e la data di nascita sul bicchiere di plastica. L'infermiera bianca, che indossava un'uniforme bianca e spessa, disse a Eleanor di chiamare la reception il 16 maggio.

«Sono due settimane. Perché ci vuole così tanto?» chiese Eleanor, in preda al panico. Per qualche motivo, aveva pensato che le avrebbero dato subito i risultati. Come avrebbe fatto a resistere per due settimane, senza rischiare di morire prima del tempo?

L'infermiera si sistemò il cappello bianco. «Hai mai sentito parlare del test di Hogben?»

«No, signora.»

«Dovrebbero proprio spiegarle queste cose a scuola.» Scarabocchiò qualcosa sulla sua cartellina. «Dobbiamo spedire il tuo campione di urina a un laboratorio in Virginia. Lì lo inietteranno dentro una rana femmina. Se al mattino la rana avrà ovulato, vorrà dire che sei incinta.»

Non sembrava un test accurato.

«Ti assicuro che funziona. Non ha mai sbagliato, in tutti i miei anni da infermiera. E io sono vecchia» disse, strizzandole l'occhio. Poi consegnò a Eleanor un foglietto giallo.

Nelle due settimane di attesa, Eleanor cercò di non preoccuparsi dei risultati, dedicandosi invece alla preparazione degli esami finali. Ma, su consiglio di Nadine, non ne fece parola con William.

«Gli uomini devono sapere solo quello che devono sapere» disse a Eleanor e poi, con il tipico stile di Nadine, le assicurò che andare al cabaret l'avrebbe distratta.

Dal momento che William avrebbe passato la notte in bianco per un imminente esame a Medicina, Eleanor non aveva scuse. Inoltre, non aveva molta voglia di lottare mentre guardava Nadine che le preparava un abito estivo da indossare.

Esattamente due settimane dopo essere andata dal medico, Eleanor si svegliò presto e si infilò nella cabina telefonica di legno in fondo al corridoio, facendo scorrere la porta di vetro dietro di sé. Più di una volta le dita le scivolarono dal disco del telefono, perché le mani le tremavano tantissimo. Quando finalmente riuscì a prendere la comunicazione, e dopo essere rimasta in attesa per almeno dieci minuti, l'infermiera venne al telefono e le riferì l'esito.

«Positivo.»

«Che cosa vuol dire?» chiese Eleanor, sperando disperatamente di aver capito male.

«Che sei incinta, mia cara.»

Eleanor non riusciva più a respirare. Le pareti della cabina sembravano chiudersi su di lei, spremendo il sangue dal suo cervello.

La voce dell'infermiera divenne un rumore bianco. Continuava a sentire solo «positivo». L'esito era positivo. Nel senso che era incinta. Come era potuto accadere? Aveva solo diciannove anni e le mancavano due anni per finire l'università.

«Grazie.» Non c'era altro da dire, così riattaccò.

Era presto, e le ragazze che non erano uscite per la lezione delle otto stavano ancora dormendo. Eleanor si accasciò accanto alla cabina telefonica, con le ginocchia rannicchiate contro il petto, e pianse fino a quando gli occhi non si gonfiarono e le gambe cominciarono ad avere i crampi. Una doccia le avrebbe fatto bene e l'avrebbe aiutata a riflettere, ma non aveva la forza di muoversi.

Eleanor aveva bisogno di sua madre. Era l'unica persona della sua vita che sapeva sempre cosa fare. Ma la notizia l'avrebbe distrutta, perché aveva lavorato tanto per portare Eleanor a Howard. Andando su e giù per le strade, cuocendo tutta la notte, discutendo con il padre quando questi insisteva che i soldi risparmiati era meglio usarli per sostituire la loro auto malconcia. Il veicolo che condividevano per guadagnarsi da vivere. Non avendo più nulla da fare, mise il ricevitore del telefono all'orecchio e fece la tanto temuta chiamata a carico del destinatario.

Sua madre accettò subito. «Tesoro? Cosa c'è che non va?»

«Come fai a sapere che c'è qualcosa che non va?»

«Perché mi chiami di prima mattina, in un'ora a tariffa alta. Ora sputa il rospo prima di far salire il costo.» La donna ridacchiò leggermente, ma Eleanor riuscì a percepire il sottofondo nervoso della sua voce, al di là del crepitio dell'elettricità statica che era spesso presente durante le loro telefonate.

Di solito Eleanor telefonava a casa una sera alla settimana dopo le dieci, quando le tariffe erano più basse. Immaginava sua madre in cucina, in piedi davanti ai fornelli, intenta a strofinare il ripiano. Era come un tic nervoso e per questo il piano cottura era sempre brillante.

«Mamma.»

«Sì?»

Eleanor sentì un'ondata di paura, senso di colpa e vergogna rapprendersi come in un gomitolo nelle viscere. Le parole sembravano bloccate in gola.

«Sputa il rospo, tesoro.»

«Sono... incinta.» La sua voce era così sottile che si sentiva come una bambina, umiliata per aver deluso sua madre.

Il silenzio tombale all'altro capo del telefono fece sì che Eleanor si chiedesse se avesse pronunciato le parole in modo troppo sommesso per poterle far arrivare oltre i molti chilometri che le separavano. Ma poi, dopo due schiocchi di elettricità statica, sua madre finalmente chiese: «Di quel medico?».

Durante le loro telefonate settimanali, Eleanor aveva raccontato a sua madre tutto di William: del loro primo appuntamento al Lincoln Theatre, del fatto che lui fosse andato a prenderla al lavoro ai grandi magazzini, ogni dettaglio del brunch in quella casa simile a un castello e l'incontro con il gentile padre di William e con la sua arrogante madre. Aveva dipinto un'immagine da favola, che ora stava crollando.

«Non è ancora un medico. Comunque sì, è di William.»

«È sicuro che sia suo?»

«Ma'! Cosa vorresti dire?»

«Non prendertela con me. So come vanno queste cose» sospirò forte la madre. «Non c'è molto da fare se non sposarsi.»

Eleanor si arrotolò il filo bianco intorno al dito. «Non voglio una proposta di matrimonio così.»

«Beh, l'avrai così. Che altra scelta hai? Non puoi tornare qui con la coda tra le gambe. Dio ti ha dato una seconda possibilità, bambina. E questa sembra una buona occasione. È meglio che quel giovanotto faccia di te una donna onesta e ti sposi.»

Eleanor era troppo giovane per sposarsi. Era sua intenzione prima finire gli studi, poi trovare lavoro come archivista e infine dire «sì lo voglio». Si sentiva come una foglia in balia di un vento capriccioso.

«Ti ho detto che sua madre non mi sopporta» rispose imbronciata. «Lei ha scelto un'altra ragazza da fargli sposare. Non darà mai la sua approvazione.»

Si era imposta di non tornare più a casa della famiglia di William, in occasione dei loro numerosi eventi mondani, perché non sopportava di stare vicino a Rose Pride dopo aver sentito che cosa pensava davvero di lei. Ogni volta che William la invitava, lei aveva sempre una scusa pronta: doveva lavorare, doveva studiare, oppure non si sentiva tanto bene. Ma ora si era cacciata in un guaio.

Due ragazze passarono davanti alla cabina ed Eleanor girò di scatto la testa per non farsi vedere in faccia. Una volta che se ne furono andate, si lasciò andare alle lacrime.

«Oh, mamma. Mi dispiace tanto.» La voce di Eleanor si incrinò.

«È troppo tardi per queste lacrime di coccodrillo, ragazza. Avresti dovuto pensarci prima di dare via il tùo latte gratis.»

«Mamma, perché devi dirlo così?»

«Ormai sei cresciuta. Non si può indorare la pillola. Non resta altro da fare che sperare che sia abbastanza uomo da prendersi l'intera mucca.»

Eleanor proruppe in singhiozzi.

«Vorrei essere lì per abbracciarti e addolcirti con una fetta di torta.» La voce di sua madre si ammorbidì, come burro caldo. «Ma non ci sono, tesoro, quindi devi confidare in Dio, che ti aiuti a superare questa prova. Hai pregato?»

La linea crepitò. «No» rispose lei sincera.

«Ecco, è questo il guaio. Non dimenticare di affidarti al Signore. Lui è più grande di tutto questo. È il tuo Creatore e il tuo Redentore. China la testa, bambina, lascia che preghi per te.»

Eleanor saltò la lezione e si infilò a letto, con il segreto che le bruciava come un buco nello stomaco. Mentre sprofondava nel sonno, si chiedeva se sarebbe bastato desiderarlo per cancellare il suo segreto.

Il giorno dopo William era seduto al solito tavolo in biblioteca, quando lei arrivò al lavoro. Ora sedeva sul lato opposto, in modo da poterla guardare in faccia durante il suo turno. Lei portò il carrello dei libri al suo tavolo.

«Mi sei mancata ieri» disse lui e le strinse la mano. «A che ora stacchi?»

«Lavoro otto ore, ma forse possiamo fare una passeggiata durante la pausa pranzo, se ti va.» Lei si sforzò di rivolgergli un sorriso, ben sapendo che non avrebbe avuto la forza di illuminarle gli occhi. E se lui non l'avesse più voluta, adesso che era incinta?

William le sfiorò la mano. «Stai bene?»

«Sì, solo un po' di stanchezza, tutto qui.»

«Allora la passeggiata ti farà bene. Passa a prendermi quando sei pronta.» Per tutto il turno Eleanor si chiese come avrebbe comunicato la notizia a William. Era così assorta nei suoi pensieri da consegnare a uno studente il libro sbagliato e dimenticare di tornare da un cliente che la stava aspettando al telefono. Quando la signora Porter la rimproverò per aver catalogato male due importanti reperti, capì che era arrivato il momento di prendersi una pausa. L'ansia che provava all'idea di sconvolgere la sua vita e l'intero mondo di William le dava un senso di nausea. Prendendo la borsa che teneva sotto la scrivania, gli fece cenno di seguirla. Ora o mai più.

Una volta fuori, sentì l'odore dell'erba appena tagliata e delle azalee piantate lungo il sentiero, e che cominciavano già a fiorire. Camminarono mano nella mano fino al punto più lontano del campus e si sedettero su una panchina di legno di fronte a un salice.

«A cosa stai pensando così intensamente?» William scivolò accanto a lei, cingendole le spalle con un braccio.

«Perché me lo chiedi?»

«Non sei mai così silenziosa. Parlami.»

Eleanor tormentava l'orlo della gonna plissettata, continuando a cercare le parole giuste.

«Sei malata?» E cercò di tastarle il polso per vedere se aveva la febbre.

«Sono in attesa» sbottò lei.

«In attesa di cosa?»

Eleanor abbassò lo sguardo sulle dita in grembo. «Un bambino.»

William rimase immobile per diversi secondi, come sotto choc. Poi si voltò. «Dici sul serio?»

Eleanor annuì, respingendo le lacrime che le premevano in fondo agli occhi.

Si alzò bruscamente. «Accidenti, non me l'aspettavo. Cazzo» disse a denti stretti, e le sue parole le riverberarono nel petto.

«Pensavo che fossimo stati attenti, per lo più. So che questo rovina tutto. Mi dispiace, William.»

«Non è colpa tua» borbottò lui, ma mentre camminava avanti e indietro davanti alla panchina le sembrava di vedere il peso della sua confessione gravargli sulle spalle.

«Maledetta Highland Beach. Quando abbiamo finito i preservativi, avrei dovuto saperlo. Sto studiando per diventare medico, per l'amor di Dio.»

La vista di William che si teneva la testa e camminava avanti e indietro la fece sentire malissimo. Avrebbe dovuto tenere le gambe chiuse. Era della donna la responsabilità, quando si trattava di sesso. Era tutta colpa sua.

Alla fine William fece alcuni respiri profondi e si sedette accanto a lei. Due scoiattoli si rincorrevano sull'erba di fronte a loro. Eleanor guardò uno di loro che portava qualcosa in bocca e saltava sull'albero. Non sopportava il pensiero che William la pensasse diversamente da lei. O, cosa ancor più terribile, che la abbandonasse. E se avesse detto che non era suo? Se l'avesse accusata di essere stata con qualcun altro?

«Allora credo che dovremmo sposarci» disse lui, interrompendo il flusso dei suoi pensieri.

Stupita, si girò a guardarlo. «Perché sono incinta?»

«Per quello e perché ti amo. E sono abbastanza sicuro che anche tu mi ami.»

Eleanor non sapeva cosa dire.

«Ehi.» Lui le sollevò il mento in modo da fissarla negli occhi. «Il mio compito è proteggerti. Il modo migliore per farlo è farti diventare mia moglie.»

William aveva detto esattamente ciò che lei avrebbe voluto sentire, ciò che poteva dare un senso a tutto quanto, permettendole di mantenersi rispettabile. Le stava offrendo la vita che aveva spesso sognato. Ma poi lei continuò a dipingersi lo scenario e sbottò: «Ma tua madre... non mi accetterà mai».

«Non preoccuparti di lei. Siamo io e te, tesoro.» Le baciò la guancia e poi appoggiò la fronte contro la sua fino a quando i loro nasi si toccarono. Eleanor sentì il sollievo diffondersi in tutto il corpo, come una sensazione di calore, e poi si mise a piangere.

«Pensavo che saresti rimasto deluso da me.»

«Shh, va tutto bene» le sussurrò tra i capelli. Quando lei si fu ripresa, William si mise in ginocchio.

Eleanor si coprì la bocca, ancora incredula che tutto quanto stesse accadendo proprio a lei. Si guardò intorno per vedere se qualcuno li stesse osservando, ma c'erano solo alcuni piccioni che cercavano semi nell'erba.

«Non ho sentito la tua risposta. Eleanor Quarles, mi farai l'onore di diventare la mia sposa?»

Le sue parole sembravano venire dal profondo del cuore ed Eleanor si sentì come avvolta in una trapunta. Le stava offrendo il sogno di ogni ragazza. Questo bambino avrebbe avuto due genitori istruiti. E lei lo amava, non c'era dubbio al riguardo.

«Sì, William, certo che ti sposerò.»

Si chinò e la baciò con passione. «Domani andremo a scegliere un anello. Oh, e dovrò chiamare tuo padre per chiedergli il permesso.»

William si spazzolò la polvere dai pantaloni e poi la fece alzare dalla panchina.

«Sì, ne sarà felice.» Eleanor gli passò un braccio intorno alla vita. «Sei sicuro? Il matrimonio è per sempre.»

«Sono sicuro che saremo una famiglia. E sono sicuro di essere l'uomo più fortunato del mondo.» Prese la mano di Eleanor e se la portò al cuore, poi la baciò sulla punta delle dita.

La domenica William insistette perché partecipassero al brunch dei suoi genitori. Eleanor avrebbe preferito non andarci, ma ora che stavano per sposarsi sapeva che non poteva più rimandare. Tenendo le spalle diritte, prese la mano di William ed entrò in quella sontuosa residenza fingendo una sicurezza che non provava. Se voleva essere sua moglie, avrebbe dovuto imparare a mescolarsi con loro. Le quattro signore che aveva scambiato per bianche, la prima volta, erano sedute sulle poltrone di velluto ed Eleanor si premurò di commentare con loro il bel tempo e di chiedere che progetti avessero per l'estate. William le porse un bicchiere di succo di pomodoro e le sembrava contento, anche se fu subito trascinato in una conversazione con uno dei medici amici del padre.

Alla fine le quattro donne decisero di andare a vedere le nuove aiuole di fiori del patio, ed Eleanor rimase sola. Per passare il tempo, si andò a sedere in un angolo in penombra del salotto, dove si tenne occupata sfogliando gli album di foto di famiglia di William, che aveva trovato impilati su un ripiano della libreria. C'erano foto di William neonato vestito di bianco, bambino sul triciclo, con il padre e il fratello durante una battuta di pesca con le prede in mano, sotto l'albero di Natale con un gilet di velluto e i pantaloni alla zuava. In ogni foto appariva felice e in salute con il fratello, la madre e il padre. Rose Pride era giovane e sempre affascinante, e il petto di William Senior era sempre gonfio di orgoglio. Proprio ciò che Eleanor desiderava per il proprio figlio: una famiglia piena di amore, felicità e salute.

Quando venne servito il pranzo, Eleanor prese posto accanto a William, felice di scoprire che Greta e i suoi genitori non erano presenti. Questo fece sì che il cibo andasse giù più facilmente. Prestò orecchio a metà alle conversazioni intorno al tavolo da dodici, con il sottofondo di una musica strumentale proveniente dal giradischi Victrola. Dopo le fette di torta al cocco, il caffè e i liquori, gli ospiti cominciarono a disperdersi per la casa formando vari gruppi. Il tempo era abbastanza bello da permetterle di passeggiare in giardino e trovò una panchina nel verde dove far passare il tempo.

Le sembrò che trascorresse un'eternità, prima che gli ultimi ospiti se ne andassero. Quando William tornò fuori a cercarla, capì che era arrivato il momento.

«Sei pronto?» gli sussurrò, e le sembrò di vedere un guizzo di qualcosa nei suoi occhi. Subito cancellato da un sorriso.

I quattro si incontrarono nel patio posteriore. Una delle domestiche in grigio portò un vassoio di tè, con biscotti di pasta frolla e crema.

«Perché non ci sediamo?» disse William indicando il tavolo in ferro battuto del patio e le quattro sedie dai morbidi cuscini.

La mano di Eleanor tremò mentre si versava una tazza di tè.

«In cosa ti stai specializzando, Eleanor?» Rose Pride teneva la sua tazza in modo da far sporgere il mignolo in aria.

«Storia.»

«Hai in mente di fare l'insegnante?»

«In realtà, archivista in biblioteca.»

«Oh» disse lei, e la conversazione era già finita. Si rivolse a William. «Prima che mi dimentichi, venerdì prossimo c'è una raccolta di fondi per la Lega Urbana. Ho bisogno che tu sia presente.»

«D'accordo» disse lui, poi si schiarì la voce. Guardò Eleanor e annuì. «Mamma e papà, volevo darvi una buona notizia.»

Un'espressione stupita attraversò il volto di Rose Pride.

Senza ulteriori preamboli William annunciò: «Ci sposiamo».

Le labbra rosse di Rose Pride si spalancarono e i suoi occhi fulminarono Eleanor. «Devi essere incinta» esclamò.

«Intende dire congratulazioni» intervenne William Senior.

«Lo sei?» chiese Rose. «Incinta?»

Eleanor non riusciva a trovare la voce. Non era quello che si aspettava. William le prese la mano sopra il tavolo. «Porta in grembo mio figlio, ma anche se non fosse così ci sposeremmo comunque.»

«Stronzate.» Rose alzò le braccia al cielo.

«Mia cara!» esclamò William Senior. «Eleanor e William, volete scusarci?» Afferrò Rose per la mano e la trascinò all'interno, dietro le porte scorrevoli in vetro.

William intrecciò il braccio con quello di Eleanor. «Se ne farà una ragione.»

«Non credo. Tua madre si comporta come se ti avessi stregato e rovinato la vita.»

«Su una cosa ha ragione: tu mi hai stregato» disse lui, poi si avvicinò e le scoccò un bacio sulla guancia, nel momento in cui i suoi genitori rientravano.

«È così che ci si mette nei pasticci.» Rose guardò in faccia Eleanor. «Quando deve nascere il bambino?»

Eleanor frugò nella borsa e tirò fuori il biglietto del medico.

«Dovremo fare in fretta. Le persone della nostra cerchia parlano, ma mi occuperò di tutto io.» Il volto di Rose Pride aveva un'espressione ancora più cupa rispetto al primo giorno in cui si erano incontrate. Eleanor non sapeva se la sua fosse un'offerta di pace, o se stesse dando il via a una guerra.

13

Scossa di assestamento

Ruby

Era raro che vedessi Shimmy la domenica sera, perché di solito zia Marie era in casa. Ma ieri eravamo appena tornate dalla nostra gita in centro, quando Fatty passò a dire a zia Marie che era rimasta indietro con l'affitto di Nene, di nuovo. Le servivano cinque dollari per saldare il conto. Sapevo che zia Marie aveva speso quel poco che aveva messo da parte per le calze che avevo tanto implorato, ma disse ugualmente a Fatty che se ne sarebbe occupata lei.

Quel pomeriggio non potei fare a meno di notare le borse sotto gli occhi di zia Marie, mentre si applicava il ghiaccio sul ginocchio sinistro, gonfio e malandato. Ma alle cinque in punto si vestì con un abito a doppiopetto bordeaux e uscì per andare al lavoro anche nella sua serata libera, per pagare l'affitto di Nene.

Rimasta sola nell'appartamento, non riuscivo a concentrarmi sul compito di geografia. Stavo ancora rimuginando sullo scontro con la donna bianca in centro e non riuscivo a smettere di pensare a quello che dovevo dire a Shimmy. Dopo aver masticato per un po' la gomma della matita, mi feci coraggio e chiamai a casa sua. Mi innervosiva chiamarlo, anche se avevamo escogitato un sistema di riconoscimento: facevo squillare il telefono una volta sola e riagganciavo subito. Così feci e nel giro di cinque minuti Shimmy mi richiamò.

«Pronto» risposi.

«Ehilà» sussurrò «cosa stai facendo?»

«Geografia.»

«Hai bisogno del mio aiuto? Non sono bravo solo in trigonometria, sai. In geografia sono un fulmine.» Ridacchiò leggermente. «Posso trovare una scusa per uscire.»

«Sì, vieni a prendermi. A che ora?»

«Alle otto? Al solito posto» rispose con voce brillante.

Alle otto non incrociai nessuno mentre mi infilavo in fretta dietro l'edificio, nel vicolo dove Shimmy era parcheggiato a fari spenti. Diedi un calcio a una lattina e scavalcai una pozzanghera che poteva essere birra versata o urina.

«Ehi.» Salii sul sedile posteriore, scostando una coperta rosa fatta a maglia e una bambola di pezza. «Tua sorella si è messa di nuovo a giocare dentro la macchina?»

«Non è capace di stare ferma» disse Shimmy trafelato, allungando la mano per stringere la mia. Aveva un tocco così morbido da mettere in forse il motivo per cui lo avevo chiamato.

«Possiamo andare al parco giochi Smith e trovare un posto dove parcheggiare. Ho la macchina fino alle dieci.»

Le fusa del motore vibravano sotto di me mentre mi lasciavo andare sul sedile di pelle morbida. Deglutii la saliva che mi aveva d'improvviso riempito la bocca. «Non posso... continuare così.»

«Continuare cosa?» Aggrottò le sopracciglia.

«Questo. Noi.» Ritirai la mano. «Continuare a sentirmi in pericolo.»

«Aspetta.» Alzò le braccia come in segno di difesa. «Che succede?»

Con gli occhi fissi sulle mie mani appoggiate in grembo, gli raccontai del mio scontro con la donna bianca in centro e degli sguardi imbarazzati dentro il grande magazzino. «Hai letto il giornale ultimamente? Un altro ragazzo nero è stato picchiato a sangue nel quartiere italiano di South Philly. Accusato di aver guardato una donna bianca. A noi che cosa farebbero?»

«Ruby, tutto questo non mi interessa. Mi importa solo di te.» Si chinò sul sedile, avvicinando il più possibile il suo viso al mio. Poi, non riuscendo ad avvicinarsi abbastanza, spense il motore, si infilò sul sedile posteriore e cercò di stringersi a me, ma io lo spinsi via con i palmi delle mani.

«Non te ne importa perché non ti riguarda, Shimmy. Tu vivi in una bellissima bolla di sicurezza ma il mondo dice che io non ne faccio parte.»

«Quindi adesso è il mondo che decide per noi? Ciò che proviamo l'uno per l'altra non conta? Non ci dovrebbe importare quello che pensano gli altri.»

«Mi ha urlato in faccia "negra"» dissi tra i denti. Shimmy fece una smorfia come se quella parola lo avesse trafitto alla gola.

Dopo un minuto, Shimmy si sporse di nuovo verso di me. Il suo confortante profumo di Old Spice mi calmò e finalmente mi rilassai. Stretta tra le sue braccia riuscii a buttare fuori le lacrime che avevo trattenuto per tutto il giorno. Solo noi due, in quella macchina, mi sentivo al sicuro. L'auto era il nostro mondo.

«Ho paura, sai. Questo Paese è fuori di testa.»

«Ti terrò al sicuro.»

«Non è detto che tu possa farlo sempre.» Mi tirai indietro appoggiandomi contro il sedile. «Il fatto che noi stiamo insieme è contro la legge, non lo sai? E se tuo padre lo scoprisse? O il signor Greenwald? E sarà con me che se la prenderanno, non con te.»

Sul volto gli si disegnò un'espressione afflitta. «Non succederà, e comunque le cose stanno cambiando, Ruby. Non sei l'unica a leggere i giornali. Solo pochi mesi fa la Corte Suprema della California ha stabilito che la legge che vietava i matrimoni interrazziali violava il Quattordicesimo Emendamento e l'ha annullata.»

«È solo uno Stato, dall'altra parte del Paese.»

«Ma è solo questione di tempo. Scapperemo in California se sarà necessario. Smettila di preoccuparti, okay?»

Le dita mi tremavano in grembo. Shimmy era il ragazzo più dolce che avessi mai conosciuto. Aveva un cuore grande e un'indole gentile, ma non importava cosa dicessi, quanti fatti presentassi, non avrebbe mai capito. Non riusciva a capire quello che avevo passato, frequentando una scuola superiore che ti metteva a disposizione solo libri usati con le pagine mancanti e bagni che raramente avevano l'acqua corrente. Non aveva idea di cosa significasse andare a letto con la fame, accendere la luce e scoprire che i topi avevano rosicchiato la tua cena e lasciato i loro escrementi da pulire; o dover baciare il fidanzato di tua madre solo per avere il biglietto dell'autobus per frequentare un programma che avrebbe potuto assegnarti una borsa di studio per l'università – una borsa di studio di cui avevi bisogno per non dover passare il resto della tua vita a pulire i cessi come tua madre. I cessi dei bianchi.

Sapevo che se non avessi chiuso con lui in quel momento, non ci sarei più riuscita. «Devo andare. Stammi bene, Shimmy.» Aprii la portiera dell'auto, uscii dal vicolo e salii i gradini dell'ingresso due alla volta.

Il mio cuore era in tanti pezzi, ognuno dei quali sembrava pungermi la pelle come se volesse trapassarla. Avrei voluto che fosse più facile, quello che c'era tra me e Shimmy. Ma non era possibile, quindi non mi restava altro da fare che cancellare ciò che provavo per lui.

Zia Marie mi aveva portato una fetta di torta avanzata da una festa di compleanno al club e, mentre aprivo la ghiacciaia per recuperarla, sentii bussare alla porta.

«Shimmy, vai a casa.» Chiusi il frigorifero con un piede.

«Fammi entrare.»

Ignorandolo, tuffai una forchetta nel contenitore di plastica e portai alle labbra un pezzetto di torta gialla con la glassa bianca.

«Ti prego. Non lasciarmi qui a fare scene.»

La torta sapeva di spugna bagnata, la sputai nel lavandino.

«Ruby.» Il modo in cui pronunciava il mio nome aveva l'effetto di una calamita, capace di attirarmi verso la porta. Armeggiando con le dita, tolsi i tre lucchetti e feci scorrere il catenaccio, sentendomi quasi come in trance.

Shimmy era lì, col cappello in mano. «Non ho tutte le risposte. Non so come far funzionare tutto quanto. So solo che non posso vivere senza di te, e sono disposto a fare tutto ciò che occorre.»

Entrò di slancio nell'appartamento, chiudendosi la porta alle spalle. Eravamo in piedi, occhi negli occhi.

«Ti amo, Ruby.»

Un istante dopo ci stavamo baciando.

«Non mi interessa degli altri.» Mi strinse il viso con le mani forti, accarezzandomi i capelli. Le nostre bocche presero fuoco nel momento stesso in cui si toccarono, mentre la pelle esplodeva in un lungo brivido. Ma le voci si fecero ancora più forti.

"Negra."

"Resta nel tuo quartiere."

"Ora devo fare la doccia."

"Non puoi essere amico di una come lei."

Mi staccai e lo guardai negli occhi. «Sai cosa fa mia madre per vivere? Fa le pulizie in casa dei ricchi bianchi. Tua madre cosa fa?»

Si agitò spostandosi da un piede all'altro. «È una casalinga.»

«Il che significa che non lavora. Pulisce lei la casa o viene qualcuno a farlo per lei?»

Un profondo rossore scurì le guance di Shimmy.

«Una donna con la pelle come me, scommetto.»

Distolse lo sguardo.

«Cosa dirà tua madre quando si renderà conto che tu, il suo orgoglio e la sua gioia, sei innamorato della figlia della domestica?»

«Ruby, attraverseremo quel ponte quando ci arriveremo. Perché stai cercando di sabotare una cosa buona?»

«Siamo già su quel ponte, Shimmy, ed è meglio scendere prima che qualcuno venga spinto giù. Soprattutto io.»

Gli occhi di Shimmy erano così chiari, così sinceri e pieni di speranza. Voleva disperatamente che stessimo insieme. Ma il mondo mi aveva dimostrato che ciò che volevamo non aveva alcuna importanza.

«È meglio così, Shimmy. Vattene e basta.»

Rimase a fissarmi, ma io non incrociai più il suo sguardo. Infilò una mano in tasca, mise qualcosa sul tavolo della cucina e aprì la porta senza aggiungere altro.

Ascoltai i suoi passi che si allontanavano, lo guardai dalla finestra mentre camminava verso il vicolo e sentii la sua auto mettersi in moto. La strada era vuota. Mi avvicinai al tavolo e presi il sacchetto di carta marrone che mi aveva lasciato. Dentro c'era un fermaglio per capelli, ornato di rossi rubini.

«Rubini per la mia Ruby.» Mi sembrava di sentirlo. Ed era bellissimo. Sistemando il fermaglio tra i capelli, mi guardai nello specchio del bagno appeso sopra il lavandino di porcellana macchiato. A fissarmi c'era il volto rosso come un peperone della donna bianca, che mi sibilava contro "Negra!".

Tolsi il fermaglio, corsi in cucina e lo gettai nella spazzatura. Poi abbassai il coperchio, sbattendolo più e più volte.

14
A chi molto è stato dato

Eleanor

Dal momento in cui Eleanor aveva comunicato a William di essere incinta, la loro vita aveva subito una sorta di accelerazione. Rose Pride aveva preso il controllo e aveva guidato tutte le loro decisioni future imprimendo il massimo della velocità. Era stata Rose a decidere che Eleanor e William si sarebbero sposati l'ultimo sabato di giugno nella chiesa episcopale di St. Luke, la chiesa in cui la famiglia Pride era di casa. La vita di Eleanor sarebbe stata ancora abbastanza sottile da nascondere il loro segreto sotto un abito da sposa in tulle di seta. Rose si era persino offerta di far arrivare i genitori di Eleanor in aereo, per farli partecipare alla cerimonia.

Ma la madre di Eleanor già masticava amaro per il fatto che le nozze si sarebbero svolte a Washington anziché a Elyria, nella chiesetta dove Eleanor era stata battezzata e che aveva frequentato per gran parte della sua vita. Così, quando Eleanor chiamò per formalizzare l'invito a nome di Rose, sua madre reagì malissimo.

«Possiamo pagarci i biglietti da soli» sbuffò lei, con una voce che fece capire a Eleanor che avrebbero preferito viaggiare in pullman e alloggiare in una stanzetta in affitto sopra la YMCA come i cugini poveri di campagna, piuttosto che accettare l'elemosina dai futuri suoceri. Dal modo in cui sua madre aveva digrignato i denti, poteva sentire quello che stava pensando: «Quei maledetti neri arroganti!».

Anche se il suo secondo anno era finito e non era iscritta ai corsi estivi, Eleanor si era assicurata per l'estate un mese di alloggio nel dormitorio, in modo da arrivare fino al matrimonio. Poche ragazze rimanevano nel campus durante i mesi estivi e Nadine era tornata a casa dei genitori a Petworth, lasciando a Eleanor la stanza tutta per sé.

Quando Eleanor comunicò a Nadine che avrebbe sposato William, Nadine le afferrò le mani e saltarono su e giù finché non rimasero entrambe senza fiato. Poi la baciò sulla guancia ed esclamò: «Sarai sulla bocca di tutti. Con te ho appena cominciato».

«Voglio che tu sia la mia damigella d'onore, lo sai vero?»

«Ohio, bella mia, con entusiasmo, non vedo l'ora!» Nadine era raggiante. Ma mentre andava verso la porta, trascinandosi l'ultima valigia, aveva esclamato: «Quando le ragazze si sposano, non hanno più tempo per le loro amiche single».

«Avrò sempre tempo per te» l'aveva rassicurata Eleanor.

«Non posso credere che dovrò sopportare una nuova compagna di stanza. Sono sicura che non mi piacerà.»

«E sono certa che non ti permetterà di essere disordinata, come ho fatto io. Quindi è meglio che cominci a mettere in ordine» la stuzzicò Eleanor.

«Promettimi che pranzeremo insieme prima della fine dell'estate.»

Eleanor promise, ed era un impegno che intendeva mantenere.

La pace, la tranquillità e la pulizia in cui si ritrovava ogni sera le davano però troppo spazio per rimuginare sulla malinconia che le aleggiava negli anfratti della mente. Rimasta da sola, valutò la possibilità che le cose tra lei e William stessero accadendo troppo in fretta. Non si frequentavano nemmeno da un anno e stavano già per sposarsi. Per quanto si sforzasse, non riusciva a sfuggire al pensiero che si contorceva e si agitava dentro di lei. Non aveva il coraggio di chiedere, ma aveva un disperato bisogno di sapere: William Pride l'avrebbe sposata anche se non fosse rimasta incinta?

Lui le aveva assicurato che l'avrebbe fatto, ma la domanda rimaneva comunque, e lei la vedeva galleggiare nella ciotola di porridge, scarabocchiata sulle piastrelle quando faceva la doccia, nei libri che leggeva, come un lampo dietro gli occhi un attimo prima di chiuderli, la sera. Eleanor aveva perso la capacità di sentirsi a proprio agio.

Rose Pride aveva insistito perché lasciasse il lavoro da Ware's, perché nessuno nella sua preziosa cerchia di amici potesse pensare che suo figlio sposava una commessa, con o senza istruzione universitaria. Eleanor si rifiutò però di rinunciare al lavoro in biblioteca. La signora Porter la promosse ad assistente alla ricerca a tempo pieno, il che le diede più ore e molte più responsabilità nelle settimane precedenti il matrimonio. Stavano selezionando per l'assemblaggio il materiale relativo a Frederick Douglass ed Eleanor aveva trascorso l'intero turno correndo avanti e indietro dal centro di raccolta al secondo piano all'ufficio della signora Porter al terzo piano, trasportando libri, opuscoli e lettere che erano stati appena donati da un ricco mecenate di Baltimora. Alla fine del turno, Eleanor attraversò il cortile sentendo un leggero dolore all'addome e alla parte bassa della schiena. Si era abituata alla nausea, e stava facendo del suo meglio per gestire l'incapacità di tenere giù la colazione, la perdita di appetito e il generale stato di irritabilità.

Ma questa sensazione era nuova. A ogni passo il dolore al basso ventre sembrava aumentare. Forse aveva lavorato troppo. Il giorno dopo era domenica e si sarebbe riposata. Il malessere le avrebbe dato una scusa per non partecipare all'ennesimo brunch dai Pride, dove non si sentiva parte della famiglia. L'unica speranza era che il bambino avrebbe colmato la distanza tra loro.

Eleanor non aveva avuto altra scelta se non quella di partecipare al brunch della settimana prima, perché Rose voleva dare l'annuncio del fidanzamento senza perdere tempo, per tenere a bada i pettegolezzi. Greta e la sua famiglia erano tra gli ospiti e, quando William Pride Senior aveva chiesto a tutti di brindare alla felicità della giovane coppia, Greta aveva lanciato a Eleanor uno sguardo così gelido da farle correre un istantaneo brivido lungo la schiena.

Più tardi, quando Eleanor uscì dalla toilette al piano inferiore, Greta la stava aspettando, di nuovo.

«Allora, Eleanor, devo saperlo: come sei riuscita a incastrarlo?» chiese, con le mani appoggiate sui fianchi stretti, i gioielli scintillanti, le narici frementi.

Eleanor fece un passo indietro, malferma sulle gambe. «Non capisco bene cosa intendi.»

«Oh, lo sai cosa intendo.» Guardò Eleanor e sogghignò. «Devi essere incinta.»

Eleanor cercò di non battere le palpebre. «La gelosia non ti si addice, Greta.»

«E non sarai mai un membro dell'Alpha Beta Chi. Non ti troverai mai bene da nessuna parte. A questo provvederò io.» Era vicinissima, tanto che Eleanor riusciva a sentire l'odore di champagne nel suo alito. «Non sei una di noi. Torna nella topaia da cui sei strisciata fuori» sbottò. «Con le tue scarpe da quattro soldi.»

La rabbia invase Eleanor come un'ondata rapida e violenta, ma alla fine le venne solo da ridere. «Vai avanti con la tua vita, Greta. Ci sono molti altri pesci nel mare e tu puoi tenerti l'ABC, non ho bisogno di nessuna di voi» disse, e se ne andò senza voltarsi indietro.

L'amarezza per la lite con Greta, unita al crescente dolore addominale, fece sentire a Eleanor il bisogno di sdraiarsi.

Il compagno di stanza di William si era trasferito a Philadelphia per fare il tirocinio al Mercy-Douglass Hospital e William aveva dato a Eleanor la chiave del suo appartamento. Era tardo pomeriggio, e William era andato insieme a suo padre a comprare il suo abito da sposo. Era facile stare in mezzo alle cose di William, anche quando lui non c'era. Percorse i pochi isolati che la separavano da casa sua, a LeDroit Park, sperando che l'aria fresca e il sole le facessero bene. Eleanor entrò e andò subito verso il frigorifero.

Due volte alla settimana, Rose Pride mandava i pasti a William dentro dei Tupperware colorati e, come previsto, Eleanor trovò un contenitore di insalata di pollo alla paprika. Dopo averne versato qualche cucchiaiata in una ciotola, prese un pezzo di baguette francese dal cestino del pane. Il dolore continuava a propagarsi nell'addome e lungo la schiena. Aveva davvero lavorato così tanto oggi? Dopo due bocconi aveva perso l'appetito. Eleanor si tolse la gonna e la camicetta e si sdraiò in sottoveste sul letto di William. Sistemandosi entrambi i cuscini sotto la testa, si raggomitolò in posizione fetale e si addormentò.

Crampi più forti di quelli del primo giorno del ciclo mestruale, più forti di qualsiasi altra cosa avesse mai provato prima, la svegliarono. Cercò l'acqua che aveva lasciato sul comodino e si alzò, ma sentì subito il bisogno di raggomitolarsi di nuovo.

Appoggiandosi al muro, si diresse verso il bagno, dove si sedette sulla tavoletta fredda e fece pipì. Si asciugò tra le gambe con la carta igienica e vide a sorpresa una traccia di sangue. Eleanor chiuse gli occhi mentre una sensazione familiare la investiva. Cominciò a canticchiare il primo inno che le venne in mente, *This Little Light of Mine*, e ancora e di nuovo. Non sapeva bene quanto tempo fosse passato quando sentì la chiave di William che girava nella porta.

«Elly?»

«Sono qui.» La voce era cupa.

William era in piedi dall'altra parte della porta del bagno. «Ho trovato il vestito. Credo che ti piacerà.» Parlò del tempo trascorso con suo padre, delle scarpe che avevano scelto e delle persone che avevano incontrato all'Hotel Whitelaw, dove si erano fermati per il pranzo. Dopo un po' chiese: «Tutto bene lì dentro? Perché sei così silenziosa?».

Un dolore le rimbombò dentro, rendendole difficile rispondere. Dopo alcuni secondi, William aprì di scatto la porta. «Tesoro?»

Eleanor era seduta sul water e sollevò il viso verso di lui.

La preoccupazione gli corrugò le sopracciglia. «Qual è il problema? Non hai un bell'aspetto.»

Aveva la vista offuscata. William le stava parlando, ma la sua voce ci metteva così tanto a raggiungerla che le sembrava lontanissima. Si accucciò di fronte a lei, guardandola negli occhi. «Dimmi di cosa hai bisogno. È il bambino?»

William cercò di aiutarla ad alzarsi, ma lei oppose resistenza.

«Sto sanguinando.»

Lui si rimboccò le maniche e sussurrò che sarebbe tornato subito. Eleanor lo sentì armeggiare in cucina e poi qualcosa si schiantò sul pavimento. Tornò con un rotolo di carta assorbente.

«Ecco.» Piegò la carta e ne fece un cuscinetto da sistemare tra le gambe.

Poi la accompagnò sul divano, e la coprì con una trapunta. «Chiamo mio padre. Lui saprà cosa fare.»

«No» strillò Eleanor, non volendo coinvolgere la sua famiglia. «Chiama il mio medico, il numero è nel mio portafoglio.»

William compose il numero ruotando con l'indice il disco del telefono. Dovette spiegare almeno tre volte cosa stava succedendo, con il sudore che gli imperlava il volto, prima di passarle il ricevitore.

«Sono Eleanor» disse in tono formale, cercando di dissimulare il disagio nella voce.

L'infermiera le chiese di descrivere i sintomi e lei le raccontò tutto quello che era successo nelle ultime ore, per finire con le perdite di sangue.

Eleanor ascoltò e poi attese il medico, che le fece un'altra serie di domande. Rispose anche a quelle, lo ringraziò per il tempo che le aveva dedicato e riagganciò il telefono.

«Che cosa ha detto?» Le ginocchia di William si appoggiarono alle sue mentre sedevano fianco a fianco.

Con il dorso della mano tamponò il moccio che le colava dal naso, accrescendo il suo disagio. Si strinse le braccia intorno al petto, come a volersi cullare. Quando aveva scoperto di essere incinta, Eleanor nemmeno lo voleva quel bambino. I sentimenti di disperazione e di perdita che si agitavano ora dentro di lei erano una sorpresa. Avrebbe dovuto provare sollievo per il fatto che la sua vita non avrebbe subito sconvolgimenti. Invece, provava un senso di devastazione che si condensava in una sorta di rabbia.

«Che cosa ha detto il dottore?»

«Che tu e tua madre avete realizzato il vostro desiderio.»

«Cosa dici?»

«Non c'è più nessun bambino» ribadì lei con voce soffocata.

«Non dire così.»

«Ho avuto un aborto, quindi puoi anche ritirarti con garbo. Non siamo obbligati a celebrare il matrimonio e tu puoi tornare alla tua vita perfetta, com'era stata pianificata» esclamò.

Sotto choc, William si portò una mano alla bocca. «Come è potuto accadere?»

«Oh, succede più spesso di quanto pensi» rispose lei freddamente. «Ma tu lo volevi davvero il bambino, William? E tutta questa storia del matrimonio?» Gli spinse via la mano dal ginocchio.

«Cosa?» Lui la guardava incredulo.

«Mi hai sentito. Lo volevi davvero?»

«Tesoro, calmati.» Le prese la mano e la strinse con forza. «Naturalmente all'inizio ero sconcertato, ma poi ho capito che costruire una famiglia con te era esattamente quello che volevo. Perché? Tu no?»

Certo, anche lei lo voleva. Sposare William era la cosa migliore che le potesse mai capitare. Assicurarsi un buon matrimonio e un futuro con un medico che la amasse, e che fosse in grado di garantirle una vita stabile, andava oltre i suoi sogni più sfrenati. E non un medico qualsiasi, ma William, di cui lei era profondamente innamorata. Non era quello che volevano tutte le ragazze della Howard? Il motivo per cui i genitori le avevano mandate in quella prestigiosa università riservata ai neri? In modo che potessero ricevere una buona istruzione e trovare un compagno da amare e con cui costruire una famiglia solida? Un altro crampo le attraversò il corpo e la fece sussultare.

William si allungò verso di lei. «Come ti posso aiutare?» La fissava con la tenerezza negli occhi, poi la attirò tra le sue braccia, dove lei si accasciò e gli permise di stringerla finché il singhiozzo che sentiva nel petto non si liberò. Aveva perso il bambino, il *loro* bambino, e tremava tutta.

«Mi dispiace. Mi sento come se ti avessi deluso» disse con voce esile. «Che ne sarà di noi?»

William le passò il pollice sotto l'occhio, asciugandole una lacrima. «Non ti libererai di me così facilmente, Eleanor. Ti amo e voglio ancora sposarti.»

Gli occhi di lei brillarono. Che cosa aveva fatto per meritarsi un uomo così gentile e buono?

«Possiamo riprovare. Andrà tutto bene, aspetta e vedrai. È una promessa.»

Le parole di William erano confortanti, ma per una volta Eleanor non era così sicura che avesse ragione. Ciò di cui era sicura era che lui non la conosceva. Non abbastanza da fare una simile promessa.

PARTE SECONDA

Giugno 1950, un anno dopo

A volte le parole non servono a darsi coraggio.
A volte bisogna buttarsi e basta.

Clarissa Pinkola Estés

15

Prendersi cura degli affari

Ruby

Il mio lavoro estivo prima dell'ultimo anno di liceo consisteva nell'aiutare zia Marie tre mattine a settimana a dare una bella pulita da Kiki's. Anche se zia Marie odiava appassionatamente i lavori domestici, l'allibratore per cui lavorava era stato arrestato un mese prima in una retata della polizia e lei aveva bisogno di rimpiazzare quel reddito.

«C'è agitazione per le strade» mi disse zia Marie «e qualcuno potrebbe cantare, quindi è meglio non dare nell'occhio e per un po' dedicarsi ad altro.»

Per non farci mancare nulla, accettò l'offerta della proprietaria di Kiki's di pulire il locale e mi pagava cinquanta centesimi a turno per farle da assistente. Con una maglietta macchiata di candeggina e i pantaloncini da ginnastica, pulivo i tavoli e le sedie, mentre zia Marie si occupava del bar. Mentre lavoravamo facevamo suonare al juke-box *Ain't Misbehavin'* di Fats Waller, e anche lei cantava.

«Quando pulisci il pavimento, fai bene gli angoli» mi gridò da dietro il bancone. Aveva tolto le numerose bottiglie di liquore e stava pulendo lo specchio che andava dal pavimento al soffitto, passandolo con la spugna imbevuta di detersivo per piatti, aceto bianco e acqua. I ripiani in mogano li lucidava invece con il Murphy's Oil. Immersi lo straccio per il pavimento nell'acqua saponata, a cui avevo aggiunto qualche tappo di ammoniaca. Quando mi chinai per strizzarlo con i guanti di gomma, mi assalì un senso di vertigine. Mi venne un conato di vomito, così appoggiai la mano sul tavolo di legno più vicino per sorreggermi, eruttando un aspro sapore di acido.

Zia Marie stava passando e ripassando lo straccio imbevuto di olio sul ripiano del bar, ma con gli occhi non mi perdeva di vista. «Ti avevo detto di non giocare con il fuoco, vero? Ora ti sei bruciata il culo.»

La sua franchezza mi irritò, quasi quanto la pelle rossa ed escoriata che sentivo sfregare contro le mutandine di cotone. Io stessa mi ero causata l'irritazione, strofinandomi troppo forte e troppo spesso, in ansiosa attesa del ciclo mensile.

«Dammi quel dannato straccio.» Si avvicinò al bancone e mi strappò il bastone di mano con una rapidità tale da piantarmi una scheggia nella mano. «E vai a sederti da qualche parte, troietta!»

Inez mi aveva chiamata «troietta» dopo quell'incidente con Leap, quando mi aveva cacciato di casa più di un anno prima. Sulle labbra di zia Marie quelle parole bruciavano come alcol versato su una ferita aperta. Quella volta non era stata colpa mia, ma adesso sì, e mi rannicchiai in un angolo sotto la foto di Nat King Cole, cercando di nascondere la vergogna e il disgusto che provavo per me stessa.

Era iniziato tutto con un biglietto scritto a mano.

Dopo un febbraio nevoso, Philadelphia era stata benedetta da una calda giornata di marzo, così decisi di sedermi sui gradini di casa con una piccola tela in mano e la tavolozza dei colori. Alcuni ragazzi chiassosi giocavano a stickball con una scopa smontata e un pezzo di pallina da tennis. Ero concentrata a dipingere la stazione di servizio dall'altra parte della strada quando, all'improvviso, vidi Shimmy arrancare sulla strada. Alla sua vista mi si strinse lo stomaco, ma girai subito la testa, sperando che non mi avesse visto. Quando guardai di nuovo, era scomparso dentro il negozio di vernici all'angolo, di proprietà di suo zio.

Era passato così tanto tempo dall'ultima volta che avevo posato gli occhi su di lui, che avevo sentito la sua voce, che avevo sentito le sue dita tra i capelli. Una Ruby un po' più sveglia se la sarebbe filata di sopra, nella sicurezza di casa, ma vederlo mi aveva bloccato lì, come se un'incudine di ferro mi tenesse ferma sul cuscino che mi faceva da sedile.

Cercai di non pensare a lui, di concentrarmi sul pennello intinto di verde con una sfumatura di giallo, che passavo su e giù sulla tela, come accarezzandola. Ma gli occhi continuavano a guizzare verso il negozio, ogni volta che sentivo il fruscio della porta che si apriva, seguito dal suono del campanello. Pochi istanti dopo, Shimmy uscì portando con sé un gallone di vernice e alcuni teli protettivi piegati sotto il braccio. Mi passò accanto senza guardarmi, ma lasciandomi cadere in grembo un biglietto.

Erano passati dieci mesi e quattro giorni da quando avevo rotto con lui nel salotto di zia Marie, e quel foglietto bianco mi bruciava febbrilmente nel palmo della mano. Non volevo aprirlo, ma non sapevo come fare a evitarlo.

Il signor Greenwald è fuori città. Incontriamoci alla porta posteriore del negozio di dolciumi alle 19.00. Vieni per favore, devo dirti una cosa. Bussa tre volte, così saprò che sei tu.

Tuo, Shimmy

Tutti i negozi ebrei della 31ª erano chiusi il sabato, quindi il vicolo dietro i negozi era deserto, a parte un'auto abbandonata con due gomme sgonfie e un grande cassonetto blu che puzzava di sardine avariate. Fuori era buio. La giornata di sole si era trasformata in una gelida notte di marzo, con una temperatura intorno allo zero. Avevo le dita congelate mentre timidamente bussavo tre volte.

La porta si spalancò e Shimmy si affacciò sulla soglia con addosso una salopette, una camicia bianca con il colletto e un sorriso da ragazzo. Era cresciuto di quasi cinque centimetri nel periodo in cui non ci eravamo visti, gli si erano riempite le spalle e il petto era ben definito. Il ragazzo secco come un'acciuga che avevo conosciuto si era trasformato in un pezzo d'uomo. Mi prese la mano e mi tirò dentro.

Le luci erano spente e la fragranza dell'odore combinato di cioccolato, caramello, mou e altri dolci che proveniva dall'ingresso del negozio mi fece venire fame. Lo seguii lungo uno stretto corridoio fino a un piccolo magazzino. Al centro del pavimento c'era un tavolo di fortuna coperto da un panno rosso a scacchi. Sopra c'era una candela accesa, alcuni contenitori Tupperware bianchi e dei cucchiai di plastica. Sui due lati erano stati sistemati dei cuscini.

«Siediti, per favore.» Mi lasciò andare la mano, finalmente, ma quando lo fece non smisi di sentire il calore della sua presa.

«Cos'è tutta questa roba?» chiesi guardinga, stringendo le braccia al petto.

«La cena. Ti ho portato della zuppa di matzo balls e la challah.»

Mi guardai intorno, nel magazzino con gli scaffali colmi di scatole, ciotole e pile di provviste, mentre mi chiedevo perché mai avessi risposto al suo invito, sfidando ogni buon senso, la logica e la ragione. Non poteva venire nulla di buono dall'intrufolarsi nel retrobottega di un negozio di dolciumi insieme a un ragazzo che avrebbe dovuto essere fuori dal mio mondo, e da molto tempo.

«Ti prego.» Fece un gesto verso il cuscino sul pavimento di fronte a lui. «Intanto che il cibo è ancora caldo.»

L'istinto mi diceva di salutarlo, ma quello che mi uscì di bocca fu invece: «Non ci credo che tu ti sia dato tanto da fare». E il cuscino che aveva preparato per me mi attirava irresistibilmente.

«Che hai fatto di bello?» Prese un boccone, ma vidi che le mani gli tremavano leggermente.

«Non molto.»

Durante il tragitto avevo deciso di tenere alta la guardia. Ero venuta solo a sentire quello che aveva da dirmi. Non per ravvivare un'amicizia e di sicuro non una storia d'amore. Ma con lui così vicino, la dura corazza che mi ero costruita intorno aveva già cominciato a incrinarsi, e allora feci la domanda che mi bruciava dentro.

«Dove sei stato?»

La voce mi uscì molto più acuta di quanto avrei voluto, e lui posò il cucchiaio.

«A New York, a frequentare i corsi del Brooklyn College. Perché? Ti sono mancato?» mi disse arrossendo.

Elusi la domanda con un risolino, sperando che i miei occhi non tradissero la verità. «Studi contabilità?»

«Oh cavolo, è molto più difficile di quanto pensassi. Ma ci sto riuscendo. E tu? Stai ancora inseguendo quella borsa di studio?»

Raddrizzai la schiena. «Non ho altre opzioni.»

«Non intendevo dire questo.» Shimmy appoggiò una mano sulla mia, e notai che i suoi occhi erano di un verde più tenue di quanto ricordassi. «Ce la farai di sicuro. Quando daranno l'annuncio ufficiale?»

«Sono ancora in corsa, non so altro. Siamo ancora in otto per due sole borse di studio.» Sfiorai con le dita la treccia di pane. «Com'è l'università?»

Andarci a mia volta era la sola cosa a cui riuscivo a pensare. Shimmy era l'unica persona che conoscevo che frequentasse l'università e morivo dalla voglia di sapere tutto.

«È una cosa frenetica, e tutti hanno un'opinione. C'è sempre qualcuno che protesta per qualcosa. Sicuramente è più melting pot che qui.»

«In che senso?»

«Frequento i corsi con persone di ogni estrazione sociale, e questo mi ha fatto bene. Mi ha aiutato a cambiare prospettiva. Mi ha aperto un po' gli occhi.»

«Sì? Su cosa?»

«Credo di capirti meglio.»

Scoppiai a ridere. «Hai passato dieci mesi lontano da qui e ora mi capisci meglio?»

Si mise in bocca un pezzo di pane e lo masticò. «È quello che ti sto dicendo. Vivendo qui, era come se fossi intrappolato nel mio piccolo mondo. Conoscevo solo quello che i miei genitori mi permettevano di vedere: la vita ebraica, la nostra piccola scatola. Invece a Brooklyn ho amici tedeschi, italiani, neri e persino portoricani.»

«E questo cosa c'entra con me?»

«Ti capisco, Ruby.» Mi fece scorrere le dita sulle braccia, fino ai gomiti. «Hai detto che non vedevo le differenze tra me e te, e che vivevo in una bolla che mi proteggeva, e ora lo capisco.»

Il solo fatto che avesse preso in considerazione le mie parole mi commosse. L'interesse che percepivo nella sua voce incrinò le mie difese. Mentre mangiavamo la zuppa, sentivo aprirsi crepe via via più larghe in quello che era stato il mio guscio protettivo. Nel giro di qualche istante ci ritrovammo sulla stessa lunghezza d'onda, e cominciammo a raccontarci a vicenda i pezzi di vita che ci eravamo persi nel frattempo.

«Cos'è successo con tua madre?»

Al pensiero di Inez mi si formò un groppo in gola. «L'ho vista durante le vacanze, ma niente di più. Penso proprio che resterò a casa di zia Marie fino a quando non me ne andrò all'università.»

Mi stavo esercitando a dirlo ad alta voce. "Quando me ne andrò all'università." Convinta che se avessi continuato a pensarlo e a dirlo a voce alta, si sarebbe avverato.

Shimmy scartò un pretzel ricoperto di cioccolato e me lo porse. «So che hai un debole per il cioccolato.»

Ne presi un piccolo morso e lo ringraziai con un sorriso. «È così buono. Al negozio all'angolo non lo trovo.»

«Ho portato una radiolina» disse, mentre saliva sullo scaffale e armeggiava con le stazioni, fino a trovare una canzone che non conoscevo. Shimmy tolse di mezzo il tavolino improvvisato proprio mentre iniziava *Rock and Roll* di Wild Bill Moore. Era la canzone che mi aveva fatto ascoltare al juke-box la prima volta che ero entrata da Greenwald's.

«Vuoi ballare?»

«Qui?» Mi guardai intorno nel piccolo magazzino.

«Su, dài.» Mi prese la mano e mi fece alzare in piedi.

Mama, oh Mama
I want to rock and roll.

Shimmy mi allacciò le mani intorno alla vita, e ci mettemmo a roteare i fianchi e a muovere la testa su e giù. Le parole della canzone ci uscirono di bocca nello stesso momento, e mi resi conto che da quando lui se n'era andato ero rimasta come rinchiusa dentro me stessa. Avevo passato tutto il tempo a studiare, concentrata su *We Rise*, mi ero presa cura di Nene, ma non ero mai stata veramente me stessa. Da quando avevo memoria, era la cosa più divertente che avessi mai fatto, e mi sentivo libera. Ballammo così a lungo che la frangia che portavo stirata sulla fronte mi si arricciò per il sudore, ma per una volta non mi importava.

«Che cosa avevi da dirmi?» Senza fiato, mi ricordai di colpo il motivo per cui ero lì.

«Che d'ora in poi sarò a casa tutti i fine settimana, per aiutare la mamma.»

«E le lezioni?»

«Mi sono organizzato la settimana in modo da finire il giovedì mattina.» Gli si illuminarono gli occhi e dal sorriso dolce che gli apparve sul volto capii che aveva dato per scontato che avrei fatto parte del suo pacchetto weekend. Per quanto mi stessi divertendo, continuavo a pensare che fosse saggio non tornare sui miei passi. Prima che potessi dirlo a voce alta, sentii le mani di Shimmy che mi si posavano sui fianchi, mentre mi attirava verso di lui. Poi si chinò su di me, spingendomi piano i capelli dietro l'orecchio e lasciandomi sul collo una scia di calore.

Rabbrividii.

«Ruby.» Shimmy pronunciava il mio nome in un modo che mi faceva sentire preziosa. «Mi sei mancata.»

«Davvero? Nonostante tutte quelle sofisticate ragazze all'università?»

«Nessuna intelligente o bella come te.»

«Scommetto che le belle ragazzine ebree si struggono per te, pur di avere le tue attenzioni.»

«Ma io voglio te.» Mi guardò in fondo agli occhi.

«Da queste parti non è cambiato nulla, a parte il tempo. Mentre tu eri fuori ad allargare i tuoi orizzonti a Brooklyn, North Philly è sempre la stessa.»

«Dammi una possibilità.» Eravamo così tanto vicini che ormai sentivo solo il suo odore.

«Quando ti ho vista seduta sui gradini, oggi, è stato come se il tempo non fosse passato. Sei sempre qui dentro.» Si indicò il petto.

Anche se non lo volevo ammettere, mi sentivo allo stesso modo. A scuola, durante i lunghi mesi in cui io e Shimmy eravamo stati lontani, avevo preso in considerazione qualche ragazzo, ma non avevo trovato nessuno che anche lontanamente potesse piacermi quanto Shimmy.

Incrociammo gli sguardi, e il desiderio che provava per me mi sembrò di vederlo concentrato in un punto preciso tra le sopracciglia. Dieci lunghi mesi di lontananza e non avevo ancora smesso di amare Shimmy.

«Sei una parte di me» mi sussurrò all'orecchio. Sentii le ginocchia che mi cedevano.

Mi ero sentita così sola, prima di ricevere il suo biglietto. E ora ci stavamo baciando. Il bacio più dolce e sensuale che ci fossimo mai scambiati. Poi l'immagine dell'orrido Leap mi balenò davanti agli occhi. E risentii le sue mani ruvide che mi palpavano i seni, mentre mi spingeva il suo arnese contro la coscia. Mi divincolai.

«Scusa» disse Shimmy. «Non volevo...»

Non lo lasciai finire, premendo le mie labbra contro le sue. E infilai le dita tra i suoi capelli morbidi e setosi, come alla ricerca di una prova. "Shimmy, non Leap."

"Shimmy, Shimmy, Shimmy."

Da quella sera in poi, la nostra routine insieme diventò questa: il venerdì pomeriggio, mentre zia Marie era da Nene a preparare il cibo per il fine settimana, facevo entrare di nascosto Shimmy nel nostro appartamento. Suo padre beveva ancora con il signor Leroy al piano di sopra, quindi aspettare lui era la copertura di Shimmy. La maggior parte delle volte Shimmy doveva trascinare di peso suo padre fuori dall'appartamento, per evitare che arrivassero in ritardo per lo Shabbat.

Il sabato sera, mentre zia Marie lavorava da Kiki's, facevamo lunghi giri con l'auto di suo padre, tenendoci lontani dai posti dove la gente poteva vederci. E parlavamo di tutto, per ore.

Il padre di Shimmy beveva sempre di più e la madre ogni tanto minacciava di buttarlo fuori casa, ma i bambini la supplicavano di lasciarlo restare. Andavamo avanti a toccarci così a lungo che ogni cellula del mio corpo finiva con l'essere satura di desiderio. Intanto ascoltavamo musica e ci sfidavamo a colpi di canzoni, per stabilire chi dei due conosceva più testi a memoria. Nelle notti in cui Shimmy pensava che non ci fossero rischi, ci intrufolavamo nel magazzino del negozio di dolciumi.

Non avevo pianificato di perdere la mia verginità con Shimmy sul pavimento del Greenwald's, distesa sulla tovaglia a scacchi bianchi e rossi. Ma quando mi sollevò la gonna non riuscii più a contenere il desiderio che era cresciuto dentro di me fin dal momento in cui lui era entrato a casa di zia Marie per riparare il lavandino. Senza pensare a cosa poteva andare storto, ai rischi a cui andavo incontro, mi lasciai andare. Gli diedi tutta me stessa.

Dopo la nostra prima volta insieme, Shimmy mi aveva accarezzato il viso. Mi piaceva l'odore che emanavamo dopo l'amore. Il nostro segreto era come un profumo, colmo dell'essenza fragrante del nostro legame.

«Sono così innamorato di te, Ruby, che mi sembra di non capire più nulla.»

Sapevo esattamente cosa intendeva, perché, per dirla con zia Marie, anch'io non ci capivo un tubo.

Zia Marie finì di pulire il resto del locale da sola, senza nemmeno degnarmi di uno sguardo. Per tutto il viaggio in autobus verso casa non aprimmo bocca. Quando arrivammo all'appartamento, mise sul fuoco una pentola d'acqua e preparò due tazze di tè.

«Siediti» disse, rompendo finalmente il silenzio gelido che era calato tra noi.

Accostai una sedia al tavolo e accettai la tazza. Zia Marie si accomodò sulla sedia di fronte a me e si asciugò la fronte con lo straccio da cucina che teneva appeso accanto ai fornelli.

«Edna, dall'altra parte della strada, mi ha detto che ha visto Shimmy gironzolare qui intorno. È suo?»

Piena di vergogna, tenni gli occhi fissi sul mio tè nero.

«Maledizione, Ruby.»

Avevo sperato che il ritardo nel ciclo fosse dovuto allo stress di andare in giro di nascosto con Shimmy, cercando di tenere il passo con *We Rise* e al tempo stesso lavorare per zia Marie. Ma la tensione che sentivo al seno e la nausea che mi ribaltava lo stomaco indicavano qualcos'altro. Zia Marie era sempre stata il tipo di persona che sapeva tutto ancora prima che la gente avesse il tempo di aprire bocca. La sua reazione fu più che sufficiente a confermarmi ciò che più temevo.

«Ai ragazzi bianchi non piace usare i preservativi?»

Tenni la testa china, non volevo vedere i suoi occhi scuri inevitabilmente colmi di delusione. Il preservativo poteva essersi rotto, ma non avrebbe fatto alcuna differenza. Ero stata il raggio di speranza della famiglia, quella abbastanza intelligente da andare all'università, la ragazza che avrebbe reso orgogliose tre generazioni di povere e stanche donne nere.

Continuai a non rispondere, finché zia Marie fece un verso come soffiando forte tra i denti. «Bene, conosco qualcuno che può far sparire il problema. Dimmi solo se è quello che vuoi.»

Capii subito che cosa intendeva, ne sapevo abbastanza di quello che succedeva alle ragazze che si mettevano nei guai.

«Non è illegale?»

«Molte cose sono illegali. Non per questo sono sbagliate. Per l'amor di Dio, come ti è venuto in mente di andare in giro di nascosto con un maledetto ragazzo ebreo?»

Annuii, cercando di non far vedere quanto le sue parole mi ferissero.

«Ho bisogno di sentire la tua risposta, ragazza mia. Non è un gioco da bambini.»

«Sì.»

«Sì, vuoi che cerchiamo di farlo sparire?»

«Sì, ti prego.» Mossi le dita dei piedi dentro i calzini. Se Inez mi avesse fatto sparire, forse la sua vita sarebbe stata migliore. Mi sentii di colpo invasa dalla pesantezza di tutta la situazione e scoppiai a piangere. Prima ancora di riuscire ad asciugarmi le lacrime, zia Marie era accanto a me e mi stringeva tra le braccia.

«La zia si occuperà di tutto. Andrà tutto bene, tesoro.»

La sera dopo zia Marie tornò a casa in anticipo dal lavoro e annunciò: «Ti ho preso quell'appuntamento».

«Quando?»

Si tolse gli orecchini a pendente. «Stasera. Vai in camera mia a riposare per un'ora, usciamo verso le dieci.»

«Ho paura.»

Il viso color caramello di zia Marie sembrava cinereo. Come se fosse stanca fino in fondo all'anima, e mi dispiaceva doverla coinvolgere in quella situazione. Andai in camera sua a stendermi, chiedendomi come sarebbe stata la procedura. Sapevo che avrei sentito male e immaginavo molto sangue. Non volevo morire cercando di liberarmi di un figlio che non volevo. Come Inez non aveva voluto me.

Non mi sfuggiva che avevamo quasi la stessa età quando era successo. Inez era rimasta incinta di me a quindici anni e io avevo resistito solo un altro anno e qualche mese prima di subire lo stesso destino. Zia Marie diceva sempre che la mela non cade lontano dall'albero. Anche Nene avrebbe voluto che Inez andasse all'università? Aveva un futuro promettente che io avevo rovinato? Cercai di non pensare alla cosa che cresceva dentro di me come a una persona vera e propria. Scelsi di vederla come un ostacolo, che mi impediva di andare all'università. E io volevo andare avanti per la mia strada.

Prendemmo prima il tram e poi l'autobus 17 che ci portò a South Philly. Zia Marie tirò il cordone per prenotare la nostra fermata, scendemmo e camminammo per tre isolati fino a Tasker Street; poi, appena girato l'angolo della Gerritt, ci infilammo in un piccolo senso unico con un lampione rotto proprio all'ingresso. La casa con la tenda da sole a strisce bianche e nere e la porta d'ingresso di metallo era proprio al centro dell'isolato. Zia Marie bussò due volte, aspettò un attimo, poi batté altri due colpi. Si presentò alla porta una ragazzina con le trecce.

«Sono qui per Leatrice.»

La bambina ci fece entrare. Accasciato su una poltrona c'era un uomo con i baffi grigi, che russava in sintonia con la radio. Sul tavolino di fronte a lui una bottiglia vuota di Inver House. In fondo alla sala da pranzo, c'era una porta a sinistra che conduceva al seminterrato. Seguii zia Marie lungo una stretta fila di gradini che vibravano e gemevano sotto i nostri piedi. In fondo alla scala vidi un lettino incastrato da una parte e un tavolo dall'altro. La stanza puzzava di fegato crudo, sangue secco e urina. Una donna esile con addosso un abito bianco e leggero, un foulard annodato intorno alla testa, si alzò in piedi agitando i palmi delle mani verso di noi.

«Non potete stare qui.» Aveva una voce acuta.

«Ci ha mandato Juney. Abbiamo un appuntamento» spiegò zia Marie.

«Juney forse non lo sapeva. Sul tavolo è morta una ragazza bianca ieri sera. Dissanguata. La gente fa domande. Non posso correre rischi.»

Sgranai gli occhi, mentre un sudore gelido mi scorreva lungo la schiena. Non volevo rischiare di morire solo per liberarmi di quella cosa. Che senso avrebbe avuto? Ero pronta a scappare, ma zia Marie mi prese per la spalla e mi spinse in avanti.

«È appena all'inizio. Sono sicura che con lei andrà bene.»

La donna chiamata Leatrice scosse la testa. «Non voglio rischiare di finire in prigione per nessuno.»

«Da me non lo saprà nessuno. Ho qui i soldi. Per favore» implorò zia Marie. «Posso pagare un extra» disse, il che mi preoccupò, perché sapevo che stava passando un momento difficile con il business delle scommesse sospeso. Da dove sarebbero mai arrivati i soldi extra?

Leatrice guardò il soffitto come se ci stesse pensando, poi mi scrutò. «In questo momento non posso correre rischi. Devo chiedervi di andarvene.» Fece un passo avanti.

Zia Marie gonfiò il petto, come se volesse fare una scenata, ma poi vide che Leatrice si era avvicinata al tavolo. Sotto un giornale, faceva capolino la canna di una pistola. Anche Zia Marie ne possedeva una, quindi colse al volo il messaggio e decise di lasciar perdere.

«Vieni qui, bimba» disse, scortandomi su per le scale e verso la porta. «Penseremo a qualcosa» mi disse una volta tornate alla fermata dell'autobus.

Salii sul bus per metà sollevata, perché non avevo dovuto farlo, per l'altra metà molto preoccupata per quello che mi aspettava.

16
Carta e orologi

Eleanor

Il viso di Eleanor era diventato tondo e florido, e aveva due vistosi brufoli sul mento. Aprì di scatto il portacipria e li tamponò con il fondotinta solido di Max Factor. Poi spennellò la cipria sulle guance e sulla fronte, finché la pelle non apparve uniforme e liscia. Uno a uno, tolse i bigodini rosa dai capelli, facendo attenzione a mantenere i riccioli attorcigliati con la punta delle dita. La gonna floreale blu reale lunga fino alle caviglie era appesa sul fondo dell'armadio. Sperava che le andasse ancora bene. Nell'ultima settimana la pancia aveva cominciato a sporgere in avanti ed Eleanor non riusciva a evitare di appoggiarci sopra continuamente il palmo della mano, come per far capire al suo bambino che lei era lì per lui.

Era il giorno del primo anniversario di matrimonio, per Eleanor e William, ed era stato un anno ricolmo di prime volte. Con l'aiuto dei genitori di lui, avevano acquistato la loro prima casa, un appartamento con tre camere da letto nella sfarzosa zona della Gold Coast, a nord-ovest di Washington. Era proprio davanti al Rock Creek Park, ad appena quindici minuti a piedi dalla casa in cui William era cresciuto, nonostante le proteste di Eleanor che sosteneva che LeDroit Park, a quindici minuti di macchina dalla magione dei Pride, sarebbe stato più adatto e più vicino all'università. Ma i Pride avevano insistito perché vivessero nelle vicinanze e William si era dichiarato d'accordo, così lei non aveva avuto altra scelta che sorridere e acconsentire.

Gli sposi erano sopravvissuti al loro primo grande litigio, avevano trascorso la prima festa del Ringraziamento a Elyria con i genitori di lei e si erano goduti trecentosessantacinque notti di coccole nello stesso letto matrimoniale, nonostante Rose avesse suggerito loro di comprarne due separati. La coppia aveva assaporato cinquantadue domeniche mattina a leggere insieme il giornale, il «Washington Afro-American», finché il caffè non diventava tiepido. Per poi tuffarsi sotto le lenzuola e dedicarsi ai piaceri della carne con tale intensità da doversi infine concedere un pisolino.

Era stato l'anno più bello della vita di Eleanor. La deliziava svegliarsi per prima e rimanere a osservare come William muoveva le palpebre nel sonno, assaporare il suo alito che sapeva di lei dopo il sesso, bramare il sapore delle sue dita nella bocca. Eleanor amava sentire i piedi di William infilati dentro i calzini e appoggiati sopra i suoi, sotto il tavolo della colazione mentre mangiavano insieme; il calore delle sue braccia che le cingevano la schiena quando si baciavano; il sorriso di gratitudine sul viso di suo marito ogni volta che gli porgeva il pranzo che aveva cucinato per lui; il rumore dei suoi passi che sembravano correre verso di lei quando lui tornava a casa la sera. La vita matrimoniale la deliziava. Ma quella sera non avrebbero celebrato il loro amore.

Il loro primo anno di felicità coniugale lo avrebbero festeggiato partecipando all'ennesima serata imperdibile organizzata da Rose Pride, seduti a un tavolo in prima fila in un grande e lussuoso salone. Mentre Eleanor si passava il mascara sulle ciglia aprendole a ventaglio, cercava di ricordarsi se l'evento fosse per le ABC, le Boules o i Links. Vista l'abbondanza di inviti, nella sua testa avevano iniziato a mescolarsi tutti quanti. Ricordava che quella sera Rose avrebbe ricevuto un premio, per un motivo o per l'altro, e per questo William aveva insistito, nonostante fosse il loro anniversario.

«Per fare contenta la mamma» le aveva detto quella mattina accarezzandole una spalla. Poi le aveva ricordato di chiamare Lee's Flower per far mandare a Rose un mazzo di fiori.

Non era facile per Eleanor stare dietro all'agenda mondana di Rose, mentre ancora cercava di portare a termine gli studi alla Howard. Era riuscita ad accumulare dei crediti in più durante l'estate e gliene mancavano pochi per laurearsi, ma conciliare la gravidanza, la nuova casa e gli studi era una continua lotta. Di conseguenza, aveva visto Nadine solo una manciata di volte e si sentiva in colpa per aver infranto la promessa di tenersi in contatto anche dopo il matrimonio.

Eleanor stava cercando di allacciare il fermaglio del bracciale tennis d'oro che William le aveva regalato per il suo compleanno, quando sentì l'auto del marito entrare nel vialetto. Lo sentì fischiettare mentre entrava dalla porta laterale e si dirigeva verso la camera da letto.

«Elly! Sei stupenda» disse, attraversando la stanza per andare a baciarla. «Buon anniversario, tesoro.» Tirò fuori un sacchettino blu che teneva nascosto dietro la schiena.

«Oh, William» esclamò lei. «Non mi serve nient'altro.»

«Aprilo.»

Eleanor allungò la mano dentro il sacchetto, scostò la carta velina e trovò una scatola. La aprì e ne estrasse un orologio Bulova d'oro. Sul retro c'era un'iscrizione.

È L'ETERNITÀ IL NOSTRO TEMPO,
CON AMORE WP

Eleanor si illuminò tutta, avvicinando il viso al suo. «Possiamo restare qui» disse, accarezzandogli il mento. «Festeggiamo alla vecchia maniera.»

«Non svegliamo il can che dorme. Le caramelle le metto via per dopo.» Le sfiorò una spalla e andò a fare la doccia.

William aveva iniziato il suo primo anno di specializzazione all'ospedale e quella mattina, alla visita medica delle tredici settimane, non aveva potuto esserci. L'opuscolo che la sua ostetrica le aveva dato per farlo vedere anche a lui era rimasto sul tavolo. Eleanor lo prese e lo lesse per l'ennesima volta, anche se ormai lo sapeva in gran parte a memoria.

Il feto stava facendo la pipì dentro di lei e, se fosse stata una bambina, cosa di cui lei era convinta, le sue ovaie sarebbero già state piene di piccoli ovuli. Eleanor non riusciva a immaginare che un corpo fosse già pronto a partorire prima ancora di nascere. Il suo piccolo pesava circa cinquanta grammi, aveva impronte digitali uniche ed era ricoperto da una sottile peluria chiamata lanugo. Eleanor aveva cercato «lanugo» nel dizionario di Oxford, prima di passare alla frase più importante della pagina, l'ultima riga dell'opuscolo:

A tredici settimane la madre è entrata nel secondo trimestre e le probabilità di un aborto spontaneo sono diminuite.

Aveva sottolineato quelle parole con una penna a inchiostro blu. Vederle ora la fece sorridere. Era fuori dalla zona di pericolo. Nel gennaio del 1951, lei e William avrebbero dato il benvenuto al loro dolcissimo bambino e lei si strinse le braccia al petto al pensiero di essere madre. Madre del figlio di William, sua carne e sangue, il bambino che li avrebbe uniti per tutta la vita e che avrebbe spazzato via dalla mente di Rose Pride il dubbio che il suo amato figlio avesse sposato la persona sbagliata.

Quando William entrò in cucina, sembrava uscito da una delle pagine di moda della rivista «Ebony». I capelli perfettamente pettinati e le scarpe bicolori lucide. Anche dopo tutto il tempo trascorso insieme, a volte era ancora difficile credere che fosse tutto suo. L'uomo di cui aveva ammirato la schiena per tutti quei mesi ora era suo marito e, mentre Eleanor lo guardava muoversi verso di lei, si sentiva come se avesse vinto il primo premio della lotteria.

«Perché sorridi?»

«Per te.»

In macchina, William si strinse a Eleanor appoggiandole una mano sulla coscia. «Grazie per stasera. So che è il nostro anniversario, ma per la mamma significa molto averci lì. Lo capisci, vero?»

Eleanor annuì e poi si mise ad armeggiare con la radio, finché non trovò qualcosa di più rilassante della fine del terzo inning con i Baltimore Elite Giants che lanciavano contro gli Indianapolis Clowns.

William accompagnava sempre quegli inviti con la frase «per fare contenta la mamma», ma Eleanor sapeva che a William quelle serate eleganti piacevano quasi quanto a Rose. Era a suo agio in quelle occasioni, in un modo impossibile per Eleanor. Lei sperava che il figlio avrebbe colmato questo divario tra loro, una volta per tutte. Due anni prima Eleanor non sapeva nemmeno che esistesse una élite nera, e ora faceva parte di una delle famiglie più facoltose di Washington. Spesso doveva ricordare a sé stessa di fingere che indossare un abito che costava più del salario settimanale di suo padre fosse normale. Mentre si muoveva nella sala dei banchetti, si sforzò di ignorare ogni possibile stravaganza.

Camerieri dai guanti bianchi andavano su e giù per la sala, portando vassoi d'argento con calici di champagne, vino frizzante e succulenti antipasti di mare infilati sugli stuzzicadenti. Rose e William Pride Senior si trovavano in mezzo a due coppie. Rose, come di consueto, era vestita con un abito di seta unico nel suo genere, impreziosito da grossi diamanti e fili di perle.

«William, caro, ti ricordi del giudice Mosley e della sua incantevole moglie? La loro figlia, Beatrice, era una debuttante al ballo degli ex allievi a cui sei andato in terza superiore.» Rose fece cenno a William di unirsi alla loro cerchia.

«È un piacere rivedervi» disse William. «Questa è mia moglie, Eleanor.»

William Senior aggiunse: «E oggi è il loro primo anniversario. Congratulazioni». Alzò il bicchiere verso di loro e i Mosley fecero lo stesso.

«Aspettano il loro primo figlio» aggiunse Rose, ed Eleanor notò che il suo bicchiere era a mezz'asta.

«Dovete essere così eccitati» disse la signora Mosley, con i capelli grigi che le sfioravano le spalle. «Spera in un maschio o in una femmina?»

«L'importante è che sia sano» era la risposta standard di Eleanor.

«Beh, che Dio vi benedica.» La donna diede una pacca sul gomito di Eleanor.

«Oh, William caro, vieni con me. Ti devo presentare una persona» insistette Rose prima di trascinare via William e lasciare Eleanor a cavarsela da sola.

Da sola, Eleanor si diresse verso il tavolo che le era stato assegnato, dove si sedette e osservò il gotha di Washington D.C. brulicante come un alveare. Tutti ridevano e sfoggiavano vestiti nuovi di zecca, gioielli costosi e cappelli. Sentiva parlare delle nuove auto parcheggiate all'esterno e delle case estive a Martha's Vineyard e a Sag Harbor che li avrebbero portati lontano dal caldo della città per i mesi di luglio e agosto. Eleanor desiderava tanto un volto familiare, qualcuno con cui passare il tempo, ma non c'era nessuno, e ricordò la minaccia che Greta le aveva rivolto tanto tempo prima:

“Non sei una di noi. Non ti troverai mai bene da nessuna parte. Farò in modo che sia così”.

Nel primo anno di matrimonio con William, Eleanor non si era fatta un solo amico a questi eventi esclusivi. Qualche saluto e qualche rapido arrivederci, ma niente di sostanziale. Non c’erano inviti a tè, feste prenatali con doni o pranzi a cui potersi aggrappare. Ma con il bambino che cresceva dentro di lei, sperava che le cose sarebbero cambiate. Sotto il tavolo, si disegnava con le dita dei cerchi sul ventre, come per rilassarsi, e ricordare a sé stessa che non era mai davvero da sola.

Questa sarebbe stata la volta buona.

Eleanor e William avevano aspettato fino a dopo il matrimonio e la luna di miele per dire ai genitori di lui che avevano perso il loro primo figlio alla decima settimana. Rose fece le sue più sentite condoglianze, ma qualche giorno dopo, pensando che Eleanor non fosse a portata d’orecchio, disse a William quello che pensava davvero.

«Forse dovremmo far annullare il matrimonio e sistemare tutto questo casino» lo ammonì Rose Pride.

«Mamma, non c’è niente da sistemare.»

«Se non avrà un figlio da te, che senso ha?»

«Il senso è che io la amo e ho bisogno che tu lo accetti.»

«Lei non va bene per te.»

«Noi andiamo benissimo l’uno per l’altra. Ho fatto un voto davanti a Dio che intendo mantenere. E ora lasciamo perdere.»

Eleanor non voleva essere sorpresa a origliare appena fuori dal salotto di Rose Pride, ma quando si voltò per allontanarsi vide che una delle domestiche stava spazzando il pavimento proprio dietro a lei. Anche lei doveva aver sentito le parole di Rose, ma si limitò a fissare Eleanor con un sorriso a labbra strette, tenendo gli occhi fissi sulla polvere immaginaria che stava spostando con la scopa.

Esteriormente, Rose non era mai stata scortese con Eleanor. Dopo tutto, il controllo era il suo forte. Quando Eleanor rimase incinta per la seconda volta, Rose assunse una governante per pulire a casa loro una volta a settimana. Insisteva perché Eleanor rinunciasse al suo amato lavoro in biblioteca e voleva persino che interrompesse gli studi, ma Eleanor si rifiutò di cedere a quest’ultima richiesta. Sua madre si era spaccata la schiena a vendere torte, per consentirle di entrare a Howard. Eleanor si sarebbe laureata. Lo doveva a lei. Per adattarsi alla sua nuova vita, aveva concentrato tutte le lezioni il lunedì, il mercoledì e il venerdì, in modo da ridurre la frequenza dei suoi spostamenti al campus, ma aveva proseguito. Avrebbe finito il semestre dopo la nascita del bambino, ma avrebbe finito.

Il rumore di un vetro in frantumi riportò Eleanor alla realtà. Un uomo dalla pelle scura e dagli occhi grandi si stava profondendo in scuse, mentre si chinava a raccogliere un calice che si era rovesciato dal vassoio ed era caduto sul pavimento. Eleanor cercò con lo sguardo William e lo individuò al centro della sala, in piedi, all'interno di un cerchio formato da Greta Hepburn, i genitori di Greta e i genitori di William. Greta stava ridacchiando, poi appoggiò la mano priva di anelli sul braccio di William, come se stesse per perdere l'equilibrio. Era seduta lontano, Eleanor, ma anche da lì vedeva il volto di Rose illuminarsi in presenza di Greta. Era lei la nuora che Rose aveva desiderato, e forse, dietro le quinte, stava solo aspettando che Eleanor facesse un passo falso.

Come sarebbe stata la vita di Greta e William insieme? Se William non l'avesse incontrata, se lei non fosse rimasta incinta, se lui non avesse fatto la cosa giusta? Doveva impedirsi di immaginarlo, doveva cancellare quei pensieri assillanti, a costo di darsi un pizzicotto sulla coscia. Girò l'orologio nuovo e lesse ancora l'iscrizione.

È l'eternità il nostro tempo,
Con amore WP

Quando alzò lo sguardo, William la stava fissando dall'altra parte della sala e le stava facendo l'occhiolino. La band, composta da cinque elementi, era salita sul palco e la musica risuonava a ritmo sostenuto. Lui stava venendo verso di lei.

«Signora Pride, mi concede questo ballo?»

Eleanor ridacchiò suo malgrado e lasciò che il marito la facesse volteggiare sulla pista da ballo. Gli affondò il viso nel collo sussurrando: «Ti amo».

Appena varcata la porta di casa, William trovò subito la cerniera sulla schiena di Eleanor e le strappò di dosso il vestito. Ci avrebbero messo troppo tempo a salire le scale per arrivare fino alla camera da letto, così si rifugiarono in soggiorno. Schiacciandola contro il divano, William le divaricò le cosce e affondò dentro nella sua carne. Si inarcarono, si ghermirono e si spinsero l'uno contro l'altro con l'urgenza di quella febbre del primo anno che sembrava destinata a non spegnersi mai.

«Buon anniversario» ansimò William, prima di crollare con la testa sul suo seno.

«Non ho fatto male al bambino, vero?» chiese, spingendo il petto in fuori.

Eleanor alzò gli occhi al cielo, in modo scherzoso. «Sempre a caccia di complimenti!»

«Tutto per accontentarti» rispose, e le baciò la guancia.

«Bene, obiettivo raggiunto.» Recuperò le mutandine dal pavimento. «Ma la nostra bambina adesso è affamata.»

William era nudo, nel salotto in penombra. Il riflesso di uno spicchio di luna scintillò nei suoi occhi. «Panino al burro d'arachidi e marmellata in arrivo.»

Era diventato lo spuntino di mezzanotte preferito di Eleanor e, mentre William armeggiava in cucina, lei si leccava le labbra e pensava, ancora una volta, a quanto fosse fortunata.

17

Con l'aiuto del cielo

Ruby

Zia Marie si era consultata con le sue «ragazze» da Kiki's e tornò a casa con diverse idee per aiutarmi. Janice, che faceva girare i dischi a 78 giri nel juke-box, mi mandò un thermos di erbe potenti che dovevo bere in un sorso solo. L'intruglio avrebbe dovuto provocare un aborto spontaneo, e invece mi venne la diarrea. Paulie, che stava dietro il bancone, mi consigliò un bagno bollente che riuscì solo a bruciarmi la pelle e increspармi i capelli. Per tre giorni di fila ero andata avanti a ingoiare chinino e pillole antiparassitarie gentilmente concesse da Sweetie Pie della friggitoria, e stavo vomitando anche le budella quando Shimmy bussò alla porta. Mi trascinai ad aprire.

Guardò la mia faccia esangue e gli occhi gonfi. «Cosa c'è che non va?»

Non riuscivo a guardarlo in faccia. Avevo in mente di occuparmi di questa cosa da sola, senza caricargliene il peso. Shimmy aveva già abbastanza da fare per tenersi al passo con l'università e tornare qui nei fine settimana per aiutare la famiglia.

«Cosa posso fare?» Mi sfiorò le braccia. «Ti serve qualcosa dalla farmacia?»

Un'ondata di nausea mi assalì e mi piegai sulle ginocchia. Avrei tanto voluto che qualche goccia di Mercurochrome della M.D. Pharmacy di Columbia Avenue potesse far sparire tutto. Se solo fosse stato così semplice.

«Sono incinta» sussurrai, con le lacrime che mi pungevano gli occhi. Mi sembrava di non fare altro che piangere e vomitare, in quei giorni.

«Cosa?» La voce di Shimmy si incrinò. «Sei cosa?»
«Mi hai sentito.» Alzai lo sguardo e vidi un volto bianco come cera.
Cominciò a passarsi le mani tra i capelli, glielo avevo già visto fare quando era nervoso. Ma non avevo abbastanza energia per confortarlo. Piegata in due, mi trascinai fino al divano.
«Ho cercato di liberarmene, ma niente da fare.»
«Come hai potuto permettere che accadesse?» La rabbia fremeva nelle sue parole.
«Io?» gridai. «Per favore, smettila di comportarti come se tu non fossi là.»
Shimmy sprofondò sul divano accanto a me prendendosi la testa tra le mani. «Mia madre mi ucciderà.»
«Beh, le mie possibilità di diventare qualcosa di diverso da una serva si sono ridotte a zero. Dovrò dire addio a Cheyney.» Nella voce mi tremava la frustrazione. Dopo tutto, ero finita proprio come Inez.
Shimmy era seduto accanto a me, immobile come una statua, e avrei voluto allungare una mano e scuoterlo. Ora che sapeva la verità, non sapevo che cosa aspettarmi. Col cuore volevo credere che fossimo insieme in quella situazione, ma la storia di Inez mi aveva dolorosamente insegnato quanto fosse facile per gli uomini sparire e basta. Mio padre aveva cambiato città ed era nero come me. Da un ragazzo bianco potevo aspettarmi ancora meno.
«Ma non devi preoccuparti, è un mio problema e me ne occuperò io» dissi. «È meglio se te ne vai.»
Shimmy si girò verso di me. «Ruby, non ti lascio a gestire questa situazione da sola. Che razza di persona pensi che io sia?»
Sentii un certo conforto, quando mi mise un braccio intorno alle spalle e mi abbracciò. Sbattei le palpebre per ricacciare indietro le lacrime e dissi a bassa voce: «Zia Marie sta aspettando una risposta dal Delaware. Stasera mi farà sapere. Mi dispiace, Shimmy».
«Come hai detto tu, c'ero anch'io.» Premette la fronte contro la mia. «Ce la faremo.» Poi si alzò bruscamente. «Odio lasciarti così, ma devo scappare.»
«Così presto?»
Adesso che non avevo più nulla da nascondere, non volevo re-

stare sola e odiavo il suono disperato della mia voce. Se fosse andato via, avevo paura che non sarebbe più tornato.

«Mio padre è in ospedale. Gli si sono gonfiate moltissimo le gambe e il dottore ha detto che c'è qualcosa che non va al fegato.»

«Per quanto tempo resterai qui?»

«Non lo so. Mamma sta cadendo a pezzi e i bambini hanno bisogno di me.»

Io avevo bisogno di lui.

«Ti chiamo appena posso.» Si chinò e mi diede un bacio sulla guancia.

Dopo qualche minuto, mi alzai e chiusi la porta dell'appartamento. Cercai qualcosa che mi calmasse, così indossai il grembiule e iniziai a dipingere. Avevo bisogno di sparire nel Mondo di Ruby Red, il mio santuario personale dove avevo il controllo di tutto, e di restare lì per sempre.

Zia Marie, Fatty e io avevamo stabilito un programma per occuparci di mia nonna Nene. Dato che ero in pausa da *We Rise* per l'estate, avevo i sabati liberi per dare una mano in più.

«Era ora che arrivassi» disse Fatty, venendomi incontro sulla porta mentre si sistemava la parrucca a caschetto.

«Di cosa stai parlando, non sei nemmeno andata a lavorare oggi.»

«Ho ancora delle cose da fare. Faccio una corsa fino al viale a fare un po' di shopping e poi mi vedo con un amico per bere qualcosa. Torno questa sera.» Fatty prese la borsetta, ci infilò dentro uno stick di rossetto e in un attimo era fuori dalla porta.

Il lavello della cucina traboccava di piatti sporchi e la spazzatura puzzava di cavolo andato a male. Anche se mi dava fastidio dover pulire il caos lasciato da Fatty, era confortante tornare nell'appartamento in cui avevo trascorso i primi otto anni della mia vita, anche se aveva solo due camere da letto e dovevo condividere la stanza sul retro con Fatty.

Schiacciai uno scarafaggio con la scarpa e mi diressi verso la stanza di Nene. Era seduta sulla sedia a dondolo, imbottita con tre cuscini per permetterle di alzarsi più facilmente. Le tende erano aperte e si vedevano le case dall'altra parte della strada, con le grondaie arrugginite e l'intonaco scrostato.

«Sei tu, tesoro?» mi chiamò Nene.

«Sì, eccomi. Come stai oggi?»

«Oh, benissimo.»

Aveva la sua trapunta tirata fin sulle ginocchia, anche se faceva caldo, e una camicia da notte ormai lisa, ma insisteva perché la lavassimo a mano, per poterla indossare pulita ogni giorno. Di giorno si metteva gli occhiali da sole sul naso, anche se non capivo perché, visto che non ci vedeva. Dalla vecchia radio arrivava il rumore gracchiante di una partita di baseball, io mi avvicinai e mi misi ad armeggiare con la manopola.

«Mi sistemi i capelli?»

«Certo. Aspetta che prendo il pettine e la brillantina.» Aprii il cassetto di destra, dove teneva le forcine, i pettini, gli oli e vari prodotti. Nene aveva un leggero sorriso stampato in faccia mentre ascoltava la partita. Mi misi alle sue spalle e lei mi appoggiò la testa contro la pancia, mentre le passavo il pettine tra i capelli bianchi e sottili.

«Accidenti!» Nene batté le mani. Ernie Banks dei Kansas City Monarchs aveva battuto un fuoricampo da quattro punti con tutte le basi occupate.

La finestra era tenuta aperta da un vecchio cuneo di legno e una brezza costante mi accarezzava la pelle. Tuffando il dito nel barattolo di brillantina, cominciai a pensare a Shimmy.

Era passata un'intera settimana e da lui neanche una parola. Sapevo che si stava occupando di suo padre, ma io avevo l'uovo di cui preoccuparmi, e ogni giorno che passava mi sembrava più difficile credere che sarebbe andato tutto bene. Zia Marie non aveva ancora avuto notizie dal Delaware e, grazie al cielo, non aveva portato a casa altri rimedi casalinghi da farmi sperimentare.

«Come va il programma delle borse di studio?» La voce rauca di Nene mi riportò nella stanza.

«Abbastanza bene. Dovrebbero farmi sapere qualcosa tra qualche mese.»

«E brava la mia ragazza! La prima della nostra famiglia ad andare all'università. Sono così fiera di te.»

Il senso di colpa mi irrigidì tutta. «Non l'ho ancora ottenuta, la borsa.»

«Ma sei sulla buona strada.» Arrotolò un angolo della trapunta tra due dita. «La notte scorsa ho sognato che avevo ricominciato a vederci, e che mi era sparito qualunque dolore dal corpo. Alleluia! Ero in piedi ai fornelli e friggevo un bel pezzo di alosa. E sentivo crepitare e scoppiettare nella padella. Nient'altro.»

«Nene, sei l'unica a cui piace quel pesce tutto lische.»

«Forse» disse, e dal modo in cui mi abbandonava la testa tra le mani capii che le piaceva il modo in cui le muovevo le dita tra i capelli. Rimanemmo in silenzio per un po'. Io e Nene non facevamo fatica a stare insieme, anche in silenzio.

Si tirò su dritta a sedere. «Sai cosa dicono quando sogni un pesce, vero?»

Mi ci volle tutta la concentrazione per impedire alle mie dita di tremare.

Nene lasciò la frase in sospeso. Guardai fuori dalla finestra i piccioni che beccavano la spazzatura sulla strada.

«Puoi sempre dirmi tutto» disse dolcemente.

Come in risposta sentii un'agitazione in fondo alle viscere, ma non me la sentii di dire a Nene la cosa che l'avrebbe distrutta. Era una strada che aveva già percorso con Inez. Non potevo spezzarle anch'io il cuore.

«No, Nene, non c'è niente. A parte il fatto che i capelli ti stanno crescendo come erbacce.» E mi misi al lavoro sulla treccia che le pendeva sulla nuca.

Quando spalancai la porta dell'appartamento di zia Marie, sul pavimento c'erano tre monetine avvolte in un foglio con dei numeri, segno che il suo allibratore era uscito di galera e lei era tornata in affari. Forse non avrebbe più dovuto fare tutti quei turni da Kiki's. Mi chinai a raccogliere le monete e le misi nel barattolo accanto al telefono, proprio nel momento in cui cominciava a squillare.

Era Shimmy. «Vediamoci nel vicolo tra dieci minuti.»

«Dove sei stato?»

«È una storia lunga, ma ho una soluzione. A tra poco.» Riagganciò il telefono.

Non riuscivo a immaginare cosa avrebbe potuto escogitare, ma non vedevo l'ora di vederlo. Mi cambiai mettendomi una camicetta pulita e, davanti allo specchio del bagno, mi appuntai i capelli con il fermaglio con il rubino che Shimmy mi aveva regalato il giorno in cui ci eravamo lasciati. Zia Marie l'aveva ripescato dalla spazzatura tanti mesi prima e ora lo portavo sempre.

Come mi aveva detto, Shimmy era nel vicolo ad aspettarmi. Mi accompagnò all'ingresso posteriore del negozio di dolciumi. Dopo avermi baciato la mano, mi condusse all'interno. Sul nostro tavolo improvvisato, in mezzo al magazzino, c'era una candela accesa.

«Che cos'è tutto questo?» chiesi.

Shimmy infilò una mano in tasca e si inginocchiò davanti a me.

«Cosa stai facendo?» Rimasi a bocca aperta, mentre lui mi porgeva un anello d'oro con tanto di fiocco.

«Sposami, Ruby.»

Scoppiai a ridere, poi mi coprii il viso con le mani. «Smettila, non essere sciocco.»

«Non è uno scherzo. Ci ho pensato tanto e sono serio.» Mi porse l'anello, mentre io cercavo di farlo alzare dal pavimento.

«Hai perso la testa? Sono ancora al liceo e la tua famiglia ti ripudierà.»

«Lasciali fare.» Aveva una faccia serissima.

«Shimmy.»

«Tu mi ami. Io amo te. Avremo un bambino. È quello che fanno le persone.»

Aveva ragione, ma non le persone come noi, che provenivano dagli angoli opposti dell'universo. D'improvviso sentii le gambe pesanti e crollai sul pavimento.

Shimmy si lasciò cadere accanto a me, appoggiandomi la testa sul grembo, l'orecchio contro la mia pancia.

Volevo disperatamente credergli, ma non ero stata cresciuta con le fiabe delle principesse che venivano salvate dal principe azzurro. Nessuno di quelli che conoscevo stava vivendo per sempre felice e contento.

«Sei la mia ragazza» disse Shimmy, sorridendo.

Presa dalla felicità del momento, desiderosa di alleviare tutto lo stress che avevo provato nelle ultime due settimane, avvicinai il viso di Shimmy al mio. Oltre che sul sedile posteriore dell'auto di suo padre, il magazzino era l'unico posto in cui potevamo essere Ruby e Shimmy. In quel momento avevo solo bisogno di stare bene e Shimmy era l'unica persona che riusciva a farmi sentire così. Tirandolo verso di me, lo baciai con foga, allungando una mano verso la fibbia della sua cintura.

Dopo che il ritmo dei nostri respiri fu tornato alla normalità, Shimmy ci avvolse intorno una tovaglia.

«Ho paura a sognare così insieme a te» confessai.

«Non avere paura, sistemerò tutto.»

Avevo la nuca premuta sul suo petto, e le sue braccia mi cingevano la vita. Mentre ci coccolavamo, lo ascoltavo progettare il nostro futuro. Shimmy era così appassionato e convincente che cominciai a concedermi il lusso di immaginarlo.

«Avrà bisogno di un bel nome ebraico, come Samuel. Non voglio un Simon Shapiro secondo.»

«Simon? È il tuo vero nome?»

«Non te l'ho mai detto?»

«No. Come hai potuto tenermelo nascosto?» Gli strinsi il polso. «E se fosse una femmina?» Ridacchiai.

«Allora Ruth o Sarah.»

«Cavolo, no, Ruth sembra così vecchio. Forse Sarah, ha un suono dolce.»

Sprofondai ancora di più nel suo abbraccio. La fantasia aveva preso il sopravvento e mi immaginavo Shimmy e io in quel parco di fronte alla casa di Inez, mentre spingevamo il nostro uovo sull'altalena, con il pranzo in un cestino di vimini intrecciato appoggiato su una bella coperta. Riuscivo quasi a sentire il sapore dell'insalata di patate con appena un niente di senape, quando sentii la porta d'ingresso aprirsi e un pesante rumore di passi proveniente dall'interno del negozio di dolciumi.

«Merda» disse Shimmy, afferrando i pantaloni.

Ci scambiammo uno sguardo e, proprio in quel momento, capii che io e Shimmy in quel parco non ci saremmo mai arrivati.

18
Il rituale

Eleanor

Ogni mattina, prima di sfiorare con i piedi il tappeto di pelo bianco di fianco al letto, Eleanor deponeva un bacio sulla punta delle dita e poi con la mano si dava un colpetto sulla pancia.

«Buongiorno piccolo Pride» sussurrava, mentre prendeva l'agenda giornaliera appoggiata sul comodino. Con un pennarello viola cancellava il giorno precedente, festeggiando altre ventiquattro ore con il suo bambino annidato dentro di lei. Eleanor si alzava dal letto prima che William aprisse gli occhi, si lavava i denti e si dirigeva in cucina a piedi nudi per mettere in funzione la macchina del caffè.

Mentre William si faceva la doccia, lei gli preparava il pranzo. Oggi una baguette con tacchino al forno, maionese e qualche fetta di sottaceto all'aneto, accompagnato da due biscotti d'avena con l'uvetta. A volte la mattina si sedevano al tavolo della cucina e sorseggiavano insieme il caffè, prima che William andasse in ospedale per il suo dottorato. Il mercoledì era la giornata in cui si doveva alzare presto, quindi Eleanor gli preparava anche un po' di caffè in un thermos.

«Grazie, tesoro.» Si guardò intorno in cucina ed Eleanor capì che stava cercando le chiavi. Lei indicò il gancio accanto al frigorifero dove le appendeva sempre e lui sorrise.

«Come facevo senza di te?»

«Non lo so proprio.»

Lui chiuse la valigetta di pelle. «Oggi hai lezione, vero?»

«Sì, dovrei finire verso le cinque.»

«Passo a prenderti davanti alla biblioteca. Prenditi cura del nostro bambino.» Le baciò la pancia e uscì dalla porta sul retro.

Mentre Eleanor si chiudeva la zanzariera alle spalle, sentì in lontananza un aereo che volava sopra di lei. Rimase sulla porta per qualche minuto a guardare le auto che passavano, assicurandosi che William non tornasse indietro a prendere qualche oggetto dimenticato. Quando fu certa di non vederlo tornare, chiuse la porta e salì le scale. Percorse il corridoio ed entrò nella camera degli ospiti, chiudendo la porta dietro di sé. Un profondo sospiro di sollievo le uscì dalle labbra.

La stanza degli ospiti era ben illuminata dalla luce solare e sarebbe stata perfetta per i suoi genitori quando sarebbero venuti a trovarla, dopo la nascita del bambino. Rilassando le spalle, percorse ancora pochi passi e aprì la porta dell'armadio delle preghiere, tirando la cordicella per accendere la luce.

L'armadio era vuoto, a parte il suo corredo da sposa e la tunica che indossava quando cantava nel coro al liceo, con la baschina e i polsini di raso. Eleanor infilò le braccia nella tunica e la abbottonò. L'armadio della preghiera era grande appena a sufficienza da permetterle di genuflettersi, ma ogni giorno riusciva a infilarsi dentro con tutto il corpo, a inginocchiarsi con le mani a coppa sul ventre e a pregare.

Non pregava come facevano alla chiesa episcopale di St. Luke, nel modo in cui avrebbe pregato l'ineccepibile moglie di un futuro medico. Alla St. Luke, le preghiere venivano sussurrate da persone sedute rigide, con le mani in grembo. Nello sgabuzzino, Eleanor pregava con fervore, come facevano sua madre e i membri della Second Baptist Church di Elyria. Aveva perso l'abitudine alla preghiera giornaliera, una volta arrivata a Washington, ma da quando era incinta aveva ricominciato con quotidiana precisione.

Eleanor pregava a voce alta, con tono gutturale, con molti «abbi pietà» e «non sono degna Signore», finché non esauriva le implorazioni. Dopo aver concluso le preghiere, prendeva il baule con il corredo che sua madre le aveva regalato per il matrimonio. Era stato costruito con legno di cedro dalle mani del padre e riempito dalla madre con due trapunte cucite a mano, coperte e scarpine per bambini, argenteria e biancheria da tavola. A fianco del baule c'era una piccola ampolla di acqua santa che Eleanor usava per tracciare il segno della croce sulla pancia, concludendo così il rituale.

William insisteva perché lei chiamasse un taxi quando doveva andare al campus, ma Eleanor prese il tram. Anche se si era sposata bene, non voleva prendere l'abitudine di spendere soldi solo perché poteva permetterselo. Avendo un po' di tempo a disposizione prima della lezione, decise di fermarsi in biblioteca. Non appena le porte a doppi vetri si chiusero alle sue spalle, si sentì chiamare per nome.

«Eleanor, santo cielo. Ho appena parlato di te.» La signora Porter la salutò scendendo dalla scala principale. Aveva i capelli pettinati con la riga in mezzo e arricciati con cura, e un abito a pois bianchi e neri che le andava un po' largo.

«Salve, signora Porter.» Eleanor strinse la borsa con entrambe le mani, cercando di non saltare sulle punte dei piedi per l'eccitazione che provava nell'incontrare la sua ex capa.

«Il matrimonio ti dona, cara. Hai le guance belle piene» le disse, dandole un buffetto sulla mano.

«Grazie» rispose Eleanor, anche se non era sicura che le guance tonde fossero un complimento. La signora Porter non sapeva che aspettava un bambino, ma non le sembrava il momento giusto per informarla.

«Stavo giusto dicendo alla mia nuova stagista, che non vale un accidente, che ho bisogno del tuo aiuto per alcune cose. Abbiamo appena ricevuto una magnifica raccolta di composizioni musicali di Justin Elie da Haiti e Amadeo Roldán da Cuba.» Aveva gli occhi che brillavano come monete di rame, mentre muoveva le mani accarezzando l'aria.

«È meraviglioso.» Eleanor non aveva mai sentito parlare di quei due musicisti, ma l'entusiasmo della signora Porter era contagioso.

«Pagine e pagine dei loro lavori, saggi personali e il diario della moglie di Amadeo. E c'è dell'altro, devi vederlo.» Senza aspettare una risposta, la signora Porter schizzò via a una velocità tale che Eleanor fece fatica a non perderla di vista, mentre saliva le scale facendo attenzione a dove metteva i piedi. Salirono al terzo piano e, una volta superati i bagni, entrarono in un ufficio accanto a quello della signora Porter. Appena dentro la stanza, lo strato di polvere sulle pile di scatole fece starnutire Eleanor per tre volte di seguito.

«Helen Channing Pollock, figlia del grande drammaturgo Channing Pollock, ci ha regalato l'intera biblioteca del padre. È piena di manoscritti di opere teatrali, articoli di riviste, appunti di conferenze, cimeli teatrali. Tutto quanto.»

«Pollock? Da dove viene?»

«Sua madre era inglese e suo padre ebreo, quindi questa collezione sarà ospitata nella Browsing Room. Non verrà fatta circolare, ma sarà messa a disposizione per consultazioni e ricerche.»

«Sembra lontano dalla diaspora africana.»

«Lo è, ma quando i bianchi benestanti sentono così forte l'esigenza di contribuire all'educazione dei neri, come parziale ammenda al senso di colpa per la tratta atlantica degli schiavi, chi sono io per rifiutare?» Le fece l'occhiolino. «La donazione è stata accompagnata da un cospicuo contributo finanziario che utilizzeremo per continuare a lavorare alla nostra collezione.»

La Collezione Moorland-Spingarn aveva sempre bisogno di soldi. La signora Porter era famosa per la sua abitudine di chiamare gli editori per chiedergli donazioni. Poteva vantare amici in tutto il mondo, costantemente alla ricerca di materiale da acquistare per suo conto e da inviarle per l'archivio.

«Quando hai iniziato a lavorare qui al secondo anno, hai detto che volevi imparare a fare l'archivista. Ti sto offrendo una possibilità.»

«Ma ora sono sposata» ribatté Eleanor. Le sembrava di sentire nell'orecchio la voce di Rose.

«Sposata non vuol dire stupida, mia cara. Senti, era uno studio formato da una sola stanza, questa biblioteca, e io l'ho fatta diventare una fondazione su larga scala; ora ho bisogno dei tuoi giovani occhi e del tuo cervello brillante per continuare il lavoro.»

Eleanor guardò la collezione e sentì il battito del cuore accelerare. Le mancava l'odore dei libri antichi, la sensazione di carte rare tra le mani e quella musica dimenticata da tempo che le risuonava all'orecchio. Tornare in biblioteca le avrebbe dato uno scopo in più mentre William faceva la sua specializzazione.

«Ti pagherò come una consulente esterna. Potresti fare venti ore a settimana.»

«Signora Porter, aspetto un bambino.»

«Un bambino? Davvero?» Strinse le mani di Eleanor.

«Sì. Non lo sanno in molti.»

«Congratulazioni, è meraviglioso. Beh, allora prenderemo in considerazione un part-time, magari quindici ore a settimana? Mi assicurerò che tu abbia una sedia comoda.»

Eleanor lo desiderava, ma Rose aveva insistito perché rimanesse a casa in attesa del bambino. Era stata una tale fatica anche solo convincerla a lasciarla finire gli studi. D'altra parte, la madre di Eleanor le aveva sempre detto che era importante per le donne avere qualcosa da parte per i periodi di magra. Non era forse così che era arrivata a Howard? Con i soldi che sua madre aveva messo da parte.

La signora Porter si protese verso di lei. «Permettimi di darti un consiglio. La strada per un matrimonio sano è quella di tenersi stretti i pezzi di vita che ti rendono te stessa. So cosa provi per la biblioteca. Metti a frutto questa tua passione.»

«Mi piacerebbe molto» le uscì di bocca, prima che riuscisse a impedirlo.

«Perfetto. Passiamo dal mio ufficio e stabiliamo un orario adatto a te. Bentornata.» La signora Porter le batté le mani sulle spalle. «Ho aggiunto al nostro sistema alcune nuove classificazioni su cui non vedo l'ora di aggiornarti. Al diavolo la classificazione decimale Dewey.»

Quella sera, a letto, Eleanor parlò a William del lavoro in biblioteca. All'inizio lui si oppose, dicendole che avrebbe pensato a tutto lui e che lei non aveva bisogno di lavorare. Dopo molte insistenze e baci, accettò però di ascoltare le ragioni di Eleanor, che glielo disse esplicitamente: aveva bisogno di quel lavoro. Poi sentì il bambino muoversi dentro di lei e William le appoggiò una mano sulla pancia per sentirlo a sua volta. Era così innamorato che la conversazione era già finita. Eleanor aveva ottenuto quello che voleva.

19
Carne morta

Ruby

Ero riuscita a infilarmi la maglia dalla testa, ma non avevo ancora allacciato il reggiseno, quando entrò nel magazzino una donna magrissima, che portava un vestito a sacco blu e un cappellino bianco. Guardò incredula il nostro nido d'amore improvvisato. Shimmy si spostò davanti a me, come se potesse bastare a bloccarle la visuale.

«Simon Shapiro» – tutto il corpo della donna tremava – «hai perso del tutto il cervello che ti ho dato alla nascita?»

«Mamma.»

«Non chiamarmi "mamma"!» Dalle sue labbra rosse volò uno schizzo di saliva. «Come hai potuto tradire la nostra fiducia in questo modo, andando in giro con questa... questa *puttana*?» Nel suo sguardo c'era un tale furore che le sue parole mi arrivarono come un colpo in mezzo al petto. Cercai di sottrarmi alla sua vista coprendomi con le braccia, ma lei raggiunse l'interruttore inondando la stanza di luce, come a puntare un riflettore sul nostro segreto. Quell'odore di noi che avevo sempre amato mi fece d'improvviso venire il voltastomaco.

«Esther Hoffman ha chiamato per dirmi che avevi fatto entrare di nascosto una ragazza di colore dalla porta sul retro. Non ci ho creduto nemmeno per un secondo. Doveva aver scambiato il mio Shimmy per qualcun altro. Ebbene, vedo che mi sbagliavo!»

«Mamma, posso spiegarti» implorò Shimmy, con le spalle piegate dalla vergogna.

Desideravo solo che il pavimento si aprisse e mi inghiottisse.

«Rivestiti» gridò lei. Poi voltò le spalle e si diresse verso l'ingresso del negozio.

Io e Shimmy ci rivestimmo in fretta e in silenzio. Mi tirai in piedi, mi lisciai la gonna e mi toccai i capelli sapendo che non sarebbe cambiato molto anche se mi pettinavo. Shimmy si mosse e io gli andai dietro.

La signora Shapiro era una donna minuta, con le labbra sottili e i capelli scuri lunghi fino alle spalle. Aveva gli occhi talmente neri di rabbia che sembrava intenzionata a uccidermi sul posto, se solo fosse stata sicura di farla franca.

«Mamma, non è come pensi» disse Shimmy, facendo un passo verso di lei.

«Come puoi sapere cosa sto pensando?»

«Io la amo» disse con forza.

La dichiarazione di Shimmy di fronte a sua madre mi sorprese. Non aveva scelto una facile via d'uscita. Diceva sul serio: voleva davvero stare con me. Ma vedevo che le sue parole non significavano un bel niente per sua madre, che mi guardava come se fossi nient'altro che sudicio fango attaccato alla suola delle sue scarpe eleganti.

«Stupido ragazzo. Non sai ancora cos'è l'amore.»

«So come mi fa sentire.»

«Scommetto che so come ti fa sentire» disse, disegnando con le mani i miei seni prosperosi e i miei fianchi sinuosi. Come se non fossi nient'altro che un oggetto – una vipera nera – che tentava i bravi ragazzi come Shimmy e li trascinava nei guai.

«Prendi le tue cose e andiamo» disse afferrando l'orecchio di Shimmy.

«Mamma.» Lui fece un passo indietro, guardò me e poi sua madre. «È incinta di mio figlio.»

Mi sentii mancare. La confessione di Shimmy a sua madre rendeva il tutto reale. E mi allontanava ancora di più dal sogno di frequentare Cheyney. Il volto della signora Shapiro intanto era sprofondato nell'orrore. Non avevo mai visto prima una persona tanto ferita e, in quel momento, mi dispiaceva anche per lei. Si prese la testa tra le mani guantate.

«Mamma, stai tranquilla.» Shimmy si precipitò a sorreggerla. «Metterò a posto le cose. La sposerò.»

Lei si tirò indietro come davanti alla testa di un serpente, sibilando a denti stretti: «Sposarla? È di colore, stupido, cieco!».

«È nera, mamma, ma questo non ha importanza per noi.» Cercò di prendermi per un braccio, ma io ebbi il buon senso di tirarmi indietro. Non volevo accrescere lo sgomento di sua madre.

«Che differenza fa? Sei l'erede della nostra famiglia. Come hai potuto portare un tale disonore al nostro nome? Come se tuo padre non avesse già fatto abbastanza danni.» Cominciò a mormorare parole in yiddish che non capivo.

«Smettila, mamma.»

Lei si riscosse, e fissandomi mi disse: «Ragazzina, vai a casa. Non dire a nessuno della tua situazione. Avrai presto mie notizie». Fece un passo verso di me e mi preparai a ricevere uno schiaffo, ma lei mi infilò la mano tra i capelli e mi strappò via l'antico fermaglio con i rubini che mi aveva regalato Shimmy.

«Sei anche una ladra? Penso che questo appartenga a me.»

Non pensavo fosse possibile sentirsi tanto umiliati. Infilai la porta sul retro il più in fretta possibile. L'immondizia del cassonetto sul retro puzzava orribilmente, mi venne un conato e vomitai.

Stordita, attraversai di corsa il quartiere. Avrei voluto cancellare tutto. Ero disgustosa, una sgualdrina. A cosa diavolo avevo pensato? Era tutto sbagliato fin dall'inizio. Zia Marie mi aveva avvertito, ma io non l'avevo ascoltata e ora mi ero scottata, proprio come lei aveva previsto.

Nonostante fosse un'afosa notte di luglio, cominciai a sudare freddo. Vagavo per le strade affollate – gente dappertutto, seduta sui gradini a fumare sigarette, appoggiata alle automobili con le bottiglie nascoste nei sacchetti di carta, che cantava e imprecava, cercando di farsi sentire sopra il frastuono della musica.

C'era una birreria all'angolo e il blues si diffondeva attraverso le finestre aperte. Fuori c'erano tre uomini che si passavano uno spinello, mentre lanciavano i dadi su un pezzo di cartone appoggiato contro il muro di mattoni. Dopo ogni lancio schioccavano forte le dita.

«Ehi, bellezza. Vieni qui che ti offro da bere» mi chiamò uno. Portava il cappello basso sugli occhi e aveva un anello d'oro al mignolo sinistro.

«Con un corpo come quello, te ne offro due di bicchieri» disse il suo amico con gli occhiali da sole, e tutti si misero a ridacchiare e a fischiare.

Accelerai il passo.

«Sei troppo brava per fermarti?» rilanciò il primo uomo, con il cappello basso sugli occhi.

L'uomo con gli occhiali sbuffò. «È troppo brava per te.»

La battuta doveva aver ferito l'orgoglio dell'altro uomo, perché subito dopo cappello basso sugli occhi cominciò a seguirmi. «Ehi. Ehi, ragazza. Non mi senti? Sto parlando con te.»

«Lasciami in pace, maledizione» gridai con tutto il rancore che mi si era depositato dentro quella sera.

L'uomo si fermò, sbalordito, e io mi misi a correre. Spingendo forte sulle gambe, girai un angolo dopo l'altro per essere sicura che non mi stesse seguendo. Quando finalmente rallentai per riprendere fiato, ero a mezzo isolato dall'appartamento di Inez. Come diavolo ero finita lì, in un posto che non era mai stato davvero casa mia?

Continuando a mettere un piede davanti all'altro, mi resi conto che erano passati quasi cinque mesi da quando avevo visto mia madre da Nene per la festa di compleanno di Fatty. I festeggiamenti si erano limitati a piatti di granchi bolliti al burro, liquore ambrato e bottiglie di birra, posacenere traboccanti di mozziconi umidi, fette di torta red velvet e accese discussioni dopo qualche partita a carte. Dalla mia sedia pieghevole accanto al fonografo, avevo guardato mia madre sorridere a Leap mentre annunciava che avrebbe avuto un figlio.

«Lui vuole una femmina, ma io spero sia maschio. Le femmine danno troppi problemi» mormorò a Fatty, e si diedero il cinque in segno d'intesa.

Le sue parole mi avevano fatto rabbrividire, e cercavo di farmi piccola nell'angolo contro il muro.

Dal momento che non mi aveva confiscato la chiave quando mi aveva buttata fuori di casa, salii con attenzione i gradini irregolari ed entrai.

Trovai Inez in piedi davanti a una pentola che odorava di chili. Faceva un po' caldo per quel piatto, ma di sicuro il profumo era invogliante. Inez non era una grande cuoca, ma il chili era la sua specialità e mi venne l'acquolina in bocca immaginandone il sapore. Spostai il peso da un piede all'altro, in attesa di qualcosa. Un sorriso, un abbraccio, la sua voce che sussurrava che era bello vedermi.

«Cosa ci fai qui?» Era rimasta con il cucchiaio di legno a mezz'aria.

«Io... Volevo solo vederti» ammisi, rendendomi conto mentre lo dicevo di quanto fosse vero.

«Beh, mi hai visto.»

La pancia le era cresciuta e il pensiero che mi balenò nella mente era che il suo bambino e il mio sarebbero potuti crescere come fratelli. "La mela non cade lontano dall'albero" diceva sempre Nene. L'idea mi disgustava e piantai le unghie nello schienale della sedia da cucina.

Dalla stanza accanto arrivava l'odore della sigaretta di Leap, e cercai di togliermi dalla testa il ricordo di lui che mi infilava la lingua in bocca.

«Chi è?» gridò. Lo sapeva che ero io.

Inez disse: «Nessuno, tesoro. Tra poco è pronta la cena».

Chiuse il coperchio della pentola, dandomi le spalle. «Torna da dove sei venuta, ragazza. Vagare nel cuore della notte vuol dire andarsi a cercare guai. E qui non c'è posto per te.»

«Mamma, io...»

Si girò verso di me. Volevo che dicesse qualcosa che alleviasse il peso che sentivo sul petto, ma i suoi occhi mi passarono da parte a parte.

«Vattene, ora. E lascia qui la chiave.»

Mi cadde di mano, finendo sul tavolo, e me ne andai dal suo appartamento. No, quella non era mai stata casa mia. E non avrei mai voluto che l'uovo dentro di me si sentisse così solo, senza una madre.

20
Ancora l'acqua

Eleanor

Eleanor si preparò una tazza di camomilla e se la portò nello studio. Nelle ultime settimane aveva trovato un tale piacere nel lavoro con la signora Porter che aveva chiesto a William di portarle a casa alcune borse e scatole, in modo da potersi occupare dei pezzi più importanti anche nei giorni in cui non era al campus.

Lavorare alla collezione della biblioteca faceva sentire Eleanor vicina al modo di essere di sua madre. Capì perché amava cucinare. Lavorare la pasta e livellare la superficie delle torte non era solo un mezzo di sostentamento, ma portava pace e ordine nella sua vita, la stessa sensazione che provava Eleanor rispetto al lavoro di archiviazione. Quando leggeva i saggi di chi era venuto prima di lei, studiava le loro fotografie, i disegni e i codici linguistici, si sentiva incaricata di preservare la storia.

In particolare, amava leggere le storie di donne indipendenti. La signora Porter l'aveva mandata a casa con una serie di articoli sulla vita di Dorothy Creole, da ordinare e catalogare. Eleanor estrasse i documenti dalla custodia protettiva, poi si raggomitolò sul divano e cominciò a leggere.

Dorothy Creole fu una delle prime donne nere della colonia olandese di Nuova Amsterdam, sull'isola di Manhattan. Arrivò intorno al 1627, portata con altre donne in stato di schiavitù perché i maschi avevano bisogno di mogli e le donne olandesi di governanti. Dorothy sposò Paulo d'Angola. D'Angola era il cognome più comune tra gli schiavi e significava che proveniva dall'Angola, in Africa. Un giorno del 1643, Dorothy si recò alla Chiesa Riforma-

ta Olandese per fare da madrina a un bambino nero di nome Antonio. Quando i genitori del ragazzo morirono poco tempo dopo, Dorothy e suo marito lo adottarono e lo crebbero come loro. Questa è una delle prime volte in cui i documenti pubblici mostrano persone nere che si prendono cura le une delle altre.

Eleanor si toccò la pancia. Non riusciva a immaginare che qualcun altro si prendesse cura del suo bambino oltre a lei. Rabbrividiva al solo pensiero.

Nel 1644, Paulo presentò una petizione per la loro libertà e la ottenne. Come contadini neri possedevano una striscia di terra larga due miglia tra quella che oggi è Canal Street e la 34ª, a Manhattan. Era conosciuta come la Terra dei Neri. Sebbene gli schiavi liberi non fossero trattati come i bianchi, erano proprietari terrieri. I neri ancora schiavi guardavano Dorothy e Paulo con speranza. C'era una via d'uscita dalla schiavitù.

In base alla classificazione decimale Dewey, la storia di Dorothy sarebbe stata classificata semplicemente sotto la voce 326: Schiavitù ed emancipazione. Ma come molti dei materiali archiviati da Eleanor, la storia di Dorothy Creole conteneva molte altre cose che annotò: schiavi, ex schiavi, adozione, proprietari terrieri, esecutori testamentari, storia olandese/storia di New Amsterdam.

Non le rimaneva che redigere una breve appendice e poi sarebbe andata a letto. Ma doveva essersi appisolata, perché un attimo dopo sentì William che la tirava per il braccio.

«Tesoro, vieni a letto» le disse, strofinandosi gli occhi.

Eleanor spostò documenti rimasti sulla sua pancia, rimise con cura le pagine nella custodia protettiva e seguì il marito al piano di sopra.

Qualche ora dopo, il campanello la svegliò. Arruffata, in vestaglia, Eleanor spalancò la porta e trovò Nadine sui gradini d'ingresso, in un abito elegante con un grande collo a balze.

Le sue mani curate erano posate sui fianchi. «Ohio, spero che tu non intenda uscire vestita così per andare a fare colazione.»

«Nadine.» Eleanor la condusse nell'atrio, al riparo dal sole del mattino. «Che bello rivederti.»

Si abbracciarono. Negli ultimi mesi, da quando Eleanor si era sposata e non viveva più nel campus, non si erano viste molto. Due settimane prima si erano incrociate in biblioteca e, tra risatine e abbracci, Nadine aveva incastrato Eleanor per colazione.

«Però mi sembra che tu sia appena scesa dal letto. Ti sei dimenticata del nostro appuntamento?»

«Ho dormito troppo» disse Eleanor scusandosi. «Colpa della gravidanza.»

«Fa un caldo pazzesco. Invece di andare a mangiare fuori, ti preparo qualcosa qui.» Si tolse le scarpe e le buttò in un angolo.

«C'è un sacco di cibo. Sono appena andata a fare la spesa» disse Eleanor, seguendo Nadine in cucina.

«Perfetto. La colazione è l'unico pasto che sono in grado di cucinare.»

«I grembiuli sono appesi nel ripostiglio delle scope» aggiunse Eleanor. «Sai come funziona la macchina per il caffè?»

«Lo scoprirò.»

«Non ti scottare, ragazza. Torno subito.»

«Mi piace come hai sistemato la casa, hai fatto molti progressi da quando ti sei trasferita» gridò Nadine dalla cucina.

In cima alle scale, Eleanor sbirciò verso la camera degli ospiti, ma sapeva che la visita di Nadine significava che non avrebbe avuto tempo per il suo rituale mattutino. E così recitò le sue preghiere mentre entrava nella doccia, sperando che bastasse.

Il profumo di pancetta e uova fritte attirò Eleanor verso il tavolo proprio mentre Nadine infilava le fette di pane bianco nel tostapane.

«Ohio, ma sei una meraviglia!» esclamò Nadine.

Eleanor indossava un abito a portafoglio con bottoni di perle lungo il corpetto e si era raccolta i capelli in uno chignon ordinato.

«Ho una visita medica. Non posso permettere che i colleghi di mio marito mormorino che sua moglie è trasandata» disse a Nadine, ma tra sé e sé pensò: "Soprattutto non posso dare ragione a Rose Pride quando sottolinea che non appartengo alla loro tribù".

«Mio padre mi ha prestato l'auto, posso darti un passaggio.»

«Perfetto.» Eleanor si versò una tazza di caffè mentre Nadine spegneva i fornelli.

«Spero non ti dispiaccia se ho sporcato la tua bellissima cucina.»

«Tesoro, ti prego. È bello che qualcuno cucini per me, tanto per cambiare. Che programmi hai per la giornata?»

«Subito dopo averti accompagnato, devo tornare all'ufficio di mio padre. Mi ha dato il tormento per tutta l'estate. Ricordami di non accettare mai più un lavoro per il mio vecchio.» Fece scivolare un piatto colmo verso Eleanor.

«Pensavo che voi due andaste d'accordo.»

«Come padre e figlia sì, come datore di lavoro e dipendente no.» Si sedette con il suo piatto e sorseggiò il caffè.

Mentre mangiavano, Nadine la aggiornò sulle novità in città. Chi si sposava, chi era stato lasciato.

«Ho sentito che Greta ha accettato un lavoro alla Dunbar High School. Forse riuscirà ad accalappiare un insegnante di biologia come marito.»

Eleanor si tamponò il grasso della pancetta all'angolo della bocca. «Mi farebbe molto piacere togliermela dai piedi, ma dubito che la famiglia di Greta le permetta di sposare un insegnante qualunque.»

«Sai, anche per lei passano gli anni. Rose Pride adora ancora la terra su cui cammina?»

Eleanor raccontò a Nadine la conversazione che aveva ascoltato per caso. Nadine andò su tutte le furie, esattamente come Eleanor si aspettava.

«Spero che questo bambino me la tolga di torno.» Eleanor diede un morso al suo toast. Nadine lo aveva spalmato di burro proprio come piaceva a lei. «A proposito del bambino, mi chiedevo se mi faresti l'onore di esserne la madrina.»

«Davvero?» Nadine strillò.

Eleanor annuì.

«William è d'accordo?»

«Certo.»

«Sarà un piacere» disse sorridendo. «Lo vizierò terribilmente, quel piccolino.»

«Ma senza esagerare» la rimproverò Eleanor.

Nadine lanciò un'occhiata all'orologio. «Caspita! Meglio se continuiamo a chiacchierare intanto che ci avviamo. Non voglio che tu faccia tardi e non posso sopportare un altro predicozzo da mio padre.»

Nadine accostò alla rotonda dello Howard University Hospital. Era lo stesso dove lavorava William, ma Eleanor non lo vedeva mai quando veniva per le sue visite di controllo. Era troppo impegnato con la specializzazione.

«Ciao ciao, e non sparire» gridò Nadine dal finestrino dell'auto.

Eleanor salutò ed entrò in ospedale. Subito fu sopraffatta dall'odore di alcol e disinfettante. Trattenne il respiro finché non entrò nell'ascensore, e arrivò al secondo piano senza incontrare nessuno.

La piccola reception era gelida ed Eleanor si pentì di non aver infilato in borsa una sciarpa. Dopo aver firmato il registro, si sedette e sfogliò l'ultimo numero della rivista «Life», con in copertina delle bambine che si tenevano per mano in spiaggia.

Nella sala d'aspetto c'erano altre due mamme in attesa. Quella seduta in diagonale rispetto a lei indossava una tutina con i pantaloni e la pancia era così enorme che sembrava in procinto di scoppiare. Nonostante il freddo, la signora si sventolava con la mano, mentre un bambino si arrampicava sui suoi piedi gonfi. La seconda donna indossava un abito a portafoglio simile a quello di Eleanor e sembrava essere di poche settimane avanti rispetto a lei. Incrociò lo sguardo di Eleanor e le sorrise con gentilezza. La donna col pancione fu chiamata per prima.

Quando se ne andò, la donna dal sorriso gentile si avvicinò e le chiese: «È la sua prima volta?».

«Sì.» Eleanor si schiarì la gola.

«E per lei?»

«Anche per me. Quando è previsto il parto?»

«All'inizio di gennaio.»

«Mi aspetto che il mio arrivi verso il giorno del Ringraziamento.»

«In tempo per le feste.»

«Che fortuna! Dovremmo scambiarci i numeri. Quando arriveranno i bambini, tutti i nostri amici senza figli ci abbandoneranno. Sarà bello avere qualcuno con cui parlare.»

Eleanor fu colta di sorpresa dalla sua schiettezza, ma anche rasserenata. Cercò nella borsa e annotò il suo numero.

«Sono Lois» disse la donna e prese il foglio.

«Eleanor.»

La donna venne chiamata prima che potesse dare a sua volta il numero a Eleanor.

«Ti chiamo io» disse avviandosi. «È stato un piacere conoscerti.»

Pochi istanti dopo, un'infermiera chiamò il nome di Eleanor e la condusse in una stanza, dove le disse che il medico sarebbe arrivato nel giro di pochi minuti.

Eleanor guardò gli anonimi poster floreali appesi alla parete, chiedendosi che aspetto avrebbe avuto il suo bambino. Avrebbe avuto il bel naso di William e gli zigomi alti di Eleanor? E di che colore sarebbe stato? Sapeva che Rose sperava che fosse quasi bianco, ma Eleanor pensava che un po' di colore avrebbe fatto bene alla famiglia.

Si sentì bussare e sulla porta comparve un uomo con gli occhiali dalla montatura metallica e i capelli brizzolati.

«Signora Pride. È un piacere rivederla.»

«Dottor Avery.» Eleanor si sollevò appena.

Mentre parlava si lavò le mani nel piccolo lavandino. «Oggi le esaminerò l'addome come parte della valutazione della diciottesima settimana. Se in qualche momento dovesse sentire dolore, me lo dica così riduco la pressione. Prenderemo anche alcune misure e poi rileverò il battito cardiaco del feto.»

Con la mano sinistra le palpò delicatamente l'addome. Poi premette con forza intorno al bacino. Gli occhi di Eleanor erano puntati sulla luce fluorescente, ma sentiva il palmo della mano del medico che si muoveva da un lato all'altro, dall'alto verso il basso.

«Stetoscopio di Pinard.» Il dottor Avery tese la mano e l'infermiera gli passò un corno di metallo cavo all'interno.

«Premerò il corno di Pinard sull'addome in modo da poter sentire i movimenti e il battito cardiaco del feto.»

Il dottor Avery appoggiò il corno, poi aumentò la pressione, il che indusse Eleanor a guardarlo in faccia. Lo vide aggrottare le sopracciglia. La sua pelle era così chiara che poteva vedere il soffuso calore sulle sue guance.

«Infermiera, mi faccia provare il fetoscopio.»

L'infermiera gli porse quello che sembrava uno stetoscopio, ma con una campana arrotondata alla base. Con i tappi nelle orecchie, il medico riprese a premere sull'addome con l'apparecchio.

«Quando è stata l'ultima volta che ha sentito il bambino muoversi?»

Eleanor ebbe un vuoto di memoria. Si sarebbe ricordata se fosse successo durante la colazione con Nadine, perché glielo avrebbe fatto notare.

«Di solito è più attivo di notte. Oggi non ricordo molti movimenti. Va tutto bene?»

«Dovrà spogliarsi dalla vita in giù.» Tolse il fetoscopio. «Devo esaminarla internamente. Non c'è nulla di cui preoccuparsi. A volte sono difficili da trattare, in questa fase.»

L'infermiera passò a Eleanor un camice da ospedale.

«Ci rivediamo tra pochissimo» disse il dottor Avery con voce lieve, ma lei sentì un pizzico di panico salirle in gola.

Con le mani tremanti Eleanor si tolse la gonna e le mutandine di cotone, ma decise che forse era meglio tenere le calze di nylon. Cercò di scacciare i pensieri più preoccupanti che le si stavano rapidamente addensando nella testa.

Il medico e l'infermiera tornarono, i volti impassibili. Pregava a voce così alta dentro di sé perché il suo bambino fosse sano e incolume che non riusciva a concentrarsi su nulla di ciò che le dicevano. Le parole le scivolavano addosso, mentre sentiva che le infilavano i piedi nelle staffe, le aprivano le cosce, le infilavano dentro uno strumento freddo, e dita in profondità, che frugavano, spingevano, tiravano.

«Ahi.» Scalciò cercando di liberare un piede, ma l'infermiera dal viso paffuto la tenne ferma, appoggiando gentilmente il palmo della mano sulla caviglia di Eleanor.

Le luci sul soffitto le facevano venire mal di testa. Il medico si tolse il guanto monouso. Eleanor vide del sangue sul polpastrello di plastica.

«Che succede?» chiese, gli occhi dilatati dalla paura.

Il dottor Avery sussurrò qualcosa all'infermiera.

«Tutto bene col bambino?»

«Ci dia qualche minuto, signora Pride. Torniamo subito.»

Eleanor notò che evitava di guardarla negli occhi. C'era qualcosa che non andava. La stanza sembrava ancora più fredda e lei si strofinò le braccia con le mani.

Quando vide William entrare per primo nella stanza, un groppo le chiuse la gola. Non era mai stato presente, in occasione delle sue visite. Aveva il volto cereo ed Eleanor cercò di leggere nei suoi occhi.

«Ti hanno chiamato? Che cos'ha il nostro bambino?»

Sul volto di William si fece strada il dolore. «Il dottor Avery ha detto che non c'è battito cardiaco.»

Il mondo intero le crollò intorno. «Chiedigli di provare di nuovo.» William le tese la mano, ma lei si tirò indietro. «No.»

«Signora Pride, non c'è movimento fetale. Temo che abbia avuto un aborto tardivo. Mi dispiace.» Eleanor non si era nemmeno accorta che c'era anche il dottor Avery, finché non sentì la sua voce.

Non c'era più aria nella stanza, Eleanor si sentiva soffocare, come se la sua stessa saliva le impedisse di respirare. Scosse furiosamente la testa. «No. Sono fuori dalla zona di rischio.»

«Ci dispiace molto» rispose lui. «È raro, ma succede.»

«Vi sbagliate. Per favore, controllate di nuovo» disse Eleanor, afferrandosi la pancia.

William cercò di abbracciarla, ma lei si divincolò. «Non è vero, non sta succedendo.»

«Sappiamo quanto è difficile, signora Pride, e ci dispiace molto per lei.» Si rivolse poi all'infermiera, parlando sottovoce: «Per favore, prepari i documenti per farla ricoverare in sala travaglio e parto».

«Travaglio e parto?» esclamò Eleanor.

«Con gli aborti spontanei tardivi, dobbiamo far nascere il feto, espellerlo dall'utero. Indurremo il travaglio e dovremo farlo in fretta.»

Eleanor non riusciva a credere che stesse succedendo di nuovo.

«Supereremo anche questo» sussurrò William. Ma Eleanor non voleva superarlo, voleva il suo bambino. Vivo, tra le sue braccia, nella sua vita, a riempire la loro casa.

«Mi dispiace tanto, amore.» La sua voce vacillò ed Eleanor percepì l'entità della sua delusione. Lei aveva sposato un uomo perfetto. Lui aveva sposato una macchina difettosa.

Le porte dell'ascensore si aprirono al sesto piano e, mentre l'infermiera la spingeva lungo il corridoio, Eleanor fu sommersa dai gemiti delle donne in varie fasi del travaglio. Proprio mentre entrava nella stanza, sentì il debole richiamo di un neonato affamato di latte materno. Le lacrime le salirono agli occhi e si rannicchiò su sé stessa.

Non era giusto.

William si era fermato a firmare i documenti. In qualche modo, l'infermiera era riuscita a coricarla nel letto. Poi arrivò il dottor Avery, che le spiegò cosa sarebbe successo in seguito.

«Inizierò con la somministrazione di Pitocin. Trenta gocce al minuto per avviare il travaglio. Dovremmo essere in grado di rimuovere il feto nel giro di poche ore. Tornerò a controllarla.»

Un'altra infermiera le collegò la flebo, poi rimase sola. Le persiane erano aperte e vedeva l'albero fuori dalla finestra che spargeva petali rosa al vento. Le lacrime le rigavano le guance. La porta della stanza si aprì e William entrò, con passo incerto. Nel vederlo, Eleanor cominciò a singhiozzare più forte.

«Eccomi, sono qui. Va tutto bene.» Gli permise di abbracciarla.

«Non è vero.» Spinse il viso contro il suo. «È tutta colpa mia.»

«Non dire così.»

Eleanor si asciugò le guance con il dorso delle mani. «Avevo un rituale, una routine. Ogni mattina, dopo che eri uscito per andare al lavoro. Andavo nel mio armadio delle preghiere e chiedevo la benedizione per il bambino. Questa mattina è stata la prima volta che non l'ho fatto. Mi sono svegliata tardi e Nadine...»

«Elly, non è colpa tua.»

«Invece sì.»

«È un imponderabile atto della natura. Non incolpare te stessa. Non potevi impedire che accadesse. Nemmeno con la preghiera.» La lasciò singhiozzare sul suo petto finché non le rimase più nemmeno una lacrima.

21
Ultimatum

Ruby

All'inizio di agosto non avevamo ancora trovato una soluzione al mio crescente problema. Io e zia Marie avevamo deciso di smettere di parlarne, come se il nostro silenzio potesse cancellare tutto. Un paio di volte portò ancora a casa degli intrugli che avrebbero dovuto far sparire l'uovo, ma riuscivano solo a farmi vomitare. Se i miei calcoli erano giusti, stavo per arrivare alle quindici settimane. Il tempo a mia disposizione per risolvere la questione stava per scadere.

Eravamo nel bel mezzo di un'ondata di caldo che durava da tre giorni e non importava cosa facessi per rinfrescarmi, la mia pelle era sempre umida. Mi sembrava di cuocere dall'interno. Per sfuggire all'umidità appiccicosa, gli uomini del quartiere usavano una chiave inglese per aprire a forza l'idrante per gli incendi. Per gran parte degli abitanti del quartiere, buttarsi di corsa sotto il getto d'acqua era la cosa più vicina a un tuffo in piscina. La maggior parte delle piscine a Philadelphia erano «solo per bianchi» e, anche nelle rare occasioni in cui il bagnino ci lasciava entrare, dovevamo stare attenti che non avessero lasciato chiodi sul fondo della vasca o non avessero messo acido o candeggina nell'acqua, per dissuaderci dal tornare. Avevamo sentito storie terribili.

Mi affacciai alla finestra per cercare di catturare un po' di brezza. In basso, una frotta di bambini con i jeans tagliati strillavano come aquile, i piedi nudi che tamburellavano sull'asfalto nero della strada. Il sudore mi si raccoglieva tra i seni pesanti e mi ristagnava alla base della spina dorsale.

«Un'ultima mano di ramino prima che vada al lavoro» mi disse zia Marie dal divano, mescolando il mazzo di carte. Indossava un reggiseno logoro con sopra una salopette scolorita.

«Per stavolta ti farò vincere.»

«Ragazza, ti ho insegnato io a giocare.»

«E l'allieva ha superato la maestra.»

«Bugiarda!» sghignazzò la zia, distribuendo le carte.

Mi ero seduta sul pavimento su un cuscino piatto come una sogliola, e stavo sistemando le mie carte quando sentimmo bussare alla porta. Colpi che trasmettevano un senso di urgenza, come se fosse la polizia. Zia Marie tastò sotto il divano per verificare che la sua calibro .22 fosse dove l'aveva lasciata, poi si alzò di scatto dalla sedia per andare a guardare dallo spioncino.

Dalla porta, con mia sorpresa, fece il suo ingresso la madre di Shimmy. Non un capello fuori posto, non una spiegazzatura anche microscopica sulla camicetta di maglia e sulla gonna a tubino. Anche se ci stavamo sciogliendo nel caldo opprimente portava i guanti di pizzo, le mani unite davanti a sé.

«Signora Shapiro. L'affitto scade alla fine della settimana» disse zia Marie, un fianco proteso in avanti.

«Mi scuso per l'intrusione» rispose la signora Shapiro, lasciando scorrere lo sguardo sulla stanza. Le lenzuola sbiadite attaccate alla finestra a mo' di tende, la vernice scheggiata che si staccava dalle pareti, le crepe nel parquet che intrappolavano lo sporco pochi secondi dopo aver finito di pulirlo, le mutande e i reggiseni lavati a mano che sembravano più che altro stracci per la polvere appesi ad asciugare sugli schienali delle sedie spaiate della cucina. Non avevo notato fino a quel momento l'odore di ombrina e gombo fritti che ancora aleggiava nell'aria dalla sera prima, e il gocciolio costante del rubinetto che perdeva, e che il signor Shapiro non aveva ancora fatto riparare. Non riuscivo neanche a immaginare quanto le nostre condizioni di vita dovessero sembrare miserabili, viste con lo sguardo acuto della signora Shapiro.

«Sarò breve.»

«Vuole sedersi?» Zia Marie tolse la nostra biancheria dalla sedia più vicina e la spinse in avanti verso di lei.

La signora Shapiro si portò una mano alla gola, ma non si avvicinò neanche alla sedia. Sembrava che evitasse di proposito il contatto visivo, e preferisse fissare un chiodo piantato nel muro sopra la stufa. «Non so se la ragazza le ha detto che ho beccato lei e mio figlio insieme.» Continuò a rivolgersi al chiodo. «Sappiamo sia lei che io che sono troppo giovani per affrontare tutto questo. Si rovinerebbero la vita. Lei poi, che è così intelligente... Sei nel programma *We Rise*, giusto?»

«Sì, signora.» Mi alzai in piedi e andai accanto alla stufa per poterla vedere meglio.

«Hai la prospettiva di una borsa di studio, non credo che tu voglia perdere un'opportunità così prestigiosa.»

«Cosa sta cercando di dirci, signora Shapiro?» Dal modo in cui zia Marie stringeva le dita, capii che stava perdendo la pazienza nei confronti di quella donna bianca che se ne stava lì nel nostro spazio vitale. Anche se, tecnicamente, quella donna bianca ne era la proprietaria. Zia Marie comunque pagava l'affitto, quindi l'ultima parola era sua.

«Voglio aiutarvi a risolvere la faccenda.» La signora Shapiro sollevò il mento e si sforzò di sorridere, finalmente rivolgendosi alla zia.

«Dica pure.» Zia Marie la fissò.

«Ebbene, nei rari casi in cui questo genere di sventura capita nella nostra comunità, mandiamo via le ragazze.»

«Non abbiamo una famiglia al sud, se è questo che pensa.»

«Le mandiamo in una casa di accoglienza per donne nubili finite nei guai.» Mi guardò per la prima volta. «Mi sono informata, con discrezione ovviamente, e ho trovato un posto a Washington D.C., specializzato in questo genere di situazioni. È costoso, ma sono disposta a farmene carico io.»

«Vuole che mia nipote vada lì a fare cosa?»

La signora Shapiro si torse le mani. «Prenderanno il bambino e lo piazzeranno in una casa amorevole, con genitori meravigliosi. Sarà la cosa migliore per tutti.»

«La cosa migliore per lei e la sua famiglia» disse zia Marie con una smorfia.

«In tutta sincerità, non sono neanche sicura che sia responsabilità di mio figlio, ma sono disposta ad aiutarvi.»

Abbassai la testa e ingoiai l'urlo che mi saliva in gola: Shimmy era l'unico ragazzo con cui ero mai stata.

Zia Marie intervenne. «Stronzate. Se non fosse certa che è stato suo figlio, non sarebbe qui.» Schiacciò una zanzara tra le mani larghe e la soffiò per terra. «Quel ragazzo ha perso la testa per questa ragazza e lei lo sa.»

La signora Shapiro si inalberò. «Beh, io dico solo che questo le permetterà di ottenere quella borsa di studio e di andare all'università. Facendo finta che questa cosa orribile non sia mai accaduta.»

«Come fa a esserne così sicura?» dissi con voce roca. «Voglio dire, parla della borsa di studio a Cheyney?»

«Sono nel consiglio di amministrazione, cara, ci penserò io a sistemare le cose. Sempre che riusciamo a trovare un accordo» concluse, con un cenno della testa.

«Ne parleremo.» Zia Marie era immobile, entrambi i piedi piantati saldamente a terra in un modo che sembrava voler dire che la conversazione era finita.

La signora Shapiro si tamponò le sopracciglia con il dorso della mano guantata. «Nella casa di accoglienza ci sono solo quattro posti per le ragazze nere. Da stamattina ne è rimasto solo uno. Dobbiamo fare in fretta... prima che cominci a vedersi. Per favore, non metteteci troppo tempo a decidere.» Frugò nella borsetta e mi tese un opuscolo. Sulla copertina lucida c'era la fotografia di un'imponente casa in mattoni rossi.

«È davvero la cosa migliore, cara. Pensa al tuo futuro.»

«Ho detto che ci penseremo» ribadì decisa zia Marie, avvicinandosi alla signora Shapiro finché questa girò sui tacchi e uscì. «Buona giornata.»

Shimmy lo sapeva che sua madre era venuta da me con questa proposta? Non l'avevo più visto, da quando mi aveva chiesto di sposarlo nel retro del negozio di dolciumi. Mi aveva chiamato al telefono un paio di volte per sapere come stavo e per dirmi che sua madre lo aveva esiliato a Brooklyn, con la scusa che lo zio aveva bisogno del suo aiuto. Entrambi sapevamo bene che ci stava semplicemente tenendo separati. Mi aveva promesso di tornare al più presto e mi aveva ripetuto più volte che non mi stava abbandonando, che eravamo insieme in quella storia. Ma ad affrontare la situazione lì c'ero io da sola.

Zia Marie andò al rubinetto che perdeva e lo aprì, lasciò scorrere l'acqua e si riempì una tazza. Aveva il labbro superiore imperlato di sudore, lo stesso che iniziava a ricoprirle la fronte. Chiuse gli occhi e sembrò vacillare, in preda a una vampata di calore. A volte, quando le capitava, mi raccontava di aver avuto qualche piccola premonizione sul futuro. Speravo fosse così anche adesso.

«Cosa devo fare?»

«Sei abbastanza grande da aprire le gambe davanti a un ragazzo ebreo, sei abbastanza donna da prendere una decisione.» Deglutì, e il suo tono brusco mi fece irrigidire.

Tutta la situazione faceva sembrare ciò che io e Shimmy avevamo condiviso volgare e stupido, invece che bello.

Zia Marie si chinò a raccogliere le carte.

Mi risedetti sul cuscino ed esaminai l'opuscolo. La didascalia in alto recitava: «Gli errori possono essere corretti e Dio perdona». Sotto gli occhi mi scorrevano immagini di sorridenti ragazze bianche sedute sotto un albero, con i libri in grembo.

Appoggiai la brochure aperta sul tavolo e provai un approccio diverso. «Come faccio a decidere cosa fare, zia?»

«Sei pronta a rimanere legata a un bambino che non puoi sfamare perché non guadagni un cazzo facendo le pulizie per i bianchi, o vuoi andare all'università e diventare medico?» Scartò una carta, poi fece segno che era il mio turno. «Diavolo, la scelta a me sembra facile. Rimanere povera come tutti noi, o darsi da fare e lottare con le unghie e con i denti per uscirne fuori.»

22

Finestra sull'oscurità

Eleanor

Tutto il corpo di Eleanor grondava sudore, le viscere imploravano di essere liberate. Nonostante l'imbarazzo, non riusciva più a trattenersi. Ben presto l'odore pervase ogni angolo della stanza e fu felice che i mariti non fossero ammessi durante il travaglio e il parto. L'infermiera la pulì rapidamente.

«Ancora» ordinò il dottor Avery. «Quando sente i crampi, spinga seguendo la contrazione.»

Aveva rifiutato la morfina che avrebbe dovuto alleviare il dolore. Si meritava la punizione, voleva provare tutte le sofferenze che comportava spingere fuori un bambino che non avrebbe potuto portarsi a casa. Eleanor spinse stringendo i denti, finché non sentì un getto d'acqua tra le gambe. Un dolore accecante le dilaniò il ventre.

«Ancora una volta» la incitò il dottor Avery.

Un grido animalesco le uscì dalle labbra, poi sentì qualcosa di minuscolo scivolare fuori. E nessun pianto. Nella stanza calò un silenzio tombale.

Dopo aver frugato tra le sue gambe, il dottor Avery consegnò il fagotto senza vita all'infermiera, che lo avvolse in fretta in una coperta, ma non prima che Eleanor riuscisse a scorgere un piccolo piede viola, perfettamente formato, con tutte le dita e le unghie.

«Aspetti» gridò debolmente, ma l'infermiera le voltò le spalle e uscì dalla stanza.

«Cerchi di riposare un po', adesso. È stata brava» disse il dottor Avery e si chiuse la porta alle spalle.

Come si può essere brave a dare alla luce un bambino morto?

Una seconda infermiera le passò un panno umido tra le gambe. «Signora, dobbiamo liberarci anche della placenta.»

Eleanor usò le sue ultime forze e si impegnò, spingendo e grugnendo sommersa dal dolore per altri dieci minuti, prima che anche la placenta uscisse. Sembrava più voluminosa del bambino che aveva fatto nascere.

L'infermiera le mise un panno pulito tra le gambe per tamponare il sanguinamento e poi passò a Eleanor due pillole e un bicchiere di carta con un po' d'acqua.

«Queste la faranno sentire meglio.»

«Dov'è mio marito? E dove hanno portato il mio bambino?»

«Si riposi un po', signora Pride. Suo marito arriverà tra poco.»

Eleanor si sentiva ormai allo stremo. Ingoiò le pillole e fu felice che avessero la decenza di fare effetto quasi subito.

Quando si riprese, la stanza era buia. Si guardò intorno e si portò le mani alla pancia. Aveva sete, si passò la lingua sulle labbra e sussurrò: «Dov'è il mio bambino?».

Guardò il barlume di luce che entrava da sotto la porta, e chiamò più forte: «C'è nessuno?».

Eleanor si spinse fino al bordo del letto e cercò di alzarsi. La flebo attaccata al braccio le impediva di muoversi, così la tirò fuori. «Il mio bambino.»

Le gambe le tremavano, ma riuscì ad arrivare alla porta e ad aprirla. Nella postazione delle infermiere c'erano due donne, che si stavano mangiando un tubo di cracker Ritz.

«Signora Pride, cosa sta facendo? Non dovrebbe alzarsi dal letto» esclamò una di loro, allarmata.

Eleanor sentì un fiotto di liquido scenderle lungo la coscia. «Portatemi il mio bambino» disse, battendo i denti.

«È in stato di choc.» L'infermiera si precipitò verso Eleanor, mettendole un braccio intorno alle spalle. «Va tutto bene.»

«Dove cazzo è il mio bambino?» Dalle labbra di Eleanor volarono gocce di saliva.

L'infermiera cercò di riportarla verso la stanza, ma Eleanor si divincolò. «Portatemi il mio bambino. Voglio il mio bambino, subito.» Aveva preso un tono bellicoso, lei stessa si sentiva tale, ma i denti non smettevano di battere né l'indignazione di traboccare dalle sue labbra.

Unendo le forze, le infermiere la trascinarono nella stanza afferrandola per le braccia.

Anche sul letto Eleanor non smise di agitarsi. «Voglio il mio bambino. È il mio bambino. Il mio bambino dolce.»

Tenendola ferma, una delle infermiere le fece un'iniezione. Eleanor aprì la bocca, ma la voce l'aveva abbandonata. Spalancò gli occhi e infine crollò.

Ore dopo, il sole del mattino premeva forte contro le veneziane, creando un alone intorno al mazzo di fiori sul davanzale. William dormiva sulla sedia accanto a lei, con indosso ancora i vestiti del giorno prima. Lei girò il viso sul cuscino e lo guardò. Che delusione doveva essere per lui questo matrimonio. Avrebbe dovuto fuggire lontano da lei quando ne aveva avuto l'occasione.

William si agitò e, dopo un minuto, aprì gli occhi. «Ehi.» Aveva un'aria arruffata ma allo stesso tempo era bellissimo. Dio, quanto lo amava! E quanto odiava essere per lui fonte di una tale delusione. William le aveva dato il mondo, e lei non era riuscita a dargli nemmeno un figlio.

William si passò le dita tra i capelli, rivolto verso il nuovo giorno. «Ti senti bene?»

Il labbro inferiore di Eleanor fremette e lei scosse la testa. In un attimo, William era già seduto sul letto accanto a lei per abbracciarla, stringendola per quanto possibile nelle sue condizioni. Un singhiozzo gli sfuggì dalle labbra, ma subito lo represse. Di norma William era per lo più solido e pacato, e non c'era molto che lo turbasse. Vederlo in preda alle emozioni la fece singhiozzare ancora di più. Si sentiva responsabile del suo dolore.

«Riusciremo a superare anche questo, tesoro.» Appoggiò la fronte alla sua e la guardò negli occhi. «Sei giovane e sei così bella.» Sorrise in modo irresistibile. «E visto che non riesco a toglierti le mani di dosso, concepiremo di nuovo in men che non si dica.»

Le baciò le labbra e, mentre Eleanor si lasciava andare contro il suo petto, dalla porta arrivò un lieve bussare. William si alzò in piedi raddrizzando il colletto della camicia.

Il dottor Avery entrò nella stanza. «Buongiorno, signora Pride. William. Mi dispiace disturbarvi.» Si aggiustò gli occhiali sul naso.

Eleanor non si preoccupò nemmeno di cercare di mettersi in ordine per accogliere il dottore.

«Dottore, è un piacere vederla.» William fece un passo avanti e gli strinse la mano.

«Vorrei proprio che fosse in circostanze diverse. Come ci aspettavamo, il feto è nato morto. La bambina non aveva alcuna possibilità di sopravvivere.»

"La bambina." Eleanor aveva avuto ragione. Aveva portato in grembo una figlia. Le labbra del dottor Avery continuarono a muoversi, ma le sue condoglianze non servirono a tranquillizzarla.

«So che ha fatto tutto il possibile, dottore. Lasceremo che Eleanor si riprenda un po' e poi riproveremo.»

Le guance del dottor Avery si arrossarono. «Dato che questo è il suo terzo aborto spontaneo, signora Pride, le consigliamo di non riprovarci. La prossima volta, potrebbe mettere in pericolo la sua stessa vita.»

«Intende dire il secondo» lo corresse William. «È solo il secondo.»

Il medico guardò i suoi appunti e poi fissò Eleanor per avere un chiarimento. Lei rimase a bocca aperta. Senso di colpa e panico le si intrecciarono nel petto, un groppo in gola le impediva di parlare. Avrebbe dovuto saperlo che prima o poi sarebbe venuto quel momento, e ciò che giaceva nell'oscurità sarebbe venuto alla luce e William non avrebbe potuto fare a meno di vedere.

Chiudendo la cartellina, il dottor Avery abbassò lo sguardo. «Di nuovo, mi dispiace molto per voi. Fatemi sapere se c'è qualcosa che posso fare.»

«Non capisco bene.» William spostò lo sguardo dal dottor Avery a Eleanor.

«Vi lascio soli» disse il medico, uscendo dalla stanza.

Una volta chiusa la porta, William si girò verso di lei. «Elly, che succede? Perché ha detto terza volta?»

«Perché...»

«Perché cosa?» Si avvicinò di più. Così vicino che lei poteva vedere l'ombra di barba di due giorni che gli punteggiava il mento.

«Io...» Tremava e aveva la bocca secca. Era il segreto che sua madre le aveva detto di portarsi nella tomba. "Nessun uomo vuole sposare una donna sporca e la sua merce avariata."

«Sono rimasta incinta al liceo dopo la mia prima volta, e ho perso anche quel bambino.»

La faccia di William si accartocciò, come se lei gli avesse sferrato un pugno a tradimento. «Io pensavo che tu fossi vergine.»

«Io non l'ho mai detto.» Non riusciva a guardarlo. Era vero; Eleanor non l'aveva detto, ma era sicuramente colpevole di averlo lasciato intendere.

Lui storse il naso e ringhiò a denti stretti. «Come hai potuto tenermi nascosta una cosa così?»

Eleanor non lo aveva mai visto così sconvolto e si portò le mani al volto. «Non volevo che mi guardassi in modo diverso. Mi dispiace tanto.»

William recuperò la giacca e la cravatta dallo schienale della sedia. «Vado a prendere un caffè.»

«Per favore, aspetta» lo chiamò lei, ma la porta si chiuse alle sue spalle con un tonfo.

Lacrime fresche le rigarono le guance ed Eleanor si strinse le braccia al petto. Non sapeva nemmeno più per cosa stesse piangendo. La bambina che aveva perso. I tre bambini che aveva perso. William che scopriva che lei si era concessa a un altro uomo prima che si conoscessero. Quell'espressione tradita nei suoi occhi, mentre se ne andava infuriato. O il puro e semplice fatto che non ci sarebbe stato un figlio o una figlia a legarli, per tutta la vita.

William era stato via così a lungo che l'infermiera di Eleanor aveva fatto in tempo a farle una spugnatura, verificare che l'emorragia fosse sotto controllo e cambiare le lenzuola prima che lui tornasse. Eleanor era avvolta in una vestaglia pulita, e si stava sistemando i capelli a formare delle morbide onde, quando lui entrò dalla porta. Non disse nulla mentre posava la tazza di caffè vuota sul vassoio vicino a lei e si lasciava cadere sulla sedia accanto al letto.

«Ehi.» Eleanor intrecciò le mani in grembo. Sapeva di dover attraversare il fuoco e raccontare tutto a William, ma era terrorizzata dal fatto che la loro unione potesse non farcela a superare le fiamme.

«Hai mangiato?»

«Non molto.»

«Devi tenerti in forze.»

«William?» Finalmente lo guardò negli occhi. «Era da poco che avevo scoperto di essere incinta. Ho abortito ancora prima di capire cosa volevo fare. Mia madre mi disse che era Dio che mi dava una seconda possibilità. Mi disse che avevo bisogno di ricominciare da capo. Per questo mi sono iscritta alla Howard, invece che a un'università più vicina a casa.»

William rimase in silenzio. Le mascelle serrate.

«Mi dispiace. È l'unica cosa che non ti ho detto di me. Ti prego, perdonami.»

William si rigirava la fede intorno al dito tra pollice e indice. «Ormai è andata così e basta. Possiamo solo concentrarci sul nostro futuro.»

Eleanor tirò un sospiro di sollievo: William non l'avrebbe lasciata, avrebbero superato il dramma insieme.

«Niente più segreti» ribadì lui, mentre l'infermiera entrava con la cena. Purè di patate con polpette, insalata verde, succo d'arancia e acqua calda per il tè.

Quando l'infermiera se ne andò, William si alzò. «Devo andare al lavoro. Passerò a darti un'occhiata quando potrò.» La baciò sulla fronte, ma le sue labbra le sfiorarono appena la pelle.

Quella notte Eleanor dormì male, e quando si svegliò William non era sulla sedia accanto al letto. Sul comodino c'erano una brocca d'acqua e una tazza di plastica, e lei stava cercando di prenderla quando sentì bussare alla porta. Si aspettava di veder entrare l'infermiera di turno, invece alzando lo sguardo vide sulla soglia una donna bianca, piuttosto anziana.

«Buongiorno signora Pride, sono madre Margaret» disse la donna, attraversando la stanza con passo deciso. Indossava una tonaca nera, la pelle sotto il mento così pendula da far pensare a un tacchino il Giorno del Ringraziamento. Una pesante croce d'oro le ricadeva sul petto.

«So che sta affrontando una prova molto dura. Le porgo le mie più sincere condoglianze. Posso?» E indicò la sedia.

«Sì, certo.» Eleanor si aggiustò il lenzuolo.

La donna accostò la sedia al lato del letto e pose la mano sulla gamba di Eleanor. «Probabilmente pensa che questa sia la disgrazia peggiore che le potesse capitare. Ma sono qui per farle sapere che Dio opera in tanti modi misteriosi.»

«Come, scusi?» Eleanor sollevò la testa di scatto. Dio l'aveva chiaramente abbandonata. Si era rivolta a Lui mettendosi ogni giorno in ginocchio, per mesi, ma Lui non aveva risposto alle sue preghiere.

Madre Margaret intrecciò le mani in grembo e sembrò aspettare, finché non fu sicura di avere di nuovo la piena attenzione di Eleanor.

«Signora Pride, io dirigo una casa per madri nubili, non lontano da qui. Abbiamo un numero limitato di bambini perfettamente sani che nascono da ragazze nere che si sono messe nei guai. La maggior parte proviene da famiglie ben educate e istruite, alcune sono di razza mista.»

Eleanor stropicciò il lenzuolo con le dita. «Perché mi sta dicendo tutto questo?»

«Lo so, sta accadendo tutto in fretta.» La suora infilò la mano in una tasca del suo abito nero e tirò fuori un biglietto da visita che allungò a Eleanor. «Sarò lieta di incontrare lei e suo marito, quando lascerete l'ospedale. Credo che questa alternativa possa andare bene per entrambi. Sarebbe un peccato che una coppia prospera come voi rinunciasse alla gioia di diventare una famiglia.»

Eleanor non voleva il figlio di qualcun altro, voleva il suo. Voleva un figlio con il sorriso e gli occhi di William.

La suora si alzò e prese le mani di Eleanor. «Posso pregare per lei?»

Eleanor non desiderava altro che essere lasciata in pace. Fece cenno di sì, qualsiasi cosa purché quella donna se ne andasse.

Le mani di madre Margaret erano gelide e screpolate, ma la sua voce era potente.

Ave, Maria, piena di grazia, il Signore è con te.
Tu sei benedetta tra le donne e benedetto è il frutto del tuo seno, Gesù.
Santa Maria, Madre di Dio, prega per noi peccatori ora e nell'ora della nostra morte.
Amen.

Madre Margaret si fece il segno della croce e poi si accostò alle labbra il crocefisso d'oro che portava al collo. «Spero che le abbia dato conforto.»

Eleanor annuì per rispetto nei confronti della suora, ma tutto ciò che provava era tristezza – e il bisogno irrefrenabile di urinare.

«Signora Pride, abbiamo a cuore la riservatezza. Le assicuro che nessuno, a parte suo marito, lo verrà a sapere. La prego, ci pensi bene. C'è un bambino che fa per lei.»

Chiuse la porta dietro di sé.

Eleanor si rigirò il biglietto da visita tra le mani, poi lo infilò sotto il cuscino.

23
Cosa è giusto

Ruby

Nei giorni successivi lessi l'opuscolo sulla casa di accoglienza per «ragazze cadute» così tante volte da memorizzarne intere sezioni. Zia Marie mi aveva dato la sua opinione, ma avevo bisogno di parlarne con Shimmy. Avevo cercato di contattarlo dopo che era passata sua madre, una settimana prima, ma senza mai riuscirci.

Venerdì sperai che quello fosse il fine settimana in cui i suoi genitori gli avrebbero permesso di tornare a casa da Brooklyn. Nonostante il caldo, indossai una maglietta rosa e dei pantaloncini, mi portai fuori un romanzo e mi sedetti sui gradini ad aspettare. Alzavo la testa ogni volta che sentivo il rumore della porta del negozio di vernici, ma Shimmy non compariva. L'uomo dei ghiaccioli passò per la strada con il suo cappello da cowboy. Pagai un nichelino per un ghiacciolo alla ciliegia, che mi macchiò i polpastrelli e mi arrossò la lingua.

Quando il sole si spostò verso il mio lato della strada, il sudore mi aveva già inzuppato la maglietta sulla schiena. Raccolsi le mie cose e rientrai in casa, ma l'appartamento al terzo piano non era molto più fresco. Il caldo, unito alla preoccupazione sul da farsi, mi faceva pulsare le tempie. Decisi di provare ancora una volta a casa di Shimmy. Ma fu sua madre a rispondere, dopo il primo squillo.

«Hai preso in considerazione la mia proposta, cara?» mi chiese a mo' di saluto. Quel «cara» non suonava particolarmente affettuoso, sulle sue labbra.

«Signora, per favore, speravo di poter parlare con Shimmy.»

«Shimmy rimarrà a Brooklyn ancora per parecchio tempo, ma ti assicuro che siamo d'accordo su questa faccenda. Lui stesso ha riconosciuto di non essere abbastanza maturo per portare avanti quello che voi due stavate progettando. Questa è la scelta migliore per entrambi.»

Feci una pausa. «Potrebbe darmi un numero di telefono a cui posso chiamarlo? Quello che ho continua a suonare a vuoto.»

«Temo di no.» Rimase un attimo in silenzio. «Ti do un consiglio. Quando una ragazza si trova in difficoltà, è meglio che prenda le decisioni più opportune per il proprio bene. Considera il futuro brillante che potresti avere. Un figlio non farebbe altro che impedirti di raggiungere i tuoi obiettivi.»

Ingoiai il groppo che mi si era formato in gola e chiesi: «È sicura di potermi garantire la borsa di studio completa per tutti e quattro gli anni?».

«Sì, ne sono certa.» La sua voce suonava rassicurante. Lo voleva quanto me.

Mi tremarono le ginocchia. Con Shimmy lontano «ancora per parecchio tempo», come aveva appena detto sua madre, non avevo molte alternative.

«Va bene.» Il mio stomaco brontolò come in segno di protesta. Ma io buttai fuori le parole su cui avevo rimuginato per tutto il giorno. «Per favore, prenda tutti gli accordi necessari.»

Lei sospirò, chiaramente sollevata. «Splendido! Non te ne pentirai, credimi. Mi occuperò io di tutti i dettagli e mi farò risentire presto.»

Quando comunicai a zia Marie la mia decisione, lei fece redigere al proprietario di Kiki's un contratto che riportava tutti i fatti e le promesse che avevamo concordato. Quando portò a casa i documenti da firmare, mi spiegò la sua idea.

«I bianchi hanno la memoria corta. Così siamo sicuri che non gli venga voglia di farci qualche scherzetto. Non voglio andare in prigione per aver preso a calci in culo una donna bianca.» Mi passò una penna con l'inchiostro nero.

Mentre la settimana passava, cercai di non pensare all'uovo che mi cresceva dentro. Quando mi sentivo male, mi dicevo che era come quando mi veniva l'influenza. Cercavo di non pensare nemmeno a Shimmy. Credevo che a quel punto mi avrebbe almeno chiamata. Mi faceva arrabbiare la facilità con cui i ragazzi sparivano e lasciavano alle ragazze tutta la responsabilità di portare il bagaglio. Shimmy non avrebbe avuto problemi a tornare all'università per il secondo anno, invece io avrei perso l'intero semestre autunnale del mio ultimo anno di liceo. La signora Shapiro disse che sarei stata in grado di seguire le lezioni di base durante la mia assenza, e che si sarebbe accordata con la signora Thomas per farmi mandare tutti i compiti per *We Rise*, in modo che non rimanessi indietro e fossi ancora in grado di ricevere la borsa di studio. Fu sua anche l'idea di spiegare la mia assenza con un prestigioso stage a Washington, che mi avrebbe tenuta impegnata per qualche mese. Lo dissi anche a Inez, nella remota possibilità che mi cercasse mentre ero fuori città.

Il periodo subito prima della mia partenza fu terribilmente solitario. Per lo più me ne rimasi chiusa in casa con i miei pennelli e le tele, ma senza riuscire a mitigare la tristezza che provavo. E nemmeno il senso di colpa e la costante vergogna.

Alla fine di agosto, ormai incinta di diciannove settimane, la signora Shapiro mi telefonò per dirmi che sarebbe passata a prendermi prima dell'alba del giorno seguente per accompagnarmi alla casa di accoglienza per madri nubili. Sospettavo che l'unico motivo per cui aveva deciso di accompagnarmi di persona fosse perché voleva essere sicura che non scappassi.

La mattina dopo, zia Marie si alzò presto e mi preparò un sandwich con due fette di maiale impanato, da portarmi per il viaggio.

«Hai messo in valigia abbastanza biancheria pulita?»

Indicai le due borse di tela appoggiate accanto alla porta e annuii.

«Assicurati di lavare le mutandine ogni sera. Non voglio che tu vada in giro con le mutande sporche e che i bianchi dicano che non hai ricevuto un'educazione in casa tua» mi ammonì. Proprio in quel momento, non riuscii più a trattenermi e cominciai a piangere.

«Su col morale» disse zia Marie. «Sai che puoi chiamarmi a casa quando vuoi, mia piccola milionaria di Wall Street.»

«Ma ho paura» mormorai.

«Sii forte. Quando tornerai, potrai concentrare tutte le tue energie per diventare la più grande milionaria di Wall Street che questa famiglia abbia mai conosciuto. Capito?»

Mi asciugai le lacrime sul suo grembiule hawaiano a fiori.

«Adesso vai.» Mi diede una piccola spinta.

Presi le due borse e scesi le scale. La Ford blu era parcheggiata nel vicolo. Quando aprii la portiera posteriore dell'auto, vidi che Shimmy era sul sedile del passeggero accanto a sua madre. Il cuore mi si spezzò in due mentre lui si allungava sul sedile per cercare di abbracciarmi.

«Non siamo in gita di piacere.» La signora Shapiro digrignò i denti, mentre strappava Shimmy via da me e lo spingeva sul sedile anteriore. «Shimmy, devo ricordarti che sei qui solo per il viaggio, perché una donna per bene non dovrebbe viaggiare in autostrada da sola. Per favore, comportati di conseguenza.»

Mi passò un paio di occhiali da sole e un foulard per i capelli. Capii che erano il mio travestimento.

Mentre percorrevamo Broad Street, passando davanti al municipio e alla statua di bronzo di William Penn, Shimmy infilò una mano tra i sedili e prese la mia. Mi aggrappai alle sue dita morbide come se ne dipendesse la mia vita.

Viaggiammo in un silenzio tombale. La signora Shapiro non volle accendere la radio, perché diceva che doveva concentrarsi sulla strada e la musica l'avrebbe distratta. Dopo quella che mi sembrò un'eternità, la signora Shapiro ordinò a Shimmy di prendere il cibo dal cestino da picnic che avevano portato, ma a me non offrì neanche un boccone. Shimmy mi passò metà del suo sandwich al *pastrami* con il pane di segale, e vidi chiaramente nello specchietto retrovisore la smorfia contrariata di sua madre.

Era una giornata limpida. Non ero mai stata a Washington D.C. prima di allora, e riconobbi alcuni monumenti dalle immagini che avevo visto nei libri di scuola. Poi, prima che mi rendessi conto di ciò che stava accadendo, la signora Shapiro stava percorrendo con l'auto un lungo vialetto di accesso. In fondo c'era una casa enorme e dall'aspetto inquietante. Non sembrava il posto dove avresti voluto passare la notte, figuriamoci restarci da sola per qualche mese. La realtà di ciò che stavo per fare d'improvviso mi sembrava molto distante da quella che avevamo pianificato.

La signora Shapiro scivolò fuori dal posto di guida lisciandosi il davanti dell'abito marrone chiaro. Aveva una giacca con la cintura in vita e le maniche a tre quarti.

«Shimmy, vieni con me» disse mentre aggiungeva l'ultimo tocco, un cappellino nero con la veletta sugli occhi.

«Aspetto qui con Ruby.»

«Non se ne parla neanche.»

«Mamma, dammi solo quest'ultimo momento. Hai ottenuto quello che volevi, no?»

La signora Shapiro sbuffò, poi si avviò lungo il vialetto verso la porta d'ingresso dell'edificio. Shimmy si girò verso di me sul sedile.

«Sposami, Ruby.» I suoi occhi verdi erano limpidi, pieni di speranza e di innocenza. Avrei voluto essere ingenua come lui.

«Non sei obbligata ad andare fino in fondo. Possiamo saltare fuori dall'auto e scappare. Tu, io e il bambino.»

«Shimmy.»

«Ti amo, Ruby.»

«E io amo te, ma sto imparando che l'amore non sempre è abbastanza.»

«Per me sì.»

Gli strinsi la mano. Certo, era abbastanza per lui, un ragazzo i cui genitori erano proprietari dell'edificio in cui vivevo in affitto. Quello che avevo capito nelle ultime settimane era che a persone come gli Shapiro bastava fare una telefonata e tutto quello che volevano cadeva ai loro piedi. Tutto ciò che non volevano invece spariva. Proprio come l'uovo. L'amore non mi avrebbe risollevato dalla mia situazione. Dovevo farcela da sola.

Shimmy si sporse verso di me, al di sopra del sedile e, mentre lo abbracciavo, vidi la signora Shapiro che tornava lungo il vialetto.

Gli sussurrai all'orecchio: «Tua madre schiaccerà il nostro amore sotto i piedi. Il mondo spegnerà il nostro fuoco. Non ho altra scelta, Shimmy. Cerca di capire, fallo per me». Gli afferrai il viso e lo baciai sulle labbra, nonostante sua madre ci stesse guardando. «Abbi cura di te.»

«Aspetta.» Shimmy si girò sul sedile, aprì il vano portaoggetti e mi diede un blocchetto di francobolli. «Promettimi che mi scriverai.»

Presi i francobolli e li infilai in tasca. Stringendo di nuovo la sua mano appiccicosa, lo fissai negli occhi un'ultima volta e poi aprii la portiera dell'auto.

La signora Shapiro era lì ad aspettarmi, rigida come una sentinella.

«Un'ultima cosa.» Si avvicinò in modo che solo io potessi sentirla. «Mio figlio è uno sciocco, ma vedo che tu sei una ragazza intelligente. Lascialo perdere e interrompi ogni rapporto, o il nostro accordo salta.»

Continuava a fissarmi. Sapevo cosa mi restava da fare.

«Grazie per il passaggio, signora Shapiro. Buon viaggio di ritorno» le dissi, poi le voltai le spalle e mi avviai lungo il vialetto, tenendo le spalle più dritte che potevo.

Missione delle Case Magdalen: Assistere le prostitute, le donne in difficoltà, perdute e cadute e le ragazze ribelli.

24

Crepe e fessure

Eleanor

Gli occhi di Eleanor si aprirono di scatto. Le lenzuola di cotone erano bagnate di sudore. Cercò il flacone di pillole sul comodino. Le piccole compresse azzurre le offrivano l'unica tregua dall'immagine che la perseguitava: un piedino violaceo che veniva portato via. Ma quando capovolse il flacone scoprì che era vuoto.

Da tre giorni erano tornati a casa e William aveva detto solo il minimo indispensabile. Di notte restava nella sua parte del letto. Quando lei si svegliava, lui era già andato al lavoro, ma oggi le aveva lasciato un thermos di brodo di pollo sul comodino. Le sembrò che il cibo fosse un buon segno e sperò che significasse che si stavano riprendendo. Poi si ricordò delle parole del dottor Avery: "Vi consigliamo di non riprovarci. La prossima volta potrebbe mettere in pericolo la sua stessa vita". Come avrebbero potuto superare questa situazione senza avere un figlio?

Trascinò le ciabatte sul pavimento mentre scendeva in cucina, dove vide le tracce della colazione consumata in fretta dal marito: gusci d'uovo disseminati sul bancone, un coltello sporco di burro e le briciole di un toast. Mise in ordine, lavò la padella e il piatto nel lavandino e poi si preparò una tazza di tè Earl Grey con un goccio di latte. Quando si sistemò sul divano in salotto con la tazza calda tra le mani, lo sguardo le cadde sul telefono. Da quando era tornata a casa dall'ospedale, non aveva detto a nessuno della disgrazia, nemmeno a Nadine. Eleanor sapeva che era arrivato il momento di chiamare sua madre e darle la notizia, ma non riusciva ad alzare il ricevitore. Pronunciare quelle parole ad alta voce le avrebbe rese reali, e lei non era ancora pronta. Non aveva abbastanza energie per leggere o per affrontare il lavoro di archivio, così accese il televisore. Stava andando in onda il notiziario di mezzogiorno, seguito dal gioco a premi *What's My Line?*. Una noiosa puntata dopo l'altra, Eleanor riuscì per un po' a prendersi una pausa dalle sue elucubrazioni.

Il sole era tramontato e il programma *Texaco Star Theater* era già arrivato a metà quando sentì William entrare dalla porta sul retro. Con un tonfo, lasciò cadere la valigetta su una sedia ed entrò in soggiorno, dove la trovò rannicchiata sul divano.

«Sei sveglia.» Si avvicinò e le mise una mano sulla fronte per sentire se aveva la febbre. Dopo il ritorno dall'ospedale, aveva cominciato a trattarla più come una paziente che come una moglie.

«Com'è andata oggi?» Avrebbe tanto voluto parlare con lui, ma William non rispose. Era troppo impegnato a valutarla da un punto di vista medico.

Eleanor indossava ancora il pigiama che aveva quando era tornata dall'ospedale. Dopo tre giorni era sporco, e aveva la pelle secca e desquamata.

«Lascia che ti faccia un bagno. L'acqua calda ti farà sentire meglio.»

Eleanor non voleva fare il bagno, e non pensava che fosse possibile sentirsi meglio.

Ma William evidentemente la pensava in modo diverso. Lo sentì riempire la vasca. Quando lui tornò e la prese per mano, Eleanor non ebbe la forza di resistergli. Da qualche parte, in fondo al cuore, sapeva quanto era fortunata: William era ancora lì, dopo tutto quello che gli aveva fatto passare.

Il bagno era impregnato di vapore e di sentore di agrumi. Sentì l'acqua calda e saponata che le scivolava sulla pelle, mentre si infilava nella vasca con i piedini di ghisa. Si lasciò andare dentro l'acqua e William si avviò verso la porta, dopo averle messo accanto un asciugamano.

«Aspetta» lo chiamò Eleanor. «Puoi restare?»

William esitò un attimo, spostando il peso da un piede all'altro. «Devo finire di guardare un po' di scartoffie.»

«Per favore» sussurrò lei, guardandolo negli occhi. William sospirò, poi tornò verso la vasca e si lasciò cadere sul piccolo sgabello.

Per un po' rimasero seduti in un silenzio imbarazzato. Eleanor si portò le ginocchia al petto, mentre cercava di raccogliere le forze. «Il ragazzo del liceo...»

«Non mi servono i dettagli.»

«E allora che cosa vuoi? Non la sopporto, questa distanza tra noi. Forse se sapessi cosa è successo potresti perdonarmi.»

«Sono tante cose da elaborare in una volta sola» rispose William, allungando le gambe in avanti. Quanta tristezza nei suoi occhi! Stava soffrendo quanto lei. Quella bambina era anche sua e lei gli aveva mentito. Doveva esserci un modo per rompere la corazza che si era costruito intorno.

Eleanor gli porse una spugna bagnata. «Mi lavi la schiena?»

Lui rimase immobile per così tanto tempo che le venne il dubbio che non l'avesse sentita, ma poi arrotolò le maniche della camicia bianca fino ai gomiti. Timidamente, cominciò a passarle la spugna sulla pelle. Il calore le faceva uscire il dolore dai pori. Il suo tocco e la sua delicatezza la facevano sentire così bene che non si ribellò quando lui le bagnò per sbaglio qualche ciocca di capelli.

«Come fai a conoscere questa canzone?» chiese lei, e William alzò lo sguardo, evidentemente inconsapevole di essersi messo a canticchiare seguendo la musica alla radio.

«La mia bisnonna suonava il pianoforte. Crescendo ho ascoltato molta musica classica.»

«Da ragazzo tua madre ti ha obbligato a cantare nel coro? La mia sì.»

Lui scosse la testa. «Ero troppo timido» ridacchiò. «Teddy invece sì, è sempre stato disposto a tutto pur di rimanere al centro dell'attenzione. Suona anche la tromba.»

William le fece gocciolare l'acqua saponata sul collo e sulle spalle, e infine sui seni. Il calore le fece indurire i capezzoli e lei sollevò appena il petto fuori dall'acqua. Sapeva che lui ci aveva fatto caso, aveva sentito il suo respiro farsi corto. Eleanor voleva riavere indietro suo marito.

«Ho sempre pensato di mettermi a suonare uno strumento.»

«Puoi ancora farlo.» Lui si sporse dentro la vasca e tirò su il tappo. L'acqua fece un rumore di risucchio mentre scivolava nello scarico. «Preparo la tavola e ci vediamo di sotto.»

Eleanor si strofinò con l'olio di mandorle dolci e poi si vestì con una maglietta pulita e i pantaloni larghi. Si tirò indietro i capelli umidi legandoli in una coda di cavallo e poi scese in cucina, dove un sacchetto di carta marrone era appoggiato sul bancone e sprigionava un buon odore di pomodori, origano, aglio e basilico. William le mise in mano un bicchiere di carta.

«Questo è il miglior tè freddo al di qua della linea Mason-Dixon» le disse. «Assaggialo.»

Eleanor ne assaporò qualche sorso. Lo zucchero e i limoni le andarono dritti alla testa. «È delizioso.»

«Te l'avevo detto.»

Tolse la carta stagnola dal piatto e subito fu sopraffatta dalla vista golosa di una porzione di spaghetti, conditi con polpette di carne grandi e succulente. Si portò una forchettata alla bocca, e il cibo sapeva di amore.

«Dove l'hai preso?»

«Un bugigattolo che ha aperto qualche settimana fa, proprio di fronte all'ospedale. La famiglia italiana che lo gestisce si è appena trasferita da New York.»

Eleanor ne mangiò una buona metà, prima di spingere via il piatto.

«Hai lasciato un po' di posto per il dessert?» William cercò nella borsa e appoggiò in mezzo al tavolo una fetta di cheesecake. Ci tuffò la forchetta e subito annuì in segno di apprezzamento.

Eleanor abbozzò un sorriso. «Grazie, per tutto questo.»

Dopo aver mangiato la torta, William mise gli avanzi in frigorifero e le appoggiò davanti un biglietto da visita. «L'ho trovato nella tua borsa quando ti hanno dimesso dall'ospedale.»

Eleanor fece scorrere le dita sul biglietto, e subito lo riconobbe: era quello che madre Margaret le aveva dato in ospedale. Nella nebbia del dolore e del senso di colpa, aveva dimenticato la visita della religiosa.

«Oh, sì. Una suora cattolica è venuta a pregare con me. Ha detto che Dio opera in modi misteriosi e che poteva esserci un altro modo.»

«Per cosa?»

«Per avere un bambino, immagino.»

William la guardò, aspettando che continuasse. «Che cosa ti ha detto?»

«Che gestisce una casa per donne nubili che sono rimaste incinte. Immagino che volesse parlare di adozione.»

«Pensi che si possa prenderla in considerazione?» rispose lui, sorseggiando il suo tè freddo.

Eleanor non aveva mai pensato all'adozione. Aveva disperatamente voluto dare a William un figlio suo. Uno che gli somigliasse e si comportasse come lui, che avesse i loro geni e le loro stesse espressioni facciali. Un bambino che avrebbero educato ad affrontare la vita nel modo migliore, proprio come William. Un bambino che avrebbe rappresentato il legame che l'avrebbe unita a lui per sempre. L'adozione non era mai stata nei loro progetti.

«Voglio darti un figlio tuo» sussurrò, sentendosi una fallita.

«Lo volevo anch'io, ma dopo quello che ci ha detto il dottor Avery non possiamo rischiare di ritrovarci ancora nella stessa situazione. Non voglio rischiare di perderti.»

Il cuore di Eleanor ebbe un sussulto: lui la amava ancora. «E se si sbagliasse?»

«E se avesse ragione? Non è un rischio che voglio correre.»

Eleanor si agitò sulla sedia. «Suppongo che potremmo considerare altre opzioni. È solo che... non è così che doveva andare.»

«Non è colpa tua. È un capriccio della natura. Non ti devi biasimare.»

Eleanor abbassò lo sguardo sul biglietto da visita. La vergogna di aver perso il bambino l'aveva paralizzata, e le parole di William le furono di conforto. Non doveva affrontarlo da sola. Forse avrebbero dovuto esplorare quest'altra strada. Quando avevano comprato la casa si aspettavano di riempirla di bambini, giocattoli, ricordi delle vacanze e risate.

«Ho solo pensato che non avresti voluto un figlio che non fosse biologicamente tuo» disse, rigirando la cannuccia nella tazza.

«Ascoltami.» William la guardò negli occhi. «Farò tutto il necessario per toglierti questa tristezza di dosso. Perché non la prendiamo almeno in considerazione, questa possibilità?»

«Va bene.» Eleanor sentì un leggero senso di sollievo al centro del petto. «Domattina la chiamerò per fissare un appuntamento. Non c'è niente di male a raccogliere qualche informazione. Vediamo dove ci porta.»

William si alzò dalla poltrona e, per la prima volta da quando avevano parlato con il dottor Avery, la prese tra le braccia e la baciò sulle labbra.

Quando, due giorni dopo, Eleanor telefonò a madre Margaret per chiedere informazioni, la religiosa disse loro che era meglio incontrarsi al più presto, se erano interessati. William riorganizzò i suoi impegni di lavoro e fissarono un incontro per la sera successiva. Eleanor sapeva che era sbagliato, ma non era ancora riuscita a raccontare a nessuno dell'aborto. Non aveva mentito, ma quando squillava il telefono semplicemente non rispondeva. La vergogna la tormentava e, pur sapendo che non avrebbe potuto tenere segreta la cosa per sempre, aveva deciso di aspettare l'incontro con madre Margaret prima di raccontare la verità a qualcun altro.

Avevano appuntamento per le sette di sera e William andò a prenderla con trenta minuti di anticipo. Eleanor si era messa un abito verde menta, con la vita alta e le pinces, e le scarpe di pelle aperte in punta. Nessuno dei due parlò molto durante il tragitto. Parcheggiarono in una strada secondaria dalle parti di MacArthur Boulevard, nella zona nord-occidentale, e mentre si dirigevano verso l'edificio in cui erano attesi, Eleanor strinse forte la mano di William per impedirsi di tremare. La strada alberata era silenziosa e i suoi tacchi risuonavano sul cemento. L'edificio imbiancato a calce sembrava deserto, ma quando William spinse la porta questa si aprì con uno scatto. Salirono in ascensore fino al quinto piano e bussarono alla seconda porta a destra, come da istruzioni.

Una voce dall'interno li invitò a entrare.

Nell'ufficio c'era ad aspettarli madre Margaret, la religiosa che aveva pregato con Eleanor in ospedale, insieme al tanfo di odore di umidità della moquette logorata dagli anni.

«Mi dispiace che faccia un po' caldo qui dentro. L'aria condizionata si è guastata una settimana fa, e non sono ancora riuscita a farla riparare. Prego, accomodatevi.»

Era un piccolo ufficio, sulla parete una foto incorniciata del monumento a Washington, accanto a una croce di legno. Per calmare i nervi Eleanor si rigirava una mentina in bocca, ma sentiva ancora quella pulsazione alla base della nuca.

«Sono felice che ci abbia chiamato, signora Pride. Non ero sicura che avrei avuto sue notizie.»

«Non abbiamo deciso nulla. Ma ho parlato a mio marito della sua proposta e siamo curiosi di saperne di più.» Eleanor si tirò una ciocca di capelli dietro l'orecchio.

«Certo.» Madre Margaret si chinò in avanti e ripeté ciò che le aveva detto all'ospedale, poi aggiunse: «I nostri bambini provengono da ragazze per bene che si sono messe nei guai. Non sono in grado di crescere un figlio da sole e sono felici di affidarli a dei bravi genitori in cambio della possibilità di ricominciare. È davvero tutto molto semplice».

Sfogliò il fascicolo appoggiato sulla scrivania. «Qual era la data prevista per il parto, signora Pride?»

«Il 3 gennaio.»

Suor Margaret si sistemò gli occhiali sul naso. «Ho una ragazza nera che dovrebbe partorire in quel periodo. Viene da un'ottima famiglia. Molto istruita e di bell'aspetto. Sarebbe un abbinamento perfetto.»

Eleanor aveva vissuto a Washington abbastanza a lungo da sapere che per bell'aspetto si intendeva la pelle chiara. Un bambino che da grande sarebbe stato simile alle Greta Hepburn del mondo.

«Le assicuro, inoltre, che siamo così scrupolosi nelle nostre procedure e così riservati nel tenere i nostri registri che nessuno saprà mai che non è stata lei a partorire il bambino. Se è questo che vuole, naturalmente.»

Eleanor incrociò lo sguardo di William, mentre il cuore cominciava a batterle all'impazzata nel petto.

Madre Margaret riprese: «Non metteteci troppo a decidere. Ci sono molte famiglie benintenzionate, proprio come la vostra, che vorrebbero portare a casa questo bambino».

«Può darci qualche giorno?» chiese William.

«Tutto quello che vuole, signor Pride. Sarebbe utile, però, se nel frattempo poteste offrire una piccola donazione alla nostra causa. Il sistema è molto costoso da gestire.» Sfiorò la scatola di legno davanti a sé e sorrise. Eleanor notò che il sorriso non le arrivava agli occhi.

«Certo» disse William, estraendo il libretto degli assegni.

Madre Margaret si alzò e li accompagnò alla porta. A Eleanor, mentre si congedavano, sembrò proprio di sentire l'aroma del gin.

Quando arrivarono a casa, William chiuse la porta sul retro ed Eleanor gli cadde tra le braccia. Lui aveva ancora addosso l'odore di una dura giornata di lavoro, ma a lei non dispiaceva.

Eleanor si staccò da lui e si appoggiò al banco della cucina. «Ho paura. Mi sembra di barare.»

«Tutto considerato, potrebbe essere l'unico modo.»

Eleanor giocherellò con la fede che portava al dito. Per tutto il viaggio di ritorno aveva pensato a Dorothy Creole, la donna ex schiava che aveva adottato il ragazzo orfano e lo aveva cresciuto come se fosse suo. Quando Eleanor aveva catalogato la sua storia per la biblioteca, qualcosa l'aveva spinta a leggerla più volte. Forse per prepararla a considerare a sua volta la possibilità dell'adozione.

«Ascolta, Elly. Non importa da dove viene il bambino, l'importante è amarlo e crescerlo come nostro.»

«Non voglio che nessuno lo sappia» esclamò lei. Madre Margaret aveva proposto loro un accordo del tutto confidenziale e per Eleanor era l'unico modo perché quella cosa potesse funzionare. «Riguardo all'adozione, intendo. Facciamo passare questo bambino per nostro.»

William si grattò la testa. «Ne sei sicura?»

La voce di Eleanor si incrinò per l'emozione. «Non hai idea di cosa significhi, William, sposarti ed entrare in una famiglia come la tua, dove tutto e tutti sono perfetti.»

«Ehi, aspetta un attimo.» Sgranò gli occhi.

«Tu non sei una donna, per noi è diverso. Non posso vivere il resto della mia vita sapendo che la gente mi giudica e guarda nostro figlio come se fosse un figlio di nessuno. Voglio solo adattarmi. Sono stanca di sentirmi estranea» scandì, a voce molto più alta di quanto avrebbe voluto.

Magari era solo lo squilibrio ormonale, ma alla fine l'aveva detto. Era stanca di sentirsi un'estranea.

William sembrò sorpreso. «Tesoro, non sapevo che ti sentissi così. Mi sembrava di fare tutto quello che...»

«Non sei tu il problema, ma tua madre e le sue amiche altolocate» sospirò, notando che William si stava irrigidendo.

«Anche mia madre ci sta provando, a modo suo.»

Eleanor strinse le labbra. Non voleva che la conversazione andasse a finire sul suo rapporto con Rose Pride. Tuttavia, era certa che tenere segreta l'adozione fosse l'unico modo per mantenere intatta la sua dignità.

«È l'unica cosa che voglio: che rimanga un segreto tra di noi» sussurrò, mentre l'idea che le si era formata in testa prendeva forma. «Farò finta di averlo avuto io questo bambino.»

«Non sarà semplice da realizzare.»

«Resterò chiusa in casa per mesi, se necessario. È l'unico modo per vivere come una famiglia senza che tutto ciò che facciamo sia messo sotto il microscopio.»

William si avvicinò e le accarezzò le braccia. «Va bene, qualunque cosa tu voglia per me va bene. Desidero solo essere felice insieme a te.»

Eleanor guardò William negli occhi e riuscì a scorgere il barlume di una luce nuova. «Allora, domattina telefono a madre Margaret e le dico che prenderemo il bambino di gennaio, d'accordo?» Si portò una mano alla bocca. «Sembra così strano, il bambino di gennaio.» Eleanor ridacchiò, era la prima volta nell'ultima settimana.

«Accoglieremo il bambino di gennaio nella nostra casa e lo ameremo. Andrà tutto a meraviglia.» William avvicinò il viso al suo.

«Il nostro bambino.» Eleanor lo abbracciò.

Ora dovevano solo trovare il modo di farlo senza che nessuno lo scoprisse.

25
La Casa Magdalena

Ruby

Prima ancora di arrivare sul fianco della casa, la porta esterna di metallo si aprì con uno schiocco. Una suora dal volto severo e rugoso si affacciò alla porta.

«Benvenuta alla Casa Magdalena, sono madre Margaret.» Sembrava un'amazzone, e mi sovrastava di almeno dieci centimetri. Abbassò lo sguardo su di me e mi fece segno di seguirla. «Vieni con me.»

Le andai dietro percorrendo un breve corridoio, che si apriva su un'ampia cucina. La stanza era afosa e puzzava di carne cotta a fuoco lento. Due ragazze bionde, entrambe con le pance pesanti, troppo grandi per la loro struttura minuta, erano sedute al tavolo a pelare carote e patate bianche. Quella che puliva le carote mi lanciò un'occhiata, ma distolse subito lo sguardo. La ragazza con i capelli lunghi e le lentiggini alle prese con le patate invece mi sorrise appena.

Mentre seguivo madre Margaret all'interno della casa, sentii qualcuno che piangeva. Un pianto forte e insistente, che mi fece sentire ancora più a disagio. La vecchia suora dalla tonaca frusciante sembrava invece completamente indifferente.

«Questa è la sala da pranzo, dove mangerai tre volte al giorno.»

Due lunghi tavoli erano collocati paralleli l'uno all'altro; più a sinistra, c'era un tavolo rotondo con quattro coperti. Suor Margaret indicò poi un'aula sulla destra, «per le lezioni settimanali di galateo, cucito, educazione e studio della Bibbia».

Passammo davanti a un piccolo salone con due divani, dove avrei incontrato la mia assistente sociale una volta a settimana. Il pavimento scricchiolava sotto i nostri piedi e a ogni passo la temperatura scendeva. Un freddo improvviso che mi arrivava fino alla punta dei piedi. Alla fine del corridoio madre Margaret si fermò e si girò verso di me, sul volto un'espressione indecifrabile.

«Questa è la stanza della vergogna. È dove vanno le ragazze cattive.» Mi guardò con attenzione, raggelandomi con lo sguardo. «Confido che non ci sarà bisogno di farti scoprire cosa c'è dietro questa porta.»

«No, signora» sussurrai.

«No, reverenda Madre.» I suoi occhi mi fissavano, in attesa. Dopo quello che mi sembrò un silenzio interminabile, capii che dovevo ripetere quelle parole. «Reverenda Madre.» La accontentai.

Soddisfatta, madre Margaret si voltò e salì due rampe di scale, fermandosi infine davanti a una grande porta di legno scuro. Si voltò di nuovo verso di me, le mani conserte davanti al petto, la postura eretta di una statua.

«Le ragazze qui si chiamano solo per nome. Non si parla delle proprie faccende. La missione qui è semplice: salvarsi l'anima.»

Era da quando ero arrivata che dovevo andare in bagno, ma la paura me lo aveva fatto dimenticare. Ora, però, mi era scappata una goccia di pipì e stringevo le cosce per impedire il peggio. Da che ero rimasta incinta non avevo mai avuto problemi a controllare la vescica, fino a quel momento.

Senza bussare, madre Margaret spalancò la porta. Una volta entrata, vidi quattro lettini con due corte cassettiere contro le pareti dipinte di azzurro. Tre dei letti erano occupati da adolescenti dalla pelle variamente scura, a diversi stadi di gravidanza. Non appena videro madre Margaret, le ragazze si alzarono in piedi.

«Buon pomeriggio, reverenda Madre» esclamarono due di loro in coro. L'altra si alzò, ma rimase lì a fissarsi i piedi.

«Signorine, questa è Ruby. Loretta, per favore, aiutala a sistemarsi.»

Loretta infilò il pezzo di carta che aveva in mano nella tasca anteriore del camicione e sorrise. Aveva i capelli striati d'oro raccolti in un'alta coda di cavallo e mi bastò vedere l'espressione tranquilla dei suoi occhi gentili per capire che saremmo andate d'accordo.

«La cena viene servita ogni giorno alle cinque e mezza in punto. Per favore, scendete con le mani e il viso puliti.» Madre Margaret indicò il piccolo lavandino. «La pulizia è l'anticamera della santità» sbraitò, prima di chiudersi la pesante porta alle spalle.

«Merda. Viene sempre qui senza preavviso» disse la ragazza con la fessura tra i denti. Portava i capelli raccolti in due trecce ai lati del viso.

Trascinai le mie borse sul letto vuoto e mi lasciai andare con la testa sul cuscino. La ragazza con la fessura tra i denti frugò sotto il suo cuscino e fece apparire un pacchetto di Lucky Strike. Se ne infilò una tra le labbra, facendo finta di fumare.

«Mi calma i nervi» disse, indicando la sigaretta spenta. «Mi chiamano Bubbles. Hai già conosciuto Loretta, ma io la chiamo Goldie – quante ne conosci di ragazze come noi, con le mèches bionde nei capelli?» Bubbles ridacchiò.

Loretta roteò gli occhi. «Continua così e il tuo bambino verrà fuori identico a me. È quello che diceva sempre mia nonna: la persona con cui te la prendi è quella a cui il bambino poi assomiglia.»

Loretta prese dalla tasca il foglio che aveva nascosto quando ero entrata e lo aprì.

«Quella è Georgia Mae.» Bubbles indicò la ragazza silenziosa, che si era portata le ginocchia al petto e si stava pulendo le unghie dei piedi. «Non parla.»

Le tre ragazze riassumevano tutte le sfumature di colore: la pelle di Loretta chiara come la crema di burro, quella di Georgia Mae intensa come il noce americano mentre il caramello di Bubbles era da qualche parte nel mezzo.

«Quando ti deve nascere?» Bubbles tirò un'altra boccata immaginaria.

«Fine gennaio.»

«Io all'inizio di gennaio» disse Loretta.

«Io e Georgia Mae siamo a novembre e a dicembre. Sarai l'ultima del gruppo, quindi avrai più faccende da sbrigare.» Bubbles sbuffò.

C'erano una lampada e una Bibbia, sopra la piccola cassettiera accanto al letto. Loretta mi indicò i due cassetti a mia disposizione. Mentre sistemavo le poche cose che mi ero portata, il lamento ricominciò.

«Cos'è questo rumore?» Alzai lo sguardo in cerca di una spiegazione.

«È solo una ragazza che ha rinunciato al suo bambino. Il rimpianto è bastardo.» Bubbles esalò un finto sbuffo di fumo.

«Ti ci abituerai» intervenne Loretta, infilandosi la lettera in tasca. Era consumata lungo i bordi.

«Ecco perché, a prescindere da quello che dicono questi idioti, io il mio bambino me lo tengo.» Bubbles rimise la sigaretta nel pacchetto e la infilò sotto il cuscino.

Loretta guardò Bubbles con gli occhi tristi. «Sai perché siamo qui. Sarà più facile se lo accetti.»

«Seee... Certo, lo accetterò, rompendomi il piede a furia di prenderli a calci in culo» si vantò Bubbles.

«È meglio non pensarci» mi disse Loretta. «Hai ancora un sacco di tempo prima di passare oltre. Cerca di goderti il momento come faccio io.»

«Passare oltre?» chiesi.

«Passare dall'altra parte, cioè partorire» mi spiegò Loretta.

Bubbles scattò. «Leggere cento volte la solita lettera non mi sembra mica che voglia dire godersi il momento.»

«Mi manca Rucker. Cosa ci posso fare?» Loretta si toccò la tasca.

«Faresti meglio a leggere quelle palle di libri là nell'angolo.» Bubbles indicò uno scaffale che non avevo notato. «Divertimento assicurato.»

Tirai fuori da una delle mie borse alcune piccole tele, i pennelli e qualche tubetto di colore che ero riuscita a infilarci e spinsi tutto sotto il mio lettino. Di colpo, mi sentii talmente stanca che mi sembrò di essere arrivata lì a piedi da North Philadelphia. Mi sdraiai. Le urla angoscianti della ragazza non accennavano a smettere, così seppellii un orecchio nel cuscino coprendo l'altro con la mano.

Dagli altoparlanti collegati alla nostra camera da letto in soffitta uscì il suono di un campanello. Le ragazze si alzarono e a turno ci lavammo le mani e il viso nel piccolo lavabo sotto la finestra, poi una alla volta uscimmo dalla stanza. Nella sala da pranzo, Bubbles si diresse verso il tavolo rotondo più piccolo, apparecchiato per quattro persone. C'era un cestino per il pane e un piatto da portata con lo stufato di cui avevo sentito l'odore al mio arrivo. Ai tavoli lunghi sedevano delle ragazze bionde, brune e una rossa, tutte bianche. Contai otto ragazze in tutto, più noi quattro della soffitta.

Madre Margaret era in piedi davanti al camino spento, le mani giunte in preghiera. «Benedici, Signore, noi e questi doni che stiamo per ricevere dalla tua bontà. Per Cristo nostro Signore. Amen.»

I cucchiai tintinnarono contro le ciotole.

«Cibo da bianchi.» Bubbles si allungò a prendere sale e pepe ancora prima di assaggiarlo.

Mangiammo per lo più in silenzio. Bubbles aveva ragione; lo stufato non era granché saporito, indipendentemente dalla quantità di sale che ci aggiungevi, ma avevo troppa fame per preoccuparmene. Quando finimmo, seguii il loro esempio e aiutai a pulire. Alcune delle ragazze andarono in cucina a lavare e asciugare i piatti, mentre altre spolveravano le sedie e spazzavano il pavimento. In cucina, Bubbles pulì le pentole e Loretta i fornelli. Io e Georgia Mae raccogliemmo la spazzatura, legammo i sacchi e li portammo ai bidoni sul retro dell'edificio.

Quando tutto fu in ordine, Bubbles mi sussurrò: «Tieniti forte. Il prossimo passo è la preghiera serale».

Ci spostammo tutte nel salotto con le grandi finestre e le travi di mogano sul soffitto. C'erano due divani imbottiti, verso i quali mi diressi, ma Loretta mi prese per un braccio.

«Ci sediamo laggiù» disse, indicando le sedie pieghevoli di metallo sotto l'ampia finestra.

«Il divano è per le ragazze di porcellana.» Bubbles si batté il palmo della mano.

La guardai con aria interrogativa.

«È come le chiamo io, le bianche.»

Mentre le ragazze bianche si pigiavano sui cuscini del divano, capii che cosa voleva dire. Madre Margaret entrò con una Bibbia stretta al petto. Due ragazze dal pancione non ancora enorme distribuirono la pila di Bibbie che si trovava sul tavolino. A noi arrivarono solo due Bibbie logorate dall'uso, e mi protesi verso Georgia Mae per poterla usare insieme.

Madre Margaret appoggiò la puntina sul disco e dal fonografo partì una canzone. Georgia Mae prese il libro degli inni da sotto la sua sedia, lo aprì e mi mostrò dove eravamo. Muovevo le labbra sulle parole mentre le altre ragazze intonavano: «Non temete, io vi precedo sempre. Seguitemi e io vi darò riposo».

Dopo due strofe, suor Margaret spense la musica e ci piantò gli occhi addosso.

«Dio mi perdonerà per aver fornicato prima del matrimonio? Come posso pentirmi dei miei peccati? Queste sono le domande che dovete porvi ogni mattina, ragazze.»

Nella stanza calò il silenzio. Mi guardai intorno per vedere cosa stessero facendo le altre ragazze, ma i loro volti erano di pietra.

Suor Margaret aprì la sua Bibbia. «Per favore, andate alla *Prima lettera ai Corinzi*, 6:18. Viola, vuoi leggere?»

Viola, una ragazza con gli occhi azzurri e i capelli scuri, si schiarì la voce. «Fuggite la fornicazione! Qualsiasi peccato l'uomo commetta, è fuori del suo corpo; ma chi si dà alla fornicazione, pecca contro il proprio corpo.»

«È di voi che si parla, ragazze. Avete commesso il peccato più grave cedendo alla tentazione della fornicazione.» Ci fissò e io abbassai lo sguardo. Avevo trascorso pochissimo tempo in chiesa, quindi non ero preparata alla lezione di catechismo di madre Margaret, che sembrava non finire mai. Quando si ritenne soddisfatta e le sembrò che avessimo ricevuto il messaggio, ci diede due biscotti con la glassa di zucchero e un bicchiere di latte caldo, e ci mandò a letto.

Una volta spenta la luce, mi strinsi le ginocchia al petto. Mi vergognavo e avevo paura. In che guaio mi ero cacciata? Questa casa non era il ritiro per ragazze di cui avevo letto nell'opuscolo. Tuttavia, era meglio che rovinarmi la vita. Dovevo solo andare avanti a testa bassa, fino in fondo.

26
Mamma Tigre

Eleanor

Eleanor stava asciugando gli ultimi piatti della colazione davanti al lavello, e pensava a sua madre Lorraine. Erano tre settimane dall'ultima volta che le aveva parlato e sapeva che non poteva rimandare ancora a lungo. Anche se Eleanor era decisa a mantenere il segreto sull'adozione, mentire a sua madre sul bambino non sarebbe stato facile. Ma ricordò a sé stessa che era stata sua madre a insegnarle l'importanza della segretezza, per garantirsi la possibilità di un nuovo inizio. Inoltre, almeno lei e William erano insieme.

Aveva riposto gli ultimi piatti nella credenza e si stava preparando a fare la telefonata quando sentì sbattere la portiera di un'auto. Guardò fuori dalla finestra e vide Rose Pride che camminava lungo il vialetto. Prima che Eleanor potesse ricomporsi, Rose stava bussando al vetro della porta sul retro.

«Buongiorno. Non ti aspettavo oggi» disse Eleanor a mo' di saluto, ma Rose ignorò ogni formalità e le passò davanti con disinvoltura, infilandosi in cucina.

Nella mano destra perfettamente curata, Rose stringeva una borsa della spesa e nell'altra una cartellina. La giacca peplum e la gonna abbinata lasciavano intendere che fosse in giro per commissioni, ed Eleanor si sentì trasandata nel suo ordinario vestito da casa, senza neanche il reggiseno. I capelli erano ancora arrotolati sui bigodini, nascosti sotto un turbante.

«William è già andato in ospedale» disse, con la speranza di scoraggiare il protrarsi della visita. L'acqua nel bollitore era già calda e lei aveva programmato di sorseggiare un tè alla lavanda, chiacchierando con sua madre. Poi, aveva da leggere alcuni capitoli sulle civiltà antiche per il corso di storia.

Se Rose colse il tentativo di congedarla in fretta, non lo diede a vedere. Posò invece la borsa sul tavolo della cucina e aprì la cartella dei documenti, sparpagliando una serie di fogli pieni di diagrammi e date.

«Allora, se vogliamo farcela, dobbiamo stare attenti a ogni singola tappa da qui in avanti.»

«Scusa?» Eleanor si portò la mano alla gola. Di cosa stava parlando Rose? Di certo non poteva riferirsi al...

«Visto che il bambino arriverà a gennaio, dobbiamo andare a ritroso.»

«William te l'ha detto?»

«Certo che sì, non potete farcela senza di me.» Guardò Eleanor con attenzione. «Ho dovuto correre subito ai ripari. Grazie al cielo il tuo medico curante era il dottor Avery, e le nostre famiglie si conoscono da tre generazioni.» Frugò nella borsa e tirò fuori gli occhiali da lettura.

«Oh, e mi dispiace per la disgrazia che vi è capitata. Il mio William è davvero sconvolto. È per questo che sono qui.»

Eleanor rimase senza parole.

«Ma come diceva sempre mia madre, se la vita ti dà dei limoni è meglio se ti fai una limonata. Ed è esattamente quello che fanno i Pride. Quindi, vieni a sederti, così ti posso aggiornare.» Fece cenno a Eleanor di raggiungerla al tavolo della cucina.

William l'aveva raccontato a sua madre, nonostante la sua esplicita richiesta di non farlo sapere a nessuno. Che ne era stato del loro patto: loro due contro il resto del mondo?

«Il dottor Avery mi ha assicurato che nessuno del suo staff dirà una parola sul vostro sfortunato soggiorno in ospedale. Questo ci dà ampi margini di manovra per portare avanti il nostro piano.»

«Piano?» Eleanor arricciò le dita dei piedi nelle pantofole.

Rose le passò i fogli sul tavolo. Lei li prese e lesse. Si trattava di un elenco di eventi mondani ai quali Eleanor avrebbe dovuto presenziare.

«Se il bambino nascerà a gennaio, non credo che tu debba presentarti a nessuna occasione mondana dopo il primo ottobre.»

Eleanor deglutì a fatica. Non erano passate nemmeno quarantotto ore da quando avevano preso la decisione di adottare il bambino, e Rose stava già assumendo il comando.

«Meno male che sono abile con la macchina da cucire.» Rose frugò nella borsa e tirò fuori un cuscinetto con delle cinghie sottili. Un'imbottitura, da legare intorno alla vita di Eleanor.

«Ti ho portato anche il catalogo di Lane Bryant. È l'unico in cui puoi trovare abiti premaman che nascondano la tua condizione e ti mantengano elegante. Ho segnato alcuni modelli che secondo me ti si adatteranno bene.» Tenne in mano l'opuscolo con i segni delle linguette rosse. Senza attendere una risposta, Rose continuò a delineare il suo piano.

Eleanor si sarebbe presentata a un pranzo di beneficenza due settimane dopo all'YMCA, ma se ne sarebbe andata poco dopo con la scusa di avere la nausea. La sua ultima apparizione sarebbe stata alla cena in onore del dottor Charles Drew, morto prematuramente sei mesi prima.

«Sarà una raccolta di fondi per proseguire le sue ricerche sulle trasfusioni di sangue» spiegò Rose.

In quell'occasione, Eleanor sarebbe rimasta abbastanza a lungo perché la gente vedesse quanto stava diventando florida, ma non abbastanza a lungo da dover intrattenere qualche conversazione significativa. I due eventi avrebbero fornito a Rose abbastanza munizioni per spargere in giro la voce che Eleanor stava avendo problemi con la gravidanza, e che doveva stare a letto a riposo.

«William presenzierà a qualche cena senza di te e continuerà a raccontare la stessa storia. Penso che sarebbe saggio per te andare in Ohio e passare qualche mese con tua madre. Lontano dagli occhi, lontano dalla mente. E poi tornare in tempo per accogliere il bambino.»

«Non lascerò la mia casa» disse Eleanor, con un tono più pungente di quanto volesse. "E neanche mio marito."

Rose chiuse il catalogo. «Beh, quando la gente sarà presa dalle vacanze si farà i fatti suoi. Però dovrai rinunciare ad andare a New York per la festa di fidanzamento di Theodore, in occasione del Giorno del Ringraziamento. Non possiamo rischiare.»

Theodore stava per sposare la figlia di un eminente avvocato di New York. Sua madre era una nota ballerina che insegnava alla K.D. School of Arts and Research di Katherine Dunham a New

York. Il viso di Rose si imporporava sempre di piacere, quando parlava di quel matrimonio.

«Devo scappare.» Balzò in piedi. «Pranzo al Whitelaw Hotel per discutere della raccolta fondi delle ABC a favore delle giovani contadine svantaggiate del Sud rurale. Nel frattempo, puoi cominciare a pensare alla tavolozza dei colori per la stanza del bambino. La prossima settimana manderò un falegname per trasformare una delle camere degli ospiti in una vera e propria nursery. Ci pensiamo noi» disse strizzando l'occhio.

Rose tirò fuori dalla borsa un contenitore con uno stufato di gamberi e lo lasciò sul bancone. «È il piatto preferito di William, spero che piaccia anche a te.»

«Grazie.» Eleanor si sforzò di rivolgerle quello che sperava somigliasse a un sorriso.

Quando l'auto di Rose si allontanò dal vialetto, Eleanor sentì la collera salirle in gola. Come aveva potuto? Da quando erano sposati non aveva mai chiamato William in ospedale, ma ora si avvicinò al telefono.

«Elly, va tutto bene?» disse lui a mo' di saluto.

«L'hai detto a tua madre?»

«Detto cosa?»

«William, ti sembra il caso? Non fare l'ingenuo con me. Eravamo d'accordo di mantenere il segreto.»

«Oh, tesoro, sì, lei ci aiuterà ad affrontare la situazione.»

«Avresti dovuto chiedermelo prima.»

«Per favore, calmati. Non sapevo che ti avrebbe dato così fastidio.»

«Davvero? Che cosa ti è sfuggito della parola "segreto"?»

Silenzio dall'altro capo del filo. «Possiamo parlarne quando arrivo a casa?»

Eleanor sbatté il telefono così forte da farlo cadere a terra. In preda alla rabbia, prese a strapparsi i bigodini dai capelli e a passarsi le unghie sul cuoio capelluto. Non era sicura che ci si potesse fidare di Rose. Avrebbe voluto che annullassero il loro matrimonio, per la miseria. A chi altro lo avrebbe detto Rose? Alla madre di Greta? Se William le aveva detto dell'aborto, le aveva raccontato anche del primo in Ohio?

Eleanor era troppo agitata per chiamare sua madre o dedicarsi al corso di Civiltà antiche, come aveva programmato. Desiderava un po' di aria fresca e sentire il sole sulla pelle, ma era già preoccupata all'idea di incontrare qualcuno. Il grasso della gravidanza le stava scomparendo dal viso e dalla pancia, si stava sciogliendo come lo strutto in una padella calda. Non valeva la pena di correre il rischio. Così si spostò dall'altra parte del soggiorno e aprì una scatola di dischi che la signora Porter le aveva mandato la settimana prima. La musica aveva un effetto distensivo sull'animo di Eleanor, che si sedette a gambe incrociate sul pavimento ad ascoltarli uno dopo l'altro, annotando l'origine e gli strumenti, finché la rabbia non si fu un po' placata.

Sentendosi più rilassata, il pomeriggio passò in fretta. Solo quando alzò lo sguardo verso l'orologio si rese conto che era quasi ora di cena. Pochi minuti dopo, sentì la porta sul retro aprirsi cigolando. William era in anticipo e portava una scatola della sua pasticceria preferita, quella su T Street.

«Sventolo una bandiera bianca.» Teneva la scatola davanti a sé, con un sorriso che Eleanor di solito trovava irresistibile. Ma quel giorno no.

«William, pensavo di essere stata chiara: non volevo che nessuno lo sapesse.»

«Tesoro, non sapevo che ti riferissi a mia madre.»

«Soprattutto a tua madre. Ti ho detto come mi fanno sentire lei e le sue amiche. Avresti dovuto chiedermelo prima.» Appoggiò le mani sui fianchi.

«Ascolta, Elly, lo voglio quanto te. Mia madre la pensa allo stesso modo. Ti prometto che non solo manterrà il nostro segreto, ma ci aiuterà a portare a termine questa cosa. Abbiamo bisogno di lei.»

«Si tratta di noi due, William. Non io, tu e tua madre.»

Eleanor le porse il programma che Rose aveva stilato per lei, completo di diagrammi su quanto dovesse essere grande la sua pancia a ogni apparizione pubblica.

William sorrise. «Certo che pensa proprio a tutto.» Mise giù il foglio e afferrò Eleanor per la vita. «Mia madre ha buone intenzioni e vuole assicurarsi che tutto si svolga senza intoppi. Te lo posso assicurare. Conosco quella donna da sempre.»

Eleanor sospirò.

«Porteremo un bambino nella nostra casa e lo ameremo. È l'unica cosa che conta.» La baciò sulle labbra e poi le pizzicò il sedere finché lei non si arrese.

«Cosa mi hai portato?»

«Aprilo.»

Eleanor si liberò dall'abbraccio di William e tolse lo spago dalla scatola. Era una fetta abbondante di torta di carote.

«Se vuoi essere convincente, devi mettere su un po' di peso.» Le diede un colpetto sul sedere. «Soprattutto qui.»

Eleanor sgranò gli occhi, mentre immergeva un dito nella torta per assaggiarla. «Se mi darai sempre da mangiare cose così, sono disposta a sacrificarmi.»

27
Perdona noi peccatori

Ruby

Il vigoroso ronzio della sveglia che uscì dagli altoparlanti mi svegliò di soprassalto. Fuori, era ancora buio. I piedi freddi picchiarono contro il pavimento prima che mi rendessi conto di dove mi trovavo. Mi bastò sbattere le palpebre due o tre volte perché il giorno precedente mi balenasse davanti agli occhi.

«E adesso?»

Loretta, davanti al lavabo, si stava lavando i denti. «Imbottisciti le ginocchia.»

«Per cosa?»

«Per strofinare questi schifosi pavimenti.» Bubbles indossava una salopette e aveva delle magliette macchiate e strappate legate intorno alle rotule a mo' di ginocchiere.

Frugai nei miei cassetti, alla ricerca di qualche capo di abbigliamento che potesse fare al caso mio.

«Sbrigati, la squadra che arriva in ritardo deve pulire le scale, ed è massacrante» disse Loretta, spalancando la porta.

Al primo piano, alcune ragazze stavano trasportando secchi pieni d'acqua. Georgia Mae andò nel ripostiglio e distribuì le spazzole. Le braccia di Loretta erano piene di stracci. Ogni ragazza ne prese due. I passi di madre Margaret erano pesanti quando arrivò in salotto dalla cucina, dove ci mettemmo tutte sull'attenti. La maggior parte delle ragazze aveva i capelli tirati indietro e legati e, come Bubbles, si era munita di imbottiture intorno alle ginocchia.

Madre Margaret portò il megafono alle labbra e ci invitò a sparpagliarci. «Quattro di voi qui, e poi due ragazze in ciascuna delle altre stanze.»

Mi precipitai nel salone seguendo Bubbles, mentre Loretta e Georgia Mae percorrevano il lungo tratto di corridoio.

La voce di suor Margaret continuava a ripetere: «Là fuori vi chiamano puttane e sgualdrine. Merce avariata. Ma qui dentro potete redimervi e pagare per i vostri peccati. Al tre, recitate il Padre Nostro come se ci credeste. Uno, due...».

Le nostre voci si sovrapposero in un'unica preghiera. Mi sembrava di essere incappata in un film sugli orfani o sui bambini discoli.

«Più forte. Dio non riesce a sentirvi se borbottate.»

Le spazzole emettevano un suono viscido e graffiante contro i pavimenti, mentre recitavamo all'unisono la preghiera.

«Non troppa acqua.» Bubbles strizzò lo straccio nel secchio torbido. «Più olio di gomito.»

Seguii la sua indicazione. Rimanemmo a quattro zampe, strofinando e asciugando, lucidando e lustrando, mentre ripetevamo il Padre Nostro. Era l'unica preghiera che conoscevo. Quella che Nene mi aveva insegnato a recitare in ginocchio la sera. Non l'avevo pronunciata una sola volta da quando avevo lasciato il suo appartamento.

Continuammo così a lungo che le ginocchia cominciarono a farmi male, la schiena era indolenzita e avevo più fame di quanta ne avessi da tempo. I lavori forzati non erano elencati nell'opuscolo.

«Chiedete a Dio di perdonarvi per i vostri peccati di lussuria, ragazze, per le vostre azioni malvagie. Impegnatevi a fare la cosa giusta per quel bambino innocente. Salvate il bambino dalla dannazione eterna affidandolo a genitori sposati che lo cresceranno sotto la protezione del Signore.» Fece una pausa, poi continuò. «Non siete degne. Ditelo.»

«Siamo indegne.»

«Perdona i nostri peccati» gridò.

«Perdona i nostri peccati» ripetemmo noi con voci stonate e stanche. E andammo avanti così all'infinito, mi sembrarono ore e ore, fino a quando sentii le labbra spaccarsi per la sete.

Alla fine, suor Margaret si portò il megafono alle labbra e ci congedò. Esausta, mi allungai per prendere il secchio, ma proprio in quel momento lo vidi rovesciarsi nella mia direzione. L'acqua sporca schizzò sul pavimento, e io la tamponai il più in fretta possibile con gli stracci che avevo in mano.

«Ooops» mi schernì una ragazza dalle ossa grosse, i segni rossi dell'acne che le butteravano il viso color avorio.

«Perché l'hai fatto?» piagnucolai.

«Tieni la bocca chiusa o farò di peggio.» E mi sferrò un pugno. Poi entrò con i piedi nella pozzanghera che si era formata, peggiorando ulteriormente la situazione mentre si avviava verso la porta.

«Puttana» borbottò Bubbles, ma anche lei era troppo stanca per fare altro, e si limitò ad asciugare la pozza d'acqua sporca. «Quella è Gertrude. Una delle ergastolane.»

«In che senso?»

«Che è già passata oltre, ha dato via il suo bambino ma è rimasta a pagare il suo debito lavorando in lavanderia. A tutte noi è richiesto un lavoro di rimborso. Alcune restano più a lungo di altre.»

«Non lo sapevo.»

«Ci sono molte cose che non ti dicono, prima di rinchiuderti nella Casa di Pan di Zenzero.»

La guardai confusa.

«È così che chiamiamo 'sto posto. Suona più dolce di Casa Magdalena per Puttane nubili, non ti sembra?»

La domenica mattina ci riunimmo nel salone per la messa e, dopo un'ora di sermone, ci concessero del tempo tutto per noi. Io lo passai a dipingere le mani di Shimmy che si protendevano verso di me. Mi mancava, e mi mancava zia Marie. Volevo disperatamente tornare a casa da lei.

Durante la preghiera dell'alba, il lunedì mattina, arrivò una giovane suora con una cartella in mano. Indossava un maglione nero sopra una camicetta dal colletto bianco e un velo leggero che le ricadeva sulla schiena. Sentii che alcuni la salutavano come suor Bethany. Non viveva nella Casa di Pan di Zenzero con noi, ma Bubbles mi disse che era la nostra insegnante dal lunedì al venerdì. Dopo una colazione a base di fiocchi d'avena, ci presentammo in classe, dove la trovammo in piedi davanti alla lavagna.

«Benvenuta, Ruby.» Si presentò, poi tese la mano per stringere la mia. «Abbiamo un programma a rotazione. Oggi c'è il cucito. Come te la cavi?»

«Così così» risposi. Nene cuciva per sbarcare il lunario, prima di diventare cieca, e mi aveva insegnato a infilare un ago e a rammendare i calzini.

Vennero distribuiti piccoli kit da cucito, con cestini di vimini contenenti tessuti di diversa consistenza. Suor Bethany ci fece vedere come si cuciva un semplice orlo e poi si mise a girare per la stanza ispezionando i nostri lavori, mentre cercavamo di imitarla. Al termine della lezione, pranzammo con una zuppa di pollo acquosa. Ogni pomeriggio ci venivano concesse due ore da dedicare ai compiti scolastici. Suor Bethany girava per la casa, per controllare se qualcuno aveva bisogno di aiuto. Le ragazze che non andavano a scuola usavano quel tempo per leggere o per esercitarsi a lavorare a maglia o a cucire. Una volta finito, sbrigavamo le faccende di casa; suor Margaret mi assegnò il compito di raccogliere e distribuire la posta. Quando mi guardai intorno confusa, una ragazza di porcellana mi si avvicinò.

«Ti faccio vedere come si fa. Era compito mio, prima di essere trasferita in cucina come addetta alle spezie e ai condimenti.»

«Per spezie forse intendi i cartoni e i barattoli, perché questo è il cibo più insipido che abbia mai assaggiato in vita mia» ridacchiai.

Mi disse di chiamarsi Clara e riconobbi la ragazza lentigginosa che stava in cucina e mi aveva sorriso mentre pelava le patate quando ero arrivata io, venerdì.

Clara aveva i capelli castani e folti ed era molto magra. La pancia era del tutto fuori posto sulla sua figura minuta. Sembrava che le avessero infilato un pallone da spiaggia sotto la camicetta.

«Raccogliamo le lettere il lunedì. Poi le mettiamo in una scatola e le spediamo a un indirizzo di Raleigh, nel North Carolina. Da lì, le lettere vengono trasferite in nuove buste e affrancate con un timbro postale.»

«Perché tanti passaggi?»

Sussurrò: «Qui si fa tutto in segreto. Fanno di tutto per proteggere la nostra identità, in modo che nessuno sappia i peccati che abbiamo commesso». Le sue labbra tremarono prima che le piegasse in un sorriso. «Hai capito?»

«Sì.»

Mi porse una piccola scatola marrone. «Qui ci sono le lettere appena arrivate, da distribuire. Quando hai finito, metti pure nella stessa scatola le nuove lettere che raccoglierai dalle ragazze.»

Le lettere erano dieci. Ogni busta era indirizzata nello stesso modo, con un nome e l'iniziale del cognome della destinataria. Mentre leggevo i nomi, ogni ragazza che veniva in soggiorno a prendersi una lettera sorrideva ed esultava come se avesse vinto alla lotteria. Dopo aver chiamato l'ultimo nome e aver chiuso la scatola, Loretta si precipitò ad afferrarmi il braccio.

«Non c'è niente per me?»

Rovesciai la scatola per essere sicura, ma era vuota. Gli occhi le si riempirono di lacrime e corse via.

Pochi minuti dopo, terminato il mio compito di smistamento, andai a vedere come stava Loretta. La trovai sdraiata sul letto a leggere lo stesso pezzo di carta sgualcito che stava leggendo al mio arrivo.

«Cosa c'è?»

«Il mio ragazzo. Mi aveva promesso di scrivermi, ma sono passate settimane.»

«Forse è stato occupato.»

«Già, con la piccola Cissy Fontaine.»

Il lettino cigolò sotto il mio peso quando mi tolsi le scarpe, le gambe piegate sotto di me.

«Lei voleva il mio Rucker da quando io e lui abbiamo iniziato a frequentarci. Ora che sono qui dentro, può affondare i suoi artigli su di lui.» Si tirò indietro qualche ciocca di capelli che si era staccata dallo chignon. «La cosa assurda è che siamo andati fino in fondo solo una volta. Una sola stupida volta, e ora sono costretta a farci i conti.» E indicò la curva della pancia. «Aveva detto che ci saremmo sposati.»

«Perché non l'avete fatto?»

«Mia madre ha detto che non conoscevamo la sua famiglia e che non erano della nostra razza.»

Feci cenno a Loretta di continuare. Lei sospirò e poi mi disse che suo padre era un dentista, e sua madre un'insegnante di scienze sociali. Era cresciuta in una bella casa borghese, andava a scuola e frequentava vari circoli con altre brave ragazze che non facevano cose cattive.

«O almeno non si facevano beccare» sospirò. «Rucker non vive nel nostro distretto scolastico, ma lo avevano accettato perché gioca molto bene a basket. L'anno scorso ha portato la nostra squadra al campionato statale. Piaceva a tutte le ragazze, ma lui ha scelto me, capitana della squadra delle cheerleader.»

Mi immaginavo Loretta in cima alla piramide, con la gonna corta e le guance rosate, quando facevano il loro numero.

«Mia madre era già furiosa per il fatto che avevo avuto il coraggio di mettermi con il ragazzo più scuro della scuola. Era così arrabbiata che si era rifiutata di lasciarmi andare al ballo con lui. Rucker aveva mandato a prendermi Harold, il suo amico dalla pelle chiara, altrimenti non mi avrebbe neanche fatto uscire di casa.» Il viso di Loretta si piegò in una smorfia al ricordo. «Mesi dopo, quando ha scoperto che ero stata con Rucker e che questo era suo» – indicò di nuovo la pancia – «si è messa a piangere e si è chiusa in camera. Il giorno dopo mi ha detto di portarla da lui. Ha dato un'occhiata al posto dove viveva Rucker, in una *shotgun house* in periferia, e ha girato la macchina senza manco bussare alla porta. Due giorni dopo ha detto a mio padre che avevo ottenuto uno stage a Washington D.C. e mi ha portato qui. Ha detto che dovevo fare quello che mi dicevano, e che quando sarei tornata a casa tutto sarebbe tornato alla normalità.»

Era bizzarro che ci trovassimo entrambe a Washington con la scusa di un prestigioso stage, entrambe dopo una storia con un ragazzo dall'altra parte della barricata. «Forse la sua lettera si è persa per strada» provai a consolarla, ma lei si limitò a scuotere la testa.

«Mentre venivamo qui, mia madre mi ha detto di dimenticare Rucker. Di farla finita e di concentrarmi sull'ammissione allo Spelman College, lo stesso che aveva frequentato lei. Perché non avrebbero nemmeno preso in considerazione la mia domanda di ammissione, se avessero avuto sentore di questo casino.» Loretta si mordicchiò un'unghia. Rimanemmo entrambe in silenzio per un po', poi mi chiese: «Il tuo tipo ti sta ancora aspettando?».

«Forse, ma è finita e basta.»

«Lo ami?»

Annuii. «Però è complicato. Il mio ragazzo è un po' come te, e io sono come Rucker.»

Loretta si grattò il lato di una caviglia con la punta dell'altro piede. «Che cosa vuoi dire?»

Raccontai a Loretta del periodo trascorso con Shimmy, di come ci eravamo conosciuti e innamorati l'uno dell'altra, e che era stata sua madre a portarmi alla Casa di Pan di Zenzero e a proibirmi di rivederlo.

«Un ragazzo ebreo bianco?» Spalancò gli occhi brillanti. «Sei forte tu! Che cosa ha detto tua madre?»

Sentii un formicolio sulla pelle. «Non ci parliamo molto.» Distolsi lo sguardo, sperando che la smettesse di fare domande indiscrete.

«La mamma di Shimmy mi ha proposto un accordo. Io venivo qui e lei mi assicurava una borsa di studio completa per la Cheyney. Altrimenti non potrei andarci. I miei non possono permetterselo» dissi, per far sembrare che avevo due genitori e una famiglia come lei.

«Almeno tu ci guadagni qualcosa.» Loretta si strinse il cuscino al petto. Non sapevo bene se fosse triste per me o per sé stessa. Poi mi ricordai dei francobolli che mi aveva regalato Shimmy. Non avevo intenzione di scrivergli; la signora Shapiro era stata molto chiara su cosa sarebbe successo se l'avessi fatto. Frugai nella borsa e regalai il foglio di francobolli da tre centesimi a Loretta.

«Forse dovresti provare a scrivergli un'altra volta. Raccoglierò la prossima infornata di lettere prima dell'ora di cena. Se non risponde neanche a questa lettera, allora lascia perdere.»

Loretta accettò i francobolli e prese un bloc-notes da sotto il lettino, asciugandosi gli occhi. «Grazie, Ruby. Gli darò un'ultima occasione.»

«Ancora una e poi basta.» Le diedi una pacca sulla coscia.

28

Madre in attesa

Eleanor

Eleanor sfiorò con la punta delle dita il calendario che teneva nel cassetto in alto. Avrebbe dovuto essere al sesto mese di gravidanza. Il sentimento di perdita era ancora vivo, crudo e tenero. Anche se aveva smesso di segnare i giorni, continuava a seguire le fasi della gravidanza leggendo ogni sera il libro *Expectant Mother*.

Ripose il calendario nel cassetto e andò in bagno per prepararsi a un'altra giornata. Le si erano formate delle borse sotto gli occhi e, guardandosi allo specchio, pensò che il suo corpo avrebbe dovuto avere almeno la decenza di permetterle di dormire. Eleanor si svegliava ogni notte verso le tre per andare in bagno, nonostante non avesse più un feto appoggiato sulla vescica. Forse il suo corpo si stava ancora adattando, o stava sperimentando sintomi fantasma.

Dopo essersi spruzzata acqua calda sul viso, si diresse verso l'armadio delle preghiere per il suo rituale mattutino. Ora, quando indossava la sua vecchia tunica del coro per la preghiera quotidiana, era per il bambino che sarebbe nato dal grembo di qualcun altro. In ginocchio sul fondo dell'angusto spazio, Eleanor faceva tutto quello che doveva, ma ultimamente il suo cuore sembrava altrove. Si rialzò piena di angoscia, al pensiero di un'altra donna che stava portando in grembo il bambino che lei aveva perso, e chiedendosi se sarebbero riusciti nell'impresa.

Tutto ciò che madre Margaret aveva rivelato della giovane donna era che proveniva da una buona famiglia, era una ragazza istruita, bella e senza marito. Scendendo i gradini per andare in cucina, Eleanor si rese conto che se avesse portato a termine la gravidanza quella prima volta, ancora al liceo, avrebbe potuto trovarsi lei stessa dall'altra parte, costretta a cedere il suo bambino a una coppia sposata che non poteva avere figli. Si sentì comunque grata all'idea di essere nei panni di chi avrebbe ricevuto quel bambino.

Eleanor mise sul fornello una pentola d'acqua per le uova della colazione. Mentre guardava l'acqua sobbollire e poi gorgogliare, pensò di nuovo alla capacità di William di amare un figlio che non era geneticamente suo. Nei quasi due anni che aveva passato insieme a loro, i Pride avevano sempre fatto un tale sfoggio della loro lunga discendenza di neri istruiti, benestanti, con le relazioni giuste e la pelle chiara, che faticava a credere che William e Rose potessero davvero accettare la fine della loro discendenza per causa sua. Anche se in effetti avevano Theodore, con la sua fidanzata modello. Probabilmente, loro avrebbero avuto un bambino senza alcuna difficoltà.

Il suono del campanello la distolse dai suoi pensieri. Eleanor si fermò allo specchio dell'ingresso per controllare che l'imbottitura per la pancia che Rose Pride aveva confezionato per lei fosse a posto. Soddisfatta, aprì la porta d'ingresso. Il sole sfavillante per un istante la accecò e dovette sbattere le palpebre per mettere a fuoco ciò che vedeva.

«Signora Pride, buongiorno. La signora Porter mi ha chiesto di consegnarle questo.» Un ragazzo con un berretto di lana reggeva due scatole impilate.

Eleanor gli fece cenno di entrare. «Me le puoi portare in salotto?»

Frugò nella tasca dell'abito e gli diede una moneta. «Grazie.»

Quando aveva detto alla signora Porter che il medico le aveva limitato gli spostamenti fino alla nascita del bambino, lei aveva insistito affinché Eleanor continuasse a lavorare a piccoli progetti.

«Avrai bisogno di qualcosa che ti tenga la mente impegnata» le disse al telefono.

Per darle modo di lavorare per la biblioteca e finire gli studi alla Howard, William aveva assunto un fattorino che doveva consegnare i documenti di Eleanor a scuola e ritirare i compiti settimanali assegnati dai suoi docenti. Eleanor non sapeva cosa avrebbe fatto se avesse dovuto rinunciare completamente al suo lavoro di archivista, soprattutto ora che William lavorava dalle dodici alle quattordici ore al giorno in ospedale.

Anche se era chiusa in casa solo da poche settimane, l'isolamento stava già cominciando a darle fastidio, così quando Nadine chiamò un'ora dopo la consegna delle scatole e chiese se poteva passare portando il pranzo, Eleanor aveva così voglia di compagnia che disse di sì prima di riflettere.

Un quarto d'ora prima del suo arrivo, Eleanor si prese tutto il tempo necessario per mettersi addosso l'imbottitura, assicurandosi che fosse posizionata nel modo giusto. Sostituì la semplice vestaglia che indossava con uno dei nuovi abiti a portafoglio che Rose aveva ordinato dal catalogo di Lane Bryant, e completò il look con un cardigan a coste. Quando Nadine arrivò, Eleanor la accolse di proposito con una manciata di libri in mano, in modo da evitare di doverla abbracciare, e si limitò a sporgersi in avanti per scambiare due baci sulle guance.

«Ohio, ma guardati!» Nadine sorrideva radiosa.

«Sono così felice che tu sia passata.»

Eleanor la condusse nella sala da pranzo a sinistra dell'atrio. Era una stanza che usavano di rado, ma il tavolo di legno era grande e ingombrante ed era il posto perfetto per stare sedute mantenendo una certa distanza. Tra loro c'era un vaso di cristallo con dentro delle margherite Gerber. Aveva preparato la tavola disponendo delle tovagliette di lino verde e i piatti di porcellana.

Nadine posò il cibo che aveva portato. «Non dovevi disturbarti per me. Come sei formale!»

«Non è un disturbo. A che serve avere dei bei piatti se non li usi mai?» scherzò Eleanor.

«Allora, come ti va?» Nadine prelevò dalla borsa il loro pranzo: insalata di mare, spinaci saltati, cocktail di gamberetti, un trancio di formaggio e cracker Ritz.

«Tutto bene. Ho solo queste emorroidi micidiali che vanno e vengono. Faccio fatica a stare seduta a lungo» disse Eleanor, ricordando i sintomi tipici che aveva letto per il sesto mese di gravidanza.

«Ma almeno hai conservato il tuo bel faccino. Alle donne nella mia famiglia chissà perché viene un nasone terribile, in gravidanza. Tu invece sei uguale, a parte la tua bella pancia tonda» sorrise Nadine.

Eleanor si costrinse a sorridere di nuovo, appoggiando appena la mano sulla pancia imbottita. «Il bruciore di stomaco è micidiale» aggiunse «ma ne vale la pena.»

«Sì, certo che ne vale la pena.» Nadine si mise in bocca del formaggio e un cracker. Era splendida come al solito. «Avete pensato ai nomi?»

«William vuole un William terzo, se è un maschio. Come faccio a dire di no?» Aveva reso la voce un po' più profonda e ridacchiò.

«E se fosse una bambina?»

Eleanor trasalì. Pensò alla figlia nata morta e scacciò subito l'immagine del suo piedino. «Non ci è ancora dato saperlo.»

«Che ne dici di Emma o Emily? Una figlia dovrebbe seguire il solco del tuo nome. Io mi chiamo Nadine e mia madre Nancy.»

«Entrambi molto carini. Li aggiungerò alla lista.» Eleanor affondò la forchetta nell'insalata di mare.

«Non dimenticare di spalmare il burro di cacao sulla pancia mattina e sera, così non dovrai passare il resto della vita con quelle orribili smagliature.»

«Oh, sono molto diligente.»

«Mia madre le ha, e per questo motivo non mi permette mai di vederla in mutandine e reggiseno. Dice che l'ho segnata a vita.»

«Oh, ma guarda cosa ha ottenuto in cambio» mormorò Eleanor, facendo sorridere Nadine.

Si dedicarono al pranzo, mentre Nadine la aggiornava sulla vita del campus che tanto le mancava. Eleanor si aggrappava a ogni dettaglio di ogni festa che Nadine le descriveva, con una nostalgia che non aveva previsto.

«Ho incontrato Greta Hepburn al Club Bali lo scorso venerdì sera» disse Nadine agitando la forchetta in aria.

«Sì è trovata un uomo?»

«Non che io sappia, ma continuava a parlare della festa di fidanzamento di Theodore Pride nella Grande Mela. Si vantava di come avrebbe trascorso il Ringraziamento con i suoi amici di famiglia preferiti, e di quanto si sarebbe divertita a fare shopping.»

Eleanor sentì le tempie pulsare. Greta sarebbe andata a New York, mentre Eleanor avrebbe dovuto restare a casa, con la scusa di essere troppo acciaccata per viaggiare.

«Se a New York ti dà sui nervi, tira fuori il piede e falle lo sgambetto. Forse questo la farà tacere.»

Eleanor finse una risata. «Me ne ricorderò.»

Parlarono delle altre ragazze del loro studentato, di chi era riuscita a farsi ammettere in una confraternita e quale e di chi, secondo Nadine, avrebbe conquistato la corona di re e regina del ballo. Eleanor provò un brivido: si stava perdendo i festeggiamenti dell'ultimo anno. Ne sarebbe comunque valsa la pena, però. Tutto per il loro bambino! Dopo essersi saziate ben bene, Nadine si alzò. «È meglio che vada ora. Frequento un corso serale di statistica due volte a settimana, per recuperare quello dove mi hanno bocciato lo scorso semestre.»

«Perché andavi a troppe feste!»

«Beh, questa volta devo passarlo o non riuscirò a laurearmi in tempo, e poi chi li sente i miei genitori?»

Eleanor non volle alzarsi per non rischiare di dover abbracciare l'amica. «Con tutto quello che abbiamo mangiato, non riesco ad alzarmi dalla sedia. Ti dispiace se non ti accompagno? Me ne resto seduta qui a leggere un po'.»

«Certo che no.» Nadine le diede un buffetto sulla fronte e disse: «Abbi cura del mio figlioccio». E se ne andò.

Mentre la porta si chiudeva alle spalle di Nadine, Eleanor pensò a quella maledetta Greta.

Era ancora una spina nel fianco di Eleanor, e non voleva saperne di sparire.

29
Troia

Ruby

Aspettavo fuori dal salone il mio turno con l'assistente sociale, la signora Jeanne. L'incontro era ogni martedì, e da quando ero arrivata alla Casa di Pan di Zenzero l'avevo vista tre volte. Le finestre erano aperte, perché madre Margaret sosteneva che l'aria di metà settembre era purificante. Non riuscivo più ad abbottonare il golf sulla pancia, ma in compenso lo tiravo più stretto sul petto. Clara era stata chiamata prima di me. Era passata oltre da una settimana, e al suo ritorno dalla clinica, due giorni prima, sembrava invecchiata di tre anni. La porta dell'ufficio era rimasta socchiusa, da dov'ero seduta sentivo distintamente ogni parola.

«Non sei in grado di crescere un bambino, Clara. Non hai un lavoro, non hai un marito... non puoi mantenerlo.»

Clara sospirò. «Non rinuncerò a mio figlio. È il mio bambino.»

«È per questo che tua madre ti ha mandato qui. Perché tu possa dare a questo bambino un vero futuro. Qualcosa che tu non sei in grado di offrirgli. Hai solo sedici anni.»

«Il mio ragazzo ha detto...»

«Se il tuo ragazzo avesse avuto intenzione di sposarti, non saresti qui. Lui si è già lasciato alle spalle questa storia.»

«Ma noi due ci amiamo.»

«L'amore non tiene pulito il bambino nel cuore della notte, né gli dà un tetto sopra la testa. Tuo figlio merita di più che nascere senza un padre. Merita due genitori che gli diano una casa e una famiglia.»

Clara singhiozzò.

«Clara, ti prego, non rendere le cose ancora più difficili. Firma i documenti.»

«Non posso, non è giusto.» La voce di Clara si incrinò.

«Hai perso i tuoi diritti nel momento in cui hai deciso di comportarti da troia, aprendo le gambe per quel ragazzo sul sedile posteriore della sua auto.»

La parola «troia» sembrò rimbalzare sulle pareti, riecheggiandomi nelle orecchie. Un minuto dopo, Clara uscì dalla stanza barcollando, gli occhi gonfi.

Toccava a me. Mi misi a sedere di fronte alla signora Jeanne. Portava un paio di massicci occhiali neri, e un blazer grigio sopra una camicetta bianca, con un filo di perle intorno alla gola.

«Ruby, come stai?»

«Sto bene.» La stanzetta odorava di naftalina e mi ricordava il baule dove mia nonna Nene teneva l'abito da sposa e i documenti importanti. Sentivo disperatamente la sua mancanza.

La signora Jeanne lesse i miei dati sulla scheda del fascicolo, come se ci stessimo incontrando per la prima volta.

«Hai sedici anni, giusto? E ne compirai diciassette a novembre.»

Annuii.

«Vieni da Philadelphia, porti in grembo un bambino di razza mista, che nascerà a fine gennaio. Quando ci siamo incontrati la settimana scorsa, mi hai detto che avevi ben chiaro il motivo per cui ti trovi qui.»

Il bambino cominciò a scalciare. L'avevo sentito muoversi ogni giorno, ma questa volta era diverso, come un messaggio dall'interno.

«Sì, lo so bene perché mi trovo qui.»

Il bambino si stiracchiava sotto il mio stomaco e non potei fare a meno di fargli un massaggio, per fargli capire che c'ero.

La signora Jeanne continuava a parlare. Ogni settimana lo stesso discorso: dovevo nutrirmi, riposare, pregare, non dimenticare perché ero lì, non dimenticare che il bambino si meritava di meglio. Le rivolsi un lieve sorriso, per farle capire che avevo capito.

«Bene, sono contenta che siamo sulla stessa lunghezza d'onda. Ci vediamo la prossima settimana.» Mi offrì un *butterscotch* da un piatto di cristallo sulla scrivania e mi congedò.

Il martedì prima di cena avevamo un'ora di meditazione silenziosa. Dovevamo trovare un angolo e pregare, ma io passavo il tempo a guardare gli alberi fuori dalla finestra, con gli scoiattoli che saltavano su e giù. Stavo andando nel bagno del piano di sotto quando mi imbattei in Bubbles, che arrivava dalla porta del seminterrato.

«Cosa stavi facendo là sotto?»

Sembrava sorpresa, come se l'avessi colta a rubare del cibo dopo che la cucina era chiusa. «Stavo solo controllando se in lavanderia c'erano tovaglie pulite per la cena.»

Una risposta che non aveva molto senso; ma, prima che potessi ribattere, si sentì un forte urlo.

«Noooooo. Nooooooo.»

Due delle «ergastolane» stavano trascinando Clara lungo il corridoio. Madre Margaret le seguiva, con in mano una croce d'oro.

«Avevamo un accordo.»

«Ho cambiato idea.»

«Vergognati!» sbraitò la suora. «Non funziona così.»

«Ho dei diritti» urlò Clara a squarciagola.

«Hai diritto a ventiquattro ore nella stanza della vergogna, nient'altro.» Suor Margaret sollevò la croce sopra il viso di Clara. «O Divino Padre Eterno, in unione con il tuo Divino Figlio e lo Spirito Santo, e attraverso il Cuore Immacolato di Maria, ti prego di distruggere il potere del tuo più grande nemico, lo spirito maligno di Satana. Bandisci la sua presa dalla mente di questa bambina.»

Il vestito di Clara si era sollevato fino alla vita e vidi che aveva le mutandine sporche di sangue.

Suor Margaret si voltò e ruggì verso noi tutte che stavamo a guardare. «Trovatevi un posto per pregare, voialtre, adesso!»

Mentre le altre ragazze si allontanavano, io non riuscivo a spostarmi. Clara emise un grido straziante, mentre la scaraventavano nella stanza della vergogna. Dopo che la porta fu chiusa a chiave, Clara cominciò a picchiare i pugni e a gridare, come se ne dipendesse tutta la sua vita.

«Quando ci rivedremo, sarà meglio che tu sia pronta a firmare quei documenti» ringhiò madre Margaret. Poi mi vide. «Vuoi andare a raggiungerla, Ruby?»

Indietreggiai lungo il corridoio ed entrai in classe con le gambe tremanti. Quando chiesi a Loretta, mi rispose che nessuno sapeva con certezza cosa ci fosse al di là di quella porta. Il suono agghiacciante delle grida di Clara mi fece pensare che non avrei mai voluto scoprirlo di persona.

L'urlo delle sirene mi svegliò prima che sorgesse il sole, ancora prima di sentire il trambusto al piano di sotto. Loretta si avvicinò alla finestra e aprì le tende: fuori c'erano delle luci lampeggianti.

Dissi alle altre ragazze che avrei cercato di capire cosa stesse succedendo: vivendo con Inez avevo imparato a muovermi senza farmi sentire, perché a lei non andava che fossi ancora in giro dopo le dieci di sera. Diceva che le faceva venire i nervi. Scesi in punta di piedi al secondo piano, dove dormivano le ragazze di porcellana. Due stavano sbirciando da uno spiraglio della porta. Quando arrivai al pianerottolo del primo piano, vidi due uomini in camice bianco alle due estremità di una barella arancione.

«Respira ma è svenuta» disse quello più corpulento all'altro.

Il mio cuore si fermò. Clara. Davanti agli occhi avevo il suo viso lentigginoso e i capelli castani e folti. Mi coprii la bocca nel tentativo di fermare il vomito che mi stava salendo in gola, poi mi affrettai a tornare da dov'ero venuta, senza preoccuparmi più di tanto di farlo in silenzio.

«Cos'è successo?» mi chiesero sussurrando le ragazze del secondo piano.

«È Clara» mormorai io, poi corsi fin su in soffitta. Bubbles chiuse la porta dietro di me. Quando mi lasciai andare sulla brandina, mi sentivo come Georgia Mae: incapace di parlare.

«Cerca di reagire.» Bubbles mi stava scuotendo le spalle. «Raccontaci.»

«La stavano portando via in barella. Hanno detto che respirava, ma a me sembrava morta.»

Georgia Mae si spostò accanto a me da una parte e Loretta si andò a sedere dall'altra, e ci stringemmo in un cerchio muto.

Non sapevo quanto tempo fosse passato quando suonò la sveglia del mattino e scendemmo al piano di sotto. Facemmo colazione in silenzio, sapendo che questo era l'ennesimo segreto che saremmo state costrette a mantenere. Le ultime ventiquattro ore avevano definitivamente chiarito due cose: noi signorine eravamo venute alla Casa di Pan di Zenzero per cedere ad altri i nostri figli, che lo volessimo o meno, e madre Margaret e la sua banda dal cuore di pietra non si sarebbero fermate davanti a nulla, per assicurarsi che non cambiassimo idea. L'eco delle grida di Clara mi risuonava nelle orecchie. Volevo che Shimmy piombasse lì e mi portasse via. Perché lui poteva continuare a vivere la sua vita libero come l'aria, mentre io ero chiusa lì dentro ad affrontare da sola le conseguenze? Il risentimento mi si accumulò alla bocca dello stomaco e posai la forchetta, incapace di mandare giù anche solo un altro boccone.

30
Qualcosa di sbagliato

Eleanor

Eleanor aveva spento il televisore e stava andando a letto quando squillò il telefono. Guardò l'orologio, sospirò e alzò il ricevitore.

«Pronto.»

«Ce l'hai ancora una madre?»

«Mamma.»

«Non chiamarmi "mamma". Quando è stata l'ultima volta che hai chiamato a casa? È passata un'eternità.» Il tono era irritato.

Eleanor si lasciò cadere sul divano, sentendosi giustamente in colpa. «Mi dispiace. Le cose sono successe così in fretta che riesco a malapena a stare al passo.» "Ho perso il bambino, sono nel bel mezzo di un'adozione e intanto cerco di capire come fingere una gravidanza."

«Non è una scusa. Basta una chiamata ogni tanto. Anche solo due minuti, così saprò che sei viva in quella grande città. Potrebbe succederti di tutto.»

«Suvvia, mamma. Sto bene, è tutto a posto.»

«Come sta la mia nipotina? A quest'ora ti starà già ballando nella pancia» cantilenò sua madre, e a Eleanor sembrava di vedere le sue guance tonde e le profonde rughe che le segnavano la fronte quando sorrideva.

«Non vedo l'ora di stringere tra le braccia la mia prima nipotina.» La linea crepitò per l'elettricità statica che disturbava ogni volta le chiamate interurbane. «Scommetto che verrà fuori...» – crepitio statico – «somigliante a te.»

«Perché dici così?»

«Oh, tutti i bambini della nostra famiglia ci somigliano. Abbiamo geni forti e si sa che i miei hanno i capelli folti e spessi come funi. Sono i geni di tuo padre che ti hanno ammorbidito un po' i capelli» disse, ridacchiando su un'altra scarica di elettricità statica. «So che lui spera in un maschio, ma io so che è una femmina. L'ho vista in sogno, col nasino a patata.»

Eleanor si tirò in grembo la coperta lavorata a maglia, deglutendo a fatica. Il bambino che aveva perso era lo stesso che sua madre aveva sognato? Rabbrividì.

Grazie al cielo, a sua madre erano bastati un «uuh» e un «ma non mi dire» per farla andare avanti a parlare. La linea continuò a gracchiare qua e là, ma Lorraine non smetteva più di chiacchierare. Parlava degli articoli che aveva comprato per il bambino al Five-and-dime e di come aveva fatto pregare tutte le persone in chiesa ogni domenica e mercoledì perché Eleanor avesse un parto senza difficoltà.

«Lo so che hai avuto due false partenze, dolcezza, ma non avere paura. La terza volta è di certo quella buona. Mi hai capito?»

La voce di Lorraine era così piena di speranza che confermava ulteriormente Eleanor nella sua scelta di mantenere il segreto. Le stava facendo un favore.

«Che le tue parole vadano dalle tue labbra dritte alle orecchie di Dio, mamma. So che hai un legame speciale con il signore del piano di sopra, ed è forte come l'acciaio.»

«Su questo ci puoi scommettere.»

Si salutarono, Eleanor ripiegò la coperta sullo schienale della sedia e salì al piano di sopra. Era tardi, erano già passate le dieci. Non ricordava l'ultima volta che era andata a letto con William.

Lui lavorava a orari strani e a volte si appisolava in ospedale, in modo da poter completare la specializzazione in tempi brevi. Il suo obiettivo era finire più o meno nel periodo in cui sarebbe nato il bambino. O almeno così le aveva detto.

"Smettila", si rimproverò, mentre sprimacciava i cuscini e si coricava. Eleanor odiava la voce del dubbio che aveva iniziato a insinuarsi negli angoli della sua mente, perseguitandola da quando William aveva accettato di fare più ore. Come poteva dubitare di lui? L'aveva sposata nonostante i suoi difetti, l'aveva perdonata quando aveva scoperto che non era stata sincera e si stava impegnando a fondo per diventare medico, in modo da poter offrire loro una vita agiata. Per quanto le piacesse fare l'archivista, non avrebbe fornito neanche un quarto del reddito che William avrebbe garantito alla loro famiglia. Tuttavia, le veniva da chiedersi: possibile che avesse così tanto lavoro da dover rimanere in ospedale così a lungo? Sapeva che l'isolamento era in parte responsabile della sua paranoia. Le mancava la vita al campus della Howard. Si sentiva sola, anche se nel profondo sapeva di meritarla, quella penitenza. La sterilità aveva un prezzo.

Rose le aveva detto che sarebbe passata in mattinata con un falegname, per i lavori nella nursery. «Questo è Bernie» disse Rose a mo' di saluto.

Era un uomo alto, con una tuta blu e una maglietta bianca a maniche lunghe con i polsini allacciati. Aveva la pelle scura, color cioccolato svizzero.

«Piacere.» Eleanor appoggiò la mano sulla pancia imbottita. Aveva preso l'abitudine di indossare le imbottiture ogni mattina quando si vestiva, come un modo per abituarsi all'idea del bambino in arrivo.

«Buongiorno, signora» disse lui, senza guardarla negli occhi. Bernie teneva in una mano una cassetta metallica degli attrezzi, e portava una pesante cintura in vita.

«Saliamo» disse Rose e invitò Eleanor a mostrare loro la strada per la camera da letto.

Mentre Rose andava avanti e indietro indicando tutti gli interventi previsti, Eleanor cominciò a irritarsi per i dettagli finanziari che la suocera stava discutendo con Bernie. Non riusciva a capacitarsi della quantità di soldi che Rose era disposta a spendere solo per una questione estetica. Sua madre le aveva raccontato che quando era nata non avevano neanche i soldi per comprare una culla, e così avevano usato un cassetto del comò.

Rose consegnò a Bernie un assegno come caparra. «Bene, io vado.»

Eleanor la ringraziò stringendo le labbra in quello che sperava somigliasse a un sorriso.

«Niente è mai troppo, per il mio nipotino» disse sua suocera, uscendo dalla porta e lasciandosi alle spalle una scia del suo amato Chanel n°5.

Eleanor rimase a fissare i mobili della cucina, ascoltando il trambusto che proveniva dalla stanza dei bambini. Non era abituata ad avere qualcun altro in casa insieme a lei. A parte il pranzo con Nadine e le visite occasionali di Rose, Eleanor passava le sue giornate da sola. Doveva salire e offrire a Bernie qualcosa da bere? I passi del falegname le riecheggiavano sopra la testa mentre si muoveva avanti e indietro, e poi sentì il rumore del trapano. Dopo alcuni istanti, decise di lasciarlo tranquillo. La signora Porter le aveva inviato un libro di poesie di Phillis Wheatley e una prefazione manoscritta a firma John Hancock che Eleanor non vedeva l'ora di sfogliare. Il libro era addirittura precedente alla raccolta di Wheatley che William le aveva regalato quando si erano fidanzati. Era passato così tanto tempo dall'ultima volta che lui le aveva chiesto di leggergli una favola della buonanotte, e a lei mancava quel momento di intimità tra di loro. Si mise comoda nel suo salottino ed era a metà del libro quando sentì i passi di Bernie sulle scale. Si alzò, controllò che l'imbottitura fosse al suo posto e gli andò incontro in cucina.

«Per oggi ho finito, signora. Torno domattina.»

«Va bene, grazie.»

Eleanor lo guardò uscire dalla porta sul retro con la sua cassetta degli attrezzi. Aveva le spalle dritte e teneva la testa alta. Riconobbe in lui l'orgoglio dell'uomo nero: suo padre si comportava allo stesso modo. Aveva pensato che avesse un'auto parcheggiata fuori, ma guardando dalla finestra vide che si era incamminato lungo la strada. Si chiese dove potesse abitare e che tipo di vita lo aspettasse a casa.

Dopo il primo giorno, Bernie si presentò al lavoro ogni mattina alle otto in punto, e questo costringeva Eleanor ad alzarsi e a seguire il suo rituale mattutino senza darle il tempo di commiserarsi. Bernie intento ad allestire la stanza per il loro bambino in arrivo ricordava a Eleanor di concentrarsi su quanto era fortunata.

Bernie stava lavorando al piano di sopra per il terzo giorno consecutivo, ed Eleanor stava facendo i compiti a casa nello studio quando lo sentì cantare. Mise giù la matita e ascoltò. La melodia era molto diversa da tutte quelle che le era capitato di sentire, ma in qualche modo le sembrava familiare. Poi le venne in mente che si trattava di una musica in cui si era imbattuta nel suo lavoro di archivio. Senza darsi il tempo di riflettere, salì al piano di sopra.

«Scusi l'interruzione» disse, affacciandosi alla porta. Bernie era in piedi su una scala a pioli e stava togliendo il lampadario dal soffitto. «Sta cantando la musica dei Big Drum?»

Bernie abbassò lo sguardo su di lei, sorpreso. Una lucida patina di sudore gli copriva il viso. «Come fa a conoscere una cosa del genere?»

«Sono un'archivista della biblioteca della Howard University. Ho aiutato la responsabile a mettere al sicuro musica, libri e manufatti provenienti da tutta la diaspora africana.» Sorrise orgogliosa. *Non era solo una casalinga privilegiata.*

Bernie scese lentamente dalla scala.

«Come fa a conoscerla?» Eleanor appoggiò la schiena allo stipite della porta. C'era polvere ovunque, e nella stanza c'era odore di trucioli di legno.

«Sono di Grenada.»

«Avrei dovuto immaginarlo» disse lei, anche se conosceva solo pochi studenti delle Indie occidentali alla Howard. «Da quanto tempo è negli Stati Uniti?»

«Da quasi otto anni. Sono arrivato qui a diciassette anni.»

«Come si trova?»

«Dipende dalla giornata.» Risalì sulla scala, tenendo in mano un lampadario trasparente a forma di nuvola bianca.

«Beh, io sarò di sotto, nello studio. Me lo dica se ha bisogno di qualcosa.» Uscì dalla stanza.

Con il passare dei giorni, Eleanor si sorprese della facilità con cui conversava con Bernie. Avevano più volte discusso della sua cultura e della sua musica, e alla seconda settimana di permanenza in casa si sentiva a suo agio nel portare un disco dei Big Drum nella stanza dei bambini.

«Le piacerebbe ascoltare qualcosa che ho trovato?» chiese, stringendo il disco al petto.

«Se non è di troppo disturbo.»

Eleanor entrò nella stanza. Bernie smise di martellare per attaccare le mensole alla parete. Nei pochi giorni in cui ci aveva lavorato, già si vedeva che la stanza del bambino cominciava a prendere forma.

Eleanor mise il disco sul fonografo e poi si ricordò che era più opportuno che lei prendesse posto sull'unica sedia presente nella stanza.

«Che ne pensa?»

«Sembra Carriacouan, una musica funebre. Qualcosa che suoniamo in onore dei morti» disse il falegname, con un accento sempre più marcato. Bernie continuò a spiegarle gli strumenti che si sentivano e il ruolo di ciascuno. Erano così presi dall'analisi della musica che quando sentì William chiamarla per nome dal piano di sotto sobbalzò.

«Mi scusi.» Si alzò di scatto. «È arrivato mio marito.» Raccolse il disco, lo portò nella sua camera da letto e poi andò incontro a William nel corridoio in cima alle scale.

«Ciao, cara mogliettina» esclamò William, prendendola tra le braccia.

«È così bello vederti.» Eleanor si rannicchiò contro di lui. Ultimamente passavano davvero poco tempo insieme. William si fermava a casa solo per poche ore ogni volta, spesso arrivava nel cuore della notte per farsi la doccia, cambiarsi e fare un pisolino, e quando lei si svegliava al mattino lui se n'era già andato. Eleanor non si era resa conto di quanto avesse sofferto la sua mancanza finché non gli mise il naso sul collo e aspirò il suo odore.

«Perché non mi hai fatto sapere che tornavi a casa presto? Avrei preparato la cena.»

«Tesoro, stasera c'è la raccolta fondi in memoria del dottor Drew.»

Era uno degli eventi che Rose aveva inserito nel calendario delle sue apparizioni. «Santo cielo, credo di aver fatto confusione con i giorni» disse Eleanor, alzando la voce per sovrastare il frastuono del martellamento nella cameretta che era ripreso.

«Ah, la stanza dei bambini. Non ho avuto modo di dare neanche una sbirciatina. È meglio se vado a presentarmi.»

Eleanor seguì William lungo il corridoio e nella camera da letto. William porse la mano morbida e strinse quella callosa di Bernie.

«Piacere di conoscerla» disse William sorridendo. «Sembra che abbia un bel da fare qui dentro.»

«Casa sua ha una buona struttura, signore. Non c'è alcun problema.» Eleanor aveva sempre pensato che William fosse alto, ma non poté fare a meno di notare quanto Bernie fosse più alto.

Eleanor infilò il braccio sotto quello di William mentre attraversavano il teatro per raggiungere la sala da ballo. Era entusiasta di uscire di casa, anche se per uno degli eventi di Rose Pride. Almeno respirava aria fresca e, soprattutto, si teneva stretta al braccio di suo marito. Tutto nella sua vita sembrava più luminoso quando lui era al suo fianco. Le era mancato così tanto.

«Sei bellissima» le bisbigliò lui all'orecchio. «Non vedo l'ora di riportarti a casa.»

Lei ridacchiò. «Non cominciare.»

«Considerala come una prenotazione per dopo» disse lui, lasciando che la sua mano scendesse lungo la vita di lei, ed Eleanor si sciolse contro di lui mentre solcavano il pavimento di legno pregiato.

Rose aveva detto loro di arrivare almeno cinque minuti dopo l'inizio del programma, in modo da poter raggiungere i loro posti senza che nessuno li fermasse. Ai numerosi tavoli rotondi era già seduto il gotha della capitale ed Eleanor osservò William che salutava alcuni dei suoi colleghi. Vide anche alcune donne che avevano frequentato la Howard con lei, ma si limitò a sorridere mentre si teneva stretta a William e insieme si dirigevano verso il tavolo. L'imbottitura intorno all'addome era sicura e il vestito largo che indossava creava un effetto tenda che nascondeva le sue forme, ma era il viso a preoccuparla. Sapeva che le mancava quel tanto di adipe in più che di solito accompagna la gravidanza, quindi aveva aggiunto un po' di fard in più sulle guance per dare alla pelle quella tipica luminosità. William la condusse al loro tavolo, di fronte ai suoi genitori e ad altre due coppie che Eleanor riconobbe come loro amici. Il maestro di cerimonie si era commosso parlando del dottor Drew e si era preso qualche secondo per schiarirsi la gola, poi si era asciugato gli occhi con un fazzoletto bianco prima di continuare.

«"Spendiamo così tanta energia per lottare contro l'ambiente oppressivo in cui viviamo che ce ne rimane poca per creare nuove idee o cose. Tuttavia, ogni volta che si esce da questa prigione dalle alte mura del 'problema nero', in virtù di qualche contributo utile, non solo si ottiene una maggiore libertà, ma una parte del muro si sgretola. E quindi l'obiettivo di ogni studente che si occupi di scienza dovrebbe essere quello di abbattere almeno uno o due mattoni di quel muro in virtù dei propri risultati." Queste sono le sagge parole pronunciate dal nostro fratello, il dottor Charles Drew, appena tre anni prima della sua prematura scomparsa.»

L'uomo concluse elencando tutti i successi del dottor Drew e nella sala scoppiò un applauso, mentre il padre di William e i suoi due amici sussurravano tra loro.

«Continuano a girare voci, sulla morte di Drew. Credo sia confermato che l'incidente d'auto è avvenuto in una *sundown town*.»

Uno dei due uomini sibilò tra i denti. «Viaggiare in auto nel Sud rurale è sicuramente azzardato per la salute di qualsiasi nero, e non solo dopo il tramonto.»

«Sapete come funziona, negli ospedali dove vige la segregazione. Ho sentito dire che l'hanno messo in un reparto e l'hanno abbandonato lì senza la minima cura.»

Il padre di William intervenne. «Il mio collega ha detto che è successo a Duke. Quando hanno portato Drew in ospedale, gli è stato detto che non potevano ricoverare un nero e che avrebbe dovuto attraversare la città, per andare all'ospedale per soli neri.»

«Gli hanno negato il plasma sanguigno che ha contribuito a sviluppare? Non ha veramente senso.»

«Evidentemente, pensano che tutti i neri sono cittadini di seconda classe.»

«La sua vita è stata stroncata perché era nero... L'ospedale aveva il plasma, ma era di quelli solo per bianchi» aggiunse William, mentre Don Shirley concludeva la sua canzone e faceva un inchino.

Nel salone fluttuavano i camerieri che portavano i cestini per raccogliere le donazioni.

Duke Ellington salì sul palco, seguito dalla sua band di dodici elementi. Avrebbero suonato mentre veniva servita la cena. Per Eleanor e William proprio la cena sarebbe stata l'occasione per andarsene. Rose li guardò e fece un cenno a Eleanor, seduta dall'altra parte del tavolo.

«Scusatemi, credo proprio di dovermene andare. Il bambino non ne vuole sapere di starsene tranquillo, in questi giorni.»

«Oh, Eleanor, ti capiamo. Ci siamo passate tutte» disse l'amica di Rose, il cui nome le sfuggiva.

«È meglio andare» disse William, posando il tovagliolo.

«Oh, figliolo, non vorrei che ti perdessi il saluto a Minnie Drew e l'occasione per due chiacchiere in famiglia. Lewis aspetta fuori con la nostra macchina, può accompagnarla a casa. Sono sicura che a Eleanor non dispiacerà» disse Rose con un certo brio nella voce.

Non faceva parte del loro piano. Tutti al tavolo si girarono a fissare Eleanor. Voleva che William tornasse a casa con lei; era da tanto che non stavano un po' insieme. Ma come poteva opporsi a Rose in pubblico? L'aveva messa con le spalle al muro.

«Tesoro, tua madre ha ragione. Vado a sdraiarmi. Tu resta, divertirti, passa un po' di tempo con i tuoi vecchi amici. Ci vediamo più tardi.»

«Sei sicura?» chiese lui. Ma le sembrò di cogliere sul volto del marito un rapido lampo di sollievo.

«Certo.» Eleanor gli afferrò il braccio e gli permise di aiutarla ad alzarsi da tavola. Mentre uscivano dal salone, Eleanor alzò lo sguardo e vide entrare Greta Hepburn, con un abito che le aderiva al corpo come una seconda pelle.

Quando William tornò a casa, molto più tardi, Eleanor sentì l'aroma del brandy che probabilmente aveva bevuto con gli uomini al bar, nel dopocena. Lui si avvicinò, ma lei rimase girata su un fianco, la testa affondata nel cuscino, fingendo di dormire. Eleanor non ricordava l'ultima volta che avevano avuto un momento di intimità, ma era troppo arrabbiata per sentirsi eccitata. William non insistette. Si girò verso la sua parte del letto. Quando lo sentì russare aprì gli occhi e fissò il soffitto, chiedendosi perché non avesse insistito di più. Rimase lì a guardare suo marito, il suo petto che si alzava e si abbassava.

31
Il silenzio dell'innocente

Ruby

Per il mio diciassettesimo compleanno, passai la mattinata sulle ginocchia ammaccate a lavare i pavimenti e a pentirmi dei miei peccati. Dopo cena, guardammo un film intitolato *Le due suore*, una commedia drammatica su due religiose francesi che arrivavano in una piccola città del New England e convincevano la gente a dare una mano a costruire un ospedale per i bambini. Era meglio di niente. Gertrude, l'ergastolana con la faccia butterata incaricata di preparare i popcorn, li finì ovviamente non appena arrivò il turno di noi ragazze della soffitta.

Prima di andare a letto, sul tavolo da pranzo rotondo apparve una torta al cioccolato con le candeline e rimasi sbalordita quando la suora addetta alla cucina, Kathleen, propose a tutte di cantarmi «Buon compleanno». Era la cosa più dolce che mi fosse capitata da quando ero arrivata alla Casa di Pan di Zenzero, e il regalo più gustoso che avessi ricevuto. Quando tornammo nella nostra soffitta, mi infilai la camicia da notte con un senso di contentezza.

Mentre ero sdraiata sul letto e stringevo il biglietto di auguri della zia Marie, il bambino si mise a scalciare e mi chiesi se Shimmy stesse pensando a me. Almeno se lo ricordava che il mio compleanno era il 17 novembre? Mi aveva spedito tre lettere da quando ero arrivata, ma erano rimaste chiuse in fondo al cassetto. L'unico modo per superare questa situazione era smettere di pensare a lui, e fino a oggi ci ero riuscita tutto sommato bene. Per tutto il pomeriggio avevo desiderato un pretzel ricoperto di cioccolato dalla sua punta delle dita, l'odore zuccherino del nostro posto nel magazzino dietro il negozio di dolciumi, il suono della sua voce all'orecchio e la carezza delle sue mani sui capelli.

Il mio sogno a occhi aperti fu interrotto da Bubbles, che si stava alzando dal letto. Accese una luce proprio mentre un fiotto d'acqua cominciava a sgorgarle tra le gambe, gocciolando sul pavimento.

«Ti stai facendo pipì addosso?» Loretta si spostò sul lettino, con un'aria inorridita.

«Credo che mi si siano appena rotte le acque!» Bubbles si piegò in avanti, tenendosi la pancia.

«Che cosa significa?» chiesi stupefatta.

Nei tre mesi che avevo passato alla Casa di Pan di Zenzero, nessuno aveva detto una parola su quello che succedeva quando una ragazza portava a termine la gravidanza. Le ragazze tornavano a casa dalla clinica con le bocche cucite, riluttanti a parlare di qualsiasi dettaglio.

«Vuol dire che il bambino è in arrivo.» Bubbles si morse le labbra.

«Corro a chiedere aiuto.» Andai verso la porta.

«No» sibilò lei. «Avrò questo bambino da sola. Poi salteremo giù dalla finestra insieme e torneremo a casa.»

Loretta schioccò la lingua, come per dire che Bubbles era fuori di testa.

«Ti ho detto che non lo do a queste pazzoidi di suore il mio bambino, e dico sul serio.» Il suo viso era serissimo, e gli occhi lucidi di emozione. «Mia nonna era l'ostetrica della parrocchia. Ho già rubato dei panni puliti, degli assorbenti e delle forbici. Guarda sotto il mio materasso.»

Georgia Mae sollevò il lato sinistro, rivelando la scorta segreta di Bubbles.

«Bubbles, tu sei tutta matta. Non puoi far nascere il bambino da sola.» Incrociai le braccia davanti al petto.

«Da dove veniamo noi le donne vanno nella boscaglia, partoriscono da sole e poi tornano tenendo in braccio il bambino. Posso farcela. Ce la farò» disse, pur con il volto contorto dal dolore.

Quello che non diceva era che in quei villaggi remoti le donne morivano spesso di parto. Avevo letto dei Paesi poveri nel mio libro sulla storia del mondo e conoscevo i rischi. Per non parlare delle conseguenze, se madre Margaret avesse scoperto che l'avevamo aiutata. Avrebbe potuto chiamare la signora Shapiro, e io avrei potuto perdere la mia borsa di studio.

Loretta e io ci guardammo, entrambe senza avere la più pallida idea di cosa fare. Poi Georgia Mae andò da Bubbles e cominciò a massaggiarle la schiena. Il dolore arrivava ogni dieci minuti circa e ogni volta Georgia Mae inspirava profondamente e poi lasciava uscire piano il fiato, facendo cenno a Bubbles di imitarla, fino a quando non trovarono lo stesso ritmo. Dopo un po' riuscii a scuotermi dal torpore, piegai alcune coperte e le cacciai contro la fessura sotto la porta, per non far uscire il rumore all'esterno. Avrebbe fatto anche da barriera se madre Margaret avesse deciso di farci una delle sue visite a sorpresa.

«Spegnete le luci» ordinò Bubbles. «È meglio se credono che stiamo dormendo.»

Nel buio, ci stringemmo tutte e tre intorno a Bubbles.

«Sei sicura di quello che fai?» mormorò Loretta.

«Goldie, prima di tutto io non ho mai voluto venire qui. Sono qui solo perché mio padre è il pastore della nostra chiesa.» Bubbles si morse il labbro, come se avesse detto più del dovuto.

Madre Margaret aveva dato ordini precisi: tra di noi non dovevamo parlare della nostra vita fuori di lì. La segretezza era uno dei principi fondanti di quella casa, e per lo più noi l'avevamo sempre rispettata, ma in quel momento Bubbles alzò gli occhi e disse: «'Fanculo. Qui siete la cosa più vicina a una famiglia, per me. Voglio che sappiate chi sono». Ci fissò tutte e tre e poi sprofondò la testa nel cuscino.

Tra i dolori del parto che la squarciavano, Bubbles parlava. La sua voce mi distraeva da ciò che stava accadendo, ed ero certa che avesse lo stesso effetto su di lei. Che la facesse sentire meno spaventata. Ci raccontò che sua madre era perfetta come moglie del pastore, puritana e perbene, e che ogni domenica recitava la sua parte indossando le sue eleganti tenute. Bubbles era stata mandata alla casa proprio perché il suo passo falso non mettesse in imbarazzo i genitori di fronte alla loro beneamata congregazione.

«Quando ho saltato due volte le mestruazioni, Ray è andato dai miei genitori e ha chiesto la mia mano, ma loro gli hanno detto di no.»

Si aggiustò i cuscini dietro la schiena e ci disse che Ray era più grande, venticinque anni contro i suoi diciassette. Ray era già stato sposato, sua moglie era morta per overdose di barbiturici. Tutti pensavano che la poveretta fosse così infelice per colpa di Ray, ma lui aveva detto a Bubbles che sua moglie era sempre triste, qualunque cosa lui facesse. Aveva lasciato una figlia di due anni, che la madre di Ray stava tirando su insieme al figlio.

Bubbles mi strinse forte la mano e, anche al buio, capii che stava soffrendo tanto. Dopo un respiro profondo, ci disse che Ray faceva il bidello al suo liceo.

«È iniziata come una cosa amichevole. Ciao e arrivederci, cose così. Ma poi un giorno l'ho incontrato, alla fiera della contea. Ero a passeggio con alcune amiche e lui stava cercando di vincere un panda di peluche per la sua piccola. Quando l'ho visto, mi sono allontanata dalle mie amiche e ho girato per la fiera con loro due. Era dolce con me, in un modo che mi piaceva» disse ridacchiando. «All'inizio non voleva saperne di me. Diceva che ero troppo giovane, ma poi ha deciso in fretta di passarci sopra.»

Noi tre rimanemmo sveglie a turno, a confortare Bubbles per tutta la notte. Georgia Mae prese un asciugamano bagnato e lo mise sulla nuca di Bubbles per raffreddare il sudore che continuava a scendere. Bubbles gemeva a denti stretti, ma a me sembrava che la situazione stesse peggiorando e che le riuscisse sempre più difficile contenere il volume dei lamenti. Loretta mi disse di scendere in cucina di nascosto, per sgraffignare qualcosa da mangiare.

A ogni ora che passava, i mugolii di Bubbles diventavano più profondi e il suo corpo si contorceva per il dolore. Le diedi da mordere il cuscino, ma dopo poco mi spinse via e vomitò sul pavimento.

«Non ce la faccio più» disse Bubbles debolmente.

Loretta continuò a massaggiarle la schiena e le spalle. «Ci sei quasi.»

«Davvero?» Guardai Loretta, che scrollò le spalle in un modo da cui capii che stava solo cercando di confortare Bubbles. Cominciavo a preoccuparmi seriamente: e se la madre e il bambino fossero morti sotto i nostri occhi? Non avevamo idea di cosa stavamo facendo. Ero sul punto di andare in cerca di aiuto quando Bubbles disse: «Sento che sta scivolando giù. Datemi quel dannato cuscino e aiutatemi a tirarlo fuori».

Scattammo in avanti. Le infilai di nuovo il cuscino in bocca e lasciai che mi stringesse la mano mentre gridava. Loretta era lì accanto con una pila di asciugamani, mentre Georgia Mae si accovacciava tra le sue gambe. Fu come una danza a due, a spingere e tirare, spingere e tirare, e poi Bubbles ruggì come se la stessero squartando. Il letto tremò e Loretta lo tenne fermo per evitare che picchiasse contro il pavimento. Quando abbassai lo sguardo, Georgia Mae teneva in braccio un esserino marrone coperto di sangue. Grida simili a quelle di un uccello riempirono immediatamente la mansarda.

Mi vennero le lacrime agli occhi. In qualche modo, ce l'avevamo fatta. Noi quattro, senza alcuna preparazione, eravamo riuscite a mettere al mondo la creatura di Bubbles.

La madre sembrava sul punto di svenire, ma poi Georgia Mae le depose la bambina sul petto. Quando Bubbles portò la sua bambina al viso, mi scesero altre lacrime. Mi sentivo in soggezione. Avevo assistito alla nascita di un essere umano. Mi sarei sentita così anch'io, quando avrei partorito? Avevo cercato di pensare alla cosa dentro di me come a un uovo, niente di più, ma vedere la bambina di Bubbles rendeva tutto più difficile. D'improvviso rabbrividii, pensando alla realtà di ciò che ero venuta a fare alla Casa di Pan di Zenzero.

La bimba strillava, mentre Bubbles cercava di farle entrare in bocca il seno gonfio. Dopo alcuni tentativi e con l'aiuto di Georgia Mae, la bambina si attaccò e si calmò.

«Dopo il dolore viene la gioia.» La voce di Bubbles era arrochita dalla stanchezza. «La chiamerò Joy.»

Il cielo era ancora buio quando madre e figlio si addormentarono. C'era sangue ovunque. Come avremmo fatto a ripulire tutto senza che nessuno ci scoprisse? Ma mentre io ero raggelata dalla paura, Georgia Mae era già al lavoro per appallottolare la biancheria insanguinata. Presi dell'acqua dal lavandino e pulii il pavimento. Nascondemmo le coperte insanguinate dietro una delle cassettiere, poi Georgia Mae lavò Bubbles con una spugna e le applicò due spessi assorbenti, presi dagli articoli che Bubbles aveva rubato un po' alla volta.

La campanella della colazione mi trovò esausta. Loretta, Georgia Mae e io scendemmo insieme di sotto. Avevo pensato a diverse scuse per spiegare l'assenza di Bubbles, ma quando arrivammo giù madre Margaret stava andando verso la porta con una ragazza piegata in due dalle doglie. Si voltò giusto un attimo per dire a suor Bethany di occuparsi dell'ordinaria amministrazione della casa.

«La porto in clinica» disse madre Margaret «poi ho alcune commissioni da sbrigare. Tornerò dopo cena.»

Un giorno intero senza la direttrice significava che la fortuna era dalla nostra parte. Tirai un sospiro di sollievo mentre mi sedevo a mangiare i soliti fiocchi d'avena, sperando che il cibo compensasse la mancanza di sonno. Poiché era domenica, ci aspettava la funzione religiosa con il vecchio prete, da noi soprannominato Don Tempo. Noi tre ci sedemmo nel nostro angolino e ci appisolammo durante il sermone, ma probabilmente era troppo rimbambito per accorgersene.

Il mutismo di Georgia Mae giocava a nostro favore. Era essenzialmente invisibile, e nel corso della giornata scivolò di sopra più volte portando assorbenti puliti e cibo per Bubbles, senza che nessuno si accorgesse di nulla. Solo dopo cena suor Kathleen, l'addetta alla cucina, chiese di Bubbles.

«Di solito non lava lei le pentole?» E strinse le labbra sottili, irritata.

«Le fa male la schiena, così le ho detto che la sostituivo io, solo per stasera» disse Loretta, andando verso il lavandino.

Suor Kathleen annuì e poi continuò a disporre le cosce di tacchino e il sugo avanzati in contenitori trasparenti. Una volta rigovernata la cucina e la sala da pranzo, la suorina Bethany ci riunì per la preghiera serale. Cantammo i soliti vecchi inni, ma invece dei consueti versetti della Bibbia, suor Bethany ci lesse la storia della Torre di Babele, dal *Libro della Genesi*. Fu una piacevole variazione sul tema. Quando finalmente ci fu permesso di tornare nella nostra stanza, Bubbles era seduta con la bambina appoggiata al seno.

«Come sta?» chiesi, chinandomi a guardarla in viso.

«È perfetta da tutti i punti di vista. Vuoi tenerla in braccio?»

Annuii e lei mi depositò la bambina tra le braccia. Aveva un profumo così dolce. Sentii un piccolo strattone al seno che mi fece trasalire.

«Lascia fare a me» disse Loretta, e le passai la bambina. Fu così che trascorremmo la serata, passandoci la bambina avanti e indietro e prodigandoci per lei.

Quando piangeva, facevamo del nostro meglio per tranquillizzarla. Bubbles l'aveva appena calmata quando sentimmo la maniglia della porta girare. Era passato da un pezzo l'orario dei normali controlli. Avevamo fatto troppo chiasso? Qualcuno aveva saputo della bambina? La coperta infilata sotto la porta ne limitava il movimento, ma la persona dall'altra parte continuò a spingere e spingere, finché la porta si aprì.

Tutto ciò a cui avrei dovuto rinunciare per aver aiutato Bubbles mi passò in un attimo davanti agli occhi, ma quella che entrò non era madre Margaret. Era Gertrude, l'ergastolana dalla faccia butterata che aveva rovesciato il mio secchio e ci aveva negato i popcorn la sera del film. Il segreto era stato svelato. Ci avrebbe denunciate a suor Margaret e la bambina di Bubbles sarebbe stata portata via. Tutto il nostro strenuo impegno non era servito a nulla.

Gertrude si guardò intorno nella stanza, poi il suo sguardo cadde su Bubbles che cullava la figlioletta. «Sei pronta?»

Bubbles annuì e fece per alzarsi dal lettino.

«Meglio sbrigarsi, allora, la via è libera.»

«Che succede?» Guardai Bubbles mentre infagottava la neonata.

«Gertrude mi sta aiutando a uscire di qui. Ray sarà fuori ad aspettarci a mezzanotte.»

«Cosa?» dissi incredula. «Come fai a sapere che puoi fidarti di lei? E se lui non ci fosse?» Feci un passo avanti, come per fermarla.

«Gertrude è a posto, non preoccuparti. Era tutta una recita per non farci scoprire. È da settimane che progettiamo questa evasione. Ray la lascerà da qualche parte lungo la strada. Anche lei se ne andrà da qui.»

Bubbles abbracciò Georgia Mae e poi Loretta, che si era messa a piangere. «Grazie davvero per avermi aiutata. Non ce l'avrei fatta, senza voi tre.»

Mi strinse forte, e io le sussurrai di stare attenta.

«Io e Ray cresceremo le sue bambine insieme. È la scelta giusta, me lo sento dentro.»

Baciai la piccola in fronte, inalando per l'ultima volta il suo dolce profumo. Gertrude aprì la porta, e un attimo dopo erano sparite tutte e tre.

32
Raccontare storie

Eleanor

Eleanor non era all'ottavo mese di gravidanza, ma se lo fosse stata il suo bambino sarebbe stato grande quanto un melone e avrebbe avuto un peso intorno ai due chili. A questo punto, di tanto in tanto lei avrebbe potuto intravvedere le mani e i piedi del bambino sporgere dalla pancia. I movimenti di gas nella pancia l'avrebbero fatta diventare rossa per l'imbarazzo, soprattutto se William era nei dintorni. Nella gelida Washington di novembre avrebbe dovuto fare più attenzione quando usciva a fare una passeggiata, perché il suo centro di gravità sarebbe stato diverso. Nella lunga lista dei sintomi della gravidanza riportata da *Expectant Mother* ce n'erano comunque due che Eleanor non aveva bisogno di fingere: l'insonnia e l'irrequietezza.

A volte, quando si sentiva particolarmente sola, si chiedeva se davvero c'era bisogno di arrivare a tanto per costruire una famiglia, se c'era davvero bisogno di nascondere l'adozione. Forse sarebbe stata considerata un'eroina nella cerchia sociale dei Pride, per aver salvato un bambino da una ragazza madre. Una donna moderna che indicava una tendenza, non una femmina sterile che tirava su un figlio illegittimo.

La verità è che Eleanor non conosceva nessuno che avesse adottato un bambino. L'idea le era del tutto estranea, prima di incontrare madre Margaret. Quando lei era piccola, i bambini arrivavano dal Sud per stare con una zia o una nonna e poi non se ne andavano più via. Capitava che una donna sposata e senza figli sparisse per qualche mese e poi si presentasse in chiesa con un bambino in braccio. Nessuno faceva domande, giusto qualche mormorio a porte chiuse. Eleanor non sopportava l'idea di essere la destinataria di altri pettegolezzi. Pensava che si parlasse già fin troppo di lei, la povera figlia della periferia industriale di Elyria che l'affascinante William Pride aveva tratto in salvo. O qualcosa del genere.

La casa che madre Margaret gestiva era in gran parte per donne bianche. Le poche ragazze nere ammesse dovevano avere i mezzi per pagare. Eleanor aveva pensato spesso con curiosità a queste ragazze non sposate. Da dove venivano? Avevano voce in capitolo, nella decisione di dare via i loro bambini? Gli si spezzava il cuore o era una scelta volontaria? A essere sincera, avrebbe voluto visitare il posto e dare una sbirciatina alla casa dov'era in incubazione il suo bambino, ma temeva di scoprire che la vita delle ragazze lì dentro non corrispondeva al grazioso quadretto che madre Margaret le aveva dipinto, il che sarebbe stato più di quanto potesse sopportare. Stare in isolamento aveva dato a Eleanor molto tempo per sognare a occhi aperti.

Nella sua mente, aveva iniziato a chiamarla la Casa di Eva. Eva come Adamo ed Eva, la madre di tutti gli esseri umani. Cercava di immaginare l'aspetto della sua Eva. Era grande o piccola, aveva i capelli lunghi o corti? E com'era la sua pancia, alta o bassa? E infine la domanda che più la tormentava: Eva era felice di affidare il suo bambino alle cure amorevoli di William ed Eleanor, per avere una seconda possibilità, come aveva detto madre Margaret, o erano tutte sciocchezze?

Era il lunedì che precedeva il Ringraziamento e William doveva partire per New York, per la cena di fidanzamento di Theodore, il martedì pomeriggio. Per tutto il fine settimana le aveva promesso che si sarebbe ricavato un po' di tempo per stare insieme prima della partenza, ma ogni volta aveva poi telefonato dicendo che sarebbe rientrato tardi. Quel giorno aveva il turno al pronto soccorso ed erano arrivati due bambini morsicati da un cane, erano gravi e non sapeva quando sarebbe tornato a casa.

Eleanor era abituata a stare da sola fin da quando viveva in Ohio, essendo figlia unica. Con i genitori che lavoravano tutto il tempo, aveva dovuto imparare a essere indipendente. Ma ora era diverso. Eleanor non si sentiva autonoma, ma semmai isolata. La Howard era chiusa per le vacanze, quindi non aveva documenti da scrivere o lavori in biblioteca da svolgere per tenere occupata la mente.

Per passare il tempo, pulì ogni centimetro di ogni stanza della casa. Quando ebbe finito, era impossibile trovare anche solo un granello di polvere su uno dei mobili o sui pavimenti. Sia la cucina che i due bagni profumavano di candeggina, e tutto il bucato era stato ripiegato e messo via. Tuttavia, le restava ancora troppo tempo prima di arrivare alla fine della giornata.

Sentì squillare il telefono e un'ondata di sollievo la invase. Si precipitò nello studio e afferrò il ricevitore.

«Ciao, tesoro.» Di nuovo il crepitio dell'elettricità statica.

«Mamma!» esclamò, così felice di sentire la voce di sua madre.

«Come va?»

«Abbastanza bene.» Eleanor si accovacciò sul divano.

«Il bambino si muove molto? Mangi frutta e verdura?»

«Sì, si agita molto» disse, e poi recitò alcuni sintomi e statistiche che aveva letto su quella fase della gravidanza. Un'ondata di scariche crepitò tra loro ed Eleanor dovette ripetere quasi tutto. Mentre si inventava il suo stato di salute, le sembrava di sentire il senso di colpa anche nel ventre. Odiava mentire a sua madre, ma pensava che fosse per il suo bene.

«Mi spiace dover essere io a dirtelo, ma suor Pryor è morta qualche giorno fa per un attacco di cuore. La nostra piccola chiesa sta andando in pezzi. Sai che lei era un po' la madre di tutti.»

Eleanor si strinse le braccia al petto. Si sentiva come se d'improvviso le mancasse il fiato. «Oh, mamma. Mi dispiace tanto.»

Suor Pryor era stata la babysitter di Eleanor quando era troppo piccola per andare a scuola. Aveva un bel ricordo di quando mangiava la torta di pesche e ascoltava gli sceneggiati alla radio insieme a lei.

«Mi piacerebbe che tu tornassi a casa per il funerale. Sarebbe bello vederti, e mi piacerebbe dare una carezza a quel bambino che ti porti nella pancia.»

«Anche a me piacerebbe, mamma, ma il medico dice che non posso viaggiare nelle mie condizioni. Non esco nemmeno più di casa. Sto solo qui ad aspettare» disse lei, tra uno scoppio di elettricità statica e un altro.

«Probabilmente è meglio così. La prudenza non è mai troppa, soprattutto con i tuoi precedenti.»

Eleanor rabbrividì. «Infatti.»

«Allora forse posso venire io a trovarti.»

Eleanor sentiva il desiderio nella voce di sua madre. Non c'era niente che anche lei volesse di più: sua madre che le pettinava i capelli, le preparava un pound cake e le faceva appoggiare la testa in grembo.

«Mamma, siamo già d'accordo: è meglio se vieni dopo la nascita del bambino, a gennaio. Sarà allora che avrò davvero bisogno di te. E potrai restare più a lungo. Adesso stiamo vivendo in una specie di cantiere, con la stanza del bambino in allestimento.»

«Ti stai dando così tanto da fare per un bambino che di questo si ricorderà poco o niente.»

«Rose ha insistito, e io sto solo cercando di non urtarmi con lei.»

«È sempre così indaffarata a farsi i fatti tuoi?» sibilò sua madre.

Eleanor non voleva che ci fossero tensioni tra le due famiglie, così mentì di nuovo. «No, si è calmata un po'.»

«Ti ho chiamata a quest'ora perché le tariffe sono più basse, ma non significa che sia gratis. È meglio che vada a controllare le torte di mele in forno.»

Eleanor desiderava ardentemente poter raccontare a sua madre tutta la verità. Invece, continuarono a salutarsi per un bel po' senza dirsi altro. Ed Eleanor restò lì con il ricevitore in mano anche quando a farle compagnia era rimasto solo il suono della linea libera.

Quando Eleanor si svegliò la mattina dopo, William era accanto a lei nel letto. Si rannicchiò contro di lui e gli appoggiò la testa sul petto. Le piaceva ascoltare il battito del suo cuore. Lui le accarezzò la testa, poi si avvicinò e la baciò.

«Buongiorno.»

«Ecco cosa mi manca: svegliarmi con te.»

«Anche a me manca.» Lui le passò le dita lungo il collo.

«Non lasciarmi.» Si arrampicò sopra di lui e gli passò la lingua sull'orecchio.

«Piccola» sospirò, e un attimo dopo le sue mani erano ovunque. Afferrò i fianchi di Eleanor e li guidò sopra i suoi. Si avvinghiarono con passione, mentre lei gli avvolgeva le gambe intorno. Rotolarono l'una sull'altro fino a restare senza fiato e umidi di sudore, poi William gemette e si lasciò andare sul cuscino.

«Non vedo l'ora di aver finito la specializzazione, così non dovrò più rinunciare a te» le disse, guardandola intensamente negli occhi. I capelli umidi sulla fronte, il corpo di Eleanor era tutto un formicolio.

«Non andare alla festa di fidanzamento» disse, sfiorandogli il petto con le dita.

«Devo andarci, lo sai.»

«Allora vengo con te.» Eleanor gettò indietro le coperte e si diresse nuda verso l'armadio.

«Elly, non puoi» balbettò William. «È troppo rischioso.»

«Starò attenta. Rimarrò in albergo con i piedi in alto mentre tu vai alla festa. Dirai che mi sto riposando.»

William attraversò la stanza e la abbracciò. «Tesoro, mi piacerebbe che tu venissi. Niente mi renderebbe più felice, ma siamo quasi alla meta, mancano solo poche settimane.»

Eleanor sapeva che William aveva ragione, ma non sopportava l'idea di stare di nuovo da sola per giorni e giorni. Non durante le vacanze. Non con Greta Hepburn che si pavoneggiava in giro in attesa di calare i suoi artigli su William. Voleva che lui rimanesse con lei, voleva che William scegliesse lei, ma non gli disse nulla mentre facevano la doccia insieme e poi lo guardava vestirsi.

William la abbraccio, la baciò e appoggiò la fronte contro la sua. «Ehi, non essere così abbattuta. Tornerò sabato e la faremo allora, la nostra cena del Ringraziamento. Tieni in caldo il mio lato del letto.» Lui le strinse la mano e lei guardò la schiena che amava tanto allontanarsi per entrare nel suo mondo, quel mondo a cui Eleanor ancora non apparteneva.

33
I segreti delle ragazze

Ruby

Clara non era tornata alla Casa di Pan di Zenzero, dopo che l'avevano portata in ospedale. Le voci si rincorrevano, ma l'opinione prevalente era che avesse tentato di uccidersi nella stanza della vergogna. Loretta disse di aver saputo da fonti affidabili che si era legata la camicia al collo e aveva cercato di impiccarsi, ma era riuscita solo a svenire. Madre Margaret non disse mai una parola su Clara, ma urlò e ci fece la predica sulla questione di Bubbles e Gertrude, che in qualche modo erano riuscite a fuggire dalla finestra del seminterrato. La direttrice era furibonda, arrabbiata come una biscia.

Le mura intorno alla nostra piccola prigione diventarono ancora più alte. Ci contavano e ricontavano come bambini dell'asilo, i nostri movimenti vennero limitati. Venne assunta una guardia per girare all'esterno dell'edificio e non ci fu più permesso tornare nelle nostre stanze durante il giorno. Avevamo bisogno del permesso persino per andare in bagno. Tutte le ragazze della Casa di Pan di Zenzero furono interrogate più volte, ma io e Loretta ci attenemmo alla nostra storia.

«Sarà sgattaiolata fuori nel cuore della notte, mentre noi dormivamo. No, non credo che abbia avuto il bambino.»

Nessuno si aspettava nulla da Georgia Mae, che si era sbarazzata delle lenzuola insanguinate e di ogni traccia del parto approfittando della raccolta della spazzatura. Aveva rimesso in ordine la nostra stanza senza lasciare prove che fosse successo qualcosa.

Con il nuovo sistema di restrizioni, i giorni scorrevano ancora più lenti di prima. Il clima era ancora più triste, senza Bubbles a farci ridere. Pensavo spesso a lei. Era stata così coraggiosa a tenersi il bambino e ad affrontarne le conseguenze; io non sarei mai stata così forte. Stavo facendo la cosa giusta, rinunciando al mio bambino? Avrei dovuto saltare dall'auto della signora Shapiro con Shimmy e scappare con lui? Ero così concentrata sull'andare all'università e sul realizzare qualcosa di mio che non avevo mai pensato di poter essere come Bubbles e di lottare per avere una cosa ma anche l'altra. Con la stessa rapidità con cui mi venivano in mente questi pensieri, li spingevo in fondo alla mente e chiudevo a chiave. Era l'unico modo per affrontare tutta la faccenda.

Il martedì prima del Ringraziamento, due ragazze entrarono in travaglio a poche ore di distanza l'una dall'altra, e Georgia Mae era una di loro. La ragazza bianca fu accompagnata fuori dalla porta posteriore e fatta salire su un furgone. Quando Georgia Mae fece per seguirla, madre Margaret la bloccò.

«La clinica è solo per bianchi. Tu vieni con me.» Poi madre Margaret incrociò il mio sguardo. «Ruby, perché non vieni ad aiutarla a sistemarsi?»

Seguimmo madre Margaret, scendendo tre bassi gradini per entrare nel suo ufficio. Era una stanza accogliente con due grandi librerie, una scrivania di quercia e una sedia girevole. Un Gesù in cornice pendeva di sbieco dalla parete, e nella stanza aleggiava appena un aroma di gin. L'abito di madre Margaret le sventolava intorno ai piedi mentre apriva la stretta porta incastrata tra le due librerie. La stanza all'interno era buia e senza finestre. Era a malapena una stanza, più che altro un ampio ripostiglio, contenente solo un lettino incastrato contro il muro e una sedia pieghevole.

Madre Margaret mi mise in mano una Bibbia. «Leggi dalla *Prima lettera ai Corinzi*, la *Lettera agli Efesini* e il *Vangelo secondo Marco*. Chiameremo l'infermiera quando sarà il momento.» Girò sui tacchi e si chiuse la porta alle spalle. Strinsi la mano di Georgia Mae e appoggiai la Bibbia sotto la sedia.

Dato che Georgia Mae non parlava, continuai a blaterare io, ripetendo le storie dei libri che avevo letto. Le massaggiai la schiena come aveva fatto con Bubbles e le asciugai il sudore dalla fronte. Due ore dopo, i dolori di Georgia Mae erano aumentati al punto che gridava come se qualcosa la stesse squarciando da dentro.

Non sapevo che fosse in grado di emettere suoni del genere. Alla fine arrivò un'infermiera e mi mandò via. Ero sollevata; non ero ansiosa di assistere a un altro parto a così poca distanza.

Il bambino di Georgia Mae nacque con una pelle così chiara che riusciva difficile credere che l'avesse partorito una ragazza dalla pelle tanto scura, color inchiostro. Fui felice quando madre Margaret mi affidò il compito di controllarla e di aiutarla con il bambino. Mentre Georgia Mae si riprendeva in quella piccola stanza nascosta, le portavo panni caldi e assorbenti puliti, tè nero bollente e stufato di verdure, poi le tenevo il bambino in modo che potesse controllare come andavano le perdite di sangue e darsi sollievo in bagno. Non le diedero alcun farmaco, e il dolore che provava era visibile in fondo ai suoi occhi.

Cinque giorni dopo il parto di Georgia Mae, stavo andando nell'ufficio di madre Margaret quando la sentii parlare con la nostra assistente sociale, la signora Jeanne.

«Georgia Mae Rowe non ha genitori. L'ha portata qui la sua datrice di lavoro, una donna bianca di Roanoke. In base ai documenti, il bambino lo vorrebbe adottare una lontana zia che vive a Richmond» disse la signorina Jeanne.

«Ma quel bambino ha la pelle troppo chiara per vivere in mezzo a dei poveri neri. Abbiamo clienti molto più adatti a crescerlo, clienti che di sicuro farebbero una donazione sostanziosa.»

Sentii un rumore di carte che venivano spostate.

«È in anticipo di qualche settimana per la mia coppia di medici di Washington, e il loro bambino sarà quello di Loretta. C'è una coppia a New York che sta aspettando pazientemente. Il marito è un avvocato, e sono sicura che un bambino di qualità porterebbe un guadagno extra...»

In quel preciso momento, mi cadde un cucchiaio dal vassoio che stavo portando.

«Chi è?» sbraitò madre Margaret.

Entrai nella stanza.

«Ragazza, fatti sentire quando vai in giro. Lascia qui il cibo e poi vai in classe» disse madre Margaret, aggrottando la fronte.

Mi affrettai a entrare, portando il vassoio con la zuppa di pomodoro. La signora Jeanne si alzò dal suo posto e rimase lì a fissarmi: non c'era modo di riferire quello che avevo sentito senza farmi scoprire. Avrei voluto avvertire Georgia Mae che suo figlio non sarebbe stato affidato alla zia, in modo che lei potesse vederlo di tanto in tanto, ma sarebbe stato mandato in un'altra famiglia, ma non sapevo come fare. Comunque, quando entrai nella stanza, Georgia Mae e il bambino dormivano profondamente. Lasciai il cibo per lei sulla sedia pieghevole e la signora Jeanne chiuse piano la porta dietro di me. Mentre attraversavo l'ufficio di madre Margaret, lei mi chiamò per nome.

«Sì, reverenda Madre?»

«La signora Shapiro ha chiamato questa mattina. Mi ha chiesto di ricordarti il motivo per cui sei qui e la posta in gioco. So che Bubbles era tua amica.»

«Ne sono consapevole, reverenda Madre.»

Mi guardò dall'alto in basso, il volto tirato con le sopracciglia aggrottate. «D'ora in poi ci occuperemo noi di Georgia Mae. Non è più compito tuo. Su, vai a seguire la lezione di buone maniere.»

Quella sera, quando Loretta e io restammo sole nella nostra stanza, le rivelai ciò che avevo sentito.

«Sappiamo tutte perché siamo qui» rispose con voce spenta. Il naso di Loretta si era allargato, e sembrava che facesse fatica a respirare. «Voglio solo farla finita e andare a casa. Non ce la faccio più.»

Tra la preoccupazione per Georgia Mae e il russare di Loretta, dormii a malapena, ma piansi per tutte noi fino a inzuppare il cuscino. Per quanto ancora sarei riuscita a sopportare quel manicomio? Non potevo tenere ferme le gambe e per tutta la notte non feci altro che buttarle dentro e fuori dalle coperte. Quando arrivò l'ora della colazione, pregai Loretta di dire che non mi sentivo bene e me ne rimanevo a letto. Suor Bethany arrivò qualche minuto dopo e mi misurò la temperatura.

«Cosa c'è che non va?»

«Sono solo molto stanca» dissi.

Lei mi guardò negli occhi. «Riposa, bambina. E, per favore, non farti venire in mente di fare altro. Non possiamo permetterci altri incidenti qui.»

Annuii, mi girai verso il muro e caddi in un sonno profondo. Stavo sognando di nuotare nell'oceano a Chicken Bone Beach, ad

Atlantic City, con zia Marie e la sua banda di Kiki's, quando la porta della nostra stanza si aprì.

Era Georgia Mae. Teneva le spalle basse e la maglia sottile era macchiata di latte.

«Cosa c'è che non va?» La mia voce era roca per il sonno.

Si accasciò sul lettino. Il grido che le uscì di bocca sembrava una ferita che non sarebbe mai guarita.

Dalle labbra le uscì un «Nooo» che mi stupì. Non credevo che Georgia Mae fosse dotata di una voce. Fino a quel momento, avevo pensato che fosse nata diversa da noi.

«Georgia Mae? Che cosa è successo?»

«L'hanno. Portato. Via. Mi hanno portato via il mio bambino. Il mio David.»

Mi spostai accanto a lei sul lettino e la cullai tra le braccia. Ben presto, mi ritrovai il grembiule inzuppato dalle sue lacrime. Alla fine, i suoi gemiti si ridussero a un mugolio soffocato e rimanemmo per un po' in silenzio. Dopo qualche minuto, Georgia Mae alzò il viso verso il soffitto. Aveva gli occhi spenti, ma le sue labbra cominciarono a muoversi.

«Questo è il mio secondo figlio da quell'uomo.» Sputò fuori la parola «uomo» come se fosse veleno. «Lavoro nella loro bella casa, piena delle loro belle cose. Faccio le pulizie e mi occupo dei loro cattivi figli.» La sua voce era roca ma profonda. Rimase in silenzio per un po'. Così silenziosa che pensai si fosse ritirata di nuovo in sé stessa. Georgia Mae si portò le mani al ventre. Era sprofondato come una torta che durante la cottura si sgonfia, invece di lievitare.

«Avevo tredici anni quando ho avuto il primo figlio da lui. Avevo avuto le mestruazioni solo due volte prima che mi prendesse nel capanno. E sua moglie faceva finta di non sapere. Anche quando la mia pancia aveva cominciato a crescere. Dopo si era presentata a casa una persona, a nome dello Stato diceva, e si era portata via la mia bambina.» Le tremò la voce. «L'ho chiamata Charlotte.»

Georgia Mae fissava il muro, senza mai guardarmi in faccia. Il suo dolore mi avvolgeva, mi soffocava come se fosse il mio.

«Quando mi ha preso di nuovo e la pancia ha cominciato a ingrossarsi, sua moglie si è arrabbiata con me. Continuava a dirmi che ero una puttana, una prostituta. Mi urlava sempre cose cattive. Poi mi ha detto di salire in macchina e mi ha portato qui.»

«Avevi una zia che speravi prendesse David?» chiesi, ricordando la conversazione che avevo ascoltato.

Lei fece di sì con la testa. «Ho scritto una lettera a mia zia quando sono arrivata qui e lei ha accettato. Hanno detto tutti di sì, ma sono dei bugiardi. Tutti.» Ricominciò a piangere.

«Cos'è successo di sotto?» chiesi.

Si asciugò il viso con l'orlo della camicia. «David stava tettando. Era tardi, nel cuore della notte, quando ho sentito dei passi. Poi tre di loro hanno fatto irruzione dalla porta. Due di quelle ergastolane mi tenevano ferma mentre l'infermiera mi strappava David dal petto. Lui si lamentava, il latte mi colava giù sulla pancia. Quando ho cercato di alzarmi per andargli dietro, hanno chiuso a chiave la porta. Ho bussato e bussato, ma se ne sono andati con il mio bambino.» Nuove lacrime le solcarono le guance e io la strinsi a me.

«Non è giusto far nascere due bambini e non averne nessuno.»

Dopo avermi raccontato tutto, Georgia Mae perse di nuovo la voce. La mattina dopo fu trasferita dalla nostra stanza alla lavanderia, con il resto delle ergastolane. Loretta e io non la vedevamo spesso, ma quando accadeva a malapena incrociava il nostro sguardo. E non sentii più la sua voce.

34
Strano frutto

Eleanor

Quando la parata del Giorno del Ringraziamento finì, Eleanor lasciò che la televisione rimanesse in sottofondo, mentre lavorava a un puzzle di Whitman da 275 pezzi che le aveva mandato suo padre, intitolato *Battuta di caccia*. Il puzzle raffigurava un inglese con una giubba rossa a cavallo, circondato da cani da caccia. Fare un puzzle era una tradizione delle vacanze che aveva condiviso con il padre fino a quando era partita per andare alla Howard. Incastrare i pezzi al posto giusto, con agili movimenti delle dita, la faceva sentire in pace.

Il sole era già tramontato da un pezzo quando Eleanor si preparò un bagno caldo alla lavanda, e fu solo quando si immerse nell'acqua saponata che il suo cervello cominciò a funzionare. Era come se il vapore del bagno avesse allentato la barriera che si era costruita intorno alla mente e che teneva fuori la festa di fidanzamento di Theodore.

Conoscendo Rose, Eleanor era sicura che la festa di fidanzamento si sarebbe svolta nel luogo più elegante in cui i neri erano ammessi. La tavola sarebbe stata apparecchiata con elaborati mazzi di fiori, e illuminata da alte candele bianche. Tutti gli invitati avrebbero indossato i loro abiti più eleganti, cappelli alla moda, orologi d'oro e gioielli scintillanti.

Theodore Pride, che Eleanor aveva incontrato solo una manciata di volte perché viveva a New York, si sarebbe seduto a capotavola con la sua bella futura sposa tutta sorridente, per la gioia di Rose Pride.

Il suo caro William avrebbe indossato l'abito da giorno color blu navy, cucito su misura. Greta sarebbe stata seduta di fronte a lui. Eleanor se la immaginava: i capelli lisci di Greta che le scendevano sulle spalle e la scollatura a cuore per mettere in risalto il seno. Ogni volta che William faceva una delle sue battute, lei si sporgeva in avanti e ridacchiava, dandogli la possibilità di sbirciare ciò che aveva da offrirgli. Il tutto mentre i suoi occhi dicevano: "A letto sono molto più brava di tua moglie. Lascia che te lo dimostri".

Tutte le famiglie presenti alla festa avevano radici in comune, condividevano la stessa storia. Avevano frequentato le stesse università – Spelman, Morehouse, Hampton e Howard – e frequentato gli stessi circoli sociali; si erano sposati fra di loro per generazioni.

Mentre Eleanor si spruzzava l'acqua sul viso, cercò di non immaginare il peggio. William la amava e questo era tutto ciò che contava. Avevano una bella casa e stavano per accogliere un bambino. Non importava da dove venisse, il bambino sarebbe stato loro figlio e lo avrebbero amato. Niente alla cena di fidanzamento avrebbe potuto cambiare le cose, nemmeno Greta.

Il venerdì Eleanor ignorò il tacchino ancora in frigorifero e si preparò dei pancake Aunt Jemima. Mentre versava un po' di sciroppo caldo sul piatto, fu sorpresa da un colpo alla porta sul retro. Era Bernie, che sbirciava attraverso il vetro. Eleanor non aveva indossato le imbottiture per la pancia, così si girò di spalle e si affrettò a uscire dalla cucina, sperando che lui non intravedesse il suo ventre piatto attraverso le tende trasparenti. Quando tornò per farlo entrare, si ricordò di camminare con i piedi a papera.

«Bernie! Non ti aspettavo oggi» disse, forse con troppa allegria nella voce. L'accoglienza lo fece arrossire.

«Mi scusi se la disturbo. Sono appena arrivate le tavole per la scaffalatura, e volevo essere sicuro che andassero bene mentre avevo sottomano il camion di un amico.»

«Entra pure, si gela» disse lei, chiudendo la porta alle sue spalle. «Stavo facendo colazione. Ti andrebbero dei pancake?»

Lui la guardò incredulo. Nelle ultime settimane erano diventati abbastanza amici, chiacchierando di musica, dell'infanzia di lui a Grenada, del lavoro di lei in biblioteca, ma mangiare insieme era qualcosa di troppo familiare. Eleanor si mordicchiò il labbro inferiore, consapevole che la solitudine stava diventando cattiva consigliera.

«No, signora, ho già mangiato. Se per lei va bene, vado a prendere le tavole dal camion e le porto su.»

Eleanor si tolse di mezzo e tornò a mangiare al tavolo della cucina. Bernie canticchiava mentre saliva le scale e quel suono la confortò. Dopo aver divorato i pancake e lavato i piatti, non poté fare a meno di salire a sua volta.

«Ti dispiace se mi siedo?» Indicò la sedia a dondolo che le era stata consegnata qualche giorno prima.

Bernie si era rimboccato le maniche, esponendo le sue muscolose braccia color moka, e lei si chiese per l'ennesima volta dov'era la sua famiglia. Dove viveva? Era sposato, aveva figli? O era solo?

«Sempre che a suo marito non dispiaccia» disse, facendo un cenno vago alle sue spalle «con la vernice, le esalazioni e tutto quanto.»

«Ormai è asciutta.»

«Sì, ma l'odore persiste.»

«Non c'è problema. Mio marito è andato a New York per la festa di fidanzamento di suo fratello, io non potevo viaggiare nelle mie condizioni.»

«Ha passato il Ringraziamento da sola?» Bernie si spostò verso la finestra e la aprì, facendo entrare un filo d'aria fresca.

«Tutta la mia famiglia vive in Ohio. Ma non è stato così male» aggiunse. «E il tuo Ringraziamento com'è andato?»

«Non è una festa che celebriamo. Mi sono incontrato con alcuni amici e abbiamo giocato a cricket.»

«Avete mangiato tacchino e cavolo?» gli chiese ridacchiando.

«No, abbiamo mangiato pollo, riso e piselli. E qualche fetta di avocado.»

«Avocado?»

«Non lo ha mai assaggiato?»

«No.»

«Dovremo rimediare» disse, con la sua risata cantilenante.

Man mano che i minuti si trasformavano in ore, si lasciarono andare trovando un ritmo comune. Bernie cantava le sue canzoni ed Eleanor gli passava le viti, i chiodi e il martello quando lui li chiedeva. Nel tardo pomeriggio, tutti gli scaffali erano stati sistemati e la culla era quasi del tutto montata.

Eleanor scese al piano di sotto mentre Bernie raccoglieva le sue cose e le riportava sul camion. Si stava chiedendo come avrebbe trascorso il resto della serata quando Bernie rientrò dalla porta sul retro, con qualcosa in mano.

«Questo è un avocado, signora.» Le porse l'oggetto verde scuro di forma ovale. «Tutto quello che deve fare è tagliarlo a metà, estrarne la polpa e schiacciarla con un po' di sale.»

«È una verdura o un frutto?»

«Frutto. Mia madre diceva sempre che un avocado al giorno toglie il medico di torno.»

«La mia direbbe lo stesso di una mela.» Eleanor accostò al naso lo strano frutto.

«Beh, visto che l'hai portato, insisto che tu lo condivida con me prima di andartene.» Andò al cassetto e tirò fuori un coltello, un cucchiaio e un tagliere.

«Lo servite con i cracker?»

«Anche. O con le verdure, con le carote o i peperoni.» Era un uomo alto e la sua presenza riempiva lo spazio.

Eleanor si avvicinò alla ghiacciaia e tirò fuori un mazzo di carote appena tagliate. «Mia madre mi ha appena detto che devo mangiare più verdura.»

Bernie prese il cucchiaio e distribuì un po' di avocado su ognuno dei loro piatti. Si misero al bancone e intinsero i bastoncini di carota nell'avocado. Era cremoso, e molto più delizioso di quanto avesse immaginato.

«È buono.»

«Glielo avevo detto» rispose Bernie masticando.

«Allora, hai una famiglia qui?» chiese lei senza alcuna malizia.

«Qualcosa del genere» si limitò a rispondere lui, ed Eleanor si chiese: una sorella, un fratello, una moglie?

Proprio in quel momento, la porta sul retro si aprì cigolando ed entrò William, con la borsa da viaggio. Bernie si allontanò dal bancone, mentre William guardava prima l'una e poi l'altro.

«Tesoro, sei tornato presto» disse Eleanor. «Pensavo avessi detto sabato.»

«Buonasera, signor Pride.» Bernie fece un cenno a William e poi depositò il suo piatto nel lavello. «È meglio che vada.»

«Grazie per l'avocado» gli gridò Eleanor, mentre una folata di vento si incuneava dalla porta aperta.

William lasciò cadere la borsa e chiuse la porta sul retro. Poi fissò Eleanor. «Cosa stavate facendo?»

«Cosa vuoi dire?» Eleanor intinse un'altra carota nell'avocado.

«Stavi mangiando con...»

«Bernie. Si chiama Bernie e mi ha solo offerto un avocado.»

«Nient'altro?»

«Dici sul serio?» Lei alzò lo sguardo su di lui e, quando capì che non stava scherzando, la sua rabbia esplose come un lampo. «Vieni qui ad accusare me, quando sei stato a New York a fare Dio solo sa cosa?»

«Ero alla festa di fidanzamento di mio fratello.»

«Con Greta» le scappò detto anche se non avrebbe voluto.

«Cosa c'entra lei con tutto questo?»

«Oh, dacci un taglio. So bene che ha ancora un debole per te. Tua madre non mi permette di dimenticarlo. Scommetto che ti è stata addosso per tutto il fine settimana, felice che tu abbia lasciato a casa la tua mogliettina incinta.»

«A differenza di te, io non ho nulla da nascondere» disse con occhi di ghiaccio. E il significato della frase non sfuggì a Eleanor.

Lei sibilò a denti stretti: «Mi stavo comportando in modo educato, nient'altro».

«Stare in cucina a mangiare insieme come vecchi amici è un po' più che educato, soprattutto quando io sono fuori città. Quell'uomo non avrebbe dovuto stare qui.»

«La gelosia non ti si addice.»

«La disonestà non ti si addice» rispose lui, prendendo la borsa e dirigendosi verso le scale. «Dovresti saperlo bene.»

Per Eleanor era chiarissimo che la discussione non riguardava solo l'avocado. Spinse il piatto di lato e lo raggiunse nel corridoio del piano di sopra.

«Hai mai trascorso una festa importante da solo, William?»

«Sapevi a cosa andavamo incontro, quando abbiamo cominciato.»

«Noi? Più che altro io, William. Sono io quella rinchiusa in questa casa giorno e notte, ora dopo ora, mentre tu sei fuori a spassartela.»

Si slacciò i polsini della camicia, con il rossore che gli saliva alle guance. «Passo giorni e notti in ospedale per poter diventare un medico e sostenerti. Inoltre, non dimentichiamo che è stata tua l'idea di nasconderti.»

«Per non metterti in imbarazzo!»

William si fermò appena oltre l'ingresso. Eleanor non aveva rifatto il letto quella mattina e William la guardò scuotendo la testa. «Sono stanco, è stata una giornata lunga. Perché non vai a finire il tuo avocado?»

Eleanor avrebbe voluto strozzarlo, invece gridò: «Vattene al diavolo!». E uscì di corsa dalla camera da letto.

35
Malinconia festiva

Ruby

Natale cadeva di lunedì. Il giorno prima della festa, suor Bethany portò nella casa un albero di Natale rinsecchito, alto un metro e mezzo, che a turno addobbammo con ornamenti di carta e fili di Cheerios e popcorn. Anche se Shimmy non festeggiava il Natale, questo non mi impediva di immaginare di passare le feste con lui, con l'uovo in mezzo a noi mentre accendevamo il nostro albero e ci baciavamo sotto il vischio. Ma non appena il pensiero mi si affacciò alla mente, me lo scrollai di dosso. Dove avremmo festeggiato? Nel vicolo puzzolente?

Mi chiedevo cosa stesse facendo Nene e desideravo poter bere un sorso dell'*eggnog* che ogni anno faceva comparire come dal nulla, insieme a una fetta del prosciutto con ananas che era la specialità di zia Marie. Mi mancava persino Inez, il suono della sua risata e la dolcezza della sua voce quando era di buon umore. Mantenere il morale alto era difficile, perché l'intera casa era immersa nella depressione. Loretta si muoveva come un robot, la sua pesante tristezza si condensava nell'aria della nostra stanza.

Durante la preghiera serale, madre Margaret ci raccontò la storia della nascita di Gesù e poi, dopo aver stonato un po' di canti natalizi, ci furono distribuiti due biscotti a forma di goccia prima di andare a letto. Loretta mi diede il suo. Quando ci svegliammo la mattina dopo, madre Margaret ci consegnò una piccola scatola incartata da aprire. All'interno c'era una collanina dorata con una croce pendente. Loretta lasciò cadere la sua sul pavimento e poi si trascinò fino a una sedia nell'angolo.

Suor Kathleen preparò un tacchino rinsecchito, con tutte le sue guarnizioni, e coronammo la serata con qualche pallina di gelato. Il gelato mi fece pensare a Shimmy e a quando ascoltavamo *Rock and Roll* al juke-box. Se non fosse stato per quel giorno, probabilmente non sarei stata in trappola qui. Sarei stata a casa con la mia vera famiglia. Ora, senza Bubbles e Georgia Mae, nella mansarda eravamo rimaste solo io e Loretta, ma lei era talmente infelice che mi sembrava di essere sola.

Il sabato successivo eravamo in cucina a pulire i fagiolini quando iniziarono le doglie di Loretta. Si intensificarono rapidamente e, quando madre Margaret chiamò l'infermiera alta, sembrava che il bambino fosse già quasi uscito. Qualche ora dopo mi fu permesso di vedere Loretta e di portarle la cena. Era nella stessa stanza sul retro dove aveva partorito Georgia Mae e, mentre ci entravo, continuavo a rivedere Georgia Mae tenuta ferma mentre le portavano via il bambino.

«Assomiglia a Rucker» disse Loretta, sollevandolo in modo che potessi vederlo.

«È bellissimo» dissi, e lo era. Profondamente addormentato e avvolto in una coperta azzurra, sembrava un cherubino.

«Vorrei che mia madre fosse qui.» Scoppiò in lacrime. «Odio dover affrontare tutto questo da sola. Non è giusto.»

«Andrà tutto bene» le sussurrai, avvicinandomi.

«Non è vero. Capisco perché Bubbles è scappata. Vorrei poter scappare anch'io.» Strinse il bambino al petto, il corpo scosso dai singhiozzi. «Rucker non ha nemmeno avuto la decenza di rispondere alle mie lettere.»

Riuscii solo ad accarezzarle la coscia e a dirle più volte che sarebbe andato tutto bene, ma non sono sicura che mi stesse a sentire. Poi mi ricordai di quello che avevo ascoltato.

«Quando ero qui ad aiutare Georgia Mae, ho sentito madre Margaret dire che il tuo bambino sarebbe andato a una famiglia di medici. Sarà curato bene, Loretta. Avrà una bella vita.»

Loretta si illuminò per un attimo, ma poi guardò il suo figlioletto e ricominciò a gemere.

36
Quello che chiedi

Eleanor

Il loro primo grosso litigio da coppia sposata si protrasse molto più a lungo di quanto avrebbe dovuto. Eleanor aveva ereditato una vena di testardaggine dal padre e William non sembrava avere il tempo di sistemare le cose, ammesso che ne avesse l'intenzione. La sua specializzazione era diventata ancora più impegnativa e ogni settimana trascorreva diversi turni di ventiquattr'ore all'ospedale, mentre Eleanor continuava a rifiutare gli inviti di Nadine e di altre ragazze della Howard che le erano affezionate.

La signora Porter si prese due settimane di vacanza per stare con la famiglia a Montclair, nel New Jersey, così, senza il suo lavoro di archiviazione, a Eleanor rimase ben poco da fare per passare il tempo. Leggeva libri, rifaceva puzzle già completati e puliva una casa già immacolata.

William entrò dalla porta la mattina di Natale. Eleanor si era alzata presto per preparare biscotti, crocchette con la polpa di granchio e uova al tegamino per dargli il benvenuto. Era la sua offerta di pace, che lui accettò volentieri. Indossarono il pigiama, mangiarono su vassoi per la colazione nello studio, ascoltando *White Christmas* di Bing Crosby e bevendo succo d'arancia e champagne. Eleanor beveva raramente, quindi le bollicine le andarono dritte alla testa, calmando temporaneamente i pensieri sgradevoli. Rose aveva chiamato insistendo perché William si unisse alla famiglia per la cena di Natale, ma lui aveva rifiutato e aveva trascorso l'intera giornata a casa con lei. Eleanor lo considerò un ramoscello d'ulivo e lo accettò.

Cinque giorni dopo Capodanno, Eleanor si svegliò e trovò William a letto. Doveva essere rientrato nel cuore della notte. Fuori era ancora buio, non riusciva a capire cosa l'avesse svegliata a quell'ora. Poi sentì lo squillo stridulo del telefono. Eleanor spinse via le coperte e scese al piano di sotto il più in fretta possibile.

«Pronto» disse con voce tremula. Sperò con tutto il cuore che non si trattasse di cattive notizie da parte dei suoi genitori.

«Signora Pride? Sono madre Margaret. Mi dispiace di averla svegliata, ma la chiamo per darle una buona notizia. Avete un bambino» annunciò la religiosa in tono allegro.

«Oh, santo cielo.» Eleanor si coprì la bocca con la mano per lo choc. Sapeva che questo momento sarebbe arrivato, ma trovarselo davanti, sentirlo, era diverso.

«Congratulazioni. Stiamo eseguendo tutti i controlli neonatali e la richiamerò appena saremo pronti, in modo che possiate venire a prenderlo. È una creatura adorabile» aggiunse.

«Non potrò mai ringraziarla abbastanza. Con questa notizia ci ha cambiato la vita per sempre.»

«È la nostra missione. Far sì che questi preziosi fagottini di gioia vivano in famiglie meritevoli. Ora, per favore, non ne parli ancora con nessuno fino a quando non la chiamerò di nuovo. Le dirò io quando dovrà annunciare di essere in travaglio.»

«Sì, d'accordo. Grazie.»

Eleanor riappese il telefono e poi corse su per le scale, due gradini alla volta.

«Tesoro» disse, scuotendo William.

Lui mugolò.

«Il bambino è nato.»

William si svegliò di colpo, sbarrando gli occhi.

«È un maschio, è nostro figlio.» Eleanor sentiva l'emozione che le invadeva la voce. «William Pride terzo è arrivato.» Gli gettò le braccia al collo e si misero a ondeggiare, cullandosi a vicenda.

«Incredibile.»

«Madre Margaret ha detto che gli stanno facendo degli esami e richiameranno presto.»

William la strinse così forte che lei riusciva a malapena a respirare. «Abbiamo un figlio» le sussurrò all'orecchio. «Grazie.»

L'orgoglio per essere arrivata fino in fondo le esplose nel petto. Finalmente era finita.

«Ti amo, piccola. Sarai una mamma meravigliosa.» Le sfiorò la guancia con una carezza, poi la baciò con passione.

Quando Eleanor si staccò gli appoggiò la testa sul petto, ascoltando il battito del cuore. Dio, amava quell'uomo e ora sarebbero stati finalmente completi. Inseparabili, legati per tutta la vita dall'arrivo del loro bambino e dal segreto riguardo alla sua nascita. Un segreto che avrebbero portato con loro nella tomba. Il bambino avrebbe consolidato la loro coppia ed Eleanor avrebbe protetto la sua famiglia con tutta sé stessa. Era una promessa.

37

Oscurità

Ruby

Al figlio di Loretta era stata diagnosticata una ptosi: la palpebra dell'occhio sinistro era cadente e faceva sembrare il viso leggermente sfigurato. Quando le portai il pranzo, lo stava cullando stringendolo al petto e piangendo.

Le misi davanti il vassoio della minestra e mi offrii di tenere il bambino, ma lei scosse la testa.

«Ho sentito madre Margaret al telefono stamattina» mormorò Loretta.

«Che cosa ha detto?»

«Ha chiamato un orfanotrofio. Ha detto che con l'occhio che non va non era più adottabile. Lo metterà in un istituto a marcire.»

Il mio uovo cominciò a scalciare, e posai la mano su uno dei piedini. La pancia era diventata così pesante che non riuscivo a stare in piedi a lungo, così accostai la sedia.

«Sono venuta qui per dargli una vita migliore; mandarlo in un orfanotrofio è come condannarlo alla prigione. Sai quanti bambini neri ci passano tutta la vita, in quei posti?» Il labbro inferiore le tremava.

«Pensi che tua madre ci ripenserà e te lo lascerà portare a casa?»

«Mai, si toglierebbe la vita piuttosto che permettergli di macchiare la nostra reputazione.»

La presi tra le braccia e la cullai, finché non mi sembrò più calma.

Dopo essermene andata, cercai di pensare a qualcosa di carino da fare per lei. Decisi di dipingerle un quadro dell'alba più bella che potessi immaginare. Avrei usato delle strisce d'oro per abbinarle ai suoi capelli. Con la tela e i tubetti di colore, mi avventurai nella veranda. Non ci volle molto prima che mi si irrigidissero le dita per il freddo, ma questo non impedì ai miei pennelli di far volare il giallo e l'arancione sulla tela bianca. Era da un sacco di tempo che non mi perdevo nel Mondo di Ruby Red e la mia mente era così immersa nella fantasia che non sentivo il freddo. E non sentii neanche la porta aprirsi. Era madre Margaret, che mi diceva che dovevamo andare in clinica.

La seguii all'interno.

«Perché dobbiamo andare? Sono stata dall'infermiera ieri per il controllo alla trentottesima settimana, e ha detto che andava tutto bene.»

«C'è un nuovo sviluppo. Per favore vai a lavarti, e raggiungimi alla porta sul retro tra dieci minuti.»

Sentivo che c'era qualcosa di strano e i miei pensieri vorticavano insieme alla vernice che mi colava dalle dita mentre mi lavavo le mani, formando anelli sul fondo del lavandino. Era passato tanto tempo da quando ero arrivata alla Casa di Pan di Zenzero, così, una volta salite sul furgone bianco, mi misi a guardare fuori dal finestrino, osservando la città che scorreva fuori.

Avevo sempre immaginato la clinica per le ragazze bianche come un edificio vasto e grandioso, a più piani, che si estendeva per un intero isolato. In realtà, si trattava di un semplice fabbricato a un solo piano, con la facciata in mattoni, grande a malapena come tre case a schiera di Philadelphia messe insieme. Entrammo nel vicolo e seguii madre Margaret oltre il puzzolente cassonetto dell'immondizia. Un pezzo di vetro rotto si ruppe sotto la mia Oxford bicolore. Madre Margaret guardò in entrambe le direzioni, poi bussò alla porta posteriore. Dopo pochi secondi, una donna vestita da infermiera aprì e ci fece entrare.

Il corridoio era di un bianco candido, con luci fluorescenti in alto che creavano un'atmosfera sterile. Mentre camminavamo, mi si rivoltò lo stomaco per l'odore opprimente di candeggina. L'infermiera ci condusse in una stanza in fondo al corridoio e mi disse di indossare un camice medico. Da vicino, notai che l'infermiera aveva troppo rossetto sulle guance, che la faceva somigliare a un clown.

«Ruby?»

«Sì.»

«Stenditi, cara. È tutto a posto. Non devi avere paura.»
Ma io ce l'avevo.
«Mi prenderò cura di te. Non preoccuparti.» La sua voce era così tranquillizzante che non mi accorsi dell'ago che aveva in mano, finché non me lo infilò nel braccio.
Poi arrivò il buio.

PARTE QUARTA

Non ci sono brave ragazze che sbagliano, ma solo cattive ragazze che vengono scoperte.

Mae West

38
Il gioco dell'attesa

Eleanor

Il telefono non squillava da tre giorni. Eleanor lo sapeva perché da quando madre Margaret aveva chiamato ci aveva ronzato intorno ansiosamente, passando quasi tutto il tempo nello studio o nelle immediate vicinanze. William era andato in ospedale ogni mattina, con l'ordine tassativo di chiamarlo non appena avesse avuto notizie. Eleanor aveva persino telefonato a Nadine chiedendole di richiamarla, per assicurarsi che il telefono funzionasse correttamente.

«A me sembra che funzioni benissimo» la provocò Nadine, dopo che Eleanor ebbe risposto. «Di chi stai aspettando la chiamata, me lo dici?»

«Non ha squillato molto di recente, tutto qui» mentì Eleanor.

Eleanor riattaccò solo dopo aver finalmente ceduto alle insistenze di Nadine e averle detto che poteva passare di lì, un giorno, per fare colazione insieme. Bernie era tornato il giorno prima per dare gli ultimi ritocchi alla stanza del bambino, ma la naturalezza con cui avevano chiacchierato in precedenza era sparita. Quando lei era salita a controllare lui era stato cortese ma sbrigativo. In ogni caso, aveva fatto un ottimo lavoro. La stanza del bambino era linda e perfettamente arredata.

Non le era rimasto più nulla da fare. Tutti i biberon Evenflo erano stati sterilizzati in acqua calda; i pannolini di stoffa erano stati prelavati con Ivory Snow ed erano impilati e piegati. Le spille da balia traboccavano da un barattolo di vetro, e aveva pronti due enormi flaconi in confezione famiglia di Mennen Baby Magic, per prevenire l'eritema da pannolino. Ormai non c'era altro da fare che aspettare la telefonata.

La giornata si trascinò, e proprio quando decise di distrarsi preparando la cena, William entrò dalla porta sul retro con un sacchetto di frutta fresca come lei gli aveva chiesto. Quando l'abbracciò, Eleanor sentì il freddo sulla sua pelle.

«Fa freddo fuori?»

«Si gela» rispose lui. «Ci sono novità?»

Eleanor scosse la testa mentre toglieva dal sacchetto le banane, l'uva e le mele rosse. «Spero che non sia andato storto qualcosa.»

«Sono sicuro che va tutto bene. Se c'è una cosa che ho imparato dai miei turni in pediatria è che le giornate possono essere convulse.»

«E se madre Margaret avesse preso i nostri soldi e fosse tutto un imbroglio?»

«Andrà tutto bene. Cerca solo di rilassarti, tesoro. Metti un po' di musica mentre io preparo la cena.»

Eleanor fece come le era stato detto, mentre si godeva il rumore di William che armeggiava in cucina. Era tentata di andare ad aiutarlo, ma non gli capitava spesso di cucinare, quindi decise di lasciargli spazio.

Quando il cibo fu pronto, mangiarono al tavolo della cucina. William si era versato un bicchiere di vino, ma lei aveva rifiutato. Voleva essere nel pieno delle sue facoltà quando fosse arrivata la chiamata e fosse venuto il momento di correre dal loro bambino.

Mentre William le raccontava del lavoro al pronto soccorso lei cercò di dedicargli la massima attenzione, ma una parte della mente era ancora concentrata su tutte le cose che potevano essere andate storte nei giorni trascorsi da quando aveva parlato con madre Margaret.

Poi, proprio mentre stava mettendo via gli avanzi nei Tupperware, quel benedetto telefono cominciò a squillare.

Si scambiarono uno sguardo ed Eleanor si precipitò subito verso lo studio. Erano solo pochi passi, ma quando rispose le mancava il fiato.

«Pronto.»

«Signora Pride?»

«Sì, madre Margaret» disse, a voce abbastanza alta perché William potesse sentirla dalla cucina.

«Mi dispiace disturbarla all'ora di cena, ma volevo farle sapere che abbiamo un piccolo ritardo.»

«Il bambino sta bene?»

«Va tutto bene. Siamo solo indietro con le pratiche. So che siete entrambi ansiosi di iniziare la vostra nuova vita e dovreste essere in grado di venire a prendere il vostro bambino al più presto. Vi richiamerò a breve.»

Dopo aver riattaccato, Eleanor riferì il messaggio a William.

«Così abbiamo ancora un po' di tempo da soli.»

«Credo di sì.» Eleanor si mordicchiò il lato di un'unghia. «Che tipo di ritardo? Madre Margaret è stata così vaga. Quanto tempo ci vuole per firmare qualche documento? C'è qualcosa che non va nel nostro bambino?»

«Shhh.» William si avvicinò e iniziò a massaggiarle la nuca. «Fidati, il bambino sta bene.»

Eleanor si rilassò sotto il suo tocco.

«Sai» le sussurrò all'orecchio, «questa potrebbe essere la nostra ultima notte insieme senza interruzioni. Tanto vale approfittarne.»

La pressione di William era lieve mentre girava Eleanor verso di lui. Le afferrò il sedere con entrambe le mani mentre si stringeva contro di lei. «Ti voglio.» Eleanor sentì quanto lui la desiderasse.

Sentì che si stava sciogliendo tra le sue braccia. Mettendo da parte le preoccupazioni, permise a William di condurla al piano di sopra. Le aveva preparato una cena deliziosa, finalmente erano stati bene e lei voleva ricambiare il favore.

Il bambino sarebbe arrivato presto, ragionò. Era tutto a posto, erano in dirittura d'arrivo. A ogni passo che faceva, cercava di calmare i pensieri che la assillavano.

Contro le lenzuola fresche, con le dita di William tra i capelli, Eleanor lo guardò negli occhi. Avrebbe voluto sentire il desiderio che di solito la invadeva quando lui le apriva le cosce, ma non riusciva a pensare ad altro che al loro bambino.

39
Dimenticare

Ruby

Persi e ripresi conoscenza più volte, per quelle che mi sembrarono ore. La testa era annebbiata e la parte inferiore del corpo pulsava. Ogni volta che mi riprendevo, vedevo una flebo inserita nel braccio, collegata a un lungo cavo. Nella stanza c'erano tre persone con la pelle bianca, ma nessuno che mi dicesse qualcosa di quello che stava accadendo.

«Forcipe» disse una voce maschile.

Il continuo scavare tra le mie gambe mi faceva contorcere contro le lenzuola rigide, ma non c'era scampo. Mi avevano bloccato i piedi nelle staffe, e un'infermiera mi teneva ferme le gambe.

«Aspetti, basta» cercai di dire, ma le mie suppliche caddero nel vuoto. Chiaramente, non contavo nulla.

«Spingi» disse di nuovo la voce maschile.

Non riuscivo a vederlo oltre il telo che mi era stato steso sulle ginocchia e non capivo cosa mi venisse chiesto.

«Forbici» disse con decisione.

Il ventre mi si contrasse in una serie di crampi, i peggiori che avessi provato in vita mia. Ma quella sensazione fu rapidamente annullata dal dolore lancinante, mentre la pelle mi si lacerava dal sedere alla base della vagina. Ero arrivata all'inferno e urlai mentre il metallo freddo veniva spinto dentro di me, tirando e strattonando.

Strinsi i pugni e gridai.

«Silenzio» sibilò l'infermiera alla mia destra.

Non c'era nessuno lì a proteggermi. Le sue parole bruciavano, quasi quanto il dolore incomprensibile che sentivo pulsare dentro di me. Ero completamente sola. Odiavo Shimmy. Odiavo la signora Shapiro. Odiavo tutti i bianchi che mi avevano messo le mani addosso.

«Ce l'ho» urlò il dottore, mentre io mi sentivo attraversare dal dolore più atroce che avessi mai provato in vita mia. La stanza divenne sfocata e mi sentii scivolare via. Ma poi il suono del pianto di un bambino mi riportò indietro. Scossi la testa e aprii gli occhi, mentre l'infermiera sollevava con entrambe le mani un neonato tutto rosso, prima di avvolgerlo in un telo verde. Il pianto era insistente e sapevo che il mio bambino mi stava chiamando.

Ce l'avevo fatta. Ero diventata madre.

«Maschio o femmina?» sussurrai, ma nessuno mi rispose.

L'uomo era ancora chino tra le mie gambe e sentivo un ago che mi entrava e usciva dalla pelle. Nessuno si era preoccupato di attenuare il dolore. Dentro e fuori, sopra e sotto, proprio come ci aveva insegnato suor Bethany al corso di cucito.

Poi il dottore si alzò. Mi guardò per la prima volta, ma non c'era alcun calore nei suoi occhi. «Cerca di riposare» disse, prima di girarsi e uscire dalla porta. Le infermiere lo seguirono a ruota con il bambino.

Le lacrime arrivarono subito, calde. Con mia grande sorpresa, desideravo l'abbraccio di mia madre. Desideravo anche zia Marie, ma era Inez che desideravo di più. Invece non c'era nessuno con me. Ero sola. Il risentimento era come un gusto amaro in bocca. Riappoggiai la testa sul cuscino e piansi fino a addormentarmi.

Quando mi svegliai, mi sembrava di essere reduce da una guerra. Mi sentivo la parte inferiore del corpo come in fiamme e il letto sotto di me era bagnato fradicio. La porta si aprì e ricomparve l'infermiera con il rossetto sulle guance. Teneva in mano un fagottino.

«Devi darle un po' di colostro.»

Rimasi impietrita alla vista della mia bambina tra le sue braccia. Vedere la bambina, la mia bambina, avrebbe reso reale ciò che stavo per fare. Ma l'infermiera era impaziente, si abbassò e mi aprì il camice sottile prima che potessi dire qualcosa. Mi appoggiò la bambina sul petto e sentii un calore diffondersi tra noi. Stavo tenendo in braccio mia figlia.

«È una femmina» dissi, alzando lo sguardo verso l'infermiera, ma i suoi occhi erano gelidi.

«Sì, è una femmina.»

Mi afferrò il seno sinistro con le mani ruvide e cominciò a infilarlo nella bocca della bambina.

«Non ti affezionare, avrai cinque giorni con lei. Tornerò tra poco per riportarla al nido.»

Quando guardai il viso della mia piccola, riuscii a pensare solo che era mia. Era così leggera tra le mie braccia e, quando si staccò dal seno, la liberai dalla coperta. Esaminai le gambette a rana, le ginocchia ossute, i piedini minuscoli e le dita appuntite. Aveva il naso sottile di Shimmy, ma vedevo anche un po' di me e di Inez in lei. Ma soprattutto vedevo Shimmy.

Mi portai alla bocca il suo corpicino addormentato e la baciai ovunque. Una parte di me avrebbe voluto non vederla, perché in cuor mio sapevo che darla via sarebbe diventato quasi impossibile. Ma ora che era qui, non potevo distogliere lo sguardo.

«La mia piccola Grace» sussurrai al suo minuscolo orecchio. Il nome mi era appena venuto in mente, ma appena lo pronunciai sentii che era il suo.

Quando l'infermiera tornò a prendere Grace, non volevo lasciarla andare.

«Non può restare qui con me ancora un po'?»

«Ti ho detto di non affezionarti. La riporterò per la prossima poppata. Questo è solo un lavoro. Le fornirai le sostanze nutritive di cui ha bisogno nei prossimi cinque giorni, affinché sia forte e in salute. Tutto qui.»

Mi prese la bambina e mi lasciò sola.

Avevo perso molto sangue durante il parto, quindi mi tennero in clinica per tutti i cinque giorni che passai con Grace. Ogni poche ore me la portavano e mi permettevano di darle da mangiare. Ogni volta la liberavo dalla coperta e cercavo di memorizzare ogni dettaglio di lei. A volte, mentre succhiava, mi guardava negli occhi e io mi chiedevo cosa stesse succedendo in quella minuscola testolina. Lo sapeva che avevamo pochissimo tempo da trascorrere insieme?

Mentre Grace dormiva nel nido, passavo il tempo a chiedermi

se stavo facendo la cosa giusta. Avevo fatto un patto, avevo promesso, ma questo era prima di tenere Grace tra le braccia. Non era più un uovo, un problema da risolvere. Era carne della mia carne e adoravo vedere il suo viso, annusarle il respiro, sentire la sua pelle morbida contro la mia.

Ma c'erano la signora Shapiro e la borsa di studio. Continuavo a sentire la voce di zia Marie. "Vuoi essere povera come tutti noi, alle prese con un bambino che non sei in grado di mantenere?"

Poi pensai a Inez e a quanto mi odiasse. Mi incolpava di averle rovinato la vita e di aver sedotto i suoi uomini. Non potevo immaginare di sentirmi così nei confronti di Grace, ma forse Inez si era detta la stessa cosa quando ero nata. Volevo la mia bambina. Volevo prendermi cura di lei, amarla e crescerla bene. Ma dove l'avrei messa? Zia Marie era stata gentile ad accogliermi, ma non potevo darle anche il peso di un figlio. Riuscivamo a malapena ad arrivare a fine mese.

Alla Casa di Pan di Zenzero avevo visto cosa succedeva alle ragazze che cambiavano idea e finivano nella stanza della vergogna. Tante volte avevo pensato a un futuro insieme a Grace, ma in realtà c'era solo un'opzione, e sapevo qual era.

Quando mi portarono Grace per l'ultima volta, piansi per tutta la durata della poppata. Mi chiesi se avesse percepito la tristezza dal tremolio del mio petto, perché anche lei piangeva, più di quanto avessi mai visto. Succhiava solo per qualche attimo e poi gettava la testa all'indietro facendo i capricci. Continuammo così finché non ingoiai le lacrime e cominciai a cantare per lei.

«Sei il mio sole, il mio unico sole.» Era la canzone che Inez mi cantava quando piangevo per Nene, in quei primi mesi di vita in un nuovo appartamento con Inez e il suo fidanzato. Ricordavo il modo in cui mi disegnava gli otto sulla schiena mentre cantava. Inez sapeva essere gentile quando voleva.

La canzone calmò Grace, che alla fine si abbandonò alla quiete del sonno.

Stavo baciando la sua testa riccioluta quando entrò l'infermiera.

Si avvicinò a Grace.

La strinsi forte.

«Ti avevo detto di non affezionarti» disse, quando vide le lacrime che mi rigavano le guance. «Sta andando in un posto dove starà bene.»

La preghiera del Padre Nostro, che avevo recitato in ginocchio lavando i pavimenti per tutta la gravidanza, mi salì alle labbra. Strinsi Grace al petto tanto da farla agitare. L'infermiera la afferrò, ma io non riuscivo a lasciarla andare. Poi l'infermiera mi diede un forte pizzicotto e me la strappò dalle braccia.

40
Così piano

Eleanor

Dopo cinque giorni carichi di ansia e inquietudine, madre Margaret finalmente chiamò di nuovo.

«Signora Pride, sono madre Margaret.»

«Buonasera.» Le dita di Eleanor si strinsero intorno al ricevitore.

«Vi chiamo per darvi buone notizie. Il vostro bambino potrà essere prelevato stasera.»

«Stasera?» gridò lei.

«Sì. Ci vediamo allo stesso indirizzo alle nove in punto. Si ricordi di portare la sua ultima donazione, così potremo continuare il nostro lavoro.»

«Sì, certo. Ci saremo.»

William si affacciò alla porta ed Eleanor gli corse tra le braccia. «Stasera, alle nove.»

«Te lo dicevo di essere paziente.» Le sfiorò una guancia.

«Avevi ragione. È incredibile. Sono in soggezione.»

«Lasciami fare una doccia per togliermi di dosso l'odore dell'ospedale, ed essere fresco e pulito per accogliere nostro figlio.» Lui le strinse le mani. «Sei stata brava, tesoro. Molto brava.»

Eleanor era contenta di poter andare da madre Margaret col favore della notte. Non voleva rischiare che i vicini la potessero vedere bene mentre usciva di casa, perché non aveva intenzione di indossare l'ingombrante imbottitura della gravidanza. Quando avrebbe tenuto in braccio suo figlio per la prima volta, non voleva che nulla si frapponesse tra loro.

Erano solo le otto e William si era fatto la doccia e si era vestito, ed entrambi non vedevano l'ora di uscire. Eleanor suggerì di prendere la strada più lunga per ammazzare il tempo. Era passato parecchio dall'ultima volta che era uscita di casa, e l'aria notturna sul viso la fece sentire bene mentre scivolava sul sedile anteriore. L'auto profumava di pelle nuova, come se William l'avesse appena fatta lavare.

Eleanor osservava il paesaggio scorrere al di là del finestrino, muovendo la testa al ritmo del blues trasmesso dalla radio. Aveva sentito la mancanza dello star fuori, e si sentì invadere da una sensazione di pace. Fecero il giro della città, passando davanti al Campidoglio, al Monumento a Washington e al Lincoln Memorial, prima di parcheggiare l'auto nella stessa strada laterale nella zona nord-occidentale, a poca distanza da MacArthur Boulevard, dove avevano parcheggiato in occasione del primo appuntamento. Eleanor camminava piano, mano nella mano con William, mentre attraversavano la strada diretti verso l'edificio bianco.

«Sei pronta?» Le tenne la porta aperta.

Eleanor rispose con un semplice cenno della testa. Si sentiva come se stesse per incontrare il presidente Truman, e non riuscisse a pensare a una sola cosa intelligente da dirgli. Salirono in ascensore fino al quinto piano e William bussò piano prima di aprire la porta.

All'interno, la moquette puzzava ancora di muffa e la croce di legno appesa alla parete era storta. Sulla scrivania c'era una culla di vimini e il cuore di Eleanor sussultò a quella vista. Il loro bambino era lì davanti a loro, e aspettava solo che Eleanor e William lo portassero a casa.

«Signore e signora Pride, benvenuti.» Madre Margaret li salutò con un sorriso, le mani strette intorno alla culla.

William si tolse il cappello.

«Vi presento la vostra nuova figlia.»

«Figlia?» Eleanor si bloccò. «Al telefono aveva detto che era un maschio.»

Madre Margaret balbettò: «Davvero? Invecchiando la mente si confonde. Povera me, vi porgo le mie scuse. Avrei dovuto richiamarvi per rettificare. Avete una bambina». Abbozzò un sorriso, sfiorando la croce che portava al collo.

Eleanor si passò una mano sul viso, non sapendo bene cosa pensare. «È un errore non di poco conto» disse con decisione.

«Va benissimo ugualmente» la interruppe William, facendo un passo verso la culla. «Ecco la bambina del suo papà.»

Entrambi sbirciarono nella culla ed Eleanor ebbe un sussulto. Tutta la sua delusione svanì alla vista della personcina infagottata lì dentro. Era bellissima. Quando si chinò su di lei, la neonata allungò il corpicino e si accoccolò tra le braccia di Eleanor. Aveva un odore così buono che Eleanor sentì subito un'ondata di attrazione tale da lasciarla inebetita. William la prese dolcemente per il gomito e la fece accomodare su una sedia.

«È adorabile.» William avvicinò a sua volta la sedia e scostò la copertina dal petto della piccola. Sulla testa si vedevano dei riccioli perfetti, e le sue labbra si arricciavano nel sonno. Si rannicchiò contro Eleanor come se fosse la cosa più naturale del mondo.

«Dov'è il bagno?» chiese William, cercando di dissimulare l'emozione nella voce.

«In fondo al corridoio» disse madre Margaret.

Quando furono sole, Eleanor sussurrò: «Non mi aspettavo che fosse così piccola».

«Alla nascita pesava appena due chili e mezzo, ed era lunga quarantotto centimetri.»

Il suo dolce viso era così chiaro che Eleanor le girò le minuscole orecchie tra le dita, per verificare la presenza di una maggiore pigmentazione. Erano più scure ma non di molto, a dir tanto una mezza tonalità. Sua madre si sarebbe chiesta perché fosse così chiara, ed Eleanor sperava che nei giorni a venire si scurisse un po'. Ma non importava, lei era il loro miracolo. Eleanor chiuse gli occhi e mormorò un grazie a Eva, perché senza di lei non avrebbe avuto quella bambina adorabile.

Madre Margaret spinse verso Eleanor una pila di moduli da compilare. «Sono felice che Rose Pride mi abbia contattata per voi due.»

Eleanor aprì gli occhi, pensando di non aver sentito bene. «Come, scusi?»

«Quando ho incontrato Rose e William per la prima volta, ho capito che sareste stati la famiglia perfetta per adottare un bambino. E avevo ragione. Siete una coppia adorabile e sarete dei genitori meravigliosi. Dio vi benedica.»

Eleanor cercò di nascondere lo choc che traspariva dai suoi occhi. Rose e William si erano incontrati con madre Margaret? Senza di lei?

«Ah, mi serve il suo nome. Avete deciso?»

Proprio in quel momento tornò William, asciugandosi le mani con una salvietta di carta. «Che ne dici di Wilhelmina?» Sorrise a Eleanor e lei rimase così sorpresa che riuscì solo ad annuire.

«Un nome appropriato, forte.» Madre Margaret scarabocchiò qualcosa sulla pagina.

William esaminò il certificato di nascita e gli altri documenti mentre Eleanor cullava Wilhelmina tra le braccia, cercando di dare un senso a tutto quanto. Procedettero con la firma di tutti i documenti, ma Eleanor non riuscì a fare altro che scarabocchiare il suo nome tenendo in braccio la bambina addormentata.

«Come ho già detto, il certificato di nascita viene sigillato, il che preclude la possibilità che qualunque parente possa un domani cercare la bambina. Nessuna informazione verrà divulgata; la bambina è totalmente vostra, senza condizioni.» Madre Margaret si alzò e tese la mano. «Che Dio protegga voi e vostra figlia. Andate in pace.»

Eleanor era entrata nell'edificio pensando solo a lei e a William, e ora era una madre. Aveva una figlia, una persona che sarebbe dipesa da lei per il resto della sua vita. Il momento avrebbe dovuto essere perfetto, ma la domanda che continuava ad assillare la sua mente era: perché William e Rose si erano incontrati con madre Margaret? E perché glielo avevano tenuto nascosto? C'era qualcosa che non quadrava, ma decise di non rovinare la gioia del momento con altre domande. Presto sarebbe andata a fondo della questione. Al momento, doveva concentrarsi sul portare Wilhelmina a casa sana e salva.

La distanza dall'edificio alla macchina sembrava essere aumentata ed Eleanor teneva Wilhelmina in braccio, camminando lentamente per non inciampare e farla cadere. William le aprì la portiera del passeggero, ma lei decise di salire sul sedile posteriore con la bambina. Loro due si appartenevano già.

41
Redimersi

Ruby

Mentre percorrevo il lungo vialetto della Casa di Pan di Zenzero accanto a madre Margaret, avevo il respiro affannoso. Mi sentivo come se mi avessero rimosso dal corpo un organo vitale, senza il mio consenso. Grace era stata con me ogni secondo che avevo trascorso in quel luogo; entrare in quella maledetta casa senza di lei mi sembrava un tradimento.

La tonaca di madre Margaret frusciò quando pestò il piede con impazienza. Dal momento che non mi muovevo, mi mise una mano dietro la schiena e mi spinse dentro. In cucina c'era la stessa puzza di stufato che sobbolliva piano piano che avevo sentito il giorno in cui ero arrivata. Mi portai una mano alla bocca, sentendomi soffocare, e poi ebbi un conato di vomito.

Mentre attraversavo le stanze del piano inferiore, gli occhi delle ragazze di porcellana mi seguivano, implorandomi silenziosamente di raccontare che cosa era successo. Ma non volevo dire loro nulla, come non avevano detto nulla a me le ragazze che erano passate oltre prima di me.

Quello che volevo era battere tre volte i tacchi come nel mago di Oz e lasciare che il buco nero della tristezza mi inghiottisse.

Conoscevo bene quel buco nero. Avevo visto Inez esserne inghiottita. Ogni volta che il suo uomo del mese non tornava più a casa, si ritirava in camera da letto con la porta chiusa a chiave per giorni interi, indossando la stessa camicia da notte rosa cipria, fumando una sigaretta dopo l'altra, sentendo e risentendo il disco di Billie Holiday. In quei momenti non le importava se mangiavo o se andavo a scuola, bastava che non la disturbassi.

Le scale per la soffitta mi sottrassero le ultime energie. Quando varcai la porta della nostra stanza, mi imbattei proprio in Loretta.

«Ruby. Stai bene?»

Con gli occhi devo aver detto quello che la mia bocca non riusciva a dire, perché lei mi prese tra le braccia e mi strinse forte.

«So come ti senti» disse dolcemente.

Quando la lasciai andare, notai la valigia aperta sul suo lettino. «Te ne vai?»

Loretta abbassò gli occhi. Aveva un aspetto delizioso, con i capelli ben pettinati e sciolti sulle spalle, il viso non più gonfio. Il maglione blu navy si intonava con la sua pelle dorata.

«Sta arrivando mia madre.» Loretta si guardò intorno nella stanza, per assicurarsi di avere tutto.

I letti di Georgia Mae e Bubbles erano stati rifatti con le lenzuola pulite e i cassetti erano stati svuotati.

«Ci fermeremo a U Street per la cena e poi passeremo la notte al Whitelaw Hotel. Non riesco a credere di essere stata in questa città per quattro lunghi mesi e non averne visto neanche un pezzetto.» Continuava a chiacchierare, e si capiva che cercava di fingere che fossimo venute qui per qualche altro motivo.

«Sembra divertente» dissi, cercando di stare al gioco.

Una volta chiusa la valigia, la sigillò con una grande fibbia d'oro.

«Che cosa hai avuto?»

«Una bambina. L'ho chiamata Grace.»

«È bellissimo. È stato terribile?»

«Peggio.»

Poi i begli occhi di Loretta si riempirono di lacrime. «Dobbiamo portarcelo nella tomba, Ruby.»

Prima che potessi rispondere, fui interrotta da qualcuno che bussava. La voce di madre Margaret. «Loretta, tua madre è venuta a prenderti.»

«Arrivo, reverenda Madre.»

Una volta sentiti i suoi passi allontanarsi dalla porta, Loretta si avvicinò a me e mi mise in mano una busta di francobolli e un foglio di carta.

«Senti, so che non dovremmo farlo, ma dovremmo tenerci in contatto. Mi prometti che mi scriverai?»

Ripresi i francobolli che le avevo dato io. Quelli che mi aveva dato Shimmy. Per quanto Loretta mi piacesse, sapevo che sarebbe stato troppo doloroso per noi tenerci in contatto. L'unico modo per sopravvivere a questo dolore era fingere che non fosse mai successo. Seppellirlo, come avevo fatto con Leap.

«Okay. Abbi cura di te.» Le strinsi la mano e poi guardai la mia ultima compagna di stanza che se ne andava. Tornava alla sua vita con due genitori che la amavano, e un futuro che le prometteva che il suo sacrificio di rinunciare a un figlio sarebbe stato ben ripagato.

C'ero rimasta solo io.

La mattina dopo, madre Margaret entrò nella mansarda con una nuova ragazza.

«Questa è Mary» disse.

Mary era color cannella, con un naso deciso. Indossava un semplice grembiule che faceva pensare che venisse dalla campagna. Il ventre le premeva contro i bottoni.

«Aiutala ad ambientarsi» riprese madre Margaret. «Da domani dovrai lavorare in lavanderia, per rimborsare alla casa il tempo trascorso qui. È un piccolo prezzo da pagare, per tutto quello che abbiamo fatto per te.»

«Sì, reverenda Madre.»

Mary si guardò intorno nella stanza come un gattino spaventato abbandonato in una tana di lupi.

«Andrà tutto bene» le dissi. «Fai quello che ti dicono e andrà tutto bene.»

Una parte di me voleva dire a Mary la verità. Riguardo alle umiliazioni, al dolore, allo strazio. Ma lo avrebbe scoperto fin troppo presto. Meritava di godersi un po' di inconsapevolezza prima della tempesta.

La signora Shapiro doveva aver versato una bella cifra per farmi accogliere nella Casa di Pan di Zenzero, perché la mia condanna alla lavanderia era solo di una settimana. Patty, la capo ergastolana, era stata in lavanderia per quasi un anno, quindi sapevo di essere fortunata.

Ci facevano indossare abiti beige simili a tende che facevano prudere la pelle, lunghi fin sotto le ginocchia. Patty ci svegliava ogni mattina alle prime luci dell'alba e ci portava fuori al freddo a fare ginnastica. Quando Patty suonava il fischietto, dovevamo correre sul posto per quindici minuti, e poi saltare fino ad arrivare a un passo dallo svenimento. Serviva a perdere i chili accumulati durante la gravidanza, ma mi sembrava una crudeltà a così breve distanza dal parto. Una volta terminato l'esercizio mattutino, bollivamo e strofinavamo a mano lenzuola, asciugamani, camicie premaman e persino indumenti intimi, il tutto prima di colazione. Il cibo aveva il sapore degli avanzi della tavola. In quanto ergastolane, lavoravamo anche come inservienti, quindi eravamo chiamate a pulire i gabinetti, sturare i lavandini intasati, tappare le perdite e pulire le grondaie. Ero abbattuta, fisicamente e psicologicamente, e mi odiavo per aver rinunciato a Grace. La vergogna mi soffocava, al punto da non riuscire quasi a mangiare.

Il sabato ci caricarono sul furgone bianco e ci accompagnarono per un breve tratto fino alla chiesa cattolica. Lì inceremmo i pavimenti, lucidammo i banchi e pulimmo i bagni, preparando il tutto per la Messa della domenica. Dopo aver finito, di nuovo appoggiate sulle nostre ginocchia indolenzite, ci mettemmo a pregare per i nostri peccati. Io pregai per Grace.

Poiché ero l'unica ragazza nera nel seminterrato, dormivo separata dalle altre ergastolane, su una branda nel corridoio umido dove le tubature andavano avanti a sibilare per tutta la notte. Immaginavo che fosse il luogo in cui Georgia Mae aveva dormito durante la sua condanna. Speravo che l'uomo per cui lavorava non la toccasse più, ma sapevo anche che con la speranza nessuna di noi sarebbe arrivata mai molto lontano.

42
Verdi

Eleanor

Nel momento in cui misero piede in cucina, il pianto di Wilhelmina passò da un brontolio a un vero e proprio lamento.

«Deve avere fame.» Eleanor consegnò la bambina a William. «Preparo il latte artificiale.»

Wilhelmina si agitò tra le braccia di William. Lui guardò Eleanor con uno sguardo che diceva che non aveva idea di cosa fare con lei.

«Cammina e cullala» rispose lei, voltandosi appena.

Il movimento tranquillizzava Wilhelmina per qualche minuto, ma poi tornava a strillare. Il richiamo della sua fame aveva già risvegliato in Eleanor l'istinto di calmarla e si mosse rapidamente in giro per la cucina. Si mise al lavoro mescolando 400 ml di latte condensato con mezzo litro di acqua, e aggiungendo poi un cucchiaio di sciroppo di mais. Dopo aver mescolato il tutto, divise il liquido in diversi biberon che mise in frigorifero. Mise il biberon rimasto sul tavolo nello scaldabiberon Evenflo, che aveva acquistato per un dollaro e ottantanove centesimi sul catalogo di vendita per corrispondenza. Tutte le recensioni definivano lo scaldabiberon un salvavita.

Eleanor testò la temperatura del latte sul dorso della mano e poi si avvicinò alla bambina, rossa in viso da quanto strillava. Le mise la tettarella in bocca e in pochi secondi Wilhelmina si calmò. Le spalle di Eleanor si rilassarono quando si trasferì nello studio e si accoccolò sui cuscini del divano.

«È meglio che dorma un po', visto che tra qualche ora dovrò presentarmi in ospedale. Voi due ve la caverete?»

Eleanor non lo guardò, ma borbottò che sì, se la sarebbero cavata.

William sembrava lavorare ancora di più da quando era arrivata Wilhelmina. Essendo solo uno specializzando, la sua richiesta di ferie era stata respinta. Eleanor archiviò la sua menzogna in fondo alla mente; occuparsi di sua figlia richiedeva tutta la sua forza mentale.

Willa, come Eleanor l'aveva soprannominata, piangeva in continuazione, indipendentemente da ciò che Eleanor faceva per calmarla. Dopo quarantotto ore, Eleanor si sentiva già un fallimento come madre. Quando Willa piangeva, Eleanor doveva fare di tutto per non sedersi a terra e piangere insieme a lei. Eleanor temeva che Willa sapesse che lei non era sua madre e chiamasse «Eva» la donna a cui apparteneva.

I regali cominciarono ad arrivare non appena si diffuse la notizia della nascita di Willa. La signora Porter aveva inviato una trapunta lavorata a mano con le scarpine coordinate. Nadine un vestitino vezzoso per Willa e una boccetta di profumo per Eleanor, con un biglietto che diceva: «Non devi più puzzare di vomito, Ohio. Ricordati del tuo uomo!».

La madre di Eleanor era al settimo cielo per la nascita della bambina, ma lei e il padre di Eleanor avrebbero dovuto rimandare il loro viaggio a Washington di qualche settimana. Domenica aveva telefonato per dire a Eleanor che c'era carenza di personale nella fabbrica dove lavorava suo padre e che lui non avrebbe potuto partire prima di febbraio, nella migliore delle ipotesi.

Occuparsi della casa e di un bambino era più faticoso di quanto Eleanor avesse immaginato. Al terzo pomeriggio insieme, anche il caffè non le faceva più alcun effetto. Eleanor stava in piedi per miracolo. Squillò il telefono e mentre rispondeva cullava la bambina tenendola appoggiata al petto.

«Come stanno le mie ragazze preferite?» chiese William.

«Si sta calmando dopo un'altra crisi di pianto. Pensi che abbia le coliche?»

«Le darò un'occhiata quando torno a casa.»

«Quando arrivi?» chiese Eleanor, sapendo di aver bisogno di una doccia.

«Presto. I miei genitori sono appena tornati dalla loro conferenza medica a Baltimora. Passeranno a portarci la cena.»

Eleanor si irrigidì. «La casa è un macello.»

«A loro non interessa il disordine. Nessuno si aspetta che tutto sia immacolato con un neonato in casa.»

Nessuno, tranne Rose.

«Sono solo desiderosi di stare un po' con Wilhelmina. L'abbiamo tenuta tutta per noi.»

«Sono passati solo tre giorni.»

«Elly, anche loro vogliono conoscerla.»

«All'improvviso riesci a tornare a casa in tempo per la cena?» ribatté lei.

William fece una pausa. «Tesoro, non fare così. Me ne vengo via dall'ospedale per le cinque. Non appena arrivo a casa, ti aiuto.»

Eleanor avrebbe voluto protestare, ma non ne aveva la forza. Non si era nemmeno pettinata da quando era arrivata Wilhelmina. L'ultima cosa che voleva fare era ospitare i genitori di William, ma non aveva molta voce in capitolo. Il loro arrivo era previsto per le cinque e mezza e quando riuscì finalmente a sistemare Willa per il sonnellino pomeridiano erano le quattro e un quarto.

Decise che era più importante farsi una doccia che rimettere in ordine, e così portò con sé la culla in bagno e accese l'acqua calda. Quando si sentì pulita, uscì dal bagno con l'asciugamano avvolto intorno al corpo e la cesta con Willa in braccio. Indossò un semplice paio di pantaloni neri con una camicetta beige abbottonata.

Quando Rose e William Senior bussarono alle cinque e mezza in punto, William non era ancora tornato dall'ospedale. Wilhelmina si era appena svegliata dal suo pisolino.

«Eccola qui.» Rose aveva portato con sé un coniglietto di peluche e ne fece battere le zampe sul bordo della culla.

William Senior seguì Rose, portando due sacchetti di carta che profumavano di carne salata.

«Eccoci qua.» Rose si avvicinò alla bambina.

«Ma guarda questo musetto, cosa c'è che non va?» sussurrò Rose in tono smanceroso.

«Si è appena svegliata. È meglio che scaldi il latte artificiale.»

«Peccato non poterle dare il latte materno. Le balie non avrebbero mai dovuto passare di moda» disse Rose, e le sue parole colpirono Eleanor come una botta in pieno petto.

William Senior posò il cibo sul bancone e poi disse che sarebbe andato a sistemarsi in salotto. Eleanor lo sentì aprire il giornale.

Una volta scaldato il biberon, Eleanor lo provò e si avvicinò alla bambina.

«Lascia fare a me.» Rose le tolse di mano il biberon. Era seduta al tavolo della cucina e infilò la tettarella nella bocca di Wilhelmina. Mentre Eleanor osservava l'espressione soddisfatta sul viso di Rose, sentì un fastidioso brivido lungo la schiena. Rose Pride otteneva sempre ciò che voleva, a qualunque costo. La voce di madre Margaret le riecheggiò nella testa.

"Sono felice che Rose Pride mi abbia contattata."

In quel momento, Eleanor ebbe la certezza che Rose avesse orchestrato l'intera adozione, con William a farle da fedele assistente. Mentre guardava Rose illuminarsi con Willa in braccio, sentì che il sassolino di rabbia nello stomaco cominciava a diventare una pietra pesante.

Proprio in quel momento, William entrò dalla porta sul retro, portando con sé una folata di gelo.

«Scusate il ritardo.» Prima baciò la madre sulla guancia, diede un'occhiata alla bambina e poi si avvicinò a Eleanor. Lei gli rivolse un sorriso tirato.

«Com'è andata oggi?» chiese, mentre si toglieva il cappotto di lana. Nonostante il lungo turno di lavoro, aveva un aspetto impeccabile, con un maglione di cachemire e i pantaloni perfettamente stirati.

«Agitata. Ha dormito a malapena.»

«Lo sciroppo di mais Karo è la soluzione» intervenne Rose.

«Ne ho aggiunto un cucchiaio.»

«Due cucchiai le rivestirebbero lo stomaco e l'aiuterebbero a dormire» aggiunse Rose.

«Ma ho letto...»

«Sono sposata con un medico e ho cresciuto due ragazzi sani. Forse so come vanno queste cose.»

Eleanor si morse la lingua e lanciò un'occhiata verso l'orologio della cucina. "Quanto manca al momento in cui se ne andranno?" pensò mentre si dirigeva verso la credenza e tirava giù i piatti della cena. William versò un aperitivo per lui e per i suoi genitori e li accompagnò in sala da pranzo. Mentre Eleanor apparecchiava la tavola con tovagliette di lino e l'argenteria buona, li ascoltò chiacchierare della conferenza a cui avevano partecipato, come se stessero giocando a ping-pong, rimbalzandosi a vicenda termini medici e nomi di persone che Eleanor non aveva mai conosciuto. Stanca e inquieta, Eleanor si avvicinò a Willa, che si era addormentata tra le braccia di Rose più velocemente di quanto avesse mai fatto in quelle di Eleanor.

«La metto giù, così possiamo mangiare.»

Prima mangiavano, prima Eleanor si liberava di loro, e finalmente avrebbe potuto affrontare William e parlare della sua disonestà. Non riusciva più a trattenersi. Mise Wilhelmina nella culla posta su una delle sedie della sala da pranzo e la avvolse nella sua copertina.

Davanti a una punta di petto di manzo con cipolle e sugo, il padre di William gli chiese dei suoi turni in ospedale.

«Ho appena iniziato il periodo in neurologia. Finora non è il mio reparto preferito.»

«Stai attento a non portare germi a casa.»

«Mi lavo così tanto le mani che cominciano a screpolarsi.» Le sollevò per farle vedere a suo padre.

«Non ci vorrà ancora molto, presto finirai la gavetta, figliolo, e sarai la terza generazione di medici della nostra famiglia.» Suo padre era raggiante.

«Il mio orgoglio e la mia gioia.» Rose allungò la mano e gliela strinse. Eleanor abbassò gli occhi sul piatto. Che squadra di impostori formavano quei due. Era riuscita a mandare giù a malapena tre bocconi di cibo, quando Willa iniziò ad agitarsi. Eleanor si alzò per andare a prenderla.

«Passamela» insistette Rose. «Hai bisogno di mangiare per mantenerti in forze.»

Eleanor strinse i denti, ma fece come le aveva detto.

«Su, su, piccolina» tubava Rose. «Oh, ha aperto gli occhi solo per me.» Avvicinò il naso a Wilhelmina. «Sembra che avrà dei bellissimi occhi verdi.»

«Non è ancora detto.» Eleanor continuò a mangiare, ma anche lei aveva notato gli occhi chiari.

«Sapete, gli occhi verdi vengono dal mio lato della famiglia» disse Rose, rivolta a nessuno in particolare.

Di che diavolo stava parlando?

«Il mio bisnonno aveva gli occhi verdi. Di solito si salta qualche generazione» ridacchiò.

La pietra nel ventre di Eleanor pesava come un macigno. La voce di madre Margaret le vibrava nell'orecchio. Perché avevano agito alle sue spalle per spingerla all'adozione? Perché non presentarle semplicemente l'idea e chiedere a Eleanor se le andava bene? A meno che non ci fosse qualcosa da nascondere. C'era un motivo in tutto ciò che Rose Pride faceva. Willa non era diversa.

Poi Eleanor si sentì come travolta da un muro di mattoni. Tutte quelle notti in ospedale, William irraggiungibile. Eleanor non sapeva se fosse la mancanza di sonno o forse il riscaldamento troppo alto, ma la stanza cominciò a girare. Mentre appoggiava le mani sul tavolo per mantenere l'equilibrio, Eleanor si guardò intorno e fu come se li vedesse tutti per la prima volta. Erano tutti bugiardi. Quella che avrebbe dovuto essere la sua famiglia l'aveva presa in giro come una scema.

"Gli occhi verdi vengono dal mio lato della famiglia."

William le era stato infedele e Wilhelmina era il frutto di quella relazione. Rose, la madre che aveva le mani in pasta in tutto, aveva risolto i problemi di William con un'adozione. Era una maga, in grado di far sparire i problemi di tutti agitando la bacchetta. Wilhelmina era la figlia di William, non di Eleanor.

«Come hai potuto?» La voce di Eleanor era un lento ringhio. Tutti si voltarono a guardarla.

«Tesoro, stai bene?» William cercò di prenderle il braccio e lei indietreggiò come se avesse sentito la pelle bruciare.

«Mi hai mentito, William.»

Eleanor non riusciva a credere che lui avesse la sfrontatezza di sembrare sbigottito. Per quanto tempo pensava di poter andare avanti con quella farsa? Forse non era un medico, ma non era stupida.

«Tu e tua madre.»

Rose strinse gli occhi. «Di cosa stai parlando, figliola?»

«Madre Margaret mi ha detto che l'avete incontrata. Che l'avete mandata in ospedale per piantare il seme dell'adozione nella mia testa. Non è stata una coincidenza. Mi avete ingannato.»

Un'espressione di terrore attraversò il volto di William, mentre lui e sua madre si scambiavano un'occhiata.

Rose parlò con il suo tono più rassicurante. Quello che Eleanor aveva sentito molte volte, quando sua suocera cercava di imporsi. «Perché sapevamo che rischiavi un altro aborto, tesoro. Stavamo solo cercando di renderti le cose più facili.»

«Allora perché non mi avete detto semplicemente che era quello che volevate che facessi?»

«Perché pensavamo che avessi bisogno di tempo, per accettarlo.» Lei scrollò le spalle.

«Elly» disse William, ma Eleanor lo interruppe.

«Noi. Non fate altro che dire *noi*. *Voi* contro di *me*.»

«Non è così, tesoro. Stavo solo...»

«Facendo quello che tua madre ti aveva detto di fare. Cosa mi stai nascondendo?»

William sembrava stupito. «Niente.»

«Allora come è possibile che gli occhi provengano dal tuo lato della famiglia, Rose? William, questo è il bambino che hai avuto da qualcun'altra?» Con quelle parole diede voce alla sua paura più profonda.

«Cosa? No! Come ti viene in mente una cosa del genere, tesoro?»

«Non chiamarmi "tesoro".» Eleanor si alzò tremante di rabbia. «Prima chiamano e dicono che è un maschio, poi ci dicono che c'è stato un equivoco e quindi ci danno una femmina. Una femmina con gli occhi verdi, proprio come nella famiglia di tua madre. Sapete quante probabilità ci sono che una bambina nera abbia gli occhi verdi? Anche se è di razza mista?»

Rose sbuffò. «Stai davvero delirando.»

«E tu sei una prepotente» esclamò Eleanor. Era la prima volta che le mancava di rispetto, ma non intendeva rimangiarsi quello che aveva appena detto. Si rivolse a William. «Come posso fidarmi di quello che dici?»

«Elly.»

«Falla finita. Questa famiglia si preoccupa solo di mantenere le apparenze. Non ce la faccio più.» Abbassò lo sguardo sulla bambina in braccio a Rose e non poté fare a meno di vederne la somiglianza. Eleanor si allontanò di scatto dal tavolo. In cucina, strappò le chiavi dell'auto dal gancio. William apparve dietro di lei.

«Eleanor.»

«Ti prego, lasciami in pace.» Uscì dalla porta. Proprio mentre stava per chiuderla facendola sbattere, sentì Rose che la chiamava.

«I vicini, cara.» E poi, a voce più bassa: «Vedi caro, questo è quello che succede quando sposi una ragazza che viene dall'altra parte della barricata».

Eleanor si mise al volante della loro auto per la prima volta dopo mesi. E proprio in quel momento vide William uscire di corsa dalla porta posteriore.

«Tesoro, ti prego, aspetta» la chiamò lui.

Il motore si avviò ed Eleanor sterzò immettendosi nel traffico, senza voltarsi indietro.

43
Conseguenze

Ruby

Una volta conclusa la settimana in lavanderia e saldato il mio debito, avevo le mani irrigidite e la pelle screpolata per il costante contatto con l'acqua calda e la candeggina. Ero impaziente di vedere zia Marie. Il giorno del mio rilascio, la signora Shapiro non venne a Washington a prendermi. Aveva ottenuto ciò che voleva, e ora che i documenti erano stati firmati ero ormai abbandonata a me stessa. Grazie a Dio, zia Marie mi aveva mandato i soldi per il biglietto del pullman. Una delle ergastolane non aveva notizie della sua famiglia da mesi e, sebbene la sua pena fosse finita, era rimasta lì a lavorare perché non aveva altro posto dove andare.

Un'ora prima che il mio pullman partisse, suor Kathleen mi diede un pranzo al sacco per il viaggio e io la ringraziai, prima di uscire per l'ultima volta dalla porta laterale. Suor Bethany mi aveva detto il giorno prima che mi avrebbe accompagnata al deposito dei pullman, ma quando raggiunsi la porta sul retro c'era madre Margaret ad aspettarmi, con le chiavi del furgone.

Percorremmo il tragitto in silenzio. Quando arrivammo alla stazione dei pullman della Greyhound su New York Avenue, la ringraziai per il passaggio e scesi, con le stesse due borse di tela con cui ero arrivata in agosto. Il contenuto delle borse era esattamente lo stesso. Ero io che ero cambiata.

Sentii il finestrino del furgone che si abbassava e madre Margaret che mi chiamava. «Il Signore ha dato, il Signore ha tolto. Sia benedetto il nome del Signore. Buon viaggio, Ruby.»

Non mi voltai nemmeno a guardarla, ma le mie labbra risposero: «Vada a farsi fottere, reverenda Madre».

Fece stridere le gomme, allontanandosi dal marciapiede. Ero libera, ma la libertà non era come avevo sperato.

Quando arrivai a North Philadelphia, all'angolo tra la 29ª e Diamond Street, mi sembrò strano essere tornata a casa. Avevo le dita rigide e fredde strette sui manici delle borse, contro il vento della sera che sferzava i giornali e sbatacchiava lattine vuote e cartacce su e giù per la strada. Salendo i gradini che portavano al secondo piano, sentii arrivare la puzza dall'appartamento del signor Leroy e mi chiesi se il padre di Shimmy fosse sempre lassù a bere, con la scusa di riscuotere l'affitto. Questo pensiero mi portò a Shimmy, ma lo accantonai mentre aprivo la porta.

I vecchi pavimenti di zia Marie gemettero sotto i miei piedi, e fui accolta dai soliti foglietti di carta avvolti intorno alle monetine. Raccolsi i numeri dal pavimento e li misi sul tavolino perché la zia li smistasse, prima di lasciarmi cadere sul divano. Era bello essere a casa tra i mobili spaiati di zia Marie, con il ticchettio dell'acqua che gocciolava dal rubinetto che perdeva. Non mi infastidiva nemmeno l'odore di gas della vecchia stufa, solo leggermente mascherato dal pot-pourri di cannella bollita. Al contrario, quest'aria di cose familiari mi confortava.

Alla fine, mi staccai dal divano e mi diressi verso il minuscolo bagno. Aprii il rubinetto della doccia, che sputò e strombazzò, mentre le tubature rumoreggiavano. L'acqua si scaldò e io mi tolsi il reggiseno e le mutandine ed entrai nella minuscola vasca. Il vapore scardinò il muro che avevo costruito. Nello strofinarmi la pelle nuda, il dolore che avevo patito mi si coagulò intorno ai piedi, rifiutandosi di andare giù per lo scarico.

Piansi. Piansi per la mia bambina, Grace, che non avrebbe mai conosciuto il mio nome né ricordato il tocco delle mie mani. Che non sarebbe cresciuta con la mia voce nell'orecchio, sapendo che l'avevo amata. Avevo il petto gonfio per il mio corpo cambiato per sempre, per tutte le ragazze costrette a rinunciare ai loro bambini.

Piansi per tutte le ragazze – per quelle innamorate dei ragazzi che le avevano messe incinte, per quelle costrette a salire sui sedili posteriori delle auto da ragazzi che non sapevano come respingere. Una ragazza aveva persino sussurrato di essere stata violentata dal fratello maggiore. Piansi anche per lei.

Piansi per Clara, per Loretta, per Georgia Mae. Piansi per Bubbles, che speravo stesse bene, e piansi perché sapevo che la speranza non era sufficiente.

Quando mi sentii esausta, mi avvolsi un asciugamano intorno al corpo gonfio, trascinai i piedi in soggiorno e andai a letto. Dormii a tratti, con le braccia incrociate sul petto, abbracciando il ricordo di Grace.

Zia Marie era lì quando mi svegliai al mattino. Aprii gli occhi gonfi e la vidi vestita con una tuta da lavoro e una maglietta larga.

«Bentornata, tesoro.» Aveva una tazza di caffè davanti sul tavolo della cucina e il blocchetto giallo dei numeri aperto.

«Buongiorno.»

«Come hai dormito?»

«Bene.» Faceva freddo. La stufa doveva essersi spenta di nuovo.

«Tua madre ha chiesto di te. Anche Nene. Ho detto loro che eri a Washington per uno stage. Quindi è meglio se ti inventi qualcosa di credibile. Nene sarà anche cieca, ma non c'è niente che non va in quella sua vecchia testa.» Zia Marie ridacchiò, ma senza la vivacità a cui ero abituata. Come se stesse cercando di distrarmi da tutto quello che era successo.

Zia Marie era sempre stata brava a leggermi dentro. Attraversò la stanza in un lampo e mi strinse al petto. Era bello essere abbracciati e mi accoccolai contro di lei.

«Andrà tutto bene, tesoro. Hai fatto la cosa giusta.»

Rimanemmo così per un po', con zia Marie che mi massaggiava la schiena e mi lasciava piangere.

«Sto bene» dissi.

«Sei sicura?» Mi allontanò per riuscire a guardarmi in faccia.

Poi si alzò e si versò un'altra tazza dalla caffettiera sul fornello. Dandomi le spalle, scostò la tenda improvvisata e si chinò sotto il lavandino. Sentii un tintinnio e immaginai le sue mani, mentre si versava dalla fiaschetta un po' di liquore nel caffè e ne beveva un sorso.

Zia Marie aveva trovato un secondo lavoro in un nuovo locale sulla South Street e, tra il lavoro lì e quello da Kiki's, era fuori tutte le sere della settimana. Mi muovevo lungo i corridoi del mio liceo sentendomi alienata, intorpidita e isolata. Le foto dell'ultimo anno, gli anelli commemorativi, le rivalità a pallacanestro e i progetti per il ballo di fine anno mi lasciavano indifferente, e per lo più me ne stavo per conto mio. Il sabato ero tornata a *We Rise*, in un gruppo più piccolo. Eravamo rimasti in sei, i più brillanti del gruppo, e quando entrai in classe per la prima volta dopo mesi, gli altri studenti si voltarono a guardarmi. Rimasi immobile, stringendo i libri al petto e cercando di occultare la piccola massa di adipe che ancora mi pendeva sulla pancia.

Il volto della signora Thomas si aprì in un sorriso. «Bentornata, signorina Pearsall. Spero che il suo prestigioso stage a Washington sia andato bene.»

Deglutii. «Sì, è stata un'esperienza straordinaria. Ho imparato molto sul... governo.»

«Fantastico, le darò la possibilità nelle prossime due settimane di aggiornarci sulla sua esperienza. Per ora stiamo lavorando alla scrittura di un saggio narrativo. La prego di sedersi e di ambientarsi.»

Mi trovai un posto vuoto vicino alla finestra, chiedendomi se la signora Thomas fosse al corrente della mia farsa. Se lo era, non ne diede alcun segno. Dopo la lezione rimasi ad aspettare, e le consegnai una cartella a fisarmonica contenente tutti i compiti che avevo perso.

Quella sera mi sedetti al tavolo della cucina con un toast al burro d'arachidi, alternando un compito di fisica alla lettura di *I loro occhi guardavano Dio* di Zora Neale Hurston. Riempire la mia mente di letteratura e complicate equazioni matematiche era un buon modo per distrarsi, almeno per qualche ora.

Ero china sul tavolo della cucina e leggevo di Janie che si lamentava con la nonna perché non voleva il suo nuovo marito, Logan, quando bussarono alla porta. Immaginando che fosse uno dei clienti per le scommesse di zia Marie, continuai a leggere, ma i colpi continuarono. Mi alzai e aprii.

Era Shimmy.

Mi mancò il fiato alla vista di lui davanti a me nel corridoio, i capelli che gli ricadevano sul viso.

«Ruby.» Il mio nome pronunciato da lui risuonava come una preghiera finalmente esaudita. «Stai bene?»

Prima che potessi riprendermi, mi afferrò il viso e mi baciò con forza e con profondo amore. Ero così affamata di lui che, pur sapendo che era meglio scacciarlo, sprofondai ancora di più tra le sue braccia. Sapeva di buono e mi faceva sentire in paradiso.

«Dio, quanto mi sei mancata» disse, premendomi le labbra sulle guance, sulle palpebre e poi di nuovo sulla bocca. Sapeva di menta, la sua lingua, e gli permisi di mangiarmi e spazzare via la mia tristezza.

Quando sentii che il mio desiderio minacciava di condurmi a un punto di non ritorno, mi scossi cercando di liberarmi. Era una follia. Guardai lungo il corridoio. Qualcuno avrebbe potuto vederci e il mio accordo con la signora Shapiro sarebbe saltato. Mi tirai indietro. Un silenzio imbarazzante calò tra di noi. Era pieno di spifferi e mi sarei trovata in un mare di guai se zia Marie mi avesse beccata a far uscire il calore della sua stufa. Ma non gli chiusi la porta in faccia.

«Va tutto bene?»

«Sto bene.» Mi strinsi le braccia al petto, per tenere a bada la tentazione di abbracciarlo di nuovo.

«Sono venuto a vedere se ti va di fare un giro, così possiamo raccontarci un po' di cose.»

«Non posso, Shimmy.» Abbassai lo sguardo sui miei piedi nudi.

Faceva parte dell'accordo. Dovevo lasciarlo perdere definitivamente, o avrei perso la borsa di studio. Ero arrivata fino a lì, fino all'estremo sacrificio, e non potevo mollare adesso. Dovevo andare fino in fondo.

«Credo sia meglio che tu te ne vada.»

«Dimmi cos'è successo.»

«Tua madre ha detto...»

«Dimenticati di lei per un momento. Per favore, ho bisogno di sapere.»

All'improvviso, il lamento delle ragazze che avevano rinunciato ai loro bambini mi risuonò nelle orecchie. Vedevo Grace che mi veniva strappata dalle braccia.

«Vai a casa, Shimmy.»

«Che cosa hai avuto?» mi supplicò. «Dimmi almeno questo.»

«Una bambina» sussurrai.

«Posso almeno entrare? Dovremmo parlarne.»

«Shimmy, mi dispiace. È finita.» L'ultima cosa che vidi prima di chiudere la porta fu il dolore nei suoi luminosi occhi verdi.

Rimasi con la schiena contro la porta, tremando in modo incontrollabile. Ma sapevo di aver fatto la cosa giusta. Dovevo andare avanti. Anche se questo significava che l'avrei fatto con solo metà del mio cuore intatto. Avevo perso le due persone che amavo di più, Grace e Shimmy. Non avevo bisogno di essere felice, ma non potevo essere povera. Tutto ciò che potevo fare era credere che valesse la pena di andare verso il futuro che mi aspettava.

44
Strada aperta

Eleanor

Nel momento in cui Eleanor si mise al volante della Chevrolet Bel Air e si immise sulla strada a doppio senso di marcia, sapeva già dove andare. Imboccò l'Interstate 70 e attraversò lo stato del Maryland fino a entrare in Pennsylvania. Era stanca, molto stanca, ma le ondate di rabbia la tenevano all'erta. Un attimo prima era piena di collera, un attimo dopo stava piangendo così forte che riusciva a malapena a vedere l'asfalto nero davanti a sé.

In qualche modo, Eleanor inghiottì un chilometro dopo l'altro, con una sola sosta per un caffè e per andare in bagno a metà della Pennsylvania. Erano quasi le due del mattino quando uscì dall'autostrada ed entrò a Elyria, costeggiando il fiume Black fino a quando non si trovò a percorrere la strada della sua infanzia. La *shotgun house* della sua famiglia sorgeva su una distesa di erba ben curata. La tenda bianca con la porta d'ingresso rossa era ancora uguale. Eleanor tirò un sospiro di sollievo quando la vide. Era così tanto tempo che non tornava a casa. L'ultima volta che aveva visto i suoi genitori era stato durante il loro primo viaggio per il Giorno del Ringraziamento, quando lei e William si erano appena sposati.

Spense il motore e pensò di rimanere seduta lì fino al sorgere del sole per non spaventare sua madre, che doveva di certo essere a casa da sola. Il padre di Eleanor lavorava di notte e lei non voleva che la madre pensasse che ci fossero i ladri.

Un uomo attraversò la strada e lei si abbassò sul sedile. Quando lo vide allontanarsi, decise di sfidare la sorte e di bussare. Batté tre volte il pugno sulla porta rossa. Nel giro di pochi secondi, la luce sulla facciata anteriore si accese, mentre sua madre probabilmente guardava dallo spioncino.

«Sono io, mamma.»

«Eleanor? Signore misericordioso. Cosa ci fai in giro a quest'ora della notte?»

La porta d'ingresso grattò sul pavimento, producendo quel suono sibilante che le aveva sempre dato il benvenuto a casa. Sua madre la accolse avvolta in una vestaglia sbiadita, i capelli arrotolati nei bigodini rosa. Attirò Eleanor tra le sue braccia carnose e il familiare profumo di sapone Ivory e pesche Dixie le disse che era valsa la pena affrontare quel lungo viaggio. Eleanor si sentì finalmente libera.

«Oh Signore, entra, ragazza, prima di farti venire un raffreddore. Hai appena avuto un bambino. Dov'è mia nipote? E William?» Sua madre guardò oltre Eleanor, nella strada deserta, e quando non vide nessuno sospirò e la tirò nel caldo salotto che profumava di burro.

«Mamma, c'è qualcosa che devo dirti.»

Lorraine la squadrò. «Cristo santo, cosa hai fatto adesso?» disse, e poi si voltò verso il fondo della casa.

Evitarono il divano del soggiorno, perché quello era per gli ospiti. Anche con le luci spente in sala da pranzo, Eleanor sapeva come muoversi senza andare a sbattere contro i mobili. In cucina, la madre accese il fornello a due fuochi e mise su il bollitore. Eleanor si accomodò al tavolo ottagonale, pieno di cataloghi, dépliant con le funzioni religiose, vecchie riviste e volantini pubblicitari. Le pareti della cucina erano ancora dipinte di un giallo brillante e le vecchie tende a fiori pendevano ancora dalla finestra che affacciava su un pezzo del cortile. Lorraine le mise davanti una tazza di tè alla menta, poi alzò il coperchio di vetro dal piatto della torta. Senza chiedere se Eleanor avesse fame, tolse il tovagliolo di carta umido che avvolgeva il pound cake per impedirgli di rinsecchire, e le tagliò una grossa fetta.

Il pound cake fatto in casa era sempre stato un balsamo per l'anima di Eleanor, e le bastò il primo morso perché gli ultimi mesi le si affollassero sulla punta della lingua. Sprofondò in sé stessa e raccontò a sua madre la storia che aveva giurato di portarsi nella tomba. Non tralasciò nessun dettaglio e, quando finalmente arrivò in fondo, sua madre si protese sul tavolo e le scostò i capelli dal viso.

«Perché non vai a sdraiarti e a dormire un po'?»

«Non hai niente da dire?»

«È stato un lungo viaggio, tesoro. Ne parliamo domattina.»

Eleanor si sentì oltremodo esausta, mentre percorreva barcollando lo stretto corridoio che portava alla seconda camera da letto. Nel buio intravide il suo poster di Sarah Vaughan e le tornò in mente il suo primo appuntamento con William al Lincoln Theatre. Com'erano state dolci e innocenti le loro esistenze allora, prima che fossero appesantite dalle aspettative, dalle perdite e dalla vita stessa. Nonostante tutto, le mancava. Eleanor si infilò nel letto della sua infanzia, si raggomitolò e affondò la testa nel cuscino. Si addormentò ancora prima di riuscire a scaldarsi i piedi sotto le coperte.

Eleanor dormì fino a metà pomeriggio. Quando si alzò dal letto, trovò una vecchia maglietta del liceo e indossò un paio di pantaloncini da ginnastica. Prima ancora di raggiungere la cucina, sentì l'odore dello stinco di maiale e dei fagioli che sobbollivano nella pentola di ghisa. Lorraine stava riattaccando il telefono quando Eleanor arrivò, trascinando i piedi pesanti sul pavimento di linoleum. Dall'ultima volta che Eleanor l'aveva vista, i fianchi di sua madre si erano allargati e i suoi capelli erano ormai più sale che pepe.

«Caffè?»

«Sissignora.»

I'm Glad Salvation Is Free di Mahalia Jackson fluttuava dal giradischi in sala da pranzo. Senza nemmeno pensarci, Eleanor iniziò a dondolare le spalle da una parte e dall'altra.

«Come vanno le cose alla chiesa?»

«Abbastanza bene. Il diacono sta invecchiando. Continua a dire le stesse cose una settimana sì e una no. Ci farebbe comodo un po' di sangue nuovo.»

«I tuoi dolci e le tue torte sono ancora molto richiesti?»

«Certo, tesoro. Il cielo è ancora azzurro, o no?» Sua madre sorrise, allargando e stringendo le dita della mano destra. «Ho un po' di artrite alla mano, ma mi ha solo rallentato un po'. Devo solo fare delle pause e non avere fretta.»

Lorraine le mise davanti una tazza di caffè leggero, con aggiunta di latte aromatizzato ai chiodi di garofano e zucchero. Eleanor lo sorseggiò mentre la madre si appoggiava al bancone, reggendo la propria tazza tra le mani.

«Dov'è la bambina adesso?»

«A casa.»

«Hai lasciato una neonata con un uomo?»

«Sono sicura che sua madre è lì.»

«Eppure...»

«Non è la mia bambina, mamma. Ha detto che gli occhi verdi vengono dalla sua famiglia. Com'è possibile, a meno che William non mi abbia tradito?»

Lorraine si andò a sedere di fronte a Eleanor e prese il suo pacchetto di Camel. Si mise il filtro tra le labbra, accese la sigaretta, poi scosse il fiammifero finché la fiamma non si spense. Sbuffando lentamente, disse: «A volte, quando guardavo storto tuo padre, era perché i miei occhi erano diventati storti. C'è qualcosa che vuoi dirmi?».

Il pensiero di Eleanor andò subito a Bernie. Aveva apprezzato la sua compagnia e le piaceva averlo intorno, ma non era niente di più.

«Ti ho detto tutto, mamma.»

Bevvero in silenzio.

Spenta la sigaretta, Lorraine andò al fornello a due fuochi, e tornò con un piatto abbondante di stinco e fagioli. Eleanor divorò l'intera porzione. Mancava solo il pane di mais.

Sua madre svuotò il posacenere nel bidone della spazzatura. «William è un brav'uomo, è un dottore, e ha scelto te.»

«I soldi non sono tutto, mamma.»

«È vero, ma ti sei sposata bene. Non buttare via tutto solo perché William ha una madre altezzosa e arrogante che non riesce a smettere di intromettersi.»

«E se fosse stato infedele?»

«Tesoro, alle donne capita ben di peggio. Non farti prendere così tanto dai tuoi sentimenti da non vedere più la foresta ma solo il singolo albero.» Fece una smorfia. «In fin dei conti, sei sua moglie.»

Eleanor portò il piatto al lavandino e iniziò a lavarlo a mano. «Dov'è papà?»

«Ha fatto capolino in camera tua prima di uscire di nuovo stamattina. In fabbrica sono ancora a corto di operai, quindi ha fatto il doppio turno anche oggi. Non c'è da lamentarsi troppo, perché la paga è buona.»

Eleanor sospirò. Era passato così tanto tempo dall'ultima volta che l'aveva visto. «Posso fare qualcosa per darti una mano qui?»

«Devo consegnare delle torte a Lorain. Vieni a fare un giro con me, l'aria fresca ti farà bene. Hai lasciato alcune cose qui in fondo all'armadio, vai a farti un bagno e cambiati.»

Eleanor si alzò.

«Sono proprio contenta che tu sia qui» disse, prendendo Eleanor tra le braccia e stringendola fino a farle trasudare ogni dolore dai pori. «Andrà tutto bene. Fidati della tua mamma.»

45

Gusto amaro

Ruby

Passò un'intera settimana prima di rivedere Inez. In segreto, aspettavo che venisse a cercarmi, ma non aveva nemmeno mai chiamato zia Marie da quando ero tornata. Quando il venerdì pomeriggio suonò la campanella di chiusura della scuola, decisi di fare una deviazione e mi incamminai verso il suo quartiere.

Quando arrivai davanti al palazzo, vidi che non era in casa. Tutte le tende del suo appartamento al terzo piano erano tirate. A Inez non piaceva far lievitare la bolletta elettrica, quindi durante le ore diurne si affidava solo alla luce del sole. Se accendevo una lampada prima delle cinque mi tirava in testa la spazzola, anche se era per fare i compiti.

C'era il sole, ma faceva freddo, e mi misi ad aspettare sotto una vecchia quercia dall'altra parte della strada. Durante la gravidanza i piedi dovevano essersi allargati, e sentivo i mignoli stretti e schiacciati contro la pelle delle scarpe. Quando cominciavo a sentirmi ormai le mani intorpidite nelle tasche, la vidi finalmente arrivare. Spingeva una carrozzina su per la strada.

La guardai sollevare il bambino e tenerlo con un braccio, mentre con l'altro trascinava la carrozzina su per i gradini fino all'ingresso. Inez bloccò la ruota della carrozzina con il piede e aprì la porta. Non so perché non la chiamai. Aspettai di essere sicura che fosse in casa e si fosse sistemata, prima di attraversare la strada e suonare il campanello.

«Chi è?» si sentì attraverso il citofono.

«Sono io, Inez. Posso salire?»

Silenzio. «Cosa vuoi? Non ho soldi.»

«Non mi serve niente. Volevo solo vederti.»

Il citofono si zittì. Aspettai davanti alla porta così a lungo che pensai che non mi avrebbe fatto entrare. Poi, finalmente, sentii un ronzio. Salii i gradini due alla volta, come facevo sempre, e spinsi la porta.

La casa aveva un odore diverso: un misto di pannolini sporchi, sigarette e deodorante da quattro soldi.

«Il bambino dorme, quindi cerca di non fare troppo rumore, okay?»

«Okay.»

In salopette e maglietta a righe, Inez era china sul lavello della cucina e stava pulendo dei pezzi di pollo. I capelli erano raccolti in un nodo in cima alla testa.

«Stai già preparando la cena?»

«Preferisco togliermi il pensiero mentre lei si fa il pisolino. A Leap piace mangiare quando torna dal cantiere alle cinque e mezza.»

«Come sta?»

«Perché me lo chiedi?» mi chiese strizzando gli occhi.

«Così, solo per sapere.»

«Stiamo bene. Presto andremo dal giudice di pace a sposarci.» Sollevò la mano e mi mostrò una fedina sottile. «Per ora è solo un anello di fidanzamento. Presto arriverà quello vero» disse, prendendo il coltello. La guardai mentre sollevava la pelle del pollo e raschiava la patina gialla e viscida che ricopriva la carne.

Mi sedetti al tavolo della cucina e pescai un *butterscotch* dal piatto delle caramelle.

«Quando sei tornata?»

«La settimana scorsa.»

«E sei passata solo ora?» disse, il che mi confuse perché sembrava sempre che non mi volesse tra i piedi.

Non sapevo cosa rispondere, così rimasi in silenzio.

«Marie ha detto che eri a fare uno stage.»

«Sì, una cosa governativa» dissi.

Inez si girò e mi guardò. Tra noi calò un lungo silenzio. Sembrava che sapesse che era tutta una montatura, ma che non volesse sprecare energie giocando alla detective.

«Adesso è meglio se cominci ad avviarti. Leap tra poco sarà a casa.»

Non volevo andarmene così presto. «Posso vedere la bambina, prima di andarmene? Zia Marie mi ha detto che hai avuto una bambina.»

«L'ho chiamata Lena, come la mamma di Leap. È nella tua vecchia stanza. Puoi entrare a darle un'occhiata, ma non fare rumore. Se la svegli, si scatenerà l'inferno.»

Muovendomi in punta di piedi, facendo più piano possibile, entrai nella stanza sul retro. I miei vecchi mobili erano ancora tutti lì e il poster dell'unicorno che avevo vinto a una sfida di lettura estiva era ancora appeso alla parete sopra il mio lettino. Una culla di vimini era incastrata tra il muro e il comò nell'angolo. La bambina era rannicchiata sotto una coperta gialla opaca e, quando mi chinai per guardarla meglio, il suo odore mi riportò alla mente Grace. Mi sentivo tutti i sensi vivi allo stesso tempo, e il seno pulsante. Volevo stringermela al petto e cullarla, invece mi limitai a farle scorrere la mano sul pancino.

Avevo passato gli ultimi anni a pensare che mia madre non mi amasse. Forse era davvero così, almeno non nel modo in cui avrei voluto. Ma ora che avevo messo al mondo una bambina e l'avevo abbandonata per darle la possibilità di crescere meglio senza di me, vedevo le cose in modo un po' diverso. Inez mi aveva lasciato con Nene per tutti quegli anni perché non poteva prendersi cura di me. Proprio come io non potevo prendermi cura di Grace.

Quando tornai in cucina, Inez stava strofinando un petto di pollo con l'olio.

«Ti assomiglia» dissi piano, ed era una fortuna. Nessuna bambina dovrebbe andare in giro con l'aspetto di Leap.

Inez strinse le labbra al complimento, poi un'ombra le attraversò lo sguardo. «Senti, come ho detto, le cose sono cambia...»

La interruppi. «Posso farti una domanda?»

Lei annuì e io continuai prima che potessi ripensarci.

«Eri innamorata di mio padre?»

Il coltello le scivolò di mano cadendo con un tonfo sul piccolo bancone.

«Amore non è una parola abbastanza forte per descrivere quello che provavo per Junior Banks.» Fece una pausa. «Adoravo la terra su cui camminava. Siamo andati al liceo insieme e ho sempre saputo che era fuori dalla mia portata, ma non riuscivo a togliermelo dalla testa.» Fece schioccare le labbra.

«La sua era una famiglia snob e suo padre aveva tanti soldi. Forse queste cose me lo hanno fatto desiderare ancora di più. Non lo so, ma pensavo che se mi fossi fatta abbastanza bella e avessi fatto tutto quello che diceva lui, avrei potuto farlo innamorare di me. Ero brava con i numeri, così sognavo a occhi aperti di dare una mano a tenere la contabilità nella loro agenzia di pompe funebri. Saremmo stati una grande famiglia felice.» Le si velarono gli occhi e fece una pausa come se non fosse sicura di voler continuare. Aspettai paziente.

Alla fine mormorò: «Sei stata concepita sul sedile posteriore dell'auto del papà di Junior. Pensavo che se lo avessi accontentato, avrei potuto farlo innamorare di me. Ma lui è scomparso e sua madre mi ha riso in faccia, liquidandomi come se non valessi niente». Scandiva le parole come se stesse sputando e si capiva che il ricordo la tormentava ancora. Buttò con rabbia il sale e il lemon pepper nella ciotola del pollo.

«Quando Junior mi ha piantata in asso, non mi sono rimasti neanche gli occhi per piangere.» Tirò fuori il pollo dalla ciotola e cominciò ad allineare i pezzi sulla teglia. «Ma ora, con Leap, le cose sono diverse.»

«Sono felice per te» esclamai. Mentre lo dicevo, mi resi conto che era vero.

«Marie ti ha sempre amato come se fossi sua. Con lei starai bene, al sicuro.»

L'ultima parola rimase sospesa nell'aria. Mi domandai come sarebbe stato se la tensione tra di noi fosse semplicemente svanita. Sarebbe stato bello trovare un compromesso. Inez aprì il forno e spinse dentro la teglia di pollo, poi si pulì le mani su un asciugamano.

«Prima che tu vada, è arrivata della posta per te.» Aprì un cassetto e rovistò tra alcune carte. Poi spinse una busta sul tavolo.

Il Cheyney State College aveva un blasone blu reale sulla busta. Era quella la lettera che avrebbe cambiato la direzione della mia vita? Il frutto di tanti sacrifici. La presi e la infilai nella borsa a tracolla.

«Grazie.»

«Vai ora, prima che faccia troppo buio. Sai come va con certi stronzi qua intorno, quando il sole tramonta.»

Mi alzai in piedi, desiderando infantilmente che Inez venisse ad abbracciarmi, ma un grido stridulo proveniente dalla piccola squarciò lo spazio tra di noi.

«Ho capito, dannazione» borbottò sottovoce Inez, ma poi un sorriso si insinuò sul suo volto. Lasciò cadere l'asciugamano e si precipitò nel corridoio verso la sua bambina.

L'ultima cosa che sentii fu Inez che tubava: «Chi è questa brava bambina, la bambina di mamma...» mentre la porta si chiudeva alle mie spalle.

46
Rivelazioni

Eleanor

La mattina dopo, Eleanor trovò sul tavolo della cucina un biglietto della madre che le diceva che era andata a trovare suor Clarise, un'anziana religiosa, e che sarebbe tornata nel giro di poche ore. Una colazione a base di uova, pancetta e pane fatto in casa era in caldo sotto un foglio di carta stagnola. Eleanor la divorò. Non aveva chiamato William da quando era arrivata e aveva voglia di parlargli. Prese il telefono, ma lo lasciò ricadere sul gancio senza comporre il numero. Cosa gli avrebbe detto?

Da quando riusciva a ricordare, c'era una pila di copie di «Ebony» in un angolo del soggiorno, e cercò fino a trovare il numero di gennaio. In copertina c'era un aereo da combattimento. Sfogliò le pagine e si fermò su un articolo intitolato *La minaccia dell'aborto*, poi sentì bussare piano alla porta d'ingresso. Eleanor sperava che sua madre non avesse sparso la voce che lei era in città, perché non era dell'umore giusto per ricevere visite. Appoggiò la rivista sul tavolino e guardò dallo spioncino. Le si strinse la gola quando vide chi era.

«So che sei lì, Eleanor. Ti prego, apri la porta.»

Sospirando, girò la maniglia.

Rose era lì nella piccola veranda di legno con una pelliccia di visone nero lunga fino ai piedi, e un cappello in tinta ornato da un fiore di cuoio. Sembrava una star del cinema depositata per errore davanti alla casa sbagliata, nella città sbagliata, nell'universo sbagliato.

«Hai intenzione di invitarmi a entrare?» Rose si soffiò sulle mani. Eleanor sapeva che sua madre l'avrebbe sgridata per la sua scortesia. Si fece da parte per permettere a Rose di entrare nella casa della sua infanzia. Gli occhi di Rose notarono subito le cattive condizioni della mobilia in soggiorno, ogni singolo graffio e ogni scalfittura dovuta agli anni di utilizzo. I genitori di Eleanor non pensavano che le cose andassero sostituite finché non erano rotte e impossibili da riparare. Rose invece sostituiva le cose a ogni cambio di stagione.

«Quindi è da qui che vieni?» Rose appoggiò il cappotto e i guanti sul bracciolo della poltrona.

«Come mi hai trovata?»

«A volte una donna ha solo bisogno di tornare a casa. Ci sono passata anch'io, una o due volte.»

Eleanor fece cenno a Rose di accomodarsi sulla poltrona reclinabile, sedendosi di fronte a lei sul divano arancione.

«Gradisci un caffè o un tè?» le propose, ricordando le buone maniere.

«No, grazie.»

Sul tavolo c'era un ritratto di famiglia di Eleanor con i suoi genitori, Rose lo prese e lo studiò. Eleanor aveva sedici anni nella foto, che risaliva a due anni prima che cominciasse a frequentare la Howard University. Prima che scoprisse che i neri come Rose Pride erano convinti che lei fosse nata dalla parte sbagliata del colore, della classe e della ricchezza.

«So che pensi che io sia un mostro per aver orchestrato l'adozione. Volevo solo il meglio per mio figlio. E per te.»

«Non ti importa di me, Rose. Siamo da sole qui, puoi essere sincera.»

Rose si schiarì la gola. «Non ti mentirò. Non eri la mia prima scelta per William, ma ho imparato a conoscerti. Lascia che ti racconti una breve storia. Hai qualche minuto?»

Eleanor annuì.

«Mia nonna Birdie è nata schiava. Suo padre era bianco e possedeva una famigerata prigione per schiavi a Richmond; sua madre, la mia bisnonna Pheby, era la sua amante. Birdie era l'unica di tre sorelle a rifiutarsi categoricamente di spacciarsi per bianca. Andarono a nord per frequentare l'università, ma Birdie decise che sarebbe rimasta in Virginia, per dare una mano alla sua gente. Sposò un medico, mio nonno, che era così chiaro di carnagione che avrebbe potuto anche lui farsi passare per bianco, ma scelse di non farlo. Tuttavia, se i miei nonni hanno potuto accumulare ricchezze e tramandarle, è stato perché il loro essere simili ai bianchi gli ha aperto molte porte.»

Eleanor non sapeva bene perché Rose le stesse raccontando tutto questo. Che importanza aveva?

«Ci siamo distinti dai comuni contadini privi di istruzione, che erano solo neri e poveri. E perché non avremmo dovuto? Non avevamo nulla in comune con loro. Cercavamo di andare avanti e di restare avanti. Sono sicura che tu la vedi come *arroganza*, ma era l'unico modo per assicurarci che i nostri figli e i figli dei nostri figli potessero conservare il loro retaggio.»

«E io che cosa c'entro con questo?» chiese Eleanor bruscamente.

«Tutto ciò che voglio è il meglio per William. Sono sua madre. È solo che...» Deglutì, più nervosa di quanto Eleanor l'avesse mai vista. «Eleanor, voglio solo proteggere mio figlio.»

«E tanto peggio per tutti gli altri!»

Rose deglutì. «Ora che sei madre, potrai capirlo.»

«Non sono una madre.»

«Come puoi dire questo? Mio figlio ti ama. Ha fatto tutto questo per te.»

«È per te che l'ha fatto.»

«Eleanor.» Si piegò in avanti sulla sedia. «Ho scelto Greta Hepburn per William quando lui aveva quattro anni.»

Eleanor si strinse le mani in grembo. Quindi era questo: era venuta a offrirle del denaro, per convincerla a divorziare da William e rinunciare a lui una volta per tutte.

«Ma ho imparato ad ammirare il tuo coraggio, la tua tenacia e la tua testardaggine. Non hai paura di nessuno, nemmeno di me.»

«Perché sei qui, Rose? Sputa il rospo, per favore.»

«Ho contribuito a portare Wilhelmina da te, ma William non è il suo padre naturale. Devi credermi. La Casa Magdalena gestisce un piccolo mercato di bambini neri selezionati per coloro che non li possono concepire naturalmente. È un segreto ben custodito, e io ho semplicemente usato le mie conoscenze e le mie risorse per offrire a entrambi la possibilità di realizzare ciò che più volevate al mondo: costruire una famiglia.»

«Perché non me l'hai detto e basta? Perché agire alle mie spalle?»

«Perché ero sicura che se avessi saputo che era una mia idea l'avresti rifiutata.»

Eleanor dovette ammettere che Rose aveva ragione su questo punto.

«Io sono stata disonesta, non far pagare a William – e di certo non a quella dolce bambina – il mio errore.»

Rose frugò nella pochette e tirò fuori un braccialetto di perle con il fermaglio d'oro.

«Questo era di mia nonna. Volevo tramandarlo a mia figlia, ma ho avuto solo maschi. Come mia prima nuora, desidero che sia tu ad averlo. È il mio modo di chiederti se possiamo voltare pagina e ricominciare.»

Eleanor fu colta di sorpresa. Prese il braccialetto in mano e lo sfiorò con le dita. Era stupendo.

Rose si alzò in piedi e si infilò di nuovo il cappotto.

«William sente la tua mancanza. Ti prego, non stare via troppo a lungo. E Wilhelmina ha bisogno di te. Ha bisogno di sua madre.»

Lanciò un'ultima occhiata al salotto e uscì. Il suo profumo indugiò nell'aria per molto tempo dopo che se n'era andata.

Eleanor rimase a lungo sul divano, pensando alla conversazione con Rose. La rielaborò più volte nella sua mente. Alla fine, si mise il cappotto e andò a fare una passeggiata nel quartiere. Passò davanti al suo vecchio liceo, alla pista dove andava a correre quasi tutti i giorni dopo la scuola, alle gradinate dove aveva lasciato che il suo primo ragazzo le palpasse il seno. Passò davanti al macellaio e al fruttivendolo. Era da qui che veniva. Sentiva il sapore delle sue radici come un gusto in fondo alla gola. Quando tornò verso la casa dei suoi, vide un'ombra davanti all'ingresso.

A metà dell'isolato, Eleanor sentì come un grido sommesso che la colpì al cuore. Accelerò il passo. La prima cosa che vide fu la schiena di William, ma questa volta invece di essere chino sui libri della biblioteca, era chino sulla loro bambina.

Un'ondata di sorpresa, amore e gioia le pulsò nel petto. Quando Eleanor arrivò ai gradini dell'ingresso, William era lì fermo ad aspettarla. Aprì la bocca, ma non gli uscì alcuna parola. Eleanor si gettò tra le sue braccia. William stringeva la bambina in un braccio ed Eleanor nell'altro. Un'unica famiglia riunita insieme.

«Mi dispiace tanto.» Le baciò le guance e le labbra. «Posso dirti che mi sono sentito giustificato ad agire alle tue spalle perché non mi avevi detto del primo aborto. È stato stupido – so che due torti non fanno una ragione. Ti prego, perdonami.» Premette le labbra contro le sue. La sua bocca era calda e sapeva di casa. «Mi sono precipitato qui quando mia madre mi ha chiamato, dicendomi che forse eri pronta a vedermi.»

Eleanor si strinse a lui e prese in braccio Wilhelmina. «Rose voleva che tu venissi a prendermi?» Eleanor sorrise tra sé e sé. Forse Rose stava davvero voltando pagina come suocera. *Forse*.

Eleanor si strinse la bambina al cuore, prima di aprire la porta e far entrare la sua famiglia.

47
Firmato e sigillato

Ruby

Aspettai di arrivare a casa di zia Marie, prima di sollevare il lembo della busta. La aprii con le mani tremanti.

Gentile Ruby Pearsall,

Congratulazioni! Siamo lieti di annunciarle che le è stata assegnata una borsa di studio quadriennale con copertura totale dei costi a nome del programma We Rise *della Fondazione Armstrong di Philadelphia. L'erogazione del finanziamento è subordinata al mantenimento di una media dei voti pari o superiore a 3.0. Per maggiori dettagli, può consultare il contratto.*
In segno di accettazione, la preghiamo di compilare il modulo in allegato che deve pervenirci entro e non oltre il primo di marzo.
Siamo entusiasti di averla con noi e non vediamo l'ora di accoglierla nel campus nell'autunno del 1951.

Cordiali saluti, Geraldine Clair Davis

Responsabile Ammissioni

Sentii un groppo in gola. La signora Shapiro aveva mantenuto la promessa. Tra pochi mesi sarei andata all'università. In quel momento avrei voluto provare quel tipo di eccitazione che mi avrebbe fatto saltare e gridare, ma la notizia che tutto ciò per cui mi ero sacrificata si era realizzato non mi fece sentire come avevo immaginato.

Mi accasciai sul divano e fissai lo spesso foglio di lino finché le parole non iniziarono a mescolarsi insieme, implorando il mio corpo di provare qualcosa.

Quando zia Marie tornò a casa e le mostrai la lettera, mi ricoprì di lodi.

«Tesoro, ce l'hai fatta! Sarai la prima della nostra famiglia ad andare all'università. Sono così orgogliosa di te.» Mi prese per le braccia e cominciò a farmi girare per la stanza, gli occhi brillanti di orgoglio.

«Nene vorrà organizzare una cena di pesce per festeggiarti, lo sai vero?»

«Spero che Fatty abbia finalmente imparato a friggere il pesce come Nene» dissi, cercando di trovare un po' di leggerezza. Volevo solo che l'allegria di zia Marie mi contagiasse.

«Ti cambierà la vita. Non sarai più come tutti noi, qua in giro, costretta a combattere per ogni singolo maledetto centesimo. E ci renderai tutti orgogliosi.»

Zia Marie andò al giradischi e appoggiò la puntina su un disco, mettendosi a ballare sulla voce di Dinah Washington. Quanto a me, sapevo che l'unico modo per farcela era accettare il suggerimento di madre Margaret.

L'unico modo per andare avanti era dimenticare.

EPILOGO

Tredici anni dopo, luglio 1964

Eleanor

Eleanor era seduta nello studio, sorseggiando una tazza di caffè nel frattempo ormai tiepido. Pensava alla nuova carta da parati in tinta *arrowroot*. Era un cambiamento recente nell'arredamento. Tutte le riviste parlavano con entusiasmo di questo colore tra il bianco e il rosato, ma Eleanor non era sicura che le piacesse davvero. Rose aveva detto che era la scelta giusta, quindi Eleanor l'aveva lasciata fare.

Sopra il caminetto erano appesi i diplomi di laurea e di specializzazione in Medicina conseguiti da William alla Howard University. L'occhio di Eleanor cadde sul punto in cui si trovavano la sua laurea e il suo più recente certificato di Eccellenza Archivistica, e la vista di entrambi la fece sentire orgogliosa. La televisione era accesa al minimo, mentre le notizie dell'ultima ora scorrevano alla base dello schermo. Eleanor si avvicinò.

Era il quinto giorno di disordini razziali a Harlem. Un agente di polizia bianco fuori servizio aveva sparato e ucciso James Powell, un quindicenne nero disarmato. La città era in subbuglio e i disordini si erano estesi alle zone circostanti. Eleanor prese nota di telefonare alla cognata dopo cena, per avere notizie di Theodore e dei loro tre figli. Forse avrebbe dovuto chiederle se volevano fuggire dalla città per un po' e venire a trovarli.

«Sono ridicola» gridò Willa entrando dalla cucina, e portando con sé il suo caratteristico profumo di lavanda.

Indossava un prendisole giallo che Eleanor le aveva acquistato da Woodies mentre era in giro per negozi con Nadine. Sul manichino sembrava ampio e fluido, ma addosso a Willa era un po' troppo stretto.

«Santo cielo, devo aver preso la taglia sbagliata.» Eleanor attraversò la stanza e controllò l'etichetta sul retro del vestito di Willa. Era la taglia giusta, o almeno quella che Willa indossava tre settimane prima. Sembrava che il suo corpo si stesse sviluppando proprio sotto i suoi occhi. A tredici anni, aveva già più curve di molte donne adulte.

Willa si voltò verso di lei, il viso arrossato. «Perché sono così?» I suoi bei riccioli sparsi sulle spalle.

«Così come?» Eleanor finse di non capire.

Willa indicò il suo seno prosperoso e si diede una pacca sui fianchi larghi. «Tu hai quelle cosine minuscole e io mi ritrovo con questi meloni. Com'è possibile?»

Eleanor sbatté le palpebre. «Le forme del corpo risalgono a qualche generazione fa. Proprio come i tuoi occhi verdi, tesoro.»

«Sono proprio strana.»

«Sei bellissima.»

«Voglio somigliare a te. Alta, snella, scura, non così.» Mise il broncio mentre gli occhi le si riempivano di lacrime.

«Willa, calmati.» Eleanor cercò di avvicinarsi, ma Willa uscì di corsa dalla stanza e salì le scale.

«Non verrò a pranzo con te e papà» dichiarò, e poi sbatté la porta.

Eleanor avrebbe dovuto rincorrerla e insistere perché andasse con loro, ma le sembrava un'impresa disperata farle indossare un vestito che le andasse bene e trascinarla fuori di casa. Peccato per William, che ne sarebbe rimasto deluso.

Eleanor sospirò e decise almeno di provarci. Quando arrivò al piano di sopra si accorse che Willa era nella camera degli ospiti, e si era nascosta di nuovo nell'armadio delle preghiere.

«Tesoro, vieni fuori da lì.»

«No!»

«Troviamo un altro vestito che ti vada bene. Papà sarà dispiaciuto se non vieni a pranzo.»

«Digli che non mi sento bene.»

«Wilhelmina Rose Lorraine Pride, esci subito da questo armadio!»

La porta si aprì lentamente, ma Willa rimase seduta sul fondo.

«Cara, vieni o no? A tuo padre non piace quando siamo in ritardo.»

«Non vengo.»
«Cosa vuoi che gli dica?»
«Te l'ho già detto, che non mi sento bene.»
«Okay, come vuoi, tornerò presto.»
Eleanor si allontanò dalla camera da letto e scese le scale. Prese la sua borsa di lino e uscì dalla porta diretta verso la sua auto.

Quando Eleanor arrivò all'Howard Hospital prese l'ascensore fino all'ultimo piano. Con i tacchi a spillo che ticchettavano sulle piastrelle bianche, salutò alcune infermiere di turno prima di arrivare nell'ufficio del marito. In quanto aiuto primario, William aveva una suite d'angolo ben arredata. Eleanor sentiva le voci provenienti dall'ufficio che fluttuavano lungo il corridoio.

«Cara» esclamò William con un sorriso quando la vide, alzandosi subito da dietro la scrivania. Una donna in camice bianco con uno stetoscopio al collo era seduta nella poltrona di fronte a lui.

«Vorrei presentarti un nostro nuovo medico, la dottoressa Pearsall. È un'optometrista ed è appena arrivata da Philadelphia.»

La donna si alzò e porse la mano a Eleanor. Eleanor la strinse. Il suo tocco era morbido e in qualche modo familiare. Per qualche motivo, Eleanor fece fatica a staccarsi da lei.

«Piacere di conoscerla, dottoressa Pearsall.» Eleanor guardò il volto della donna. Anche se la sua bocca sorrideva, il calore non arrivava a illuminarle gli occhi scuri.

«Anche per me è un piacere essere qui. La prego, mi chiami Ruby.»

«Dov'è Wilhelmina?» William irruppe nei pensieri di Eleanor.

«Finge di essere malata. Credo che soffra l'arrivo dell'estate.» Eleanor ridacchiò. «Ti manda le sue scuse e ci chiede di portarle un po' di dolce.»

William fece una smorfia. «Dottoressa Pearsall, vuole farci compagnia a pranzo? Abbiamo prenotato in un nuovo bistrot che ha appena aperto sulla U.»

La dottoressa Pearsall sembrò colta di sorpresa e scosse in fretta la testa. «Grazie per l'invito, ma devo scendere a sistemare le mie cose.»

Poi, qualcosa sulla parete sopra la testa di William attirò la sua attenzione. «È un bellissimo quadro» disse indicandolo.

«Oh, nostra figlia è una vera artista.» William si illuminò.

«Ha occhio» disse la dottoressa Pearsall, continuando a fissarlo. «Ora devo proprio andare. È stato un piacere conoscerla, signora Pride.»

«Un piacere anche per me» disse Eleanor con un sorriso, seguendo con lo sguardo l'optometrista che usciva dalla porta.

Nota dell'autrice

La mia defunta nonna rimase incinta di mia madre all'età di quattordici anni e la diede alla luce a quindici. Era il 1955, avere un figlio fuori dal matrimonio era il massimo del peccato. Così nascosero a tutti la sua gravidanza. Anche al bambino che aveva dato alla luce. Mia madre non seppe che sua madre era sua madre fino alla terza elementare; era stata cresciuta dalla nonna, e non se n'era mai parlato apertamente. Mia nonna mi disse che era la pecora nera della famiglia. Sia lei che mia madre condividevano un sentimento di disonore profondamente radicato e, mentre crescevo, lo vedevo riprodursi nel loro rapporto turbolento.

Mia madre non crede che tra i suoi genitori ci fosse amore. Lo descrive come un incontro occasionale. Mio nonno non ha fatto di mia nonna una donna onesta sposandola. Non poteva. La sua famiglia aveva la pelle chiara e proveniva dalla parte «giusta» della barricata. Lei era bruna come il mogano e proveniva dalla zona più popolare di North Philadelphia. Come l'olio e l'acqua, non erano fatti per mescolarsi. Mio nonno sposò un'altra persona, con cui poi ebbe dei figli, mentre mia nonna e mia madre rimasero bloccate sotto il peso di questa vergogna per tutta la vita.

L'idea di *La casa di Eva* è nata da un «E se...». E se mia nonna avesse avuto soldi e opportunità, e quando si fosse trovata incinta e in difficoltà fosse stata mandata in un istituto per madri nubili? Per cancellare l'umiliazione di aver avuto un figlio fuori dal matrimonio, e poter tornare alla sua vita a North Philadelphia per ricominciare da capo. Come se non fosse mai successo. Cercando la risposta a questa domanda, ho letto *The Girls Who*

Went Away di Ann Fessler, che ha gentilmente risposto a tutte le mie e-mail su questa epoca storica. Ho trovato articoli sulle donne costrette a rinunciare ai loro bambini e ho trovato particolarmente utili questi due:

https://www.washingtonpost.com/history/2018/11/19/maternity-homes-where-mind-control-was-used-teen-moms-give-up-their-babies/

https://washingtoncitypaper.com/article/273834/wayward-past/

Il dato sorprendente è che tra il 1945 e il 1973, 1,5 milioni di donne negli Stati Uniti hanno perso i loro figli a causa dell'adozione forzata praticata in case per ragazze madri. Dico persi perché sono state costrette a rinunciare ai loro bambini. Fino al 1973 l'aborto era illegale e punibile con il carcere, sia per la madre che per il medico. Le madri nubili erano spinte a rinunciare ai loro bambini anche perché non esistevano trattamenti di fecondazione assistita e l'unico modo di avere un figlio per le coppie sposate che soffrivano di sterilità era l'adozione.

Ma nel tentativo di collegare i punti tra la storia di mia nonna e la ricerca, non ho trovato la storia che volevo raccontare, perché tra tutte le storie di donne che ho scoperto, non sono riuscita a trovare una sola storia di una donna nera. Quando ho chiesto in giro, mi è stato detto che le donne nere andavano al Sud per nascondersi e poi lasciavano il bambino a qualche parente. Oppure avevano il bambino e ne affrontavano le conseguenze perché non c'era altra scelta. La mia mente non riusciva ad accettare che fosse così. La vita delle donne nere non è mai stata un'unica narrazione. Doveva esserci un piccolo gruppo di neri appartenenti alle élite che non potevano concepire, ma volevano comunque una famiglia. Come si svolgevano le storie delle famiglie nere benestanti che avevano a che fare con la sterilità negli anni Quaranta e Cinquanta?

Per trovare la mia storia, dovevo capire la vita di queste famiglie nere. Ho letto *Our Kind of People* di Lawrence Otis Graham. Questo libro è stato di fondamentale importanza nel delineare la vita di persone come i Pride, famiglie che potevano far risalire le loro radici a tre generazioni di istruzione e privilegi economici.

Quando Eleanor mi apparve per la prima volta, era piena di rabbia e desiderava ardentemente avere un figlio. Di recente avevo visto il documentario di Toni Morrison *The Pieces I Am*, in cui la scrittrice racconta di aver scoperto che i neri si distinguevano in base al colore della pelle solo quando aveva messo piede nel campus della Howard University, nel 1949, arrivando da Lorain, Ohio. Ho iniziato a chiedermi: Cosa avrebbe fatto una donna come Eleanor se si fosse trovata sposata a un rampollo di una delle famiglie più ricche della città, ma non avesse potuto dargli un figlio? Cosa l'avrebbe spinta a fare il suo disperato desiderio di farsi accettare?

Shimmy è nato dai ricordi di mia madre. Mi ha raccontato che quando era ragazza e viveva a North Philadelphia, faceva la spesa sulla 31ª, dove la maggior parte dei negozi era di proprietà di ebrei. Ho letto un articolo di Allen Meyers, autrice di *Strawberry Mansion: The Jewish Community of North Philadelphia*, che confermava che neri ed ebrei vivevano nelle immediate vicinanze e, grazie a merci e negozi, nella vita quotidiana si mescolavano.

Spesso, quando ho iniziato a scrivere il romanzo, mi sono sentita come se avessi tutte queste bellissime decorazioni natalizie, ma non un albero a cui appenderle. Dopo un viaggio in auto a Washington D.C., per vedere il sito della Florence Crittenton Home, una casa per ragazze e donne non sposate, ho sentito quei brividi che mi dicono che sto creando un legame con voci che vogliono che la loro storia sia raccontata. Voci emarginate, che sono state messe a tacere. Ho appreso che queste case erano state create per le prostitute, le donne cadute e le ragazze ribelli, ma quando ho guardato più da vicino ho scoperto che erano state popolate da ragazze che avevano semplicemente fatto sesso ed erano rimaste incinte. A volte erano innamorate, a volte erano state violentate, ma in ogni caso subivano il peso della vergogna. Avevo trovato il mio albero.

Sono attratta dalla scrittura di romanzi storici perché mi sento incaricata di raccontare la verità sulla storia americana, che sia essa triste o allegra. Alcuni personaggi che compaiono nella storia sono basati su figure reali. Una di queste è Dorothy Porter Wesley, bibliotecaria, biografa e curatrice che, nell'arco di quarant'anni, ha trasformato il Moorland-Spingarn Research Center della Howard University in un centro di ricerca di importanza internazionale per la storia americana. Quando si rese conto che il sistema decimale Dewey prevedeva solo due numeri per la storia nera, uno per la schiavitù e uno per la colonizzazione, creò uno spazio nel sistema per la produttività afroamericana classificando le opere per genere e autore. Il programma *We Rise* frequentato da Ruby si basava su un'iniziativa chiamata *Tell Them We Rise*, ideata da Ruth Wright Hayre, la prima donna afroamericana a insegnare a tempo pieno in una scuola superiore di Philadelphia. Questo programma permetteva a 116 studenti selezionati in prima media di frequentare gratuitamente il college se continuavano a studiare. Louise D. Clement-Hoff, l'artista che introduce Ruby all'arte, era una pittrice e educatrice di Philadelphia. Anche Georgia Mae, la compagna silenziosa di Ruby nella Casa Magdalena, è basata su un personaggio reale. Nel 1959, Georgia Mae Rowe diede alla luce il suo secondo figlio all'età di quattordici anni nella casa di maternità St. Gerard di Richmond, Virginia. Era rimasta incinta di un uomo bianco di ventisette anni, sposato e con figli. Georgia Mae chiese che il figlio fosse affidato a una zia, ma poiché il figlio era di carnagione chiara e la zia di carnagione scura, la richiesta fu respinta.

Ho scritto questo libro per le donne come Georgia Mae, per mia nonna Yvonne Clair, per la mia bisnonna Addie Murray e per tutte le donne che sono state costrette a rinunciare al proprio figlio per motivi di razza, età, abusi sessuali, vergogna o coercizione. Non siete sole. *La casa di Eva* è per voi.

Ringraziamenti

Vorrei ringraziare Dio per aver dato la Sua chiamata e il Suo scopo alla mia vita in modo forte e chiaro, e per avermi reso abbastanza coraggiosa da camminare seguendo la fede anche quando ho paura. Mia madre, Nancy Murray, per avermi permesso di rovistare nella sua storia, mettendo a nudo le cicatrici della famiglia e regalandomi le mie storie. Ho avuto bisogno di tutto questo e di tutti voi. Mio padre, Tyrone Murray, per il suo amore, la sua guida e il suo costante esempio di forza e di famiglia; la sua fiducia in me è il mio superpotere. La mia seconda mamma, Francine Cross Murray, per i suoi consigli, la sua saggezza e il suo tenermi sempre all'erta; lei completa la nostra famiglia e io la amo. I miei antenati per aver vegliato costantemente su di me: William e Geraldine Murray, Mary Meadows, Yvonne Clair e Gene DeShazor, Nadine DeShazor, Tommy e Lucy Getter – prendetevi cura del nostro PJ, che mi manca molto. I miei super fratelli e primi amori, Tauja, Nadiyah e Talib Murray. Qualee e Quasann Abram e poi Armani, Aarick, Devin, Deuce e Darren Johnson: voi fate cantare il mio cuore. Pacita Perera per essere sempre la mia luce guida e la mia prima lettrice. Glenn Sr., David e Marise Johnson e Luqman Abram, per essere i migliori suoceri che una ragazza possa desiderare. L'intero clan Murray, in particolare il nostro patriarca, lo zio Edgar, e le matriarche zia Frances e zia Sally, e tutte le mie bellissime cugine, in particolare Tina Bembery, per averci tenuti uniti. La cugina Mary Beverly e la zia Constance Henderson, per essere i nostri pilastri. Ho i migliori amici del pianeta; grazie a tutti voi per il vostro costante amore e sostegno. Claudia Bates Physioc e tutte le bellissime Belles per avermi insegnato a salvarmi dall'annegamento.

Grazie alla mia carissima agente e amica, Cherise Fisher, per la tua energica protezione e il nostro profondo legame. Con te al mio fianco, tutto è non solo possibile ma inevitabile. A Wendy Sherman, per la sua visione e la sua saggezza, che ci mantiene tutti in carreggiata. Solo cose belle da qui in poi! La migliore coppia di editor del paese, Carina Guiterman e Lashanda Anakwah, e lo penso al punto di affidarvi il mio cuore. Grazie a entrambe per aver guidato questo romanzo verso la sua forma migliore. Hannah Bishop, non mi è mai andata così bene, ragazza, sei fantastica, ed Emily Varga, grazie per avermi insegnato quanto valgo e per aver fatto in modo che lo sapessero anche gli altri. Stephen Bedford e Alyssa diPierro, grazie per il miglior piano marketing che abbia mai avuto. Jonathan Karp e Tim O'Connell, vi sono molto grata per aver radunato le truppe e aver fornito il perfetto cambio di titolo. Insieme, mi avete fatto sentire come se avessi trovato una casa. Il meglio deve ancora venire.

A tutte le librerie indipendenti, i club del libro, i blogger, gli influencer, i recensori e i lettori che mi seguono con amore, leggono i miei romanzi e sono ambasciatori nel diffondere la parola: grazie. Non potrei fare nulla di tutto questo senza il vostro sostegno. Ci vuole sempre un villaggio e ringrazio Marita Golden per la sua lettura sensibile e per avermi insegnato l'arte del mestiere alla Hurston Wright Foundation. Benilde Little, la mia prima insegnante; Victoria Christopher Murray, Kristin Harmel, Kate Quinn, Robert Jones Jr., Janet Skeslien Charles, Patti Callahan Henry, Julie Cantrell, Story Summit, Kimbilio Fellows, James River Writers e Tall Poppy Writers per aver fatto parte della mia vita.

Grazie ai miei bellissimi figli: Miles, mi fai scoppiare il cuore di orgoglio; Zora, sei il petardo perfetto e il mondo non è pronto: brucia, piccola, brucia! Lena, tu sei la Luce, la custode delle nostre storie, e hai più talento di quanto immagini. Voi tre siete la mia più grande creazione. A Glenn, il mio amato marito, che non ha mai vacillato. Siamo qui. *Rock solid, ten toes down / you can't move what's rooted in the ground.* [*Solidi come una roccia, con dieci dita dei piedi: non puoi spostare ciò che è radicato al suolo.*]* Le promesse si avverano. Non potrei amarvi di più nemmeno se ci provassi.

* Kindred The Family Soul – *Break It Down*
https://www.youtube.com/watch?v=zVgOaNL-m6k

Indice

PARTE PRIMA 9

1 Mamme e draghi 11
2 La linea 19
3 La cosa più dolce 28
4 Mecca nera 38
5 Comportarsi male 46
6 (Sentirsi) bene 60
7 Acque immobili 70
8 L'invito 80
9 Rapito 89
10 Cattivo gusto 95
11 Febbre di primavera 103
12 Luce fuori 110
13 Scossa di assestamento 123
14 A chi molto è stato dato 128

PARTE SECONDA. *Giugno 1950, un anno dopo* 135

15 Prendersi cura degli affari 137
16 Carta e orologi 149
17 Con l'aiuto del cielo 157

18 Il rituale 164
19 Carne morta 169
20 Ancora l'acqua 174
21 Ultimatum 183
22 Finestra sull'oscurità 188
23 Cosa è giusto 196

PARTE TERZA 203

24 Crepe e fessure 205
25 La Casa Magdalena 214
26 Mamma Tigre 220
27 Perdona noi peccatori 226
28 Madre in attesa 233
29 Troia 238
30 Qualcosa di sbagliato 243
31 Il silenzio dell'innocente 252
32 Raccontare storie 259
33 I segreti delle ragazze 264
34 Strano frutto 270
35 Malinconia festiva 276
36 Quello che chiedi 278
37 Oscurità 281

PARTE QUARTA 285

38 Il gioco dell'attesa 287
39 Dimenticare 290
40 Così piano 295
41 Redimersi 299
42 Verdi 303

43 Conseguenze 311
44 Strada aperta 317
45 Gusto amaro 322
46 Rivelazioni 327
47 Firmato e sigillato 332

EPILOGO. *Tredici anni dopo, luglio 1964* 335

Nota dell'autrice 339

Ringraziamenti 343

Questo libro è stampato fabbricato da Grafica Veneta S.p.A.
con un processo di stampa e rilegatura certificato 100% carbon neutral
in accordo con PAS 2060 BSI

Finito di stampare nel mese di luglio 2023
per conto di RCS MediaGroup S.p.A.
da Grafica Veneta S.p.A., Via Malcanton 2, Trebaseleghe (PD)
Printed in Italy